AS AGENTES
SECRETAS
DE PARIS

PAM JENOFF

AS AGENTES SECRETAS DE PARIS

Tradução
Alda Lima

Rio de Janeiro, 2020

Copyright © 2019 by Pam Jenoff
Título original: The Lost Girls of Paris

Todos os direitos desta publicação são reservados à Casa dos Livros Editora LTDA. Nenhuma parte desta obra pode ser apropriada e estocada em sistema de banco de dados ou processo similar, em qualquer forma ou ameio, seja eletrônico, de fotocópia, gravação etc., sem a permissão do detentor do copyright.

Diretora editorial: *Raquel Cozer*
Gerente editorial: *Alice Mello*
Editor: *Ulisses Teixeira*
Copidesque: *Thaís Lima*
Preparação de original: *Rayssa Galvão*
Revisão: *Marcela Isensee*
Diagramação: *Abreu's System*
Capa: *Kathleen Oudit*
Ilustração digital: *Allan Davey*
Adaptação de capa: *Guilherme Peres*
Imagens: *iStock*

CIP-Brasil. Catalogação na Publicação
Sindicato Nacional dos Editores de Livros, RJ

J52a
   Jenoff, Pam
      As agentes secretas de Paris / Pam Jenoff; tradução Alda Lima. – 1. ed. – Rio de Janeiro: Harper Collins, 2020.
      384 p.

      Tradução de: The lost girls of Paris
      ISBN 9788595086050

      1. Espionagem – Ficção. 2. Guerra Mundial, 1939-1945 - Ficção. 3. Ficção americana. I. Lima, Alda. II. Título.

20-62737   CDD: 813
                                 CDU: 82-3(73)

Meri Gleice Rodrigues de Souza - Bibliotecária CRB-7/6439

Os pontos de vista desta obra são de responsabilidade de seu autor, não refletindo necessariamente a posição da HarperCollins Brasil, da HarperCollins Publishers ou de sua equipe editorial.

HarperCollins Brasil é uma marca licenciada à Casa dos Livros Editora LTDA.
Todos os direitos reservados à Casa dos Livros Editora LTDA.
Rua da Quitanda, 86, sala 218 — Centro
Rio de Janeiro, RJ — CEP 20091-005
Tel.: (21) 3175-1030
www.harpercollins.com.br

Para minha família

"Em tempos de guerra, a verdade é tão preciosa que deveria ser sempre protegida por uma escolta de mentiras."

Winston Churchill

CAPÍTULO UM

GRACE

Nova York, 1946

Se não fosse o segundo maior erro na sua vida, Grace Healey jamais teria encontrado a mala.

Eram 9h20 de uma terça-feira, e Grace devia estar saindo da região norte da cidade no primeiro dos dois ônibus que pegava até o centro, no trajeto do apartamento em Hell's Kitchen até o escritório onde trabalhava, no Lower East Side. E *estava* a caminho do trabalho. Mas não saíra nem de perto do bairro que passara a chamar de lar. Em vez disso, Grace corria pela Madison Avenue enquanto domava os cabelos cacheados em um coque baixo e tirava o cardigã verde-menta, apesar do frio, para Frankie não notar que era exatamente o mesmo que ela usara no dia anterior e pensasse o impensável: que Grace não dormira em casa.

Examinou seu reflexo na vitrine de uma loja. Queria que a loja estivesse aberta, para poder comprar alguma maquiagem que cobrisse as marcas no pescoço e passar uma amostra de perfume para disfarçar o fedor de conhaque do dia anterior misturado ao delicioso — mas errado — cheiro da loção pós-barba de Mark, que a deixava tonta e envergonhada a cada inspiração. Um bêbado estava sentado na esquina, gemendo sozinho enquanto dormia. Grace sentiu uma pontada de solidariedade quando o notou, com a pele pálida e sem vida. Ouviu um estrondo ecoando no beco ao lado, alguma lata de lixo sendo revirada, rimbombando no mesmo ritmo das batidas de sua cabeça. Nova York inteira parecia meio enjoada e de ressaca. Ou talvez Grace estivesse confundindo a cidade com ela mesma.

O vento gelado de fevereiro fustigava a Madison Avenue, chicoteando as bandeiras penduradas nos arranha-céus. Um velho jornal amassado dançava sobre a sarjeta. Os sinos da igreja de Saint Agnes marcando 9h30, e Grace se apressou, a pele umedecendo sob a gola conforme apertava o passo. A estação Grand Central se assomava ao longe. Só mais um pouquinho, então poderia virar à esquerda na 42nd Street e pegar o ônibus expresso na Lexington, que a levaria finalmente para a Downtown.

Mas, quando chegou perto da esquina certa, percebeu que a 42nd Street estava interditada. Três carros da polícia estavam enfileirados, bloqueando o acesso à Madison Avenue, impedindo qualquer um de seguir pela rua. A princípio, Grace suspeitou que fosse um acidente de carro, notando o Studebaker preto capotado do outro lado da rua, soltando fumaça do motor. Naquele dia, as ruas de Midtown andavam ainda mais entupidas de carros, que disputavam espaço com ônibus, táxis e caminhões de entrega. Mas não parecia haver mais nenhum veículo envolvido no tal acidente. Uma única ambulância estava parada na esquina, e os médicos não pareciam ter pressa; estavam encostados no veículo, fumando.

Grace foi até um policial, cujo rosto gordo saltava direto da gola alta e apertada do uniforme azul-marinho de botões dourados.

— Com licença, a rua vai ficar interditada por muito tempo? Estou atrasada para o trabalho.

O policial a encarou com desdém por baixo da aba do quepe, como se fosse ridículo pensar em uma mulher com emprego, apesar de todas as mulheres que trabalhavam diligentemente nas fábricas, substituindo os homens que tinham se alistado e partido para a guerra.

— Não dá para passar por aqui — respondeu, em tom autoritário. — E não vai ser liberado tão cedo.

— O que aconteceu? — perguntou, mas o policial virou as costas para ela.

Grace deu mais um passo, tentando ver.

— Uma mulher morreu atropelada — informou um sujeito de boina.

Grace notou o para-brisa estilhaçado do Studebaker, sentindo uma náusea repentina.

— Que tragédia — comentou, por fim.

— Eu não vi — respondeu o homem. — Mas disseram que ela morreu na hora. Pelo menos não sofreu.

Pelo menos. Grace ouvira isso vezes demais, depois da morte de Tom. Pelo menos ela ainda era jovem. Pelo menos não tinham filhos — como se aquilo tornasse as coisas mais fáceis. (Às vezes achava que filhos não teriam sido um fardo, e sim um pedacinho dele ali para sempre.)

— Nunca se sabe quando vai tudo acabar — refletiu o sujeito.

Grace não respondeu. A morte de Tom também fora inesperada: o jipe capotara no caminho da base militar até a estação de trem na Geórgia, justo quando ele ia para Nova York visitá-la antes de partir para a Europa. A morte foi anunciada como uma baixa de guerra, mas fora apenas mais um acidente que poderia ter acontecido em qualquer lugar.

O flash da câmera de um repórter acendeu, e Grace cobriu os olhos e se afastou, assustada. Não podia ser vista no meio daquilo tudo. Era o exato oposto do anonimato de que precisava quando se mudara para aquela cidade. Afastou-se, ainda meio cega, abrindo caminho pela multidão de curiosos, procurando um pouco de ar fresco em meio à nuvem de fumaça de cigarro, suor e perfume.

Finalmente longe da barricada, Grace parou e olhou para trás. Toda a 42nd Street estava bloqueada, para o outro lado, então não teria como passar. Voltar por onde viera e dar a volta até o outro lado da estação levaria pelo menos mais meia hora, atrasando-a mais ainda para o trabalho. Praguejou mais um pouco, resmungando sobre a insensatez da noite anterior. Se não fosse Mark, não estaria ali, sem escolha a não ser atravessar por dentro da Grand Central — o único lugar ao qual jurara nunca mais voltar.

Grace se virou para o prédio. A estação se assomava diante dela, sua sombra enorme obscurecendo a calçada. As pessoas entravam direto pelas portas enormes, sem nem parar. Imaginou o interior da estação, o átrio onde a luz entrava pelas janelas de vidro colorido, o grande relógio, ponto de encontro de amigos e amantes. A parte insuportável não era ver o lugar, e sim as pessoas. As mulheres de batom vermelho recém-aplicado, lambendo os dentes da frente para ter certeza de que não estavam manchados, segurando a bolsa junto ao peito, ansiosas. Crianças saídas do banho parecendo um tanto receosas com a chegada do pai de quem não lembravam, porque o homem tinha ido embora quando ainda eram praticamente bebês de colo. Os soldados com o uniforme amassados da viagem desembarcando na plataforma, trazendo margaridas murchas em uma das mãos. Grace jamais teria esse reencontro.

Melhor desistir, ir para casa. Estava louca por um banho, talvez também uma soneca. Mas precisava ir ao trabalho. Frankie tinha entrevistas com uma família francesa às dez, precisava que ela elaborasse a ata. E depois os Rosenberg passariam por lá, atrás dos documentos para garantir sua moradia. Coisas que ela em geral adorava no trabalho: poder esquecer de seus problemas e mergulhar nos dos outros. Mas, naquele dia, a responsabilidade parecia um peso.

Não, precisava ir, e só havia um caminho. Endireitando as costas, Grace disparou na direção da Grand Central.

Atravessou a porta. Era a primeira vez que entrava ali desde a tarde em que chegara de Connecticut, usando seu melhor vestido plissado, os cabelos perfeitamente arrumados, presos em rolinhos de cada lado da cabeça, arrematados com um chapeuzinho casquete. Tom não desembarcara do trem das 15h15 vindo da Filadélfia, conforme o combinado, e ela simplesmente achara que o noivo perdera a conexão. Mas, como ele também não chegara no trem seguinte, Grace ficara um pouco nervosa. Tinha até verificado o quadro de avisos ao lado do balcão de informações no centro da estação, onde as pessoas às vezes colavam bilhetes, para ver se Tom chegara mais cedo, ou se talvez tivessem se desencontrado. Não havia como entrar em contato com ele, então lhe restava apenas esperar. Comera um cachorro-quente, que borrara o batom e deixara um gosto amargo na língua; lera as manchetes do jornal em um dos quiosques pela segunda, e depois terceira vez. Os trens chegavam e se esvaziavam, derramando soldados pela plataforma — todos podiam ser Tom, mas não eram. Depois do último trem da noite, às 20h30, Grace já estava desesperada de preocupação. Tom jamais a deixaria esperando daquele jeito. O que acontecera? Até que, finalmente, um tenente de cabelos acaju que ela reconhecera da cerimônia de posse de Tom, viera em sua direção, uma expressão de horror estampada no rosto. E ela soubera na hora. Sentira as mãos estranhas daquele homem a segurando quando seus joelhos cederam.

E, passando ali outra vez, depois de tanto tempo, a estação tinha a mesma aparência daquela noite fatídica: um rio eficiente e interminável de viajantes e pessoas indo trabalhar, imperturbadas pelo lugar de destaque que o local ocupara em sua cabeça, todos aqueles meses. *Continue andando*, ordenou a si mesma, a larga saída do lado oposto da estação brilhando como um farol, chamando-a. Não precisava parar ali e ficar lembrando.

Sentiu uma coisa estranha na perna, pareciam as unhas afiadas de uma criancinha. Parou e examinou, mas era só um rasgo na meia-calça. Será que tinham sido as mãos de Mark? O rasgo ficava maior a cada passo, já quase um rombo na canela. A vontade de tirar a meia surgiu de repente, com urgência.

Correu até as escadas que davam para o banheiro público do andar inferior. Tropeçou enquanto tentava desviar de um banco e quase caiu. Virou o pé, e uma onda de dor irradiou até o tornozelo. Grace foi mancando até o banco e levantou o pé, presumindo que o salto que não consertara direito tivesse desencaixado outra vez. Mas o sapato ainda estava intacto. Olhou melhor, e notou que tropeçara em alguma coisa que despontava por baixo do banco. Uma mala marrom, enfiada ali sem muito cuidado. Grace olhou ao redor, irritada, perguntando-se quem poderia ter sido tão irresponsável a ponto de deixar a mala daquele jeito, mas não havia ninguém por perto, e todos que passavam nem pareciam notar a estranha bagagem. Talvez o dono tivesse ido ao banheiro ou comprar um jornal. Enfiou a mala um pouco mais para baixo do banco, de modo que ninguém mais pudesse tropeçar, e seguiu em frente.

Do lado de fora do banheiro feminino, viu um homem de uniforme esfarrapado sentado no chão. Por um breve instante, sentiu-se grata por Tom não ter vivido para que a guerra o destruísse daquela forma. Sempre teria uma imagem imaculada dele, perfeito e forte. Tom não tivera o azar de voltar para casa traumatizado, como tantos soldados, todos se esforçando para parecerem fortes, apesar do estrago mental. Enfiou a mão no bolso em busca de suas últimas moedas, tentando não pensar no café que tanto queria e que sem o qual teria que ficar. Deixou as moedas na mão rachada do sujeito. Simplesmente não havia como fingir que ele não estava ali.

Grace entrou no banheiro e se trancou em um cubículo reservado para tirar a meia-calça. Depois, foi até o espelho, ajeitou os cabelos pretos como nanquim e reaplicou o batom da Coty, sentindo, no gosto de cera, tudo que acontecera na noite anterior. Na pia ao lado, uma mulher mais nova passava a mão sobre a barriga redonda, coberta pelo casaco. As grávidas pareciam despontar por toda parte, fruto de tantos reencontros felizes com os rapazes que voltavam da guerra. Grace sentia o olhar da mulher, julgando sua aparência desgrenhada. *Ela sabia.*

Lembrando-se de que ficara ainda mais atrasada para o trabalho, Grace saiu correndo do banheiro. Enquanto atravessava a estação mais uma vez, notou a mala na qual quase tropeçara minutos antes. Ainda estava embaixo do banco. Diminuindo o passo, foi até lá e olhou em volta, querendo ver se alguém viria atrás da bagagem solta.

Ninguém apareceu, e Grace se ajoelhou para examinar a mala. Não era nada extraordinária: uma borda arredondada, como mil outras valises que os viajantes levavam pela estação todos os dias, com a alça gasta de madrepérola um tanto mais bonita que a maioria. Só que a mala não estava sendo levada para lugar algum; estava largada debaixo de um banco. *Abandonada.* Será que fora perdida? Grace hesitou, lembrando-se de uma história da época da guerra sobre uma mala que na verdade era uma bomba. Mas aquilo já passara; o perigo das invasões ou de mais um ataque, que antes parecia permear cada esquina, fora eliminado.

Grace examinou a mala em busca de algum sinal de seu dono. Um nome fora escrito a giz na lateral. Teve a triste lembrança de alguns clientes de Frankie, sobreviventes dos campos que tinham sido forçados a escrever os nomes em suas malas, depois da falsa promessa dos alemães de que algum dia reaveriam seus pertences. Aquela mala tinha uma única palavra: *Trigg.*

Grace considerou suas opções: falar com algum funcionário ou simplesmente ir embora. Estava atrasada para o trabalho. Mas a curiosidade não a deixava em paz. Talvez houvesse alguma identificação dentro da mala. Mexeu no fecho, que se abriu quase que por conta própria, então acabou erguendo um pouco a tampa. Olhou por cima do ombro, sentindo como se alguém fosse flagrá-la fazendo algo errado. Então examinou dentro da mala. Estava arrumada, com uma escova de cabelo prateada e uma barra de sabão de lavanda da Yardley em um dos cantos, cheia de roupas femininas muito bem dobradas. Um par de sapatinhos de bebê repousava no fundo da mala, mas nenhum outro sinal de roupas de criança.

De repente, estar mexendo naquilo pareceu uma invasão de privacidade imperdoável (o que de fato era, claro). Grace foi fechar a mala, mas, enquanto puxava a mão para fora, alguma coisa cortou seu dedo indicador, e ela não conseguiu conter um gritinho. Era um corte de mais ou menos dois centímetros de comprimento, o sangue já escorrendo. Levou o dedo até a boca e chupou o ferimento, tentando estancar o sangramento. Enfiou a outra mão dentro da mala, querendo descobrir o que cortara seu dedo, se era uma lâmina ou faca. Debaixo das roupas havia um envelope, talvez com meio centímetro de espessura. O corte fora feito pela beirada afiada do papel. *Deixe isso aí*, dizia uma voz em sua cabeça. Mas, sem conseguir se conter, ela abriu o envelope.

Dentro havia uma série de fotografias, envoltas cuidadosamente em um pedaço de renda. Grace as tirou do envelope, e uma gota de sangue escorreu de seu dedo até a renda, manchando-a. Eram mais ou menos dez fotos, cada uma com o retrato de uma única jovem. As mulheres eram diferentes demais para serem parentes. Algumas usavam uniformes militares, outras, blusas ou blazers impecavelmente passados. Nenhuma devia ter mais que 25 anos.

Segurar as fotos daquelas estranhas parecia íntimo demais. Queria guardá-las de volta, esquecer o que vira. Mas os olhos da jovem na primeira foto eram escuros e convidativos. Quem poderia ser?

Foi então que ouviu as sirenes de fora da estação e sentiu que eram para ela: a polícia estava vindo prendê-la por ter aberto a bagagem de outra pessoa. Grace se atrapalhou para embrulhar as fotos de volta, às pressas, e recolocar tudo dentro da mala. A renda se amontoava, e não conseguiu guardar o embrulho de volta dentro do envelope. As sirenes estavam cada vez mais altas. Não havia tempo. Em movimentos furtivos, enfiou as fotos dentro da própria bolsa e empurrou a mala de volta para baixo do banco com o pé, de modo que ficasse fora de vista.

Então correu para a saída, o corte em seu dedo latejando.

— Eu devia ter imaginado que entrar nessa estação não podia dar em boa coisa — murmurou para si mesma.

CAPÍTULO DOIS

ELEANOR

Londres, 1943

O Diretor estava furioso.
Ele bateu a mão enorme, que mais parecia uma pata, com tanta força na longa mesa de conferência que as xícaras balançaram e transbordaram o chá até o pires. A galhofa e a conversa habitual da reunião matinal se reduziu a puro silêncio. O rosto dele estava vermelho.

— Mais dois agentes capturados — esbravejou, sem se dar o trabalho de baixar a voz.

Uma das datilógrafas que passava pelo corredor parou, encarando a cena de olhos arregalados antes de se afastar, apressada. Eleanor se levantou correndo para fechar a porta, abanando a nuvem de cigarro que se acumulara acima de todos.

— Sim, senhor — gaguejou o capitão Michaels, adido da Força Aérea Real. — Os agentes deixados perto de Marselha foram presos horas após a chegada. Não tivemos mais notícias, e presumimos que tenham sido mortos.

— Quem eram? — inquiriu o Diretor.

Gregory Winslow, diretor de Operações Especiais, fora coronel do exército, altamente condecorado na Grande Guerra. Apesar dos quase 60 anos, continuava uma figura imponente, conhecido apenas como "o Diretor" para todos nos quartéis-generais.

O capitão Michael pareceu atordoado com a pergunta. Para os homens que comandavam a operação de longe, agentes em campo eram apenas peças de xadrez sem nomes.

Mas não para Eleanor, sentada ao lado dele.

— Harry James. Canadense formado na Magdalen College, de Oxford. Ewan Peterson, que era da Força Aérea Real. — Ela sabia de cor os detalhes de cada homem que tinham enviado para campo.

— É a segunda prisão este mês. — O Diretor mordeu a ponta do cachimbo, mas não fez menção de acendê-lo.

— Terceira — corrigiu Eleanor com toda a delicadeza, sem querer enfurecê-lo mais ainda, mas também sem querer mentir.

Quase três anos tinham se passado desde a autorização de Churchill para criar a Executiva de Operações Especiais, conhecida como SOE, na língua original, e sua ordem de "atear fogo à Europa" com sabotagem e subversão. Desde então, a SOE mobilizara cerca de trezentos agentes no continente para desestabilizar fábricas de munição e linhas de trem. A maioria fora direcionada para a França, como parte da unidade chamada "Seção F", que tinha o objetivo de enfraquecer a infraestrutura e armar os partidários franceses antes da muito falada e aguardada invasão dos Aliados.

Mas, além dos muros de sua sede, na Baker Street, a SOE não era vista como um enorme sucesso. A agência britânica de Inteligência, a MI6, e algumas das outras agências tradicionais do governo ressentiam-se da sabotagem da SOE, que viam como amadora e nociva para suas próprias — e mais clandestinas — operações. O sucesso dos esforços da SOE também era difícil de quantificar, fosse porque tais esforços eram secretos, fosse porque seus efeitos só seriam sentidos na invasão. Para completar, as coisas tinham começado a dar errado, e cada vez mais de seus agentes eram presos. Talvez o problema fosse o tamanho da operação, que os tornava vítimas do seu próprio sucesso? Ou seria algo totalmente diferente?

O Diretor a encarou, como um leão que acabava de descobrir uma nova presa.

— Que diabo está acontecendo, Trigg? Eles estão mal preparados? Cometendo erros?

Eleanor ficou surpresa. Chegara à SOE como secretária, logo após a criação da organização. Sua contratação fora uma batalha: além de ser mulher, era polonesa — e judia. Poucos achavam que ela pertencia ao lugar. Muitas vezes, Eleanor se perguntava como, de seu pequeno vilarejo perto de Pinsk, chegara aos saguões do poder em Londres. Mas persuadira o Diretor a lhe dar uma chance, e, com suas habilidades, conhecimento, atenção meticulosa aos detalhes e memória enciclopédica, ganhara a confiança. Apesar do título e do salário terem permanecido os mesmos, Eleanor virara uma espécie de conselheira. O Diretor insistia para que ela se sentasse à mesa de conferência, imediatamente à sua direita, em vez de com as outras secretárias, nos cantos — Eleanor suspeitava que o Diretor fizera isso em parte para compensar o fato de ser surdo daquele lado, coisa que não admitia a mais ninguém. Logo após a reunião, Eleanor sempre se reunia a sós com ele para resumir tudo que fora discutido, se certificando que o homem não perdera nenhum detalhe.

Mas era a primeira vez em que o Diretor pedia a sua opinião na frente dos outros.

— Com todo o respeito, senhor, o problema não é nem o treinamento nem a execução.

Eleanor de repente se deu conta de todos os olhares voltados para si. Ela se orgulhava da discrição na agência, sempre chamando o mínimo de atenção possível. Mas, agora, seu "disfarce", por assim dizer, fora exposto, e os homens a observavam com ceticismo.

— Então o que é? — insistiu o Diretor, a habitual falta de paciência piorando ainda mais.

— É que são homens. — Eleanor escolheu as palavras com cuidado, sem permitir que a irritação do chefe a apressasse, querendo fazê-lo entender sem que ficasse ofendido. — A maioria dos jovens franceses não está mais nas cidades. Foram recrutados pelo exército da Legião de Voluntários Franceses, a LVF, ou estão lutando, ou foram presos por se recusarem a lutar. É impossível para os nossos agentes se misturarem.

— E o que fazemos? Mandamos todos para campo?

Eleanor balançou a cabeça. Os agentes não podiam se esconder. Precisavam poder interagir com os locais para obter informações. As pessoas que importavam eram a garçonete em Lautrec, ouvindo os soldados conversarem depois de beberem vinho demais; ou a esposa do fazendeiro, notando mudanças nos trens que passavam pelos campos. A verdadeira informação vinha das observações do cotidiano. E os agentes precisavam fazer contato com as *réseaux*, as redes locais de resistência, para fortalecer seus esforços em subverter os alemães. Não, os agentes da Seção F não podiam operar entocados em porões e cavernas.

— Então o quê? — pressionou o Diretor.

— Há outra opção...

Eleanor hesitou, e o chefe a encarou, impaciente. Claro que sabia o que dizer, mas o que estava prestes a declarar era tão audacioso que precisava de coragem para prosseguir. Ela respirou fundo.

— Envie mulheres.

— Mulheres? Como assim?

Eleanor tivera a ideia semanas antes, vendo uma das mulheres da sala do rádio decodificar a mensagem que chegara de um agente em campo na França. *Um talento desperdiçado*, pensara. A garota devia estar operando em campo. A ideia era tão estranha que demorara para se cristalizar em sua própria mente. E não tinha a intenção de revelar aquilo ali, na reunião — talvez não fosse dizer aquilo nunca —, mas a ideia saíra, mesmo ainda não completamente formada.

— Isso mesmo.

Eleanor ouvira falar sobre agentes mulheres, espiãs independentes trabalhando sozinhas no leste, levando mensagens e ajudando prisioneiros de guerra a escapar. Era comum na Primeira Guerra, provavelmente mais do que as pessoas imaginavam. Mas criar um programa formal para treinar e mobilizar mulheres era uma coisa completamente diferente.

— Mas o que elas *fariam*? — indagou o Diretor.

— A mesma coisa que os homens — respondeu Eleanor, irritada por precisar explicar algo óbvio. — Levar mensagens. Transmitir informações pelo rádio. Armar os partidários, explodir pontes.

As mulheres tinham assumido todo tipo de papel na frente interna, atuavam mais apenas como enfermeiras ou guardas locais. Tinham passado a operar armamentos antiaéreos e pilotar aviões. Por que era tão difícil de aceitarem e compreenderem que mulheres também poderiam ser agentes?

— Um setor feminino? — interveio Michaels, mal contendo o ceticismo na voz.

Eleanor se virou para o Diretor, ignorando o sujeito.

— Pense só, senhor — continuou, a ideia ganhando corpo conforme se firmava em sua mente. — Há poucos homens jovens na França, mas há mulheres de sobra. Elas se misturam nas ruas, nas lojas e nos cafés. Quanto às outras mulheres que já trabalham aqui...

Ela hesitou, pensando nas operadoras de rádio sem fio que trabalhavam incansavelmente para a SOE. Por um lado, eram perfeitas: habilidosas, familiarizadas, totalmente comprometidas com a causa. Mas os mesmos recursos que as tornavam ideais também as tornavam inúteis em campo. Estavam enraizadas demais para treinar como operadoras, e já tinham visto muito, sabiam demais para serem redistribuídas.

— Elas também não servem. Precisamos de novas recrutas.

— Mas onde as encontraríamos? — perguntou o Diretor, começando a considerar a ideia.

— Nos mesmos lugares em que encontramos os homens. — Era verdade que não tinham corpos de oficiais dos quais recrutar. — Da Women Army Cops, as WAC, ou das enfermeiras do First Aid Nursing Yeomanry, a FANY, talvez de universidades e escolas profissionalizantes, nas fábricas ou na rua. — Não havia currículo ideal para um agente, não existia um diploma específico. Era mais uma questão de sentir que a pessoa poderia fazer aquele tipo de trabalho. — E buscaremos o mesmo tipo: gente inteligente, adaptável, fluentes em francês...

— Essas mulheres precisariam ser treinadas — ressaltou Michaels, fazendo aquilo parecer um obstáculo insuperável.

— Os homens também precisam — retrucou Eleanor. — Ninguém nasce sabendo fazer o trabalho.

— E depois? — indagou o Diretor.

— Depois as enviamos para campo.

— Senhor — interveio Michaels —, as Convenções de Genebra proíbem expressamente o uso de mulheres combatentes.

Os homens à mesa assentiram, parecendo concordar com o argumento.

— As convenções proíbem muitas coisas — retrucou Eleanor. Conhecia todos os cantinhos escuros da SOE, as maneiras pelas quais a agência e os chefes driblavam regras e fugiam da lei, no desespero da guerra. — Podemos torná-las parte das FANY, como cobertura.

— Estaríamos arriscando a vida de esposas, filhas e mães — insistiu Michaels.

— Eu não gosto da ideia — declarou um dos homens uniformizados, na ponta oposta da mesa.

Eleanor sentiu o coração mais apertado de nervoso. O Diretor não era um líder muito determinado. Se todos apoiassem Michaels, ele talvez desistisse da ideia.

— E gostam da ideia de continuar perdendo alguns homens para os alemães a cada quinzena? — disparou Eleanor, mal acreditando na própria ousadia.

— Vamos tentar essa abordagem — decretou o Diretor, em um momento de resolução atípico, encerrando qualquer debate. Olhou para Eleanor. — Monte um escritório na Norgeby House e me avise do que vai precisar.

— Eu? — perguntou ela, surpresa.

— A ideia foi sua, Trigg. É você quem vai cuidar dessa droga.

Eleanor se retraiu um pouco com a insensibilidade do Diretor, lembrando-se das mortes que haviam discutido minutos antes.

— Senhor — interrompeu Michaels —, não acho que a srta. Trigg seja qualificada. Sem querer ofendê-la — acrescentou, inclinando a cabeça na direção dela.

Os homens a encaravam com desconfiança.

— Não ofendeu.

Fazia tempo que Eleanor deixara de sofrer com o desdém dos homens da SOE.

— Senhor — chamou o oficial do exército, no outro extremo da mesa. — Também acho a srta. Trigg uma escolha improvável. Com o histórico dela...

Os outros homens assentiram, seus olhares céticos acompanhados por alguns murmúrios. Eleanor podia senti-los analisando-a, duvidando de sua lealdade. *Ela não é uma de nós*, pareciam dizer seus rostos, *não é confiável*. Apesar de tudo que fazia pela SOE, ainda era vista como inimiga. Forasteira, estrangeira. Não por falta de esforço. Trabalhara duro para se misturar, para eliminar qualquer vestígio de sotaque. E dera entrada no pedido de cidadania britânica. Seu pedido de naturalização fora negado uma vez, por questões que nem o Diretor, com todo o seu poder e autorizações, pudera descobrir. Então, Eleanor dera entrada em um novo pedido, alguns meses antes, com uma carta de recomendação dele, esperando que aquilo fizesse diferença. Até agora, não tivera resposta.

Eleanor pigarreou, preparada para desistir. Mas o Diretor falou primeiro:

— Eleanor, monte o escritório. E comece a recrutar e a treinar essas mulheres o mais depressa possível.

Ele ergueu a mão, encerrando mais alguma possível discussão.

— Sim, senhor.

Eleanor manteve a cabeça erguida, sem querer desviar o olhar de todos que a encaravam.

Depois da reunião, ela aguardou todos saírem e abordou o Diretor.

— Senhor, eu não acho que...

— Bobagem, Trigg. Todos sabemos que você é o homem certo para o trabalho, perdoe-me a expressão. Até os militares, apesar de não quererem admitir nem entenderem bem por quê.

— Mas, senhor, mesmo se isso for verdade, eu sou estrangeira. Não tenho influência aqui.

— Você é estrangeira, o que é exatamente uma das coisas que a tornam perfeita para a posição. — Ele abaixou o tom de voz. — Estou cansado de tudo ser prejudicado pela política. Você não vai deixar nenhuma lealdade pessoal ou qualquer outra preocupação interferirem em seu julgamento.

Eleanor assentiu, sabendo que era verdade. Não era casada, não tinha filhos nem outras distrações. A missão era a única coisa que importava — e sempre fora.

— Tem certeza de que não posso ir? — perguntou, já sabendo a resposta.

Apesar de lisonjeada por ser indicada para coordenar a operação feminina, não seria nem de longe tão bom quanto de fato ser mandada para atuar em campo.

— Sem a papelada, não haveria como. — Ele estava certo, é claro. Em Londres, Eleanor podia conseguir ocultar suas origens.

Mas arranjar a documentação para sair do país, ainda mais com o pedido de cidadania pendente, seria muito mais difícil. — De qualquer forma, isso é muito mais importante. Agora você é chefe de um departamento. Precisamos que recrute as garotas. Que as treine. Precisa ser alguém em quem elas confiem.

— Eu? — Eleanor sabia que as outras mulheres da SOE a achavam fria e distante, não o tipo que convidariam para almoçar ou tomar um chá, muito menos alguém em quem confiariam.

— Eleanor — continuou o Diretor, a voz baixa e séria, os olhos penetrantes —, poucos de nós estamos onde achamos que estaríamos quando a guerra começou.

Aquilo era mais verdadeiro do que ele poderia saber. Eleanor pensou no que estava sendo pedido. Uma chance de tomar as rédeas, de tentar consertar todos os erros que fora forçada a assistir de fora durante todos aqueles meses, impotente demais para agir. Apesar de estar a um passo de ser de fato enviada como agente, seria uma oportunidade de fazer muito mais pela causa.

— Precisamos que a senhorita descubra onde as garotas se encaixam e que as faça chegar lá — continuou o Diretor, como se estivesse tudo resolvido, e ela tivesse aceitado.

Eleanor estava em um impasse. A ideia de assumir o cargo era muito atraente. Ao mesmo tempo, a enormidade da tarefa se abria diante dela, como cartas de um baralho dispostas na mesa. Os homens já tinham passado por tanta coisa... Por mais que, no fundo, soubesse que as mulheres eram a solução, prepará-las para agir seria um trabalho hercúleo. Era demais, o tipo de envolvimento — e exposição — que não podia ter.

Então olhou para a parede, onde estavam as fotos dos agentes da SOE mortos em campo, jovens que tinham dado tudo para guerra. Imaginou a inteligência de segurança alemã, a *Sicherheitsdienst*, a SD, na sede francesa, na avenida Foch, em Paris. A SD era encabeçada pelo infame Sturmbannführer Hans Kriegler, ex-comandante de campo de concentração e alguém que, pelos arquivos, era tão ardiloso quanto cruel. Havia relatos de ele usar filhos dos moradores locais para coagi-los a confessar e de pendurar prisioneiros vivos em ganchos de açougue, para obter informações antes de deixá-los para morrer. Sem dúvida, estava planejando a morte de mais agentes naquele exato momento.

E foi então que Eleanor concluiu que não havia escolha a não ser aceitar a tarefa.

— Tudo bem. Vou precisar de controle total — acrescentou. Era sempre importante falar primeiro na hora de estabelecer os termos.

— E terá.

— E só me reportarei a você.

Em determinadas circunstâncias, os setores especiais podiam ter que se reportar através de um dos representantes do Diretor. Eleanor olhou de canto de olho para Michaels, que perambulava pelo corredor. Ele e os outros homens não ficariam nem um pouco felizes por ela ter mais atenção do Diretor do que já tinha.

— A *você* — repetiu, para dar ênfase, querendo ser muito bem compreendida.

— Sem interferências burocráticas — confirmou o Diretor. — Você só se reportará a mim.

Eleanor notou o desespero na voz dele. O Diretor também precisava que ela fizesse aquilo dar certo.

CAPÍTULO TRÊS

MARIE

Londres, 1943

O último lugar no qual Marie esperaria ser recrutada como agente secreta (se é que algum dia esperaria uma coisa daquelas) seria em um banheiro.

Uma hora antes, Marie estava sentada a uma mesa junto à janela do Town House, um café silencioso que ela frequentava na rua York, saboreando alguns minutos de quietude após um dia de digitação interminável no sujo anexo do Departamento de Guerra, onde começara a trabalhar como datilógrafa. Já pensava no fim de semana seguinte, com seus dois dias de folga, e sorria, imaginando Tess, com seus 5 anos e dentinhos tortos que certamente já estariam mais crescidos. Este era o problema em só ver a filha no fim de semana: parecia perder anos naqueles dias entre visitas. Queria estar no interior com a filha, brincando perto do riacho e colecionando pedras. Mas alguém precisava trabalhar, ganhar algumas libras para manter os reparos e evitar que fossem despejadas da antiga casa geminada no distrito de

Maida Vale — isso presumindo que as bombas não acabariam com tudo.

Ouviu um barulho alto ao longe, um estrondo que fez os pratos na mesa chacoalharem. Marie levou um susto, e instintivamente pegou a máscara de gás que ninguém mais carregava desde o fim da *Blitz*. Olhou pela janela de vidro laminado do café. Lá fora, a chuva inundava as ruas, e um menino de 8 ou 9 anos tentava raspar pedaços de carvão do cimento. Seu coração se apertou. Onde estaria a mãe dele?

Lembrou-se de quando, mais de dois anos antes, resolvera mandar Tess para longe. A princípio, a ideia de não estar com a filha era quase impensável. Até que uma bomba atingira os apartamentos do outro lado da rua, matando sete crianças. Pela graça de Deus, Tess não fora uma delas. Na manhã seguinte, Marie começara os preparativos.

Pelo menos Tess estava com a tia Hazel — que era mais uma prima, além de bastante austera, mas que mesmo assim gostava da garotinha. E Tess adorava a antiga casa paroquial onde fora morar, em East Anglia, com seus muitos armários e lugares cheios de mofo nos quais se esconder. Ela podia correr livremente pelos pântanos quando o tempo estava bom, e ajudava Hazel com o seu trabalho na agência postal quando chovia. Marie não conseguia se imaginar colocando sua menina em um trem destinado a um convento gelado no campo ou sabe-se Deus onde, para os braços de estranhos. Vira essa cena se repetindo em King's Cross quase todas as sextas-feiras do ano anterior, quando ia para o norte visitar Tess: mães contendo as lágrimas enquanto ajeitavam os casacos e cachecóis dos filhos, irmãos mais novos agarrados aos mais velhos, crianças com malas grandes demais chorando sem parar, tentando escapar pelas janelas dos vagões. Aquilo tornava quase insuportáveis as duas horas de viagem até poder abraçar Tess. Ficava com a filha até domingo, até Hazel lembrá-la de que era melhor pegar o último trem, para não perder a hora. A filha estava segura e bem e com alguém da família. Mas isso não tornava menos insuportável o fato de ainda ser uma quarta-feira.

Será que já devia ter trazido Tess de volta? A dúvida a atormentava nos últimos meses, conforme via a enxurrada de crianças voltando à cidade. A *Blitz* já acabara havia muito, e uma espécie de normalidade se instalara outra vez na cidade, agora que ninguém mais precisava passar as noites nas estações de metrô. Mas a guerra estava longe de ser vencida, e Marie tinha a sensação de que ainda havia coisa muito pior por vir.

Deixando as dúvidas de lado, Marie tirou um livro da bolsa. Era de poesias de Baudelaire, que ela amava, porque os versos elegantes a levavam de volta a dias mais felizes, quando ainda era uma criança passando o verão na costa da Bretanha, com a mãe.

— Com licença — disse um sujeito, alguns instantes depois.

Marie levantara a cabeça, irritada com a interrupção. O sujeito tinha cerca de 40 anos, era magro e parecia muito comum, com os óculos e o casaco esportivo de tweed. Havia um *scone* intocado no prato da mesa ao lado, da qual o homem se levantara.

— Fiquei curioso para saber que livro é esse — explicou o sujeito.

Marie se perguntou se o homem estava tentando paquerá-la. Essas intrusões tinham se tornado frequentes, com todos os soldados americanos na cidade saindo dos pubs em pleno meio-dia e andando em trios nas ruas, as risadas dissonantes pondo fim à calmaria.

Mas o sujeito tinha sotaque britânico, e sua expressão branda não dava nenhum sinal de ser imprópria. Marie levantou o livro para ele ver.

— Se importaria de ler um pouco para mim? — pediu o homem. — Não sei falar francês.

— Na verdade acho que eu não... — começou a negar Marie, surpresa com o estranho pedido.

— Por favor — insistiu ele, interrompendo-a, em uma voz quase suplicante. — Seria uma grande gentileza.

Marie se perguntou por que aquilo parecia tão importante para ele. Talvez tivesse perdido alguém francês ou, quem sabe, fosse um veterano que lutara lá.

— Certo — concedeu. Alguns versos não fariam mal.

Começou a ler do poema "N'importe où hors du monde" [Em qualquer lugar fora do mundo]. A voz começou tímida, mas aos poucos Marie foi se sentindo mais confiante.

Depois de algumas frases, parou.

— O que achou?

Marie esperava que o homem fosse pedir para ela ler mais, mas ele não pediu.

— Você estudou francês?

— Não, mas sei falar. Minha mãe era francesa, e passávamos verões lá, quando eu era criança.

Na verdade, viajavam no verão para fugir do pai, um bêbado raivoso que não conseguia arranjar nem manter emprego e se ressentia da criação e do dinheiro da família de sua mãe, além de achar uma decepção que Marie não fosse menino. Era por isso que ia com a mãe para a França no verão. E era por isso que, aos 18 anos, fugira de Herefordshire Manor, onde fora criada, para Londres, e adotara o sobrenome da mãe. Sabia que acabaria morta se ficasse na casa que passara a infância inteira odiando, tendo que conviver com o temperamento cada vez pior do pai.

— Seu sotaque é extraordinário — observou o sujeito. — Quase perfeito.

Como ele pode saber, se não fala francês?, perguntou-se Marie.

— Está empregada? — indagou ele.

— Sim. — A mudança de assunto fora abrupta, a pergunta era pessoal demais. Marie se levantou apressada, procurando moedas na bolsa para pagar. — Sinto muito, mas preciso ir.

O homem levantou o braço; quando ela olhou, viu que ele estava oferecendo um cartão de visita.

— Não quis ser rude. Só estava pensando se você gostaria de um emprego. — Ela pegou o cartão. Dizia apenas *Baker Street, 64*.

Não continha nenhum nome, nem de uma pessoa nem do escritório. — Procure por Eleanor Trigg.

— E por que eu faria isso? — perguntou ela, perplexa. — Já tenho emprego.

Ele balançou a cabeça de leve.

— Esse é diferente. É um trabalho importante, e você seria ótima. E bem remunerada. Mas não posso dizer mais.

— Quando devo ir lá? — perguntou, certa de que jamais iria.

— Agora. — Marie esperava ter que marcar um horário, ou algo assim. — Então vai?

Marie deixou algumas moedas na mesa e saiu do café sem responder, ansiosa para se afastar daquele homem intrometido. Na rua, abriu o guarda-chuva e ajeitou o cachecol vinho estampado para se proteger do frio. Dobrou a esquina e parou, olhando para trás para se certificar de que não estava sendo seguida. Ela olhou mais uma vez o cartão simples em preto e branco. *Bem oficial.*

Eu poderia ter dito não, pensou. E sabia que podia simplesmente jogar o cartão fora e ir embora. Mas estava curiosa: que tipo de trabalho seria, e para quem? Talvez fosse mais interessante do que datilografar sem parar. O homem também dissera que pagava bem, algo de que precisava muito.

Dez minutos depois, Marie se viu no final da Baker Street. Parou ao lado de uma caixa postal vermelha na esquina. Nos livros, a casa de Sherlock Holmes ficava na Baker Street. Sempre imaginara uma rua misteriosa e encoberta por neblina, mas o quarteirão era como todos os outros, cheio de prédios de escritórios sem graça com lojas no térreo. Descendo a rua, viu casas de tijolos que também tinham sido transformadas em escritórios. Foi até o número 64, mas hesitou. *Inter-Services Research Bureau*, dizia a placa na porta. Do que se tratava aquilo tudo?

Antes de ter a chance de bater, alguém abriu a porta e, revelando apenas a mão, apontou para a esquerda.

— Orchard Court, na Portman Square. Vire a esquina e siga até o final da rua.

— Com licença — disse Marie, estendendo o cartão para o vazio onde parecia não haver ninguém. — Eu me chamo Marie Roux. Disseram para eu vir aqui e procurar Eleanor Trigg.

A porta se fechou.

— Isso está cada vez mais estranho — balbuciou, lembrando-se do livro preferido de Tess, *Alice no País das Maravilhas*, que Marie lia para ela durante as visitas.

Dobrando a esquina, havia mais casas geminadas. Continuou pela rua até Portman Square e achou o prédio identificado como "Orchard Court". Marie bateu. Ninguém atendeu. Aquilo tudo estava começando a parecer uma brincadeira bem estranha. Deu meia-volta, pronta para ir para casa e esquecer aquela bobagem.

Mas, atrás dela, a porta se abriu com um rangido. Marie se virou e viu um mordomo de cabelos brancos.

— Sim? — Ele a encarou com frieza, como se ela fosse uma vendedora oferecendo algo indesejável.

Nervosa demais para falar, Marie mostrou o cartão.

O mordomo abriu um pouco mais a porta e gesticulou para que ela entrasse.

— Entre — mandou, impaciente, como se ela estivesse atrasada.

Ele a guiou por um saguão, o pé-direito alto e o lustre dando a impressão de um dia terem sido a entrada de uma bela casa. O mordomo abriu uma porta à direita, então disse, antes de passar por ela e fechá-la:

— Espere aqui.

Marie ficou esperando no saguão, sem jeito, sentindo como se não pertencesse ao lugar. Ouviu passos no andar de cima, e, quando se virou, viu um belo jovem de cabelos loiros descendo uma escada curva. Ele congelou ao vê-la.

— Então você também é parte da algazarra? — perguntou o rapaz.

— Não tenho a mínima ideia do que quer dizer.

O jovem sorriu.

— Acabou de chegar, então? — Ele não esperou resposta. — Algazarra. É como chamamos isso tudo. — Ele gesticulou para o saguão.

O mordomo reapareceu, pigarreando. Sua expressão séria deu a Marie a inegável impressão de que não devia estar conversando com aquele homem. Sem mais uma palavra, o loiro seguiu pelo corredor e desapareceu atrás do que parecia ser uma interminável série de portas.

O mordomo a levou pelo corredor e abriu a porta de um banheiro de azulejos pretos e brancos. Marie o encarou, intrigada. Não pedira para usar o banheiro.

— Aguarde aqui dentro.

Antes de Marie poder questionar, o sujeito fechou a porta, deixando-a sozinha. Ela ficou ali, desconfortável, sentindo o cheiro de limo dos ralos. Fora colocada para aguardar em um banheiro! Tinha que sair dali, mas não sabia bem como, então se sentou na beirada da banheira, cruzando os tornozelos. Aguardou por cinco minutos, que logo viraram dez.

Finalmente a porta se abriu com um clique, e uma mulher entrou. Era pelo menos 10 anos mais velha que Marie, talvez até 20. Tinha um rosto sério. A princípio, o cabelo escuro parecia curto, mas, de perto, dava para ver que estava preso em um coque apertado junto à nuca. Ela não usava maquiagem nem joias, e a camisa branca engomada estava perfeitamente passada, quase como um uniforme militar.

— Eu me chamo Eleanor Trigg, sou diretora de recrutamento. Sinto muito pelas acomodações. Estamos com pouco espaço.

A explicação parecia estranha, considerando o tamanho da casa e o número de portas que Marie vira no corredor. Mas então se lembrou do homem a quem o mordomo pareceu repreender por estar falando com ela. Talvez as pessoas que passassem por ali não devessem se encontrar.

Eleanor a examinou como se avaliasse um vaso ou uma joia, o olhar frio e implacável.

— Então já decidiu? — perguntou, como se ambas tivessem chegado ao fim de uma longa conversa, e não se conhecido trinta segundos antes.

— Decidi? — repetiu Marie, intrigada.

— Sim. Precisa decidir se quer arriscar sua vida, e eu preciso decidir se posso deixar.

Marie estava confusa.

— Lamento, mas... acho que não estou entendendo.

— Você não sabe quem somos? — Marie balançou a cabeça. — Então o que está fazendo aqui?

— Um homem me deu um cartão em um café, e... — Ela hesitou, percebendo o ridículo da situação. Sequer perguntara o nome dele. Ela se levantou. — É melhor eu ir embora.

A tal Eleanor segurou seu ombro com firmeza.

— Não necessariamente. Só porque não sabe por que veio, não quer dizer que não devia estar aqui. Muitas vezes encontramos ajuda onde menos esperávamos... ou não. — A mulher era bem brusca, pouco feminina e definitivamente severa. — Não culpe o homem que a indicou, ele não tinha autorização para dizer mais nada. Nosso trabalho é confidencial. Muitos que trabalham nos mais altos cargos da própria Whitehall não têm ideia do que fazemos aqui.

— E seria o quê, exatamente? — arriscou Marie.

— Somos um setor da Operações Especiais.

— Ah — respondeu, apesar de a resposta não ser nem um pouco esclarecedora.

— Operações secretas.

— Como os decifradores de códigos de Bletchley? Conhecia uma garota que largara o trabalho de datilógrafa para fazer aquilo.

— Algo assim. Mas nosso trabalho é um pouco mais físico. Em campo.

— Na Europa?

Eleanor assentiu. Só então Marie entendeu: queriam mandá-la para lá, para a guerra.

— Quer que eu seja espiã?

— Não fazemos perguntas — retrucou Eleanor.

Então aquele realmente não era um lugar para ela, que sempre fora curiosa — curiosa até demais, como dizia a mãe, sempre fazendo perguntas intermináveis, que só pioravam o humor do pai, conforme Marie passava pela adolescência.

— Não somos espiões — acrescentou Eleanor, como se sugerir aquilo fosse uma ofensa. — Espionagem é coisa da MI6. Em vez disso, aqui na SOE, nossa missão é sabotagem ou destruição de coisas como trilhos de trem, linhas de telégrafo, equipamentos de fábricas e tudo o mais que possa atrapalhar os alemães. Também ajudamos partidários locais a se armarem e resistirem.

— Nunca ouvi falar disso.

— Exatamente. — Eleanor pareceu quase satisfeita com aquilo.

— Mas o que os faz pensar que eu poderia participar de algo assim? Não sou qualificada.

— Bobagem. Você é inteligente, capaz...

Como é que aquela mulher, a quem acabara de conhecer, poderia saber? Talvez fosse a primeira vez na vida de Marie que alguém a descrevia assim. O pai fazia questão de que ela achasse exatamente o contrário. E Richard, o marido desaparecido, a tratara por um tempo como se ela fosse especial, mas veja só o resultado. Marie jamais pensara em si mesma como nenhuma daquelas coisas, mas notou que endireitara um pouco a postura.

— E você fala a língua. É exatamente o que estamos procurando. Já tocou algum instrumento musical?

Apesar de parecer que nada mais poderia surpreendê-la, Marie achou a pergunta estranha.

— Piano, mas quando eu era bem nova. Toquei harpa na escola.

— Pode ser útil. Abra a boca — ordenou Eleanor, assumindo um tom um pouco mais rude, autoritário. Marie tinha certeza de que escutara errado, mas a mulher parecia séria. — A boca — repetiu, insistente e impaciente.

Marie obedeceu, relutante. Eleanor examinou sua boca, como se fosse uma dentista. Marie se eriçou, ressentida com a intrusão de alguém que acabara de conhecer.

— Precisamos tirar as obturações do fundo — decretou a mulher, afastando a cabeça.

— Tirar? — Marie levantou a voz, assustada. — Mas é uma obturação ótima. Só tem um ano, e foi bem cara.

— Exatamente. Cara demais. Vai denunciar que você é inglesa. Vamos substituir por porcelana. É o que os franceses usam.

Então tudo fez sentido: o interesse do homem por sua habilidade com o francês, a preocupação de Eleanor por uma obturação ser inglesa demais.

— Querem que eu me passe por francesa.

— Entre outras coisas. Vai ser treinada em habilidades operacionais antes de ser enviada a campo. E só vai se passar no treinamento. — Eleanor falava como se Marie já tivesse aceitado a proposta. — É tudo que posso dizer por enquanto. A confidencialidade é de extrema importância para nossas operações.

Enviada a campo. Operações. Marie sentia a cabeça a mil. Parecia surreal que, naquela casa elegante, a poucos passos das lojas e do movimento da Oxford Street, uma guerra secreta contra a Alemanha estivesse sendo planejada e travada.

— O carro estará aqui em uma hora para levá-la à escola de treinamento — avisou Eleanor, como se estivesse tudo resolvido.

— Agora? Mas é rápido demais! Eu precisaria resolver alguns assuntos e fazer as malas.

— É sempre assim — respondeu Eleanor. Marie imaginou que eles talvez não quisessem dar às pessoas a chance de ir para casa e começarem a se questionar. — Vamos providenciar tudo de que você vai precisar e avisar ao Departamento de Guerra.

Marie encarou a mulher, surpresa. Não tinha mencionado seu local de trabalho. Foi então que ela percebeu que aquelas pessoas, fossem quem fossem, sabiam demais sobre ela. O encontro no café não fora por acaso.

— Quanto tempo ficarei fora?

— Isso depende da missão e de muitas outras circunstâncias. Você pode renunciar a qualquer momento.

Vá embora, dizia uma voz que não era dela. Marie estava entrando em algo muito maior e mais profundo do que imaginara. Mas não se mexeu. Sua curiosidade tinha sido atiçada.

— Eu tenho uma filha que mora perto de Ely com minha tia. Ela tem 5 anos.

— E seu marido?

— Morto em combate — mentiu.

Na verdade, Richard, o pai de Tess, era um ator desempregado que sobrevivia fazendo papéis de figurante nos shows do West End e desaparecera logo depois de a menina nascer. Marie fora para Londres aos 18 anos, fugida da casa do pai, e se apaixonara pela primeira maçã podre que caíra a seus pés.

— Sumiu na Batalha de Dunquerque.

A explicação, uma mentira mórbida, era melhor que a provável verdade: Richard devia estar em Buenos Aires, gastando o que restava da herança da mãe de Marie, que ela ingenuamente depositara em uma conta conjunta para cobrir as despesas da casa dos dois, assim que se casaram.

— Sua filha está bem cuidada? — Marie assentiu. — Bom. Você não conseguiria se concentrar em nada se estivesse preocupada com isso.

Nunca deixaria de se preocupar com Tess. Naquele instante, soube que Eleanor não tinha filhos.

Pensou na filha, morando no interior, na visita de fim de semana que não aconteceria se aceitasse aquela proposta. Que tipo de mãe faria uma coisa daquelas? A escolha mais responsável seria agradecer a Eleanor, recusar e ficar em Londres, voltar para o que restara de vida normal após a guerra. Era a única pessoa que restava a Tess. Se não voltasse, a filha não teria ninguém a não ser tia Hazel, que certamente não poderia cuidar dela por mais muito tempo.

— O trabalho paga dez libras por semana — acrescentou Eleanor.

Era cinco vezes mais que o que Marie ganhava datilografando. Encontrara o melhor emprego possível em Londres, mas não era o bastante. Mesmo combinado a um segundo emprego, do tipo que a impediria de visitar Tess aos fins de semana, ainda não chegaria ao que Eleanor estava oferecendo. Fez os cálculos. Teria o bastante para manter a casa — mesmo depois de mandar dinheiro para Hazel semanalmente, para cobrir os cuidados e gastos de Tess, algo que simplesmente não era possível no momento. Pensou em dar um vestido novo para a filha, talvez até alguns presentes de Natal. Tess não era mimada e nunca reclamava, mas Marie sempre desejou dar mais à filha das coisas que ela própria não valorizara na infância. De qualquer forma, não era como se pudesse ficar com Tess enquanto trabalhava em Londres. E, para falar a verdade, estava curiosa a respeito da misteriosa aventura que Eleanor lhe oferecera. Sentia-se tão inútil ali, em Londres, sentada datilografando. Era melhor fazer algo de bom, fazer a diferença nos esforços de guerra — se, como dissera Eleanor, ela de fato tivesse o que era necessário.

— Então tudo bem. Estou pronta. Mas preciso ligar para a cuidadora da minha filha e avisar que não vou visitá-la.

Eleanor balançou a cabeça com firmeza.

— Impossível. Ninguém pode saber aonde está indo. Nem mesmo que *está* indo a algum lugar. Enviaremos um telegrama informando sua família de que você precisou viajar a trabalho.

— Não posso simplesmente ir embora sem dizer nada.

— É exatamente isso que você deve fazer. — Eleanor a encarou, sem se abalar. Apesar de sua expressão não mudar,

Marie viu uma sombra de dúvida em seus olhos. — Se não está preparada para fazer isso, pode ir embora.

— Preciso falar com a minha filha. Não aceito nada se não puder ouvir a voz dela.

— Certo — cedeu Eleanor, por fim. — Mas não pode dizer que vai viajar. Tem um telefone na sala ao lado, pode usar. Seja breve. Não mais do que cinco minutos. — Eleanor falava como se mandasse nela, como fosse sua dona. Marie se perguntou se aceitar aquilo não teria sido um erro. — Não fale nada sobre a viagem — reiterou Eleanor.

Marie sentiu que aquilo era uma espécie de teste, talvez o primeiro de muitos.

Eleanor foi até a porta, gesticulando para que Marie a seguisse.

— Espere... Tem uma coisa. — Eleanor deu meia-volta, parecendo irritada. — Tenho que avisar que a família de meu pai é alemã.

Marie observou o rosto de Eleanor, em parte esperando que a informação a fizesse mudar de ideia quanto a aceitar Marie para seja lá o que estava propondo.

Mas a mulher apenas assentiu e disse:

— Eu sei.

— Mas como?

— Você vai àquele café todos os dias, não vai? — Marie assentiu. — Devia parar de fazer isso. Péssimo hábito. Variar a rotina é essencial. Um dos nossos funcionários notou você, quando estava lá, lendo algum livro em francês, e achou que poderia ser uma boa recruta. Então a seguimos até seu trabalho, descobrimos quem era. Depois de pesquisarmos sobre a sua vida, você foi considerada qualificada, pelo menos para o processo inicial. — Marie estava pasma: tudo aquilo acontecera sem ela ter nem ideia. — Temos olheiros e recrutadores por todo o Reino Unido. Mas, no fim das contas, eu é que decido se as garotas servem para o trabalho. Todas passam por mim. — Ela parecia um tanto na defensiva.

— E acha que eu sirvo?

— Talvez — concedeu Eleanor, hesitante. — Tem as referências certas. Mas será testada no treinamento, então veremos se pode colocar essas habilidades para uso. É inútil possuir uma capacidade, se não se tem coragem de ir até o fim. Tem alguma filiação política?

— Nenhuma. Minha mãe não acreditava em...

— É o bastante. Não responda nenhuma pergunta com mais informações do que precisa. — Aquilo fora outro teste. — Jamais fale sobre si mesma ou sobre seu passado. Você vai ganhar uma nova identidade no treinamento.

E vai ser como se eu nunca tivesse existido, pensou Marie.

Eleanor segurou a porta aberta. Marie passou por ela e entrou em um escritório com estantes de livro altas. Havia um aparelho telefônico preto sobre uma mesa.

— Pode ligar daqui.

Eleanor continuou parada na porta, sequer fingindo que daria alguma privacidade. Marie discou para a operadora e pediu para a conectarem à agência postal na qual Hazel trabalhava, na esperança de ela ainda não ter ido para casa. Perguntou por Hazel assim que atenderam.

Uma voz melódica do outro lado da linha exclamou:

— Marie! Tem alguma coisa errada?

— Está tudo bem — assegurou Marie, mais do que depressa, desejando desesperadamente contar a verdade sobre o motivo de ter ligado. — Só queria saber da Tess.

— Vou chamar.

Passou um minuto, depois outro. *Vamos logo*, pensou Marie, com receio de que Eleanor arrancasse o aparelho de sua mão assim que os cinco minutos acabassem.

— Alô! — guinchou Tess, inundando seu coração de amor.

— Querida! Como está?

— Mamãe, estou ajudando a tia Hazel a organizar as cartas.

Marie sorriu, imaginando-a brincando com os escaninhos.

— Boa garota.

— E faltam só dois dias para eu ver você.

Tess, que mesmo ainda bem pequena já tinha uma boa noção de tempo, sabia que a mãe sempre ia às sextas. Só que não iria mais. Marie sentiu um aperto no peito.

— Deixe-me falar com sua tia. E Tess: eu te amo — acrescentou.

Mas a menina já não estava mais na linha. Hazel pegou o fone.

— Ela está bem? — perguntou Marie.

— Ótima. Contando até cem e somando. É tão esperta! Ora, no outro dia mesmo ela... — Hazel parou, parecendo sentir que revelar o que Marie perdera do desenvolvimento da filha só pioraria as coisas.

Marie não conseguia não sentir um pouquinho de ciúme. Ficara apavorada quando Richard a abandonara, deixando-a sozinha com uma recém-nascida. Mas, naquelas longas noites confortando e amamentando um bebê, Tess e ela tinham se tornado uma só. Até que fora forçada a mandar a filha para longe. Estava perdendo tanto da infância de Tess por causa daquela guerra interminável.

— Você vai poder ver pessoalmente no fim de semana — acrescentou Hazel, com delicadeza.

Marie sentiu como se tivesse levado um soco no estômago.

— Tenho que ir.

— Vejo você em breve! — respondeu Hazel.

Com medo de a tia dizer mais alguma coisa, ela desligou.

CAPÍTULO QUATRO

GRACE

Nova York, 1946

Só 45 minutos depois de sair correndo da Grand Central é que Grace finalmente desceu do ônibus na rua Delancey. As fotos que pegara da mala pareciam queimar a sua pele através da bolsa. Quase esperava que tivesse sido seguida pela polícia ou por mais alguém, que a mandasse devolvê-las.

Mas, agora, abrindo caminho pelo movimentado bairro do Lower East Side, onde trabalhara pelos últimos meses, a manhã quase parecia normal. O vendedor da barraquinha de cachorro-quente da esquina acenou quando ela passou. Os limpadores de janela, no alto, alternavam entre discutir um com o outro e soltar gracejos para as mulheres na rua. Um cheiro salgado e delicioso saía da delicatessen Reb Sussel, atiçando seu nariz.

Grace logo chegou à casa geminada da rua Orchard, que fora convertida em escritório, e começou a subida que sempre tirava seu fôlego. O escritório de advocacia para imigrantes Bleeker & Sons ficava quatro lances de escada acima, depois de uma chapelaria e mais dois andares de escritórios de contabilidade. O nome, gravado na porta de vidro, induzia ao erro, considerando que a firma era apenas de Frankie Bleeker, e, pelo que ela sabia, sempre fora assim. Uma fila de quinze refugiados serpenteava escada abaixo, todos de rostos magros, casacos pesados e camadas demais de roupas, como se tivessem medo de se separar de seus pertences. Os rostos pareciam cansados e exauridos, e eles não encaravam ninguém nos olhos. Grace notou o cheiro de falta de banho, mas imediatamente se sentiu envergonhada por se importar com aquilo.

— Com licença — disse, passando delicadamente por uma mulher sentada no chão, com um bebê dormindo no colo.

Entrou no escritório. Do outro lado da única sala, Frankie estava sentado na beirada da mesa gasta, o telefone encaixado entre a orelha e o ombro. Ele sorriu e gesticulou para que Grace se aproximasse.

— Desculpe o atraso — disse, assim que o chefe desligou. — Teve um acidente perto da Grand Central, e precisei dar a volta.

— Passei a família Metz para as onze — informou ele, sem nenhum indício de recriminação na voz.

De perto, Grace notou as marcas de papel na bochecha do chefe.

— Passou a noite toda aqui, não passou? — acusou. — Está com a mesma roupa, então nem tente negar.

Mas imediatamente se arrependeu do comentário, torcendo para que o chefe não notasse que também usava as roupas do dia anterior.

Frankie ergueu as mãos, admitindo, tocando o ponto perto da têmpora onde o cabelo escuro já estava salpicado de fios grisalhos.

— Culpado. Tive que ficar. Os Weissman precisavam dos documentos preenchidos para o pedido de residência e acomodação.

Frankie não se cansava de ajudar os outros, como se o próprio bem-estar não importasse.

— Agora já foi. — Grace tentou não pensar no que estava fazendo enquanto Frankie trabalhava a noite toda. — Mas você devia tentar dormir um pouco.

— Nada de sermão, senhorita — pediu ele, com o sotaque do Brooklyn parecendo se acentuar.

— Mas você precisa descansar. Vá para casa — insistiu Grace.

— E eu digo o que a eles? — Frankie indicou com a cabeça a fila de pessoas esperando no corredor.

Grace olhou para o rio sem fim de necessitados enchendo a escadaria. Às vezes se sentia sobrecarregada com tudo aquilo. O trabalho de Frankie consistia principalmente em ajudar judeus europeus que tinham vindo morar com parentes nos já fervilhantes cortiços do Lower East Side. Às vezes, parecia mais serviço social que de advocacia. Ele aceitava todos os casos, tentando localizar familiares e bens ou arranjar os documentos de cidadania, geralmente recebendo em troca pouco menos que uma promessa de pagamento. Nunca deixara de pagar seu salário, mas Grace às vezes se perguntava como ele ainda conseguia bancar as contas de luz e do aluguel.

Sem falar na saúde dele. A camisa branca estava amarelada no colarinho, e Frankie estava sempre coberto por uma fina camada de suor que o fazia brilhar. Um solteirão convicto ("Quem iria me querer?", brincara, mais de uma vez) aos quase 50 anos de idade, Frankie era um tipo decadente, com a barba por fazer já às dez da manhã e o cabelo raramente penteado. Mas havia uma cordialidade em seus olhos castanhos que impossibilitavam qualquer um de repreendê-lo, e seu sorriso fácil sempre a fazia sorrir também.

— Você precisa pelo menos tomar café da manhã — pediu Grace. — Posso ir buscar um bagel.

Ele dispensou a sugestão.

— Pode só me arranjar o telefone do serviço social no Queens? Quero jogar uma água no rosto antes da primeira reunião.

— Não vai conseguir ajudar nossos clientes se ficar doente.

Mas Frankie simplesmente sorriu e foi ao banheiro, afagando os cabelos de uma criança no corredor quando passou.

— Só um minuto, está bem, Sammy? — prometeu.

Grace pegou o cinzeiro do lado da mesa de Frankie e o esvaziou, então passou um pano na mesa, para tirar o pó. Ela e Frankie tinham encontrado um ao outro, por assim dizer. Depois de alugar o quarto estreito com banheiro compartilhado na rua 54, perto do West River, Grace não demorou para gastar o pouco dinheiro que ainda tinha, então teve que procurar emprego, apesar de suas qualificações não serem muito mais impressionantes que as aulas de datilografia do ensino médio. Quando fora ao prédio de Frankie por causa do anúncio de vaga para secretária de um dos contadores, entrara no escritório do atual chefe por engano. Frankie revelou que estava procurando alguém (se era verdade ou não, Grace jamais saberia), e ela começou a trabalhar no dia seguinte.

Grace logo percebera que o chefe não precisava da ajuda dela. O escritório era minúsculo, quase pequeno demais para os dois. Apesar da papelada parecer equilibrada em pilhas instáveis, Frankie conseguia encontrar qualquer documento do qual precisasse em segundos. O trabalho era frenético, mas ele dava conta de tudo — o que vinha fazendo havia anos. Não, ele não precisava dela. Mas percebera que ela precisava de trabalho, portanto abrira uma vaga. Grace o amava por aquilo.

Frankie voltou para o escritório.

— Está pronta? — perguntou.

Grace assentiu, apesar de ainda desejar ir para casa tomar banho e tirar uma soneca, ou pelo menos tomar mais café. Mas Frankie já avançava, determinado, até a mesa, levando o jovem da escada a tiracolo.

— Sammy, esta é minha amiga Grace. Grace, quero lhe apresentar Sam Altshuler.

Grace olhou para trás do garoto, esperando os outros. Esperava uma família inteira, ou pelo menos um adulto de acompanhante.

— Mãe? Pai? — perguntou, sem emitir nenhum som, por cima da cabeça do garoto.

Frankie balançou a cabeça com tristeza.

— Sente-se, meu filho — pediu Frankie, educadamente. O menino não devia ter mais de 10 anos. — Como podemos ajudar?

Sammy olhou para cima, encarando-os por trás dos cílios compridos, sem saber se podia confiar neles. Grace notou que ele carregava um caderninho na mão direita.

— Gosta de escrever? — perguntou.

— Desenhar — respondeu Sammy com um sotaque forte do leste europeu. Ergueu o caderno e mostrou um pequeno rascunho da fila de pessoas esperando nas escadas.

— Que lindo — elogiou ela.

Os detalhes e expressões nos rostos eram surpreendentemente bem-feitos.

— Como podemos lhe ajudar? — perguntou Frankie.

— Preciso de um lugar para morar. — O menino falava o inglês macarrônico, mas funcional, de um garoto esperto que aprendera sozinho.

— Tem alguma família em Nova York? — perguntou Frankie.

— Meu primo, que divide apartamento com uns caras no Bronx. Mas custa dois dólares por semana.

Grace se perguntou onde Sammy estivera morando até agora.

— E seus pais? — perguntou, sem conseguir se conter.

— Fui separado de meu pai em *Vesterbork*. — Westerbork era um campo de concentração na Holanda. Grace sabia por causa de uma família que tinham ajudado semanas antes. — Minha mãe me escondeu com ela o quanto podia, lá nas... — Ele parou, tentando encontrar a palavra. — Nas alas das mulheres, mas aí a levaram também. Nunca mais vi nenhum dos dois.

Grace estremeceu, tentando imaginar uma criança tendo que sobreviver sozinha em tais circunstâncias.

— É possível que tenham sobrevivido — ofereceu.

Frankie a encarou por cima da cabeça do menino, com um olhar de alerta.

Mas a expressão no rosto de Sammy não mudou.

— Foram levados para o leste — retrucou o menino, a voz inalterada. — Ninguém volta de lá.

Grace imaginou como deveria ser, para uma criança, não ter esperanças. Então se forçou a pensar nos aspectos práticos da situação.

— Sabe, existem lugares para crianças em Nova York.

— Nada disso — respondeu Sammy, parecendo em pânico. — Nada de orfanato.

— Grace, podemos conversar por um instante? — Frankie a chamou para o canto, afastando-se de Sammy. — Esse menino passou dois anos em Dachau. — O estômago de Grace se revirou, imaginando as coisas terríveis que os jovens olhos de Sammy deviam ter testemunhado. — E depois ficou em um campo para deslocados por mais seis meses, até conseguir chegar aqui usando os documentos de outro menino que morreu. Ele não vai para mais uma instituição onde as pessoas possam machucá-lo.

— Mas ele precisa de guardiões, de estudo...

— O que ele precisa — respondeu Frankie, com delicadeza — é de um lugar seguro para morar.

O que é o mínimo para sobreviver, pensou Grace, infeliz. Tão menos que a família amorosa que uma criança deveria ter. Se tivesse um apartamento de verdade, poderia levar Sammy para casa.

Frankie voltou até o garoto.

— Sammy, vamos dar início ao processo de declarar seus pais como falecidos, para então podermos receber os pagamentos da assistência social.

A voz do chefe era prática, o que Grace sabia que não significava que ele não ligava. Ele estava ajudando um cliente (mesmo que fosse bem jovem) a arranjar o que era necessário.

— Quanto tempo isso vai levar? — perguntou o garoto.

Frankie franziu o cenho.

— Não é um processo rápido. — Ele pegou a carteira e tirou cinquenta dólares. Grace quase arfou. Era uma quantia grande para o trabalho deles, e Frankie não podia se dar aquele luxo. — Isso deve bastar para você morar um tempo com seu primo. Guarde bem e não dê para ninguém. Venha conversar comigo daqui a duas semanas. Ou antes, se as coisas não estiverem boas com seu primo, combinado?

Sammy encarou o dinheiro, cheio de dúvidas.

— Não sei quando posso pagar de volta — avisou, a voz muito mais solene que a idade sugeria ser possível.

— Que tal me dar aquele desenho? — sugeriu Frankie. — Vai ser o suficiente.

O garoto arrancou a página do caderno com todo o cuidado e aceitou o dinheiro.

Grace ficou olhando Sammy sair, sentindo um aperto no peito. Lera e ouvira as histórias nos noticiários — tinham começado aos poucos, depois inundaram os jornais — sobre as matanças e demais atrocidades que aconteciam na Europa, enquanto as pessoas da América iam ao cinema e reclamavam da falta de meias-calças de nylon. Mas foi só quando passou a trabalhar com Frankie que viu o sofrimento no rosto daquelas vítimas e começou a realmente entender. Tentava manter distância dos clientes. Sabia que, se deixasse tocarem seu coração, mesmo que pouco, a dor deles acabaria com ela. Mas, quando se deparava com alguém como Sammy, não conseguia evitar.

Frankie foi até ela e pôs o braço em seu ombro.

— É difícil, eu sei.

Grace o encarou e perguntou:

— Como você consegue? Como faz isso?

Ele ajudava pessoas a reconstruírem a vida do zero havia anos.

— É só mergulhar no trabalho. Falando nisso, os Beckerman estão esperando.

As horas seguintes consistiram em uma série de entrevistas. Algumas em inglês, outras ela traduziu usando todo o francês que aprendera na escola, e outras Frankie conduziu em um alemão fluente que alegava ter aprendido com a avó. Grace datilografava depressa, anotando tudo o que Frankie ditava a respeito do que fazer por cada cliente. Mas, entre as reuniões, o pensamento de Grace voltava para a mala que encontrara na estação de trem aquela manhã. Por que alguém largara aquilo? Ficou pensando se a dona (Grace presumia que fosse de mulher, pelas roupas e artigos de higiene no interior) a teria esquecido, ou se já sabia que não voltaria para pegá-la. Talvez estivesse lá para alguém encontrá-la.

— Por que não paramos para almoçar? — perguntou Frankie, quase à uma da tarde.

Grace sabia que na verdade o chefe estava falando que era hora de ela almoçar enquanto ele trabalhava, que só beliscaria alguma coisa que ela trouxesse. Mas não contestou. Enquanto descia as escadas, lembrou que ainda não comera nada.

Dez minutos depois, Grace estava no terraço do prédio, onde gostava de comer quando o tempo estava bom. Tinha uma vista panorâmica do leste de Manhattan até o rio. A cidade começava a parecer um enorme canteiro de obras, dos guindastes gigantes construindo arranha-céus de vidro e aço por toda Midtown até os prédios que se erguiam na beirada do East Village. Viu um grupo de garotas saindo da Zarin's Fabrics para o intervalo de almoço, todas de pernas compridas e muito bem-vestidas, apesar dos anos de escassez e racionamento. Algumas até tinham começado a fumar. Grace não queria fazer aquilo, mas desejava poder se encaixar só um pouquinho. Aquelas mulheres pareciam tão certas de seu lugar no mundo, enquanto ela se sentia uma visitante cujo visto estava prestes a expirar.

Tirou a poeira de um parapeito empoeirado e se sentou. Pensou nas fotos dentro da bolsa. Algumas vezes naquela manhã, ela se perguntara se as imaginara. Mas, quando mexeu na bolsa para pegar algumas moedas para o almoço, lá estavam, embrulhadas na renda. Gostaria de poder olhar as fotografias de novo no almoço, mas o terraço costumava ter muito vento, e ela não queria que nenhuma foto voasse.

Desembrulhou o cachorro-quente que comprara na barraca, sentindo falta do sanduíche de pasta de ovo que normalmente levava. Gostava da ordem e da rotina de seu mundinho, tirava conforto daquela banalidade. Mas tudo parecia revirado. Com a desventura da noite passada, tirara uma peça do lugar (tudo bem que uma peça bem grande, mas mesmo assim era só uma peça), e agora parecia que estava tudo desorganizado.

Olhou para Uptown, para a região de um certo arranha-céu no East River. Apesar de não conseguir vê-lo, o elegante hotel no qual dormira na noite anterior parecia grande em suas lembranças. Tudo começara de um jeito tão inocente... A caminho de casa, fora jantar no Arnold's, um restaurante da 53rd Street pelo qual passara dezenas de vezes. Planejava pedir frango grelhado e batata para a viagem, mas a bancada de mogno do bar, com sua luz suave e música baixa, a atraíra. Não queria ficar sentada em seu quarto apertado, comendo mais uma vez sozinha.

— O menu, por favor — pedira ao maître.

Fora até o bar, tentando ignorar os olhares dos homens, surpresos por verem uma mulher jantando sozinha.

Então notara um homem na ponta do bar; usava um terno cinza elegante e olhava para a direção contrária. Tinha ombros largos e cabelo castanho curto e cacheado, assentado com pomada. Um interesse há muito esquecido surgiu dentro dela. O sujeito se virara para ela e se levantara, o rosto cheio de uma expressão de familiaridade.

— Grace?

— Mark...? — Demorara um segundo para reconhecê-lo, tão fora de contexto.

Mark Dorff tinha sido colega de quarto de Tom na Yale.

Ele fora mais do que apenas colega de quarto de Tom, lembrou, os detalhes voltando aos poucos. Mark era melhor amigo. Apesar de dois anos mais velho, Mark era uma presença constante entre a multidão de garotos de ternos azul-marinho de lã nos eventos e nos bailes. Ele inclusive fora convidado para o casamento. Mas era a primeira vez que se falavam a sós.

— Eu não sabia que você estava morando em Nova York.

— Não estou. Quer dizer, mais ou menos... — Grace tentara encontrar as palavras certas. — Só estou aqui por um tempo. E você?

— Estou morando em Washington. Fiquei aqui alguns dias a trabalho, mas amanhã cedo já volto para casa. Que bom ver você, Gracie.

Ela nunca gostara do apelido que a família escolhera e que Tom também passara a usar. Parecia diminutivo, feito para mantê-la em seu devido lugar. Mas sentiu um certo aconchego ao ouvi-lo, e percebeu o quanto sentira falta daquilo nos meses que passara sozinha na cidade.

— Como você está?

Era a pergunta que mais a horrorizava desde a morte de Tom. As pessoas sempre falavam como se tentassem demonstrar a medida certa de solidariedade, perguntando de um jeito íntimo, mas não tanto assim. No entanto, Mark parecia preocupado, como se realmente quisesse saber.

— Que coisa idiota de perguntar — completara ele, quando ela não respondeu. — Sinto muito.

— Tudo bem — assegurara Grace, mais do que depressa. — Estou bem.

A verdade é que ficara mais fácil. Morar em Nova York e não ver os locais que a lembrariam de Tom todo dia permitira que deixasse tudo para trás, pelo menos por um tempo. A sensação de anestesia, aquele tipo de esquecimento, era parte do que a levara até lá. Mas ainda se sentia culpada por ter encontrado aquela paz.

— Sinto muito por não ter conseguido ir ao funeral. Eu ainda estava fora do país.

Ele abaixara o rosto. Seus traços não eram perfeitos. Os olhos castanho-claros eram um pouco juntos demais, o queixo era meio pontudo. Mas o conjunto era belo.

— Foi tudo meio que um borrão — confessara Grace, aliviada. — Mas as flores... — Eram maiores que todas as outras. — Foi tão gentil da sua parte.

— Era o mínimo que eu podia fazer. Perder Tom daquele jeito... foi tão errado.

Grace notara na expressão dele que a perda do amigo o afetara profundamente. Lembrava que Mark era diferente dos outros rapazes da Yale, e não apenas por ser melhor amigo de Tom. Ele era um pouco mais quieto, mas de uma maneira confiante, não tímida.

— Estamos montando um fundo para bolsas de estudo no nome dele — revelara Mark.

Grace ficara com vontade de sair correndo, para evitar o passado, que tentava voltar e envolvê-la daquele jeito.

— Bom, foi um prazer ver você.

— Espera — dissera ele, segurando-a pelo braço. — Fique mais um pouco. Seria bom conversar com alguém que conheceu Tom.

Grace não achara que seria nada bom, mas aceitara ficar, deixando o barman servir uma dose generosa de conhaque. Em algum momento, Mark movera o banco para mais perto, o que não parecera presunçoso nem errado. Daquele ponto em diante, a noite ficou confusa, e as horas sumiram. Depois de um tempo, Grace começara a notar que o restaurante era muito mais um bar. O que estava pensando quando decidira entrar? Era viúva havia pouco menos de um ano, não tinha nada que ficar conversando com homens estranhos.

Mas Mark não era um estranho. Ele conhecera Tom, conhecera de verdade, e Grace acabara perdida em suas histórias.

— Então encontrei Tom no telhado do dormitório, e ele não lembrava de como tinha ido parar lá. Mas só estava com medo de se atrasar para a aula... — Mark terminara a história, que devia ter sido engraçada.

Em vez de rir, Grace sentira os olhos arderem. E cobrira a boca com uma das mãos quando as lágrimas começaram a descer.

— Ah, me desculpe! — pedira Mark.

— Não é culpa sua. É só que estamos aqui, rindo disso...

— Sem Tom. — Mark entendia, de um modo que ninguém mais poderia entender.

Ele estendera o braço para limpar uma mancha de batom do rosto de Grace, mas deixara a mão parada contra sua pele.

Então mudara de assunto. Tinham falado de música ou de política, ou talvez das duas coisas. Só mais tarde é que Grace se dera conta de que Mark não contara nada sobre si mesmo.

Forçando-se a tirar os olhos do hotel, Grace afastou aquelas imagens da cabeça. Já estava feito. Saíra de fininho do elegante quarto de hotel enquanto ele ainda dormia e pedira um táxi. Nunca mais o veria.

Grace se permitiu pensar no marido, as lembranças que mantinha tão guardadas servindo como uma distração bem-vinda. Conhecera Tom em um verão do ensino médio, quando passara férias com a família em Cape Cod. Ele era o rapaz perfeito: loiro, charmoso, filho de um senador do Massachussets, destinado a estudar em uma das melhores faculdades do país... quase bom demais para ser verdade, de um jeito meio "capitão do time de futebol americano". Tinha sido difícil acreditar que ele a queria. Ela era filha de um contador, a caçula de três meninas. As duas irmãs já eram casadas e moravam a dois quilômetros de onde cresceram, em Westport, Connecticut. A atenção de Tom tinha sido uma fuga da vida de cidade pequena que sempre lhe parecera tão sufocante, e o futuro de intermináveis partidas de bridge e encontros do Rotary Club que pareciam inevitáveis se ficasse lá.

Tom e ela tinham se casado logo após a formatura do ensino médio e alugado uma casa em New Haven enquanto ele fazia faculdade, planejando a mudança para Boston quando se formasse. Falavam sobre uma lua de mel atrasada, um cruzeiro para a Europa, talvez no *Queen Elizabeth II* ou outro transatlântico. Mas então os japoneses bombardearam Pearl Harbor, e Tom insistira em se alistar para a academia militar após a formatura. Estava treinando em Fort Benning, prestes a ser enviado para fora do país.

— Tenho o fim de semana de folga — dissera, por telefone, naquela última noite, como sempre cuidando de tudo. — Não é tempo suficiente para ir até Connecticut, mas podemos passar o fim de semana juntos se você me encontrar em Manhattan. Daí nós nos despedimos no porto de Nova York.

Foi a última vez que ouviu a voz de Tom. O jipe no qual ele estava batera por excesso de velocidade em uma curva a caminho da estação de trem, um acidente estúpido que poderia ter sido evitado. Grace volta e meia ficava olhando, saudosa, as fitas amarelas, as flores que as outras mulheres usavam. Não pensava só nos adereços das viúvas da guerra, mas também em seu orgulho e seu propósito — a sensação de que toda a perda e a dor tinham um bom motivo.

Grace voltara brevemente a Westport após o funeral de Tom. Marcia, amiga de infância que fizera questão de ajudá-la, lhe oferecera um quarto para uma temporada na casa da sua família, nos Hamptons. Grace se sentira aliviada de poder ficar longe dos olhares de solidariedade da família e da cidade onde crescera. Mas achara o silêncio da costa na baixa temporada ensurdecedor, então decidira ir para Manhattan. À família, dissera que ficaria com Marcia, se recuperando, por um longo tempo, sabendo que eles jamais concordariam com ela morar sozinha na cidade grande. Marcia aceitara participar da farsa, enviando para Grace as cartas que chegavam à sua casa. Já fazia quase um ano, e Grace ainda não tinha voltado.

Terminou de comer e voltou para o escritório. A fila de clientes se dispersara, com o fim dos horários de admissão da manhã. Frankie não estava, mas deixara uma pilha de correspondências a serem datilografadas, cartas para diversas agências da cidade em nome de seus clientes. Grace pegou a primeira e a examinou, então encaixou uma folha em branco na máquina de escrever, deixando-se levar pelo som das teclas.

Quando terminou, pegou a folha seguinte, mas parou. Abriu a bolsa e pegou o envelope com as fotos, dispondo-as à sua frente em leque. Doze garotas, todas jovens e belas. Podiam ser de alguma república. Mas a maioria usava uniforme, e, por trás dos sorrisos, os dentes pareciam cerrados, os olhares, solenes. As fotos tinham sido embrulhadas na renda com carinho, mas estavam gastas pelo manuseio, um pouco curvadas nos cantos. Tocando-as, Grace quase podia sentir a energia irradiando delas.

Virou um dos retratos e notou um nome escrito no verso. *Marie. Madeline*, dizia outra, e também havia *Jean* e *Josie*. Uma após a outra, parecendo convidadas de uma festa. Quem eram?

Ergueu a cabeça. Frankie estava de volta, falando ao telefone do outro lado da sala, gesticulando animadamente para seja lá quem estivesse na linha, quase zangado. Podia mostrar as fotos a ele, pedir algum conselho. Frankie talvez soubesse o que fazer. Mas como explicaria que tinha aberto a mala e olhado o conteúdo, e ainda por cima que tinha se apossado de algo que não lhe pertencia?

Grace passou o dedo de leve sobre a primeira foto que vira, a da bela jovem de cabelos escuros chamada Josie. *Não olhe*, parecia dizer uma voz dentro dela. Examinando as fotos, sentiu um súbito desconforto. O que estava acontecendo com ela, que agora roubava fotografias e dormia com estranhos? Aquilo não lhe dizia respeito. Precisava guardar as fotos de volta na mala.

Frankie atravessou a sala, e Grace juntou as fotos depressa, enfiando-as de volta na bolsa. Será que ele tinha visto? Prendeu a respiração, esperando uma pergunta, mas Frankie não fez nenhuma.

— Tenho uns documentos para registrar no foro — informou o chefe.

— Eu levo — respondeu Grace, mais do que depressa.

— Tem certeza?

— Vai ser bom esticar as pernas. Passo lá no caminho de casa.

— Tudo bem, então saia mais cedo, para estar lá antes das 16h30, porque o pessoal da administração costuma ir embora cedo.

Grace assentiu. Aquilo era parte do plano. Sair mais cedo a permitiria voltar à Grand Central para se livrar mais rápido das fotos.

Quase duas horas depois, Grace chegou de metrô à Grand Central, de volta ao lugar onde jurara jamais voltar pela segunda vez no mesmo dia. Subiu de escada rolante até o andar principal. As cores da estação mudaram para as do fim da tarde, os viajantes com menos pressa, cansados e prontos para voltarem para casa.

Enfiou a mão dentro da bolsa, tirando o envelope enquanto andava até o banco. Seu coração estava acelerado. Enfiaria o envelope de volta na mala e sairia depressa, antes que alguém pudesse vê-la e fazer perguntas. Então aquela confusão toda chegaria ao fim.

Chegando ao banco, olhou para trás, para ter certeza de que ninguém na multidão a observava. Grace se ajoelhou e olhou debaixo do banco.

A mala não estava mais lá.

CAPÍTULO CINCO

MARIE

Escócia, 1944

Marie estava sonhando com uma manhã em que assara *scones* amanteigados com Tess. Guardara os bolinhos em uma cesta forrada com papel, para Tess levar a um piquenique que fariam no jardim. Pegou um dos bolinhos, e estava quase colocando-o na boca quando um estrondo repentino fez sua mão congelar.

Acordou com batidas na porta.

— O que foi!?

Antes que pudesse se levantar, a porta se abriu com tudo, e Marie foi encharcada por um balde de água gelada. A pele parecia gritar com o gelo se espalhando pela camisola e pelo lençol.

As luzes fortes foram acesas.

— *En français!* — repreendeu uma voz feminina.

Marie se sentou, tentando entender o que estava acontecendo. *Escócia*, lembrou. Já era quase meia-noite quando o táxi que pegara na estação a deixou na frente da grande casa envolta por neblina. Uma pessoa que a esperava na guarita a levara até um quarto com diversas camas e saíra sem mais nenhuma instrução.

Marie pôs os pés no chão. Uma mulher de vestido cinza a olhava de cima, carrancuda.

— Deve responder em francês, mesmo dormindo. Não basta saber a língua. Você tem que pensar em francês, sonhar em francês. Vista-se e vá para a entrada da casa, para sua corrida matinal, em cinco minutos.

A mulher deu meia-volta e saiu, deixando Marie gelada e tremendo.

Ela se levantou e olhou para a cama vazia ao lado. Eram seis camas ao todo, organizadas em duas fileiras contra as paredes beges e nuas, feito um dormitório. Tirando a sua, todas estavam arrumadas. Vira outras garotas, e escutara suas respirações no escuro, quando tentava vestir a camisola que recebera sem acordar ninguém. Mas elas não estavam mais lá, já tinham se levantado e saído, como deveriam. Por que ninguém a acordara?

Marie pendurou a camisola molhada no aquecedor, que chiava. No baú ao pé da cama, havia dois conjuntos de roupa idênticos: calças e camisas verde-oliva e botas pretas de sola de borracha. Vestiu o conjunto e um casaco igualmente sem graça e saiu rumo ao corredor mofado da Arisaig House, a casa de pedra cinzenta transformada em unidade de treinamento. Apesar de ainda não ter amanhecido, o corredor estava cheio de agentes, a maioria homens, além de algumas poucas mulheres, todos a caminho de seus treinamentos e missões.

Do lado de fora, o ar matinal de fevereiro nas Terras Altas no oeste da Escócia era gélido, e, apesar das roupas secas, Marie ainda tremia pelo banho de gelo de mais cedo. Desejou ter ficado com o cachecol que tinham confiscado na chegada, considerado "inglês demais" pela encarregada. A neblina se dissipara, e dava para ver que a casa ficava em um penhasco inclinado, aninhado entre as antigas florestas nuas, que ainda não tinham acordado do longo inverno. A parte de trás da propriedade seguia em uma colina suave até águas escuras e calmas, com um conjunto de colinas nas margens mais distantes. Em um dia agradável, poderia parecer mais uma casa de férias no campo do que um centro de treinamento secreto.

Marie olhou ao redor, incerta, até que viu um pequeno grupo de mulheres juntas no gramado da frente. Nenhuma falou quando ela se aproximou.

De repente, o chão rugiu. Marie se encolheu e esperou pelo impacto, imediatamente transportada de volta aos ataques à bomba em Londres, apenas alguns anos antes, quando todos corriam para o subterrâneo dos metrôs e abrigos à noite. Mas a terra permaneceu calma.

— Só um exercício — sussurrou uma das garotas. — Alguns rapazes estão treinando com explosivos.

A explicação, que deveria ter sido tranquilizadora, não foi. Estavam treinando com explosivos de verdade, o que tornava a missão por vir ainda mais real.

O grupo começou a corrida sem nenhum sinal, seguindo por um caminho à margem da água. Na frente, uma garota pequena, que não devia ter mais de 20 anos, parecia liderar, marcando o ritmo com suas pernas curtas e magras. Se Marie algum dia tivesse imaginado como seria trabalhar como agente, aquela garota jamais se encaixaria na descrição. Mas era surpreendentemente veloz, e, conforme as outras a seguiam, em uma formação que parecia ter sido combinada sem uma só palavra, Marie precisou se esforçar para acompanhar.

A corrida continuou por um atalho estreito que subia uma colina talvez alta o bastante para ser considerada montanha. Marie não conseguia ver o topo e a dificuldade de controlar a respiração foi aumentando conforme a inclinação ficava mais íngreme. Vendo o quanto ainda faltava à frente, as dúvidas que sentira ao aceitar a missão voltaram: ninguém jamais a considerara particularmente forte nem digna de fazer coisas importantes, nem mesmo ela própria. O que a fazia pensar que daria conta daqueles encargos?

Para se distrair do esforço, analisou o grupo à frente. Eram cinco mulheres, todas com calça cáqui e botas iguais à dela. Corriam com uma facilidade que sugeria que já o faziam havia algum tempo, e pareciam consideravelmente mais em forma.

O grupo chegou a um patamar rochoso.

— Descansem — instruiu a líder, e todas pararam, algumas bebendo de cantis que tinham levado. Marie vira uma garrafa de água de metal junto das roupas que recebera, mas, na pressa, não lembrara de levá-la. — Avante! — gritou a garota, menos de um minuto depois.

As outras guardaram os cantis, e o grupo avançou, o silêncio quebrado apenas por seus passos. Depois do que pareceram horas, chegaram ao topo. A neblina começara a dissipar, e os pardais davam bom-dia uns aos outros. Marie admirou o céu rosado acima de Arisaig House e as águas cintilantes do lago abaixo. Nunca estivera nas Terras Altas da Escócia. Em outras circunstâncias, seria um lugar idílico.

As garotas começaram a descer a colina, sem nenhuma pausa. A corrida foi fisicamente menos cansativa, mas circundar o atalho sinuoso e rochoso parecia quase tão difícil na descida quanto fora na subida. De repente, Marie pisou errado em uma pedra e virou o tornozelo. Ela gritou, sentindo uma pontada de dor na parte inferior da perna, e tropeçou, tentando não cair. Sua primeira atividade no treinamento, e já tinha fracassado. *Continue*, pensou. De dentes cerrados, forçou-se a seguir em frente. Mas o pé latejava e doía mais a cada passo. Ficou ainda mais para trás, a distância já grande demais para não ser notada, pois simplesmente não estava conseguindo acompanhar.

A garota na frente do grupo pareceu perceber. Ela diminuiu o passo até ficar para trás. Marie esperou uma bronca por ser lenta e fraca. Em vez disso, a jovem passou o braço em sua cintura para ajudá-la. Apesar de não ser tão alta, conseguiu levantá-la até apenas os dedos do pé machucado tocarem o chão, bem de leve.

— Venha. Finja que estamos em Londres dançando.

A ideia era tão distante e oposta ao que estavam fazendo que Marie se viu sorrindo em meio à dor. A garota avançava com uma força que parecia sobre-humana, quase carregando-a, até que chegaram à frente do grupo mais uma vez. O solo acidentado piorava a dor no tornozelo a cada passo. Então mais uma moça foi até o outro lado de Marie para ajudá-la a ficar de pé. Marie tentou pelo menos aliviar o peso para não ser um fardo. Desceram a colina como se fossem uma só.

Quando chegaram ao gramado frontal da Arisaig House, a líder do grupo a soltou tão de repente que Marie quase caiu. A outra moça que a estava ajudando também se afastou.

— Obrigada — disse Marie, se apoiando em um muro baixo de pedra que circundava a propriedade. — Acho que não quebrou — continuou, testando se o próprio pé suportaria seu peso, retorcendo o rosto de dor. Ela apoiou as costas na mureta. — Mas talvez um pouco de gelo... Aqui tem enfermaria?

A garota balançou a cabeça.

— Não temos tempo. A corrida demorou mais que devia, porque tivemos que ajudar você, e agora estamos atrasadas para o café da manhã. — Ela não tentou disfarçar a irritação na voz. — Não vai querer perder nenhuma refeição, pois não há nada para comer entre elas. Não podemos levar comida para o alojamento, então ou você come agora, ou passa fome. — Seu sotaque era do norte. Talvez Manchester ou Leeds. — A propósito, meu nome é Josephine. Me chamam de Josie.

Josie tinha cachos escuros em um corte chanel simples, e a pele era um tom mais escuro que a das outras, como um caramelo quente.

— Marie.

Josie abaixou o braço para ajudá-la a se levantar, e apontou para os seus cabelos ainda molhados.

— Vejo que levou o banho Poirot. — Marie inclinou a cabeça de lado, sem entender. — Levou um balde de água gelada por não ter acordado. — Os olhos escuros de Josie brilharam, achando graça. Marie se perguntou se as garotas a deixaram dormir e perder a hora de propósito, para ela levar aquele banho, como uma espécie de trote. — Madame Poirot é nossa instrutora de tudo que pode ser francês. Um misto de diretora com sargento.

Marie seguiu as outras garotas até a mansão. O refeitório era um enorme salão de baile adaptado, com longas mesas de madeira de ponta a ponta. O lugar continha um ar de civilidade que contrastava bruscamente com a escura e gelada caminhada. As mesas tinham guardanapos de linho e porcelana de qualidade. Serventes levavam café em bules de prata. Vários agentes, homens e mulheres já estavam sentados, separados por sexo, e Marie se perguntou se era alguma regra, ou apenas preferência.

Achou um espaço na mesa das mulheres. De tanta sede da corrida, tomou um gole grande demais de seu copo d'água e se engasgou. Pegou um pedaço da baguete. A comida era francesa, mas austera — nada de excessos, como se para acostumá-las ao que teriam em campo.

— Somos quantas? — perguntou Marie. Parecia quase audacioso incluir-se naquele número, já que acabara de chegar. — Mulheres?

— Não fazemos perguntas — respondeu Josie, as mesmas palavras de reprovação que ouvira de Eleanor, quando fora recrutada. Mas continuou: — Cerca de quarenta, incluindo as que já foram alocadas em campo e as desaparecidas.

Marie virou a cabeça.

— Desaparecidas?

— Desaparecidas em ação, presumivelmente mortas.

— O que aconteceu com elas?

— Ninguém sabe.

— Mas somos operadoras de rádio! É tão perigoso assim?

Josie inclinou a cabeça para trás, rindo tão alto que os homens da mesa ao lado olharam.

— De onde acha que estará transmitindo? Dos estúdios da BBC? Estará transmitindo da França ocupada, e os alemães farão qualquer coisa para impedi-la. — Ela ficou séria. — Seis semanas.

— Como é?

— É a expectativa de vida média de uma operadora de rádio na França. Seis semanas.

Marie sentiu um frio na espinha. Apesar de, lá no fundo, saber que o trabalho que aceitara era perigoso, não entendera realmente o quanto poderia ser mortal. Se tivesse se dado conta da possibilidade de não voltar para Tess, jamais teria aceitado. Precisava ir embora imediatamente.

Uma loura que parecia ter a mesma idade dela, sentada à sua frente, estendeu a mão e afagou seu braço.

— Meu nome é Brya. Não deixe Josie preocupar você, querida.

— Em francês — corrigiu Madame Poirot, da porta. Mesmo entre si, todas deviam manter a ficção que retratariam ao serem mobilizadas. — Os bons hábitos começam agora.

Josie repetiu aquela última frase, formando as palavras nos lábios com certo deboche, mas sem emitir som.

Um apito agudo e abrupto fez Marie pular da cadeira. Ela se virou e viu um coronel robusto na porta do salão de jantar.

— Café da manhã cancelado. Todos de volta às acomodações para inspeção!

Um murmúrio nervoso se espalhou entre as garotas, que se afastavam às pressas da mesa.

Marie engoliu um último pedaço de baguete e seguiu as outras depressa até o corredor, subindo um lance de escada até o dormitório. Escondeu debaixo do travesseiro a camisola que tinha pendurado no aquecedor para secar. O coronel entrou sem bater, seguido de seu ajudante de campo.

Josie a encarava de um jeito estranho. Marie percebeu que estava olhando para seu cordão, um pequeno pingente em formato de borboleta, em uma corrente de ouro simples, que ganhara de Hazel quando Tess nasceu. Marie o escondera, uma violação gritante da ordem de entregar todos os pertences pessoais no começo do treinamento. De manhã, na pressa de se secar e se vestir, esquecera de tirá-lo.

Josie aproximou a mão do pescoço de Marie e abriu o cordão sem uma palavra, guardando-o no próprio bolso. Marie estava quase começando a protestar, pois, se Josie fosse pega, o colar seria confiscado e ela estaria em apuros.

O gesto chamou a atenção do coronel. Ele foi até as duas e abriu a tampa do baú de Marie, inspecionando seus pertences, confiscando as roupas que ela dobrara cuidadosamente e guardara no fundo. O coronel pegou seu vestido do baú e apalpou na gola, onde Marie remendara um pequeno furo. Ele arrancou a linha.

— Isso não é costura francesa. Denunciaria você imediatamente.

— Eu não planejava usar a roupa aqui — alegou Marie, antes de perceber que responder era um erro.

— Estar de posse da roupa, se fosse capturada, seria tão ruim quanto — devolveu o sujeito, parecendo zangado com a resposta. — E essas meias...

O coronel segurava o par que ela estava usando ao chegar na noite anterior.

Marie estava intrigada. As meias eram imaculadamente francesas, com a costura de trás completamente reta. O que poderia haver de errado?

— São francesas! — exclamou, sem conseguir se conter.

— *Eram* francesas — corrigiu o coronel com desdém. — Ninguém encontraria esse tipo de meia na França hoje em dia. E nem as de nylon, aliás. As garotas andam pintando as próprias pernas com iodo.

Marie ficou cheia de raiva. Estava ali havia menos de um dia; como esperavam que soubesse esse tipo de coisa?

O ajudante resolveu piorar, pegando um lápis que nem era de Marie da mesinha de cabeceira ao lado da cama dela.

— Esse lápis é inglês, e os alemães sabem. Usar isso a deixaria exposta. Você seria presa e provavelmente morta.

— Onde? — perguntou Josie, de repente.

Todos os olhares se voltaram para ela. *Não fazemos perguntas*, fora o que ela mesma aconselhara, apenas alguns minutos antes. Mas agora parecia ter feito aquilo deliberadamente para tirar a atenção de Marie.

— Onde me faria ser morta? Ainda nem sabemos para onde vão nos mandar!

Marie admirou a ousadia de Josie.

O coronel foi até a jovem e parou bem perto, olhando-a de cima.

— Você pode ser uma princesa, mas aqui não é ninguém. Só mais uma garota que não sabe fazer seu trabalho. — Josie o encarou de volta, sem hesitar. Passaram-se diversos segundos. — Treinamento de rádio em cinco minutos, todas vocês! — esbravejou, antes de dar meia-volta e sair, com o ajudante em seu encalço.

— Obrigada — disse Marie, assim que as outras deixaram o quarto rumo ao treinamento.

— Toma. — Josie devolveu o cordão, então foi até a própria gaveta de roupas e remexeu lá dentro, tirando um par de meias de lã. — Ainda existem essas na França, então ninguém vai brigar por usá-las. É meu último par, então não as destrua.

— Ele chamou você de princesa — comentou Marie, enquanto arrumavam os pertences que haviam sido bagunçados durante a inspeção. — É verdade?

Marie lembrou que não devia fazer perguntas. Não deviam falar sobre suas histórias.

— Meu pai é líder de uma tribo sufi.

Marie não teria considerado Josie indiana, mas aquilo explicava a pele mais morena e os belos olhos de carvão.

— Então por que diabo você está lutando pela Inglaterra?

— Muitos de nossos rapazes estão lutando. Há um esquadrão inteiro de pilotos de Spitfire; sikhs, hindus... ninguém fala sobre isso. Na verdade, não era para eu estar aqui — confidenciou, em voz baixa —, mas não por causa do meu pai. É que meu aniversário de 18 anos é só mês que vem, entende?

Josie era ainda mais nova que Marie pensara.

— E o que seus pais acham disso?

— Os dois morreram em um incêndio quando eu tinha 12 anos. Éramos só eu e meu irmão gêmeo, Arush. Não gostávamos dos lares do estado, então vivíamos sozinhos. — Marie estremeceu por dentro; era o pesadelo que temia ao deixar Tess, uma criança sem pais. E Tess não teria nem mesmo um irmão. — Ele está desaparecido desde que foi a Ardenas. Enfim, eu estava trabalhando em uma fábrica quando ouvi dizer que estavam em busca de garotas, então apareci e os convenci a me aceitarem. Se conseguir terminar o treinamento, tenho esperanças de descobrir o que aconteceu com ele. — Josie parecia determinada, e Marie percebeu que a jovem que parecia tão durona ainda tinha esperanças, contra as probabilidades, de encontrar seu irmão vivo. — E você? Que tiara usa quando não está lutando contra os alemães?

— Nenhuma. Tenho uma filha.

— Então é casada?

— Sim... — começou, a mentira que criara depois da partida de Richard já praticamente um reflexo. Então parou. — Quer dizer, não. Ele foi embora quando minha filha nasceu.

— Canalha.

As duas riram.

— Por favor, não conte a ninguém.

— Não vou contar. — Josie ficou muito séria de repente. — Além disso, considerando que estamos compartilhando segredos, minha mãe era judia. Não que seja da conta de ninguém.

— Os alemães vão fazer ser da conta deles, se descobrirem — ofereceu Brya, colocando a cabeça para dentro do quarto. — Vamos logo, vocês duas, estamos atrasadas para o treinamento de rádio.

— Não sei por que estou aqui — confessou Marie, quando ficaram a sós de novo.

Aceitara o trabalho em grande parte pelo dinheiro. Mas de que adiantaria, se fosse custar sua vida?

— Nenhuma de nós sabe — respondeu Josie, apesar de Marie achar difícil acreditar naquilo. Ela parecia tão forte e determinada. — Todo mundo aqui tem medo e se sente sozinha. Você já expressou esse sentimento. Agora enterre isso de uma vez e nunca mais toque no assunto. — Então acrescentou, a caminho da porta: — De qualquer forma, sua filha é seu motivo para estar aqui. Você está lutando por ela e pelo mundo onde ela vai crescer.

Então Marie entendeu. Não era só pelo dinheiro. Criar um mundo mais justo onde Tess pudesse crescer, isso sim era um motivo.

— Nos momentos de dúvida, imagine sua filha já crescida. Pense então no que vai contar a ela sobre seu papel na guerra. Ou, como disse minha mãe, "crie uma história da qual vá se orgulhar".

Josie tinha razão. Durante toda a sua vida, a fizeram sentir — primeiro seu pai e depois Richard — como se ela, como mulher, não tivesse valor. A mãe, apesar de amorosa, pouco fizera, com sua impotência em corrigir aquela impressão. Mas Marie tinha a chance de criar uma nova história para sua filha. Bastava conseguir. De repente, Tess, a única coisa que a prendia, parecia impulsioná-la a seguir em frente.

CAPÍTULO SEIS

ELEANOR

Escócia, 1944

Eleanor parou na entrada do dormitório feminino, escutando as mulheres respirarem.

Não planejara ir à Arisaig House. O trajeto de Londres não tinha sido fácil; precisara de duas baldeações de trem antes da longa viagem por toda a noite para chegar às Terras Altas escocesas ao amanhecer. Esperava que o raiar do sol dispersasse as nuvens, mas as montanhas continuavam envoltas pela escuridão.

Exceto pelo administrador, que vira seu documento de identificação na chegada, ninguém sabia que estava ali. Havia hora certa para ser vista e hora certa para se manter fora de vista. E este caso era para ficar fora de vista. Precisava ver pessoalmente como estava indo o treinamento desse grupo, saber se as meninas estariam prontas ou não.

Já estava na metade daquela manhã de março. As garotas tinham terminado a aula de rádio e estavam a caminho da lição sobre armas e combate. De trás de uma árvore, Eleanor assistiu enquanto um jovem militar demonstrava uma série de movimentos de luta corpo a corpo, feitos para escapar de uma chave de braço. O combate corpo a corpo fora uma das conquistas mais difíceis para Eleanor — o pessoal da Norgeby House não achava aquilo necessário para as mulheres, argumentando que era pouco provável que se encontrassem em uma situação em que precisassem lutar. Mas Eleanor manteve-se firme, ignorando os outros e indo até o diretor para expor seu ponto de vista: as mulheres estariam exatamente na mesma posição dos homens, precisavam saber se defender.

Ficou assistindo enquanto o instrutor enumerava os pontos mais vulneráveis do corpo (garganta, virilha, plexo solar). Depois de uma ordem que ela não conseguiu ouvir, as garotas se entreolharam, de mãos vazias. Josie, a jovem e pequena sikh que tinham recrutado do norte, estendeu o braço e pegou Marie pelo pescoço. Marie tentou se soltar, parecendo chegar aos limites de sua própria força, e devolveu com um golpe fraco no plexo solar. Não foi a única a ter dificuldades; quase todas as garotas ficaram pouco à vontade com a fisicalidade do exercício.

As dúvidas que tinham motivado sua ida até lá duplicaram. As primeiras recrutas tinham sido enviadas para campo havia três meses. Já eram mais de vinte em campo, espalhadas pelo norte da França e da Holanda. Desde o começo, as coisas não tinham transcorrido bem. Uma foi presa assim que chegou; outra deixou o rádio cair em um riacho e precisou esperar semanas até receber um substituto, para finalmente começar a transmitir. Outras, apesar dos meses de treinamento, simplesmente não conseguiam se infiltrar e se passar por francesas nem manter seus disfarces, e precisaram ser retiradas.

Eleanor brigara pela unidade feminina, dera a ideia e a defendera. Insistira para que as mulheres recebessem o mesmo treinamento rigoroso e completo que os homens. Mas ver aquelas moças com tantas dificuldades a fez se perguntar se talvez os outros estivessem certos. E se simplesmente não fossem feitas para aquilo?

Um ruído atrás dela interrompeu suas reflexões. Virou-se e viu o coronel McGinty, oficial militar sênior na Arisaig House, parado atrás de si.

— Srta. Trigg — cumprimentou ele. Tinham se encontrado apenas uma vez, quando o coronel fora a Londres para dar seus relatórios. — Meu ajudante me contou que estava aqui.

Lá se fora a chegada discreta. Desde que assumira a unidade feminina, a reputação e o perfil de Eleanor dentro da SOE tinham crescido de maneiras que dificultavam uma operação discreta.

— Eu preferia que as garotas não soubessem, pelo menos não por enquanto. E gostaria de revisar todos os arquivos delas quando terminar por aqui.

Ele assentiu.

— Claro. Tomarei as providências.

— Como elas estão se saindo?

O coronel franziu os lábios.

— Suponho que estejam indo bem para mulheres.

Não bem o bastante, pensou Eleanor, tendo que se conter para não gritar. As mulheres *precisavam* estar prontas. O trabalho que fariam, transmitindo mensagens e estabelecendo contato com rebeldes locais, que poderiam fornecer esconderijos para armas ou agentes em fuga, era tão perigoso quanto o dos homens. Estava mandando aquelas mulheres para a França ocupada, diversas iriam para a região de Paris, um ninho de cobras controlado por Hans Kriegler e sua notória agência de inteligência, que se concentrava em encontrar e conter agentes exatamente como aquelas garotas. Elas precisariam de cada dose de esperteza, força e habilidade que conseguissem reunir para evitar a captura e sobreviver.

— Coronel, os alemães não vão tratar essas mulheres com mais gentileza que vão tratar os homens — afirmou, calma, tentando conter a frustração. — Elas precisam estar prontas.

A SOE precisava daquele grupo de garotas em atividade o mais rápido possível, mas enviá-las antes da hora seria uma sentença de morte.

— Concordo, srta. Trigg.

— Dobre o treinamento, se for necessário.

— Estamos usando cada minuto do dia. Mas, assim como com os homens, algumas pessoas simplesmente não foram feitas para a missão.

— Então mande-as de volta para casa.

— Se eu fizer isso, senhora, não restaria nenhuma.

Aquelas palavras foram uma alfinetada, ecoando as opiniões dos oficiais da Norgeby House, que achavam que mulheres simplesmente não eram capazes. Ele assentiu, em um breve cumprimento, e se afastou.

Enquanto seguia as mulheres do campo onde haviam praticado luta corpo a corpo até o campo de tiro logo ao lado, Eleanor ficou pensando se aquilo era mesmo verdade. Nem todas estavam despreparadas para o trabalho.

Havia outro instrutor com elas, mostrando como recarregar uma submetralhadora Sten, a arma estreita e fácil de esconder que algumas poderiam ter que usar em campo. Como mensageiras e operadoras de rádio, nem todas as mulheres receberiam armas de fogo. Mas Eleanor insistira para que todas soubessem usar o tipo de armas com as quais poderiam se deparar. Assistiu de longe. Josie tinha mãos precisas e rápidas, e mostrou a Marie como carregar a arma. Apesar de mais jovem, ela parecia estar cuidando de Marie, cujos dedos eram atrapalhados, deixando cair a munição duas vezes até conseguir carregar a arma. Eleanor fitou a garota, suas dúvidas crescendo.

Algum tempo depois, um sino tocou, indicando que eram 11h30. As meninas saíram em grupo, deixando as armas em campo e correndo para um celeiro em um canto da propriedade. *Mantenha todos ocupados*, era o lema do treinamento. Não deixar tempo para se preocuparem ou pensarem demais nem para se meterem em encrencas.

Eleanor as seguiu de longe, para ninguém notar. O celeiro, que tinha sido convertido para outro uso e ainda tinha restos de feno no chão e um leve cheiro de esterco, virara um posto da

Churchill's Toyshop, a instalação londrina onde eram feitas as engenhocas projetadas para agentes. Ali, as garotas aprendiam sobre os estojos de maquiagem que continham bússolas ocultas e os tubos de batom que na verdade eram câmeras — itens que cada uma receberia logo antes de irem para campo.

— Não toque nisso! — repreendeu Digglesby, o professor que administrava a fábrica, quando uma das garotas se aproximou demais de uma mesa com explosivos. Ao contrário dos outros instrutores, ele não era militar, e sim um acadêmico aposentado da Magdalen College, Oxford, de cabelos brancos e óculos. — Hoje vamos aprender sobre disfarces.

De repente, um grito soou pelo celeiro.

— Aaaaah! —berrou Annette, uma das garotas, correndo para a porta.

Eleanor deu um passo para trás, para não ser vista, e espiou pela janela, buscando o motivo de tanta comoção. As moças tinham se espalhado, tentando correr para o mais longe possível de um dos cantos, onde se via um rato estranhamente destemido.

Mas Marie não correu. Ela avançou cuidadosamente para não assustar o animal, pegou uma vassoura de um canto e a levantou bem alto, como se para atingi-lo.

— Espere! — pediu o professor Digglesby, correndo até ela.

Ele pegou o rato pelo rabo; o animal não se mexeu.

Marie apontou e constatou:

— Ele está morto.

— Não está — corrigiu o professor, erguendo o roedor para todas olharem. As garotas se aproximaram. — É um disfarce.

Ele passou o rato de mentira pelo grupo para inspeção.

— Mas parece tão real! — disse Brya.

— É exatamente o que os alemães vão pensar — respondeu o professor, pegando o rato de volta e virando-o de costas, para mostrar um compartimento na barriga onde uma pequena quantidade de explosivos poderia ser escondida. — Até chegarem perto demais.

O professor as levou para fora do celeiro e se distanciou mais alguns metros, indo até o campo ao lado, onde deixou o rato no chão.

— Para trás — advertiu, voltando para junto do grupo.

Apertou um botão no detonador que segurava e o rato explodiu. As meninas murmuraram, surpresas.

O professor Digglesby entrou de volta no celeiro e retornou com o que pareciam fezes.

— Plantamos detonadores nos lugares mais improváveis — acrescentou. As meninas soltaram gritinhos de nojo. — Também são falsas — murmurou ele, bem-humorado.

— Puta merda! — exclamou Josie. Algumas meninas riram. O professor olhou com desaprovação, mas Eleanor não conseguiu conter um sorriso.

Então Digglesby continuou, sério:

— As iscas podem parecer engraçadas, mas foram feitas para salvar a vida de vocês. E tirar a dos inimigos.

Quando guiou as moças de volta até o celeiro, para mostrar mais explosivos ocultos, Eleanor aproveitou a deixa e voltou para a casa, onde tencionava pedir acesso à sala dos arquivos e uma xícara de chá. Passou o restante do dia sentada atrás de uma escrivaninha estreita, junto a um porta-arquivos no terceiro andar da Arisaig House, revisando os históricos de todas as garotas.

Havia um arquivo para cada, com anotações meticulosas desde a época em que Eleanor as recrutara até cada dia de treinamento. Leu todas, guardando os detalhes na memória. "As garotas", como eram chamadas, como se fossem um coletivo, apesar de na verdade serem todas tão diferentes entre si. Algumas estavam lá havia poucas semanas; outras já estavam prestes a se formar e prosseguir para a conclusão na Beaulieu, uma propriedade no condado de Hampshire, que servia de último passo antes do destacamento. Cada uma tinha seus próprios motivos para aceitar o trabalho. Brya era filha de russos, motivada pelo ódio do que os alemães tinham feito com sua família, nos arredores de Minsk. Maureen, uma garota da classe trabalhadora de Manchester, fora direto do velório do marido se alistar e ocupar o lugar dele.

Josie, apesar de ser a mais jovem, era a melhor do grupo, talvez a melhor que a SOE já tivera. Suas habilidades vinham da necessidade de sobreviver nas ruas. Suas mãos, que certamente já haviam roubado muita comida, eram precisas e ligeiras, e ela corria e se escondia com a velocidade de alguém que já fugira mais de uma vez da polícia — talvez para não ser presa, talvez para não passar a vida em um orfanato. Ela também era muito inteligente, com um tipo de instinto com o qual se nascia e não podia ser ensinado. Havia uma tenacidade em como ela lutava que lembrou Eleanor de momentos sombrios de seu próprio passado.

Eleanor tinha apenas 15 anos na ocasião do *pogrom* — o ataque — em sua vila, perto de Pinsk. Ela se escondera em um banheiro externo enquanto os russos invadiam o vilarejo, estuprando esposas e mães, matando crianças diante dos olhos dos pais. Depois daquilo, sempre dormia com uma faca debaixo do travesseiro, que afiava quando estava escuro e ninguém podia ver. Assistira, impotente, à mãe se oferecer a um oficial russo que ficara para trás na vila, para poder alimentar Eleanor e sua lindíssima irmã mais nova, Tatiana, que tinha pele branca como alabastro e olhos azul-claros. Mas aquilo não bastara para o canalha. Então, quando acordou no meio de uma noite e o viu na cama da irmã caçula, Eleanor não hesitou. Estivera se preparando para aquele momento, sabia bem o que precisava ser feito.

Mais tarde, as pessoas da vila passaram a contar histórias sobre o capitão russo que havia desaparecido. Nem imaginavam que estava enterrado a alguns passos daquela casa, morto pela jovem que fugira com a mãe e a irmã no meio da noite.

Mas seu esforço para salvar Tatiana chegara tarde demais. A irmã morrera logo após as três chegarem à Inglaterra, enfraquecida pela agressão brutal do soldado. Se Eleanor tivesse descoberto antes, se tivesse impedido o que estava acontecendo, a irmãzinha ainda poderia estar viva.

Nunca mais mencionaram Tatiana. Era melhor assim, pois Eleanor suspeitava que, se a mãe se permitisse pensar na filha que perdera, culparia Eleanor, que não era nem metade tão bela ou boa, por lutar contra o russo. Cada pessoa lidava com o luto de um jeito diferente, Eleanor aprendera isso. Para a mãe, era escapando da vida que conhecera no campo, mudando o sobrenome de ambas para um mais inglês e trocando a velha área judaica de Golders Green por um estiloso endereço em Hampstead. Para Eleanor, que se sentia literalmente uma fugitiva desde que saíra do antigo vilarejo, a SOE proporcionava uma forma de lidar com o luto. Mas só na unidade feminina que encontrara o trabalho da sua vida.

Analisou o arquivo de cada garota. Os registros relatavam o progresso de cada uma: pontaria, transmissões sem fio e outras habilidades de que precisariam em campo. Mas seria suficiente? Em cada caso, cabia a Eleanor certificar-se de que a garota tinha o que era preciso. A sede poderia até enviá-las cedo demais, em nome da pressa e necessidade de suporte em campo. Mas Eleanor não mandaria uma única garota nem um segundo antes de estar completamente pronta. Mesmo se aquilo significasse estragar a operação toda.

Depois de um tempo, um ajudante apareceu na porta.

— Senhora, está na hora do jantar, caso queira descer.

— Por favor, mande subir uma bandeja para mim.

O arquivo seguinte era o de Marie. Suas habilidades básicas eram competentes, notou pelos comentários do instrutor. Mas também era descrita como tendo falta de foco e determinação. Não era algo passível de ensinar ou de punir, para que a pessoa superasse. Lembrou de notar Marie tendo dificuldades com armas e o combate, mais cedo. Será que recrutá-la havia sido um erro? A garota parecia fraca, como uma socialite, dessas que não conseguiria durar nem uma semana em tais circunstâncias. Mas era mãe solteira, criando uma filha em Londres — ou pelo menos era, antes da guerra. Aquilo exigia coragem. Testaria a garota no dia seguinte, então daria o telefonema determinando se ficaria com ela ou a mandaria embora de vez.

Eram quase 23h, e o sino marcando o apagar das luzes já soara havia um bom tempo nos andares de baixo quando a visão de Eleanor ficou turva de tanto ler, e ela foi forçada a parar. Deixou os arquivos na mesa e desceu para os dormitórios.

Ouvia a respiração das moças quase em uníssono na escuridão. Viu Marie e Josie em camas adjacentes, as cabeças inclinadas uma para a outra, como que conspirando, como se ainda estivessem conversando. Cada garota ali viera de um lugar diferente, e ali tinham sido unidas como em uma espécie de time. Mas seriam todas separadas de novo, tão rapidamente quanto tinham sido juntadas. Não podiam encontrar forças uma na outra, porque, em campo, precisariam contar apenas consigo mesmas. Eleanor se perguntou como algumas receberiam as notícias, no dia seguinte, e como se sairiam separadamente.

O ajudante que levara a comida mais cedo apareceu atrás dela.

— Senhora, você tem uma ligação de Londres.

Eleanor foi até a sala indicada e pegou o telefone.

— Aqui é Trigg.

A voz do Diretor veio crepitando do outro lado da linha.

— Como estão as garotas? — perguntou, sem mais delongas. — Estão prontas?

Não era do feitio dele ficar na sede até tão tarde, e havia um tom inconfundível de urgência em sua voz.

Eleanor teve dificuldades de responder. Aquele programa era dela, e, se houvesse alguma coisa dando errado, só ela seria a culpada. Já podia ouvir os homens da sede dizendo que sabiam que aquilo ia acontecer. Mas as garotas eram mais importantes que sua reputação ou orgulho. O preparo delas era tudo que as salvaria, que garantiria os objetivos que estavam tentando alcançar.

Deixou suas dúvidas de lado.

— Vão estar.

— Bom. E precisam. A missão da ponte foi liberada.

Eleanor sentiu um frio no estômago. A SOE assumira dezenas de missões arriscadas, mas explodir a ponte perto de Paris seria de longe a mais perigosa e crítica. E uma dessas garotas estaria bem no centro de tudo.

— É bom você estar aí para dar a notícia pessoalmente. Vai contar amanhã? — perguntou o Diretor.

— Sim.

Claro que não contaria tudo à garota, apenas para onde ela iria. O resto viria depois, só quando ela precisasse saber.

Então, lembrando das garotas dormindo, voltou a se encher de dúvidas.

— Não sei se ela está pronta — confessou.

— Precisa estar.

Não dava mais para esperar.

Depois do clique no outro lado da linha, Eleanor desligou o telefone, voltando na ponta dos pés até o dormitório feminino.

Josie estava encolhida, como uma criança, o polegar próximo da boca — um hábito que ela certamente já deixara para trás havia anos. Eleanor sentiu uma onda de superproteção, lembrando-se da irmã que perdera tantos anos antes. Podia proteger aquelas meninas de uma maneira que não pudera fazer com a própria irmã. Precisava que assumissem um trabalho perigoso, potencialmente letal, e que todas voltassem para casa sãs e salvas. Eram as duas únicas coisas que importavam. Conseguiria ambas?

Josie abriu um leve sorriso, e Eleanor imaginou com o que a garota estaria sonhando. Apenas uma jovem, com sonhos de jovens. Eleanor a deixaria continuá-los, pelo menos por mais algumas horas.

Saiu de fininho do quarto, fechando a porta com cuidado.

CAPÍTULO SETE
──────────

MARIE

Escócia, 1944

Marie ainda odiava correr.
    Já estava na Arisaig House havia quase seis semanas, e toda manhã era a mesma coisa: oito quilômetros de ida e de volta, parte do caminho dando a volta no lago, depois uma inclinação horrível conhecida pelas garotas como "o ponto". Seus calcanhares estavam rachados e sangrando, e as bolhas nos pés, depois de todas as escaladas naquela umidade, pareciam constantemente prestes a inflamar. Só de pensar em repetir aquilo tudo já fazia doer os ossos.
    Mas, a caminho do café da manhã, depois de jogar água no rosto para se refrescar um pouco, Marie pensou que não ficava mais para trás durante as corridas. Nas semanas em que estivera ali, ganhara uma velocidade e uma energia que nunca imaginou possuir. Gostava de acompanhar o ritmo de Josie para poderem conversar enquanto corriam. Nada muito grandioso, só uma palavra ou outra de vez em quando. Josie, que passara a maior

parte dos verões de sua infância nas montanhas de Cúmbria, apontava pedacinhos da paisagem escocesa ou contava histórias que escutara sobre a guerra.

Marie passara a conhecer Josie muito bem ao longo do treinamento. Não apenas por causa das aulas e das refeições em grupo; as duas também passavam longas noites conversando, com Josie contando histórias da infância nas ruas de Leeds, com o irmão, espantando safados que queriam tirar proveito de crianças indefesas. Marie contou sobre seu próprio passado, sobre como Richard a deixara sem um tostão. Mas se sentia boba reclamando, depois de Josie contar que passara por tanta coisa ainda tão criança. Sua infância, apesar de cruel, sem dúvida fora cheia de privilégios, e não se parecia em nada com a experiência de Josie nas ruas. Ainda assim, as duas logo ficaram amigas.

No refeitório, ocupavam os lugares de sempre à mesa das mulheres: Josie na cabeceira, com Marie de um lado e Brya do outro. Marie desdobrava o guardanapo cuidadosamente e o colocava no colo antes de começar a comer, ciente de que Madame Poirot estava observando, como sempre. As refeições faziam parte das lições. Aprendera logo que chegara que os franceses limpam o molho do prato com pedaços de pão. E nunca pedem manteiga, já que não havia mais. Até durante as refeições, parecia que estavam sendo minuciosamente examinadas. O menor erro poderia prejudicar alguém.

Marie lembrou de uma noite, logo depois de chegar, quando serviram vinho durante o jantar. "Não beba", sussurrara Josie. Marie congelara a mão acima do copo. "É um truque." Por um instante, pensara que Josie queria dizer que a bebida estava envenenada. Erguera a taça e a levara até o nariz, querendo sentir o cheiro de enxofre, como aprendera no treinamento, mas não sentira nada. Olhou ao redor e notou as garotas aceitando segundas e até terceiras taças. Todas já começavam a corar, conversando despreocupadamente. Então compreendeu que o teste era para ver se seriam descuidadas depois de beber demais.

— Está com pressa — observou Josie, enquanto comiam o desjejum. — Tem um encontro?

— Muito engraçada. Preciso refazer o teste de codificação.

Josie assentiu, compreensiva. Marie já fora reprovada no teste da aula de operadora de rádio uma vez. Não haveria uma terceira chance. Se não passasse hoje, provando que sabia transmitir mensagens, seria mandada de volta para casa.

E o que teria de tão ruim nisso?, pensou Marie, terminando de comer. Não pedira por aquela vida estranha e difícil, e uma parte considerável sua queria fracassar, voltar para casa e ver Tess.

Treinara intensamente da manhã até a noite desde que chegara à Arisaig House. Passava a maior parte do tempo na frente de um rádio, estudando para ser operadora de telégrafo sem fio (chamavam-nas de W/Ts). Mas também aprendera coisas que jamais poderia ter imaginado, como a diferença entre *dead drops* (um local combinado onde um agente deixaria uma mensagem para outro) e *live drops* (um encontro clandestino em pessoa) e quando usar cada um deles, a identificar um local adequado para um encontro secreto, no qual uma mulher poderia plausivelmente ser encontrada por outros motivos.

Mas, se correr ficara mais fácil, o resto do treinamento, não. Apesar de tudo que estava aprendendo, nunca era o suficiente. Não conseguia armar explosivos sem tremer a mão, e era inútil em combate corpo a corpo e nos disparos. E, o que talvez fosse ainda mais preocupante, não sabia mentir e manter a história falsa. Se não conseguia fazer aquilo em um interrogatório de mentirinha, quando os meios de coerção eram limitados, como poderia esperar conseguir manter a fachada em campo? Seu único ponto forte era o francês, que já era melhor que o de todas ali antes mesmo de chegar. Ia mal em todas as outras atividades.

De repente, Marie sentiu saudade de casa. Aceitar aquilo fora um erro. Podia tirar o uniforme, devolvê-lo, prometer jamais contar nada a ninguém e voltar para Tess. Aquelas dúvidas não eram nenhuma novidade; elas a rodeavam durante as longas aulas de teoria e à noite também, enquanto estudava e enquanto tentava dormir. É claro que não as contava a ninguém. As outras moças não tinham dúvidas — ou, se tinham, também as guardavam para si. Eram determinadas, focadas e cheias de propósito, e ela também precisaria ser, se quisesse ficar. Não podia demonstrar medo.

— Tem gente da sede aqui — anunciou Josie, de repente.
— Deve estar acontecendo alguma coisa.

Marie seguiu o olhar de Josie até uma sacada com vista para o refeitório, onde viu uma mulher alta, de pé, observando-as. *Eleanor*. Não via a mulher que a recrutara desde aquela noite, mais de seis semanas antes, mas sempre pensava em Eleanor, nas longas semanas do treinamento. O que a levara a achar que Marie era capaz de fazer esse maldito trabalho, ou mesmo que *gostaria* de fazê-lo?

Ela se levantou e acenou para Eleanor, como se visse uma velha amiga. Mas a mulher simplesmente a encarou com frieza, sem demonstrar nenhum indício de reconhecê-la. Será que ela se lembrava da reunião das duas naquele banheiro, ou Marie era só mais uma entre tantas garotas que ela recrutara, alguém cujo rosto ela nem lembrava? Sentiu as bochechas esquentarem de vergonha, como se tivesse sido esbofeteada. Até que entendeu: não devia fazer nenhuma menção à sua antiga vida nem a ninguém dela. Mais um teste fracassado. Sentou-se de volta.

— Você a conhece? — perguntou a Josie.

A amiga confirmou com a cabeça.

— Foi ela quem me recrutou. Pelo que me disse, estava em Leeds para uma conferência.

— Também foi ela quem me achou — acrescentou Brya. — No departamento de datilografia de uma empresa em Essex.

Cada uma delas parecia ter sido selecionada por Eleanor.

— Foi Eleanor quem projetou esse treinamento — cochichou Josie. — E é ela quem decide para onde iremos ou qual poderá ser nossa missão.

Quando pudermos ir em missão, pensou Marie, lembrando-se de como Eleanor fora fria e desdenhosa em seu encontro em

Londres. E se perguntou se talvez aquilo já não era sinal de que não serviria para a coisa.

— Gosto dela — comentou.

Apesar da frieza inegável, Eleanor possuía uma força que Marie admirava muito.

— Eu não — retrucou Brya. — É tão fria, se acha tão melhor que a gente... Por que ela não bota um uniforme e vai para a França, se sabe fazer tudo melhor?

— Ela tentou — revelou Josie, baixinho. — Já pediu para ir dezenas de vezes, ou pelo menos foi o que ouvi falar. — A jovem tinha uma rede interminável de pontes e conexões. Fazia amizade com todo mundo, dos funcionários da cozinha aos instrutores, e aquilo lhe rendia informações valiosas. — Mas a resposta é sempre a mesma: ela precisa ficar na sede, porque seu verdadeiro valor é aqui, preparando a gente.

Marie observou Eleanor, parada na sacada, parecendo deslocada e quase desconfortável, e se perguntou se era solitário estar no lugar dela, se Eleanor às vezes desejava poder ser uma das garotas.

Terminaram o café depressa; quinze minutos depois, estavam entrando na sala de aula teórica. Doze mesas, dispostas em três fileiras, cada uma com um rádio. A instrutora escrevera a lição no quadro: uma mensagem complexa a ser codificada e enviada. Eleanor estava em um dos cantos da sala, assistindo às moças com atenção.

Marie se sentou diante do aparelho e pôs os fones de ouvido. Era uma invenção esquisita, parecido com um rádio que se usaria para ouvir música ou notícias da BBC, só que disposto em uma maleta e com muitos mais botões e indicadores. Havia uma pequena unidade em cima para a transmissão, e uma abaixo para a recepção. O bocal do adaptador de energia ficava do lado direito, e havia um kit de peças sobressalentes em um bolso à esquerda. O bolso também continha quatro cristais, cada um para ser inserido em uma abertura do rádio, de forma a transmitir em uma frequência diferente.

As outras começaram a trabalhar na mensagem do quadro, mas Marie leu a folha deixada pela instrutora na sua mesa: seu teste. Era de um poema de Shakespeare.

E de agora até o fim do mundo, não poderá jamais ser pronunciado o nome de Crispim Crispiano sem que lembrados todos nós sejamos. Nós, poucos; nós, os poucos felizardos; nós, pugilo de irmãos! Pois quem o sangue comigo derramar, ficará sendo meu irmão. Por mais baixo que se encontre, confere-lhe nobreza o dia de hoje. Todos os gentis homens que ficaram na Inglaterra julgar-se-ão malditos por não terem estado aqui presentes, e hão de fazer ideia pouco nobre de sua valentia, quando ouvirem alguém dizer que combateu conosco neste dia de São Crispiano.

A mensagem precisava primeiro ser codificada através de uma cifra. As cifras ficavam em um saquinho, cada uma impressa em um quadradinho de seda de 2,5 centímetros de comprimento por 2,5 de largura. Cada seda continha o que chamavam de "código desenvolvido", uma cifra única que mudaria cada letra para outra (por exemplo, nesse caso a letra "a" viraria "m", e "o" viraria "w"), até a mensagem não fazer sentido a olho nu. Cada cifra deveria ser usada para codificar uma única mensagem, então descartada. Marie mudou as letras para o código da cifra, transcrevendo a mensagem. Acendeu um fósforo e queimou a cifra de seda, conforme aprendera.

Então começou a datilografar a mensagem usando as teclas do aparelho. Passara semanas aprendendo a teclar as letras em código Morse, praticara tanto que até começara a sonhar em código. Mas ainda tinha dificuldade de digitar depressa, sem cometer erros, como precisaria fazer em campo.

Além disso, operar o rádio sem fio era mais que simplesmente codificar a mensagem e digitar em código Morse. Durante a semana de treinamento, a instrutora de W/T, uma jovem tenente que fora enviada para a SOE diretamente de Bletchley Park, a chamara em um canto.

— Precisamos gravar sua impressão de punho e criar suas verificações de segurança.

— Não entendo.

— Rádios são intercambiáveis, entendeu? Basta ter as bobinas e os cristais para determinar a frequência que a transmissão funciona. Qualquer pessoa que puser as mãos no seu rádio vai poder usá-lo. A única coisa que garante à sede que é realmente você do outro lado são suas verificações de segurança e sua impressão de punho. Vamos primeiro fazer a impressão de punho. Digite uma mensagem para mim falando sobre o tempo.

— Não codificada?

— Sim, apenas digite.

Apesar de ter parecido um pedido estranho, Marie obedecera sem questionar, escrevendo uma frase sobre como o tempo mudava depressa ali na Escócia, com tempestades fortes seguidas de raios de sol. Depois de terminar, levantara a cabeça.

— Continue — mandara a instrutora. — Pode ser qualquer coisa, só não fale sobre seu histórico pessoal. A mensagem precisa ter diversas linhas para podermos entender sua impressão de punho.

Intrigada, Marie continuara.

— Pronto — anunciara a instrutora, depois de ela encher uma folha de besteiras sem sentido, uma história sobre uma nevasca inesperada na primavera anterior que deixara flocos de neve nos narcisos.

A instrutora mostrara a transmissão, impressa no teletipo na frente da sala.

— Viu? Esta é sua impressão de punho: pesada na primeira parte de cada palavras, com uma longa pausa entre as frases.

— Dá para identificar isso com uma única transmissão?

— Sim, apesar de termos suas outras transmissões do treinamento em arquivo para comparar. — Fazia sentido, mas Marie nunca imaginara que existia um arquivo sobre ela. — Mas, na verdade, não muda de sessão para sessão. Sua impressão de punho é como sua caligrafia ou assinatura: é um estilo que identifica sua transmissão como unicamente sua. A força com que bate na tecla, o tempo e o espaçamento entre as letras... Cada agente de rádio tem sua própria impressão de punho. É uma das maneiras que temos de saber que são vocês mesmo.

— Posso mudar minha impressão de punho como uma espécie de sinal de que há alguma coisa errada comigo?

— Não, é muito difícil se comunicar como outra pessoa. Pense só: você não escolhe como vai ser sua caligrafia, ela simplesmente flui. Se quisesse escrever com uma letra diferente, talvez tivesse que escrever com a outra mão. É a mesma coisa com sua impressão de punho: é inconsciente e você não pode realmente mudá-la. Em vez disso, se houver alguma coisa errada, vai precisar nos alertar de outras formas. É para isso que servem as verificações de segurança.

Em seguida, a instrutora explicou que cada agente tinha uma verificação de segurança, um hábito incluído em seu modo de datilografar que o leitor identificaria para saber que era ela. Para Marie, era sempre cometer um "erro", digitando "p" como a trigésima quinta letra na mensagem. Havia uma segunda verificação de segurança também, substituindo alternadamente por "k" o que deviam ser as letras "c" da mensagem.

— A primeira verificação de segurança é conhecida como "verificação blefe". Os alemães sabem que temos verificações, então vão tentar forçar você a revelar a sua. Pode revelar o blefe, se for interrogada. — Só de pensar naquilo, Marie tremeu. — Mas a segunda é a verdadeira verificação, é ela que legitima a mensagem. Você não pode revelar o que é sob nenhuma circunstância.

E Marie completou o segundo teste tomando o cuidado de incluir tanto as verificações blefe quanto a verdadeira. Olhou para trás. Eleanor ainda estava lá; parecia que a observava especificamente. Deixando o desconforto de lado, Marie começou a lição do quadro, ganhando velocidade conforme transcrevia a mensagem com uma nova cifra de seda. Terminou alguns minutos depois e ergueu a cabeça, satisfeita.

Mas Eleanor arrancou a transmissão do teletipo e avançou na direção dela de cara feia.

— Não, não! — exclamou, parecendo frustrada. Marie ficou intrigada. Tinha digitado a mensagem do jeito certo. — Não basta simplesmente dedilhar as teclas do rádio como se fosse um piano. Você precisa comunicar através dele, "falar" de forma que sua impressão de punho seja perceptível.

Marie queria alegar que fizera aquilo, ou pelo menos perguntar o que exatamente Eleanor queria dizer. Mas, antes de ter a chance, Eleanor arrancou a chave do telégrafo do rádio.

— Mas o que é isso? — gritou Marie.

Eleanor não respondeu, simplesmente pegou uma chave de fenda e continuou desmontando o aparelho, tirando peça por peça com tanta força que os parafusos e pinos caíam no chão, rolando e sumindo debaixo das mesas. As outras garotas assistiam, mergulhadas em um silêncio estupefato. Até a instrutora pareceu surpresa.

— Minha nossa! — exclamou Marie, suspirando e tentando reunir as peças.

Naquele instante, compreendeu que sentia uma espécie de conexão com a máquina — treinava com aquele mesmo rádio desde que chegara ali.

— Não basta conseguir operar o rádio — desdenhou Eleanor. — Você precisa saber consertá-lo, reconstruí-lo do zero. Tem dez minutos para montar tudo de volta.

Eleanor se afastou. A raiva de Marie começou a crescer. Aquilo era mais do que um troco pela demonstração de mais cedo, no café da manhã. Eleanor *queria* que ela fracassasse.

Ficou olhando as peças soltas do rádio. Tentou se lembrar do manual que estudara no começo das aulas, esforçando-se para visualizar a parte de dentro do aparelho sem fio. Mas era impossível.

Então Josie foi até ela.

— Comece por aqui — disse, endireitando uma peça da base da máquina que caíra de lado, segurando-a para que Marie pudesse encaixar a placa de base de volta.

Enquanto as duas trabalhavam, as outras moças também se levantaram e a ajudaram a juntar as peças espalhadas pela sala, até se ajoelhando para encontrar cada parafuso perdido.

— Toma — continuou Josie, entregando um botão que deveria ser aparafusado ao transmissor.

Josie, com os dedos pequenos, ligeiros e ágeis, conseguiu apertar um parafuso com o qual Marie estava tendo dificuldade. E apontou para um parafuso que ela não apertara direito.

Finalmente a máquina foi remontada. Mas será que transmitiria? Marie bateu na tecla do telégrafo e esperou. Houve um clique baixo, um registro do código que inserira. O rádio voltou a funcionar.

Marie levantou a cabeça, esperando a reação de Eleanor. Mas a mulher já tinha saído da sala.

— Por que ela odeia tanto você? — cochichou Josie, assim que as outras retomaram seus lugares.

Marie não respondeu. Endireitou a coluna e, sem nem pedir permissão, saiu para o corredor, olhando de porta em porta até encontrar Eleanor em uma sala vazia, revisando um arquivo.

— Por que é tão dura comigo? Você me odeia? — quis saber, repetindo a pergunta de Josie. — Veio até aqui só para acabar comigo?

Eleanor levantou a cabeça.

— Não é pessoal. Ou você tem o que precisamos, ou não tem.

— E você acha que não tenho.

— Não importa o que acho. Eu li seu arquivo. — Marie nunca pensara sobre o que havia escrito naqueles papéis. — Você está se autossabotando.

— Meu francês é tão bom quanto o das outras, tão bom até quanto o dos homens.

— Não é suficiente ser tão boa quanto os homens. Eles acham que não somos capazes disso, então precisamos ser melhores.

— Minha datilografia está cada dia mais rápida, e meus códigos...

— Não estou falando de habilidades técnicas — interrompeu Eleanor. — Estou falando de alma. Seu rádio, por exemplo. Ele não é apenas uma máquina, é uma extensão de você.

Eleanor se abaixou para pegar uma bolsa a seus pés, que Marie não notara antes, e a estendeu para ela. Dentro, estavam os pertences com os quais Marie chegara naquela primeira noite: as roupas e até o cordão de Tess. Suas coisas, que guardara no baú ao pé da cama, tinham sido colocadas naquela bolsa.

— Está tudo aí. Pode trocar de roupa. Daqui a uma hora, um carro estará na entrada, pronto para levá-la de volta a Londres.

— Está me expulsando? — perguntou Marie, incrédula.

Estava mais desapontada do que imaginava que poderia ficar.

— Não, estou dando a você a opção de ir embora.

Marie poderia ter ido embora quando quisesse; não era como se tivesse se alistado. Mas Eleanor deixara a porta aberta, por assim dizer. Estava convidando-a a partir.

Ela se perguntou se aquilo seria algum tipo de teste, mas a expressão no rosto de Eleanor parecia sincera. Aquela chance era mesmo real. Será que aceitava? Poderia estar de volta a Londres de novo amanhã mesmo, poderia se encontrar com Tess logo no fim de semana.

Mas a curiosidade não a deixava em paz.

— Posso fazer uma pergunta?

— Uma — concordou Eleanor, de má vontade.

— Se eu ficar, o que eu faria lá?

Ainda era muito difícil entender a missão, mesmo com todos aqueles treinamentos.

— A resposta mais simples é que iria operar um rádio, enviar mensagens para Londres sobre as operações em campo, e receber

mensagens sobre entregas aéreas de pessoal e de suprimentos.
— Marie assentiu, já sabendo aquilo tudo por causa do treinamento. — Estamos tentando dificultar as coisas ao máximo para os alemães; diminuir a velocidade da produção de munições, atrapalhar as linhas férreas... Qualquer coisa para facilitar o lado de nossas tropas quando a invasão chegar. Suas transmissões são essenciais para manter aberta a comunicação entre Londres e as redes da Europa. Mas você também pode ser convocada de dezenas de outras maneiras. É por isso que precisamos prepará-la para qualquer coisa.

Marie quis estender o braço e pegar a bolsa, mas alguma coisa a impediu.

— Eu remontei o rádio. As outras meninas também ajudaram bastante — acrescentou.

— Isso é muito bom. — O rosto de Eleanor pareceu relaxar um pouco. — E você também foi muito bem com o rato, hoje de manhã. — Nem percebera que a chefe estava assistindo. — As outras ficaram assustadas. Você, não.

Marie deu de ombros e respondeu:

— Tem muitos ratos na minha casa, em Londres.

Eleanor a fitou.

— Eu teria imaginado que é o tipo de coisa que você pedia ao seu marido para resolver.

— Ele resolvia, isto é, resolve... — Marie hesitou. — Meu marido se foi. Ele foi embora quando nossa filha nasceu.

Eleanor não pareceu surpresa; Marie se perguntou se ela já sabia da verdade desde o processo de recrutamento. Duvidava que Josie pudesse ter contado aquilo a alguém.

— Eu diria que lamento, mas, se ele era esse tipo de canalha, parece que você está muito melhor sem ele.

Marie pensara naquilo mais de uma vez. Ela tivera momentos solitários no começo, noites cheias de dúvida a respeito do que fizera para ele ir embora, de como conseguiria sobreviver. Mas, nos momentos mais quietos da noite, enquanto amamentava

Tess, vinha uma confiança sutil, uma certeza de que podia contar consigo mesma.

— Acho que estou. Sinto muito não ter mencionado isso antes.

— Ao que parece, você é capaz de manter uma história falsa, afinal — retrucou Eleanor, secamente. — Todas nós temos segredos. Mas você não deveria mentir para mim. Só vou conseguir manter você segura se eu souber de tudo. Mas, bem... acho que não importa. Você vai embora, lembra? — Ela ofereceu mais uma vez a bolsa com as roupas de Marie. — Vá se trocar e devolver as ferramentas antes de o carro chegar.

Ela voltou a ler o arquivo, e Marie entendeu que a conversa chegara ao fim.

Quando voltou para o quarto, a aula de W/T tinha terminado, e as moças estavam no intervalo. Josie estava esperando por ela, dobrando as roupas sobre sua cama bem-feita.

— Como você está? — perguntou, com um toque de compaixão na voz.

Marie deu de ombros, sem saber como responder.

— Eleanor disse que posso ir embora, se eu quiser.

— E o que vai fazer?

Marie afundou na beirada da cama, os ombros caídos.

— Ir embora, acho. Nunca tive nada a ver com este lugar.

— Você nunca teve um bom motivo para estar aqui — disse Josie racionalmente, ainda dobrando as roupas. Suas palavras, ecos do que Eleanor dissera, doeram. — Precisa existir um *porquê*. Quer dizer, olhe só para mim. Nunca tive um lugar que pudesse realmente chamar de casa. Estar aqui é bom para mim. É isso que eles querem, sabe. Que a gente desista. Não Eleanor, claro, mas os homens. Querem provas de que estavam certos... Que mulheres não foram feitas para esse tipo de trabalho.

— Talvez eles *estejam* certos — sugeriu Marie.

Josie não respondeu, só tirou uma pequena valise de debaixo da cama.

— O que está fazendo? — perguntou Marie, alarmada. Com certeza Josie, a melhor delas, não havia sido convidada a deixar a escola também. Mas Josie já estava guardando suas roupas na mala.

— Precisam de mim — explicou Josie. — Vou pular a última etapa do treinamento. Vou direto para campo.

Marie estava estupefata.

— Não.

— Acho que é verdade. Vou embora amanhã bem cedo. Não é ruim. Foi para isso que viemos, certo?

Marie assentiu. Outras já tinham partido, alocadas em campo. Mas Josie era o alicerce daquele grupo. Como se virariam sem ela?

— Não é como se eu estivesse morrendo — continuou Josie, com um sorriso torto.

— É que é cedo demais.

Todas pareciam concordar. Apesar de Josie não poder dizer nada sobre a missão, Marie entendia a urgência que fizera Eleanor vir de Londres para convocá-la.

Lembrando-se de uma coisa, Marie abriu seu baú e pegou o *scone* que pagara a um dos cozinheiros para fazer.

— Mandei fazer para seu aniversário. — Josie faria 18 anos dali a apenas dois dias. Só que agora não estaria mais lá para comemorar. — É de canela, como os que você contou que seu irmão afanava nos seus aniversários.

Josie ficou em silêncio por um tempo. Seus olhos se encheram de água, e uma única lágrima escorreu. Marie receou que o gesto tivesse sido um erro.

— Achei que, depois que ele morreu, ninguém nunca mais se lembraria do meu aniversário. — Josie sorriu. — Obrigada.

Ela partiu o *scone* em dois e deu um pedaço a Marie.

— Então, como vê, você não vai poder ir embora — continuou Josie, limpando as migalhas do queixo. — Precisa tomar conta das mais novas.

Ela indicou as camas vazias. Marie não respondeu, mas havia um pouco de verdade na brincadeira de Josie. Havia três garotas mais novatas que ela, substituindo algumas agentes que já tinham sido destacadas.

— Vão colocar uma garota nova no meu lugar. — A ideia era quase insuportável, mas era verdade: seja lá quem fosse a próxima a chegar, precisaria de ajuda para aprender a navegar por aquele lugar difícil, assim como Josie e as outras ajudaram quando Marie chegou. — Elas vão precisar ainda mais de você, agora. E não só por causa do tempo que você já passou aqui. Você cresceu tanto desde o dia em que chegou, perdida, sem conseguir nem alcançar o Ponto nas corridas ou esconder seus contrabandos ingleses... — As duas sorriram ao lembrar. — Você consegue. É mais forte do que pensa. Agora, vamos para a aula de detonação! Mal posso esperar para ver que porcaria o professor Digglesby vai explodir hoje.

Josie saiu do quarto, sem nem esperar ou perguntar se Marie ia. Naquele instante, era como se já tivesse partido.

Marie ficou sentada na cama, imóvel, olhando as águas escuras do lago. Atrás das colinas fustigadas pelo vento, o céu parecia um mar de cinza. Tentou fingir que, se não se mexesse, nada mudaria. Josie não seria alocada, e ela não teria que encarar a terrível decisão de ficar ou partir. As duas tinham criado um mundo à parte ali, um mundo no qual, apesar dos treinamentos, era quase possível esquecer dos perigos e da tristeza lá fora. Só que aquele mundo estava acabando.

Olhou para o conteúdo da mala que carregava: eram relíquias de outra era. Poderia ter a vida de volta, conforme sonhava havia semanas. Mas, olhando o quarto, percebeu que passara a fazer parte de algo maior. Os dias de treinamento e esforço com as outras garotas as unira, como se as trançassem em uma espécie de tecido do qual ela não conseguia mais se desprender.

Soltou a mala.

— Ainda não — sussurrou.

Fechou a mala e saiu para se juntar às outras.

CAPÍTULO OITO

GRACE

Nova York, 1946

A mala não estava mais lá.
Grace ficou imóvel no saguão da Grand Central, deixando as multidões do fim do dia rodarem à sua volta enquanto encarava o espaço vazio embaixo do banco, onde a mala estivera naquela manhã. Por um instante, achou que podia ter sido tudo sua imaginação. Mas as fotos que tirara da mala ainda estavam ali, parecendo pesar em suas mãos. Não. Alguém pegara a mala ou mudara o objeto de lugar enquanto ela estava no trabalho.

A mala não estar mais debaixo do banco não devia ter sido nenhuma surpresa. Pertencia a alguém, e já haviam se passado horas. Era natural a pessoa ter vindo buscá-la. Mas, agora que a mala não estava mais lá, o mistério ficou ainda mais intrigante. Grace olhou para as fotos, sentindo-se mal por ter se apropriado delas.

— Com licença — disse a um funcionário que passava.

O sujeito parou e se virou para ela.

— Senhora?

— Estou procurando uma mala.

— Se está no guarda-volumes, posso buscá-la para a senhora. — Ele estendeu a mão. — Posso ver seu bilhete?

— Não, você não entendeu. Não é minha. Tinha uma mala largada aqui embaixo desse banco, hoje de manhã. Ali. — Ela apontou. — Estou tentando descobrir onde foi parar. Marrom, com algo escrito na lateral.

O homem pareceu perplexo.

— Mas, se não era sua mala, por que está procurando por ela?

Boa pergunta, pensou Grace. Cogitou dizer alguma coisa sobre as fotos, mas achou melhor não.

— Estou tentando encontrar o dono.

— Não posso ajudá-la se a senhora não tiver um bilhete. Talvez a senhora devesse perguntar no Achados e Perdidos.

O setor de Achados e Perdidos ficava no andar subterrâneo da estação, em um canto quieto e com cheiro de mofo que parecia mundos distante da agitação acima. Um homem mais velho, com costeletas grisalhas, chapéu e colete, estava parado atrás do balcão, lendo um jornal.

— Estou procurando uma mala marrom com algo escrito a giz.

O funcionário rodou o charuto apagado que estava mascando no canto da boca.

— Quando foi que a perdeu?

— Hoje — respondeu ela, sentindo que, de alguma forma, era verdade.

O homem desapareceu em uma sala dos fundos, e Grace o escutou remexendo em cestos. Até que ele voltou, balançando a cabeça.

— Nada.

— Tem certeza?

Grace olhou por cima do ombro dele, esticando o pescoço para tentar ver as pilhas de malas e de outros pertences perdidos encostados na parede.

— Sim. — Ele tirou um livro de debaixo do balcão e o abriu, mostrando uma listagem de objetos. — Tudo que entregam aqui fica registrado. Não chegou nenhuma mala hoje.

Então por que ele se dera o trabalho de ir procurar nos fundos?

— É incomum alguém perder algo grande como uma mala?

— A senhora ficaria surpresa se eu contasse as coisas que as pessoas deixam para trás... Bolsas, caixas. Algumas bicicletas. Até cachorros.

— E vem tudo para cá?

— Tudo, menos os cachorros — respondeu o homem. — Esses vão para o canil da cidade. Pode deixar seu nome e dados. Se alguém entregar sua mala, entraremos em contato.

— Grace Flemming — começou, usando o nome de solteira por reflexo.

Então parou, envergonhada de repente. Estaria apagando Tom, como se o casamento nunca tivesse acontecido?

Escreveu o endereço da pensão no caderno que o funcionário indicara. Então deu meia-volta e subiu as escadas correndo. Quando chegou no andar principal, atravessou o saguão até o banco e parou, olhando outra vez para o local onde estava a mala. Talvez a dona tivesse vindo buscá-la, afinal. Sentia-se muito culpada, imaginando a mulher abrindo a mala e descobrindo que as fotos não estavam mais lá.

Ficou ali mais um tempo, segurando as fotos, sem saber o que fazer. Poderia entregá-las ao setor de Achados e Perdidos. Não eram realmente problema seu. E acabaria com aquela história toda. Mas as fotos ainda pesavam na sua mão. *Ela* é que tinha tirado as fotos da mala. A dona devia estar se perguntando aonde teriam ido parar seus retratos. Talvez estivesse até abalada por tê-los perdido. Não, *Grace* pegara as fotos e devolvê-las era *sua responsabilidade*.

Mas como? A mala havia desaparecido, e Grace não fazia a mínima ideia de quem podia ser sua dona ou quem poderia tê-la levado. Ou *quase* não fazia a mínima ideia, corrigiu-se, lembrando do nome escrito a giz no exterior: *Trigg*. Também lembrou que havia uma marca d'água nas fotos. Abriu o envelope discretamente, como se alguém pudesse estar observando, e lá estava a marca d'água: *O'Neill's, Londres*. A mala era da Inglaterra, ou pelo menos as fotos eram. Talvez devesse deixá--las no consulado britânico.

Mas o relógio no meio da estação marcava 17h30, e a horda de viajantes da hora do rush estava começando a se dissipar. O consulado já estaria fechado. De repente, Grace percebeu como estava cansada. Queria ir para casa, para o quarto na pensão — para onde não voltava havia quase dois dias — e entrar em uma banheira quente para esquecer aquilo tudo.

Sua barriga roncou. Correu para fora da estação e entrou na cafeteria do outro lado da rua. Chamava-se "Ruth's", apesar de o "th" do sinal luminoso já ter queimado havia muito tempo. Não tinha como jantar em um lugar chique naquela noite. Na verdade, devia era parar de comer fora de vez e comprar alguma coisa simples para preparar na cozinha da pensão, economizando algum dinheiro. Não crescera com muita frugalidade, mas aprendera aquela arte ao longo dos últimos meses, morando na cidade, fazendo render ao máximo o dinheiro que ainda tinha.

Sentou-se junto à bancada quase vazia.

— Um queijo-quente e uma Pepsi, por favor — pediu à garçonete de cabelos amarelos, depois de fazer as contas de quanto tinha na carteira, concluindo que seria o suficiente para pagar.

Enquanto a garçonete enchia seu copo na máquina de refrigerantes, Grace olhou para o aparelho de televisão acima do balcão. Uma imagem da Grand Central surgiu na tela. Estavam falando sobre a mulher que fora atropelada por um carro e morrera na frente da estação, naquela manhã.

— Aumente o som — disse, de repente, esquecendo de ser educada, na pressa.

O repórter continuou: "O incidente ocorreu por volta das 9h10..." Apenas alguns minutos antes de ela passar.

Então a TV mostrou a foto de uma mulher, os cabelos escuros presos para trás, o rosto sério. "A vítima foi identificada como a inglesa Eleanor Trigg."

Grace congelou, lembrando-se do nome escrito à giz na mala. A dona da mala de onde ela tirara as fotos era exatamente a mesma que morrera no acidente.

CAPÍTULO NOVE

MARIE

Inglaterra, 1944

Marie estava no dormitório no Tangmere Airfield, tentando não suar por baixo de sua roupa de viagem de lã, porque certamente a usaria por mais diversos dias. Enquanto esperava, sozinha, verificou mais uma vez seus documentos: carteira de identidade e caderneta de racionamento, vistos de viagem e de trabalho. Tudo era falso — e tudo tinha que estar perfeito.

Não era a primeira vez que se preparava para ir. Três noites antes, enquanto aguardava, ficara esperando a ameaçadora neblina baixar, sabendo que não haveria como decolar em uma noite como aquela. Mesmo assim, Marie cumprira o ritual, pegando a mala e indo até o carro, obediente. Chegou até o avião, mas a missão foi cancelada.

E estava mais uma vez ali, no quarto, esperando, torcendo para que a chuva que sentia chegar não fosse forte o bastante para impedir o voo. Fazia quase um mês que Eleanor lhe dera a opção de desistir da Arisaig House e voltar para casa.

Ela frequentemente se perguntava se tomara a decisão certa. Toda noite, antes de dormir, Marie pensava em talvez no dia seguinte perguntar se a oferta de ir embora ainda estava de pé. Mas alguma coisa no ar fresco daquelas manhãs das Terras Altas escocesas, na neblina acima das colinas enquanto corriam em volta do lago, cativara seu espírito. Era ali que ela deveria estar, e não havia como desistir.

O que a prendia era mais que apenas a beleza do campo escocês, que inevitavelmente ficaria para trás. E também não era mais apenas pelo dinheiro. Depois da partida de Josie, alguma coisa dentro dela mudara. Marie mergulhou nos estudos, esforçou-se para aprender a codificar mensagens mais rápido — "Pode ser que tenha que transmitir de um reservado de banheiro público, tão rápido que ninguém desconfiaria de que foi algo mais que uma simples ida ao toalete", explicara a instrutora, certa vez. Completara uma missão externa de três dias sem comida, forçada a criar armadilhas ou colher seu próprio alimento dos arbustos. Sentia os olhares das outras garotas, que seguiam sua liderança. Era como se Grace tivesse realmente assumido o lugar de Josie. Concentrou-se tanto em seu papel e em se sair bem no trabalho que se esquecera de ter medo.

Então, uma semana antes, foi chamada para o escritório da Arisaig House antes da corrida matinal, onde foi instruída a fazer as malas. Sua partida foi tão abrupta que nem deu tempo de se despedir de nenhuma outra moça. Não houve explicação, apenas um sedan preto com um motorista que não falava nada. Conforme via a costa acidentada ficando para trás, Marie se perguntou se estaria sendo mandada de volta para casa. Mas, em vez disso, foi levada ao aeródromo militar na cidade rural de West Sussex, para cuidar de assuntos de última hora. Havia uma infinidade de papéis a serem preenchidos, o que parecia um trabalho estranho para uma missão que nem devia existir.

Na manhã seguinte à sua chegada na base aérea, alguém bateu à porta.

Eleanor.

Marie não a via desde a visita à Arisaig House. Naquele meio-tempo, descobrira que a mulher era muito mais que apenas a recrutadora que alegara ser naquele primeiro encontro. Na verdade, ela coordenava tudo da SOE que tinha relação com as mulheres.

Eleanor pediu a Marie para acompanhá-la até uma sala particular em um prédio não muito longe do novo dormitório. Pegou uma garrafa de vinho. Parecia estranho servirem álcool no meio do dia.

Mas o vinho não era para beber. Eleanor desembrulhou o jornal em volta da garrafa e fitou a primeira página.

— Veja, as cadernetas de racionamento estão mudando em Lyon! — Eram as notícias, não a bebida, que interessavam a Eleanor. — Você precisa estar sempre atualizada com as notícias. Um serviço de inteligência ultrapassado é pior que nenhum serviço de inteligência, capaz de denunciar você duas vezes mais rápido. E jamais negligencie a importância das informações de fontes abertas. — Marie inclinou a cabeça, em dúvida. — Informações que pode obter através de meios públicos, como jornais, ou pelos locais... Como um método de inteligência através da reunião de restos. Pedacinhos de informação reunidos das fontes mais mundanas. Coisas que você pode observar com os próprios olhos, como a movimentação de trens e soldados. Como ver um punhado de alemães trocando seus francos, aí dá para saber que estão prestes a serem mobilizados.

Eleanor levantou a cabeça do jornal.

— Você é Renee Demare, uma vendedora de Épernay, uma cidade ao sul de Reims — começou, sem aviso.

Marie logo entendeu que estava recebendo sua nova identidade. Seu coração se encheu de empolgação e medo.

— Então estão me mandando para lá, afinal?

— Sempre foi o plano. Eu só precisava ter certeza — explicou Eleanor.

— Sobre mim?

Ela confirmou com a cabeça. Marie quis perguntar se a mulher tinha mesmo certeza, mas ainda tinha medo da resposta.

— Então, sua história...

A ansiedade de Marie foi rapidamente substituída por nervoso. O disfarce era o último passo antes de ser mobilizada. Quando soube disso, no treinamento, Marie ficara surpresa. Para ela, teria feito mais sentido receber a história com bastante antecedência, para começar a usá-la como uma segunda pele. Mas os chefes não queriam agentes conversando sobre seus disfarces na escola, nem sabendo de detalhes que não deveriam uns sobre os outros.

— Você vai dizer que sua família morreu em um dos primeiros ataques aéreos. E que foi para lá morar no apartamento de sua falecida tia.

— Mas e se eles olharem nos cartórios de Épernay...?

— Impossível. O cartório foi destruído por um incêndio. — O local fora escolhido justamente pela falta de registros da prefeitura. Tão detalhista e bem-pensado. — Se for capturada, precisa manter esta identidade. Caso seja impossível, pode revelar apenas seu nome e posição, nada mais. Aguardará 48 horas. Isso dará aos outros tempo de se recuperarem do estrago.

— E depois?

— Depois vão forçar você. A região para a qual está indo é controlada por um oficial alemão de alto escalão chamado Hans Kriegler, que encabeça a Sicherheitsdienst, ou SD, a inteligência alemã. Eles são implacáveis e estão totalmente comprometidos em caçar todos os nossos agentes. Não espere ser tratada de forma diferente só porque é mulher. Se for pega, será torturada. E, quando tiverem descoberto tudo que acharem que você sabe, provavelmente será morta. Você precisa se matar antes, caso chegue a esse ponto.

Eleanor a olhava com muita calma, sem nem piscar. Marie teve dificuldade de não demonstrar emoção. Apesar de ter sido advertida quanto aos perigos que enfrentaria, ouvir aquilo nunca ficava mais fácil. A chefe prosseguiu:

— Você será levada em um avião Westland Lysander.

— E o treinamento de paraquedas? — indagou Marie.

Ouvira dizer que era assim que algumas meninas tinham sido enviadas.

Eleanor negou com a cabeça.

— Não temos tempo. Precisam de você em solo logo.

Josie também partira às pressas. O que teria causado essa necessidade tão súbita?

— Está sendo mobilizada como operadora de rádio com a rede Vesper, um de nossos circuitos mais importantes, que cobre grande parte do solo que os Aliados terão que atravessar depois da invasão. Estão engajados em uma campanha bem agressiva de sabotagem, e a necessidade de comunicaão via rádio é frequente. Ao mesmo tempo, é uma das regiões mais ocupadas da França. Você vai ter que ficar fora de vista tanto da SD quanto da polícia. — A voz de Eleanor era intensa, e suas pupilas se contraíam quando ela recobrava o foco. — Entendeu?

Marie assentiu, absorvendo tudo aquilo. Mas estava com uma sensação estranha no estômago. Jamais soubera tanto a respeito de sua missão. De alguma forma, era mais fácil quando não sabia.

— Você vai trabalhar para o próprio Vesper — continuou Eleanor. — Ele lutou em Marselha e sobreviveu a muitas batalhas. É um comandante excelente. Vai esperar o melhor de você.

— Como outra certa pessoa — brincou Marie.

Só percebeu a gafe tarde demais. Nunca tivera intimidade com Eleanor, esperou que ela fosse se irritar com a brincadeira.

Mas a mulher sorriu.

— Suponho que eu deveria tomar isso como um elogio.

Então Marie percebeu que Eleanor não era nem rude, nem má. Era dura com as garotas porque não podia arcar com o luxo de um acidente que custasse a vida delas mesmas ou de outras pessoas.

Uma batida na porta tirou Marie da lembrança de uma conversa com Eleanor, alguns dias antes.

— Sim? — A chefe se levantou, mas, antes que fosse até a porta, alguém abriu uma fresta.

— Hearse chegou — anunciou um homem.

Marie se encolheu ao pensar no carro que viria para levá-la ao avião. O sujeito entrou na sala e pegou a mala com seu rádio, que ela trouxera da Escócia.

Eleanor ficou esperando no escuro, em frente ao dormitório. Marie ficou surpresa ao notar a brasa de um cigarro pairando acima de uma das mãos dela. Eleanor não falou nada enquanto andavam até o Vauxhall preto. Marie a seguiu, entregou as malas ao motorista, e as duas entraram no carro.

— O toque de recolher em Paris mudou para 21h30 — informou Eleanor, enquanto o carro atravessava a base militar no escuro.

Marie espirrou. Enfiou a mão no bolso. Seus dedos tocaram em algo estranho. Do bolso, tirou a nota fiscal de um alfaiate e um ingresso de cinema, ambos em francês. Pequenos detalhes forjados para transmitir autenticidade.

— Tome isso.

A chefe lhe entregou uma bolsa a Marie. Continha um estojo de maquiagem, um batom e uma carteira. Marie percebeu que não eram simples acessórios, e sim os dispositivos que conhecera na aula do professor Digglesby, durante o treinamento — ferramentas de que poderia precisar para sobreviver em campo.

Passaram por um sentinela da Força Aérea Real que segurava uma lanterna e pararam na beira do aeródromo. Marie saiu do carro e foi até as malas, que o motorista tirava do carro. Pegou a mala com o rádio, mas Eleanor segurou seu braço.

— Não entendo...

— O rádio é pesado demais para o Lysander. Será solto de paraquedas separadamente.

— Mas...

Marie estava perplexa. Acostumara-se com o rádio ao seu lado ao longo dos últimos meses, sentia-se apegada a ele. Era como uma armadura, sentia-se exposta sem ele. Largou o rádio, relutante, e olhou na direção do hangar onde estava o pequeno Lysander. Como um avião que não aguentava seu rádio de 13 quilos poderia transportá-la em segurança até a França?

— Será enviado em outro voo — prometeu Eleanor.

— Como vou encontrá-lo?

— Vão fazer o rádio chegar até você. Não se preocupe. Eles são muito bons.

Sejam lá quem forem esses "eles", pensou Marie. Só ouvira um nome, e falso: Vesper. Não conhecia ninguém.

As duas ficaram ali, paradas, diante do campo de aviação, a umidade da grama molhando os tornozelos da sua meia-calça. O cheiro enjoativo e excessivamente doce das precoces rosas-mosqueta enchia o ar. Eleanor verificou os punhos da roupa de Marie, para ver se estavam dobrados certo. Ela parecia mais calma que nunca, sem emoções, mas a mão tremeu de leve ao ajeitar a gola de Marie, e havia um leve vestígio de suor acima da boca — pequenos sinais de nervosismo que Marie desejou não ter notado, pois a assustaram mais do que qualquer outra coisa.

Finalmente, Eleanor a conduziu até o avião. As palavras "ordem de entrada" haviam sido escritas a giz na lateral da aeronave, seguida por nomes que ela não reconheceu.

— O que é isso? — perguntou.

— A prioridade de pessoas para serem extraídas, caso estejam no local de pouso. Só cabem três, e o avião não pode aguardar mais de um minuto.

Marie sentiu que ficava pálida. Estava tentando chegar lá, e inúmeros outros tentavam escapar. Imaginou quando estaria no voo de volta para casa, para Tess. Precisava ter certeza de que voltaria, senão não iria a lugar algum.

— Guarde isto. — Eleanor passou para ela um bolo de notas de francos, presos por um elástico de borracha. — Metade do seu pagamento vem em dinheiro, quando está em campo, de modo que possa usá-lo para as necessidades. O restante será pago em libras esterlinas quando voltar. E mais uma coisa...

Eleanor estendeu a mão, a palma aberta e voltada para cima. Marie sabia que ela estava pedindo o cordão de borboleta, a lembrança da filha que ela usava em segredo.

Tirou a joia do pescoço, com relutância. E hesitou. Era a única parte da antiga vida que guardara ao longo dos solitários meses de treinamento. Agora aquela parte também estava sendo arrancada dela. Mas não havia escolha: era hora de deixar ir.

— Vou guardá-lo em segurança para você — prometeu Eleanor, sua voz soando como se ela estivesse se referindo a algo muito maior. — Por hora, é melhor usar este, em vez do seu.

Eleanor lhe entregou um colar com um pingente de pássaro de prata. Marie ficou surpresa. Mas não era um presente; a chefe torceu o pingente e, ao abri-lo, revelou uma capsula de cianureto.

— Seu último amigo — declarou Eleanor. — Precisará mastigá-la depressa, porque os alemães conhecem o cheiro e vão tentar forçá-la a cuspir.

Marie tremeu. Treinara para aquilo, é claro. Se fosse capturada e não houvesse como não contar o que sabia, devia dar fim à própria vida. Mas não conseguia se imaginar realmente fazendo aquilo.

Marie olhou para Eleanor uma última vez.

— Obrigada.

A mulher mais velha ficou tensa, reagindo apenas com um ligeiro baixar de cabeça.

— Agradeça concluindo o trabalho.

Ela pegou na mão de Marie e a segurou por um segundo a mais que o necessário. Então deu meia-volta e atravessou o campo até o carro.

Marie se aproximou do avião, hesitante. Nunca tinha voado, e mesmo essa pequena aeronave, uma máquina de metal com um domo de vidro, parecia estranha e intimidadora.

Um homem estava sentado no cockpit. Ele gesticulou com impaciência para Marie subir. Ela esperava um piloto do exército, mas os cabelos do homem eram meio compridos, cacheando na altura da gola da jaqueta marrom estilo americano. E estava com a barba por fazer. Era esse o homem que a levaria para a França? Espremendo-se para passar pela porta estreita do avião, Marie olhou para trás, em busca de Eleanor, mas a mulher já tinha desaparecido.

Sentou-se no banco atrás do piloto e tateou em busca de um cinto de segurança, mas não havia nenhum. Mal se sentara quando a equipe em solo fechou a porta por fora.

— Mudança de planos — anunciou o piloto, sem se apresentar, com seu sotaque irlandês.

Ela sentiu a pele arrepiar.

— O que disse?

— Vai ser um pouco às cegas.

Ele ligou os controles, acendendo dúzias de mostradores e medidores desconhecidos. Pelo para-brisa, Marie via a hélice no nariz do avião começando a rodar. O avião avançou, balançando-a conforme deslizava pelo solo esburacado.

— Às cegas? — repetiu, antes de compreender o significado.

Significava que estaria sozinha, sem o costumeiro comitê de recepção para buscá-la e ajudar no encontro secreto com seu circuito.

— Mas era para irem me encontrar.

O piloto deu de ombros.

— Nada sai como o planejado em campo. Deve ter acontecido alguma coisa, e não é mais seguro para eles.

Então como seria seguro para mim?, perguntou-se Marie. Por um instante, quis pedir para ele dar meia-volta e cancelar tudo. Mas o avião estava ganhando velocidade, o motor emitia um rugido quase ensurdecedor. Resistiu à vontade de chorar na hora em que o chão pareceu sumir. Foi a primeira vez que teve aquela estranha sensação de decolar, e quase se esqueceu de ter medo.

Olhou pela janela, ainda esperando ver Eleanor. Mas a mulher e o Vauxhall não estavam mais lá. A cada segundo, Marie ficava mais longe da Inglaterra. Não havia como voltar atrás.

Quando o avião disparou para cima em um ângulo íngreme, Marie sentiu o estômago despencar. Pela primeira vez, achou que poderia ficar enjoada. Respirando superficialmente, como havia sido instruída no treinamento, olhou para as casinhas lá embaixo, adormecidas pelo blecaute. Imaginou que, se olhasse para o norte, poderia ver a velha casa paroquial de Ely, com Tess dormindo debaixo de um edredom xadrez pesado no quarto improvisado no sótão de telhado inclinado.

Nem Marie nem o piloto disseram mais nada, pois não havia como se ouvirem com o incessante ruído do motor, que fazia os dentes de Marie baterem dolorosamente. O ar dentro da aeronave ficou mais frio, quase gélido. Lá embaixo, a Terra era um lençol preto perfeito. Uma fita prateada o atravessava como um farol, as águas do canal da Mancha iluminadas pela luz do luar, um brilho que nenhuma ordem ou blecaute conseguia diminuir.

O avião baixou de repente, então deu uma guinada para a esquerda. Marie segurou o assento com força para não ser lançada longe pelo tranco inesperado. Não imaginara que voar fosse tão agressivo. Tentou disfarçar o nervosismo, mas ainda suava frio.

— Tem algo errado? — perguntou Marie, tentando ver o rosto do piloto, em busca de sinais de pânico.

Ele balançou a cabeça, sem tirar os olhos dos controles.

— Dá para sentir cada chacoalhada nisso aqui. É o charme do Lysander: é pequeno e lento, e um alemão poderia atingi-lo até com um estilingue. — Ele deu um tapinha no painel de controle. — Mas consigo pousá-lo no traseiro de um mosquito ou em meio quilômetro de merda.

Marie se retraiu com a indelicadeza do sujeito, mas o piloto nem se deu o trabalho de pedir desculpas.

Quando se aproximaram da costa da França, o piloto diminuiu a velocidade. O avião desceu e uma neblina espessa pareceu envolvê-lo. O piloto olhou pela janela, tentando enxergar melhor o solo. *Com certeza deve haver um modo melhor de voar*, pensou Marie.

— Pode ser que a gente tenha que voltar — anunciou ele.

— Não podemos esperar até dissipar? — perguntou Marie, ao mesmo tempo aliviada e decepcionada.

Ele balançou a cabeça.

— Precisamos estar no espaço aéreo dos Aliados antes de o dia raiar. Se formos vistos sobrevoando a França, não haverá como voar alto ou rápido o bastante para fugir do fogo inimigo. — Marie sentiu um arrepio de medo. Poderia morrer antes mesmo de pousar. O piloto franziu a testa analisando o solo abaixo. — Mas acho que estamos no ponto certo, ou bem perto. Vou tentar.

— Isso não soou muito confiante — respondeu ela, sem conseguir se conter.

Ele virou a cabeça para trás, olhando feio.

— É bom se segurar firme.

O avião baixou mais ainda, então começou a descer de nariz, em um ângulo acentuado tão inesperadamente íngreme que Marie achou que estavam caindo. A terra parecia se aproximar em uma velocidade assustadora. Ela se agarrou ao banco, fechando os olhos e esperando o pior.

Assim que se aproximaram do solo, Marie se preparou para um tranco forte, conforme treinara. Mas o piloto nivelou o avião no último segundo e aterrissou suavemente, deslizando pelo campo acidentado com suas mãos hábeis. Se ela não tivesse olhado para fora e visto o chão, nem teria acreditado que finalmente haviam pousado.

Os freios guincharam alto quando a aeronave parou. Certamente alguém teria escutado a aterrissagem, que deveria ser secreta. Mas tudo permanecia quieto no exterior do avião. O piloto abriu a porta e espiou para fora, no meio da escuridão.

— Ninguém para voltar — anunciou. Lembrando-se da explicação de Eleanor para os nomes escritos na lateral do avião,

Marie imaginou se aquilo seria um mau sinal. Ele continuou:
— Siga a leste até a estação de trem. Mantenha-se abaixada, ande rápido, e fique debaixo das árvores. Deve haver uma bicicleta azul acorrentada atrás da estação, uma chopper. Vai encontrar mais instruções no guidão.

— Deve haver? — repetiu Marie, perguntando-se como ele saberia daquilo tudo. — E se não estiver lá? O que eu faço?

— Este é o circuito do Vesper — respondeu o homem, com firmeza. — Tudo vai estar em ordem.

Se aquilo fosse verdade, haveria alguém ali para recepcioná-la. Mas Marie não argumentou, achava que estaria indo longe demais.

Hesitou, com medo da ideia de atravessar toda aquela parte rural do país sozinha. O piloto a observava com expectativa, e ela não teve escolha senão sair do avião.

— Eu iria com você, se pudesse — disse ele, soando um tanto culpado. — Mas o Lysander...

— Eu entendo.

A cada minuto que o avião ficava exposto em campo, era mais fácil ser detectado.

— Boa sorte... — Ele encerrou a frase de repente, sem saber como completá-la, pois não sabia como chamá-la.

Eles não sabiam os nomes um do outro. Era a primeira regra que ela aprendera, jamais revelar as identidades para não comprometerem um ao outro. Será que era alguma espécie de teste?

— Renee — disse, por fim, experimentando o nome novo que recebera de Eleanor.

O piloto piscou algumas vezes, como se não estivesse convencido. Sua primeira tentativa de ser outra pessoa fracassara.

— William. Me chamam de Will — disse, e ela sentiu, pela sinceridade no tom de voz, que era seu nome verdadeiro.

Talvez existissem regras diferentes para pilotos. Ou ele simplesmente tivesse menos a perder. Will indicou as árvores com a cabeça, dizendo:

— Melhor você ir logo.

— Sim, é claro.

Sentiu o piloto observando enquanto se afastava. Quando olhou para trás, a porta da aeronave já estava fechada. O motor do Lysander rugiu, e o avião avançou, pegando velocidade. Will ficara em solo por no máximo três minutos.

Marie disparou pelo campo imerso em breu, tentando encontrar a cobertura das árvores. O cheiro doce de narcisos subia da terra úmida, e por um instante foi como se tivesse voltado à infância, uma garotinha brincando nos campos da França. Mas precisava ir rápido, pelo que dissera o piloto. Olhou para todos os lados, tentando se lembrar da direção exata que ele apontara quando mencionou o leste. Marie pegou a lanterna, mas, lembrando do treinamento, achou melhor não usá-la. Em vez disso, pegou o estojo de maquiagem que continha uma bússola no fundo e o levantou, tentando enxergar sob a luz da lua. Impossível. Enfiou a mão na bolsa e encontrou o isqueiro, mantendo-o aceso acima da bússola apenas tempo o bastante para ver a inscrição "Norte".

Orientando-se para leste, começou a caminhar entre as árvores. Tropeçou em uma pedra, e a dor no tornozelo a levou de volta àquela corrida matinal na Arisaig House, quando caiu e se machucou. Ah, se Josie estivesse ali para ajudá-la...Marie se endireitou e voltou a andar.

— Pare! — ordenou uma voz, em francês.

Marie congelou, certa de que seria presa. Não havia como saber se eram os alemães ou a polícia francesa, que simpatizava com a Alemanha. Qualquer um dos dois seria ruim. Será que deveria pegar a cápsula de cianeto? Não imaginava que precisaria dela tão rápido.

Marie se virou para trás, e um sujeito alto e imponente surgiu em meio às sombras. Ela congelou mais uma vez, notando a arma apontada em sua direção.

— Tola! — repreendeu ele, em inglês, a voz um rosnado. — Jamais faça o que mandam. Corra ou lute, mas, pelo amor de Deus, não obedeça.

Antes de Marie conseguir responder, ele segurou seu cotovelo e começou a guiá-la pela mata. Ela institivamente puxou o braço de volta, sem suportar o toque daquele estranho.

— Venha! — chamou o homem, como se estivesse dando ordens a um cavalo teimoso. — Ou quer ficar aqui para ser descoberta pela *milice*?

Marie hesitou por um instante. Não recebera nenhuma informação a respeito de alguém vir encontrá-la. Será que o homem era mesmo um dos deles, ou seria alguma armadilha?

Mas o homem a apressou, e Marie não teve outra escolha a não ser segui-lo. Atravessaram a floresta iluminada só pela lua sem dizer uma palavra, a silhueta dele cortando o céu.

Chegaram a uma clareira no que parecia ser uma fazenda. Havia um galpão de jardinagem pequeno e sem janelas.

— Isso é para você — disse ele.

Marie o encarou, sem entender.

— É para você dormir aqui esta noite.

— Mas me disseram para ir até a estação de trem e procurar uma bicicleta. E onde está Vesper? Me disseram que eu trabalharia com ele.

— Quieta! — mandou o homem, enfurecido. Tinha sobrancelhas grossas e olhos azuis fundos. — Jamais diga esse nome, nem o de ninguém, em voz alta.

Desatenta, Marie continuou:

— Preciso falar com ele. E preciso encontrar meu wireless.

— O que precisa fazer é seguir ordens e ficar aqui. — Ele levantou a mão, indicando que ela não fizesse mais perguntas. — Alguém vira buscá-la de manhã.

O homem mexeu na tranca da porta e a deixou entrar. Não havia luz, e o ar pesado e quente lá dentro era sufocante. Marie logo descobriu que o lugar já tinha mesmo servido como galpão de jardinagem, pois o cheiro de esterco era forte. Não havia cama nem banheiro. Sem dizer mais nada, o homem saiu e fechou a porta. De dentro, ela ouviu uma chave trancando a porta, prendendo-a lá dentro.

— Está me trancando aqui dentro? — perguntou, sem acreditar no que estava acontecendo.

Então se deu conta de que não sabia o nome dele. Podia ser qualquer um. Colocar sua vida nas mãos de estranhos... Como ela podia ser tão ingênua?

— Se acha que vou ser trancafiada por um mensageiro qualquer, está muito engano. Exijo falar com Vesper imediatamente! — insistiu ela, ignorando a advertência dele de não usar nomes.

— É para seu próprio bem, caso apareça alguém. Fique abaixada e escondida. E, pelo amor de Deus, cale a boca!

Marie ouviu os passos dele se afastando até restar apenas silêncio.

Ao se afastar da porta, escutou uma coisa correr na escuridão. *Será que é um rato?*, pensou, lembrando-se da isca que quase destruíra, semanas antes, no treinamento, e de como Josie e ela riram depois. Josie bem que podia estar ali. Marie sentou no chão, sentindo-se mais sozinha do que nunca.

CAPÍTULO DEZ

GRACE

Nova York, 1946

Grace acordou, e, por um instante, parecia apenas mais um dia. A forte luz do sol entrava pela única janela do pequeno quarto andar da casa, lançando sombras no teto inclinado. A pensão era bem no limite de Hell's Kitchen, um quarteirão perto demais do rio Hudson, para uma mulher respeitável, porém não perigoso demais. Grace conseguira um preço barato por causa do senhor que morrera na semana anterior, vagando a unidade. Esfregara tudo antes de se mudar, tentando — sem sucesso — tirar o cheiro persistente de cachimbo entranhado nas paredes e a sensação de que outra pessoa praticamente ainda morava lá. Mas, além daquilo, não fizera mais nada para tornar o lugar mais parecido com um lar, porque significaria admitir que poderia ficar de vez. Seria como admitir a dura verdade de não querer voltar para casa.

Grace virou a cabeça e viu o envelope com as fotos na mesinha de cabeceira junto à cama estreita, ao lado do único retrato de Tom, uniformizado, na formatura. A noite anterior desabou em cima dela: a reportagem sobre a mulher (Eleanor Trigg; agora tinha um nome) que morrera no atropelamento, e a compreensão de que a mala que encontrara era dela. Ficou imaginando se aquela série de eventos bizarros não teria sido um sonho. Mas as fotos estavam na mesinha, saltando aos olhos como uma criança ansiosa, lembrando-a que não.

Depois de ouvir a notícia na televisão da lanchonete na noite anterior, Grace levou um susto tão grande que saiu do lugar sem esperar pelo queijo quente que pedira. Chamara um táxi, surpresa demais para pensar no custo. Enquanto o carro ziguezagueava perigosamente pelo trânsito até o outro lado da cidade, ela tentava entender aquilo tudo. Como era possível que a mesma mulher cuja mala ela abrira fosse a vítima daquele acidente fatal que a atrapalhara?

Mas agora pensava que não era tão surpreendente assim. A morte de Eleanor Trigg explicava por que ninguém fora pegar a mala — explicava até por que o objeto estava abandonado lá, para começo de conversa. Mas por que tinha sido deixado no meio da Grand Central? E o fato de a mulher ser inglesa só deixava tudo ainda mais misterioso.

Ainda mais intrigante era o fato de a mala ter desaparecido depois. Claro que podia ter sido roubada, já que ninguém tinha aparecido para buscá-la, algum ladrão poderia ter decidido pegá-la para si. Mas alguma coisa lhe dizia que era mais do que um simples furto — e que, seja lá quem tivesse levado a mala, sabia alguma coisa sobre Eleanor Trigg e as moças das fotografias.

Chega, Grace quase conseguiu ouvir a mãe dizer. Sempre tivera uma imaginação fértil demais, fomentada pelas histórias de Nancy Drew e os outros livros de mistério que gostava de ler quando jovem. Seu pai, um fã de ficção científica, achava as histórias da filha divertidas. Mas teria dito que a explicação mais simples também devia ser a mais provável: Eleanor Trigg podia estar viajando com um parente ou companheiro, que foi buscar a mala depois do acidente.

Grace se sentou. As fotos na mesinha pareciam chamá-la. Tirara os retratos da mala, e agora precisava fazer alguma coisa com eles. Grace tomou banho, se vestiu e disparou escadas abaixo. Havia um telefone na parede da entrada da casa, e Harriet, a proprietária, não se importava se o usassem de vez em quando. Num impulso, Grace pegou o telefone e pediu para a operadora conectá-la à delegacia mais perto da Grand Central. Se Eleanor estava viajando acompanhada, talvez a polícia pudesse colocar Grace em contato com aquela pessoa, então poderia devolver as fotos.

A linha ficou muda por alguns segundos, então ela escutou a voz de um homem.

— Delegacia — disse ele, parecendo mastigar alguma coisa.

— Gostaria de falar com alguém a respeito da mulher atropelada por um carro perto da Grand Central ontem.

Grace falou baixo para sua senhoria, que vivia no quarto logo após a entrada, não ouvir.

— MacDougal está com o caso — respondeu o policial. — MacDougal! — berrou ao telefone, tão alto que Grace teve que afastar o ouvido do aparelho.

— Que você quer? — perguntou uma voz com sotaque pesado do Brooklyn.

— A mulher atropelada perto da estação, Eleanor Trigg. Ela estava viajando acompanhada?

— Não, ainda estamos procurando algum parente. Você é da família?

Grace ignorou a pergunta, resolvendo fazer mais uma.

— Alguém buscou os pertences dela? Como uma mala?

— Ela não estava com mala nenhuma. Diga logo, quem está falando? Essa investigação está em aberto, e, se quer fazer perguntas, vou precisar do seu nome...

Grace desligou o telefone. A polícia não tinha pegado a mala de Eleanor, tampouco havia algum parente para quem Grace poderia devolver as fotos. O consulado britânico, que pensara em visitar na noite anterior, seria a melhor opção. Mas uma parada no consulado a faria demorar mais para chegar ao trabalho, e precisaria correr para não arriscar mais um atraso.

Uma hora depois, Grace estava no consulado britânico, um prédio movimentado na Terceira Avenida, desconfortavelmente próximo do hotel onde estivera com Mark, duas noites antes. No canto, um garoto de calça esfarrapada e boina vendia jornais. Ele lembrava Sammy, que Grace esperava que estivesse bem com o primo. Pegou uma cópia do *The Post* e pagou o garoto. A manchete dizia "Truman Alerta para Ameaça Soviética a Leste". Há menos de um ano, todos ainda temiam Hitler. Mas, agora, Stalin estava espalhando o comunismo nos países ainda fracos demais para resistirem, dividindo a Europa de uma nova maneira.

Grace folheou o jornal. Na página nove, encontrou uma foto de Eleanor Trigg, a mesma que aparecera no noticiário na noite anterior, impressa na parte inferior da folha. Havia uma segunda foto, uma imagem granulada e genérica da rua, mas felizmente não da cena em si. Grace passou os olhos pelo artigo, mas não havia nada ali que já não soubesse.

Não é problema meu, afirmou para si mesma. Ajeitou a saia e entrou no consulado, ansiosa para se livrar das fotos e ir para o trabalho.

O saguão do consulado britânico era comum, com apenas algumas cadeiras e uma mesa baixa com uma planta que já devia estar morta havia semanas. Um homem de terno e chapéu estava sentado em uma das cadeiras, parecendo preferir estar em qualquer lugar menos ali. A recepcionista, uma mulher mais velha de cabelos grisalhos presos em um coque alto e óculos de leitura apoiados na ponta do nariz, datilografava em uma Remington.

— Sim? — perguntou a mulher, quando Grace se aproximou, sem erguer os olhos da máquina de escrever.

Grace se deu conta de que devia parecer estranha, uma desconhecida, aparecendo sem avisar. Não era ninguém ali.

Mas meses trabalhando com Frankie tinham lhe ensinado muita coisa sobre ajudar imigrantes e lidar com a burocracia governamental, conseguindo tudo que queria de funcionários públicos exaustos. Ela tomou fôlego e mostrou o envelope.

— Encontrei essas fotos, e acredito que pertençam a uma cidadã britânica. — *Pertenciam*, corrigiu-se, em silêncio.

— E o que exatamente quer que façamos com elas? — A mulher, com seu sotaque inglês frio e seco, não esperou Grace responder nem se deu o trabalho de disfarçar a impaciência. — Milhares de cidadãos britânicos vêm a Nova York todos os dias. Pouquíssimos avisam ao consulado.

— Bem, esta cidadã certamente não vai avisar — respondeu Grace, mais irritada do que pretendia. Mostrou o jornal. — As fotos eram de Eleanor Trigg, a mulher atropelada por um carro ao lado da Grand Central ontem. Ela era inglesa. Eu estava pensando que talvez haja um familiar que poderia querer as fotografias.

— Não posso comentar sobre assuntos pessoais de cidadãos britânicos — retrucou a recepcionista, solene. — Se quiser deixá-las aqui, podemos guardá-las e ver se alguém aparece para procurar.

A mulher estendeu a mão, impaciente.

Grace hesitou. Aquela era a hora; poderia simplesmente deixar as fotos ali e se livrar de vez delas. Mas agora sentia uma certa ligação com as fotos, uma sensação de posse. Não podia simplesmente abandoná-las com alguém que claramente não dava a mínima. Afastou a mão.

— Prefiro falar com alguém. Talvez o cônsul.

— Sir Meacham não está. — *E não a receberia se estivesse*, parecia dizer o tom de voz da recepcionista.

— Então posso marcar horário? — Antes mesmo de terminar a pergunta Grace já sabia que receberia um não.

— O cônsul é muito ocupado. Ele não se envolve nesse tipo de assunto. Se preferir não deixar as fotos aqui, pode deixar seu contato caso alguém venha perguntar por elas.

Grace pegou o lápis que a mulher ofereceu e anotou o endereço e telefone da pensão. Praticamente ouviu o pedaço de papel caindo na lata de lixo assim que se aproximou da saída.

Bem, não deu muito certo, pensou, ao sair. Olhou mais uma vez para o envelope, em busca de pistas. Então olhou para o relógio no prédio do outro lado da rua. Nove e meia. Não podia se atrasar de novo. Talvez, se contasse o que havia acontecido, Frankie poderia dar alguma ideia quanto ao que fazer.

Enquanto descia os degraus do consulado, um homem mais velho, com bigode encerado e usando um terno de risca de giz passou por ela, indo na direção contrária, para entrar no prédio.

— Com licença? — perguntou Grace por impulso. — O senhor é Sir Meacham?

O homem pareceu confuso, como se ele mesmo não tivesse muita certeza.

— Sou. — Seu rosto assumiu uma expressão de irritação. — O que é que você quer?

— Se tiver só um segundinho, gostaria de fazer umas perguntas.

— Sinto muito, mas não tenho tempo. Estou atrasado para uma reunião. Se marcar um horário na recepção, tenho certeza de que o vice-cônsul...

Grace não esperou ele terminar:

— É a respeito de Eleanor Trigg.

O cônsul pigarreou, quase tossindo. Claramente a escutara.

— Suponho que tenha visto a notícia. Muito triste. Era amiga dela?

— Não exatamente. Mas estou com algo que era dela.

O cônsul gesticulou para Grace segui-lo até o prédio.

— Só tenho dois minutos — avisou, guiando-a pelo saguão.

Quando viu Grace com o cônsul, a recepcionista arregalou os olhos, surpresa.

O homem a levou até uma sala logo após o saguão, com cadeiras de couro marrom ao redor de escuras mesas de carvalho e pesadas cortinas de veludo vermelho, amarradas com cordas douradas. Parecia um bar ou clube de algum tipo, mas estava fechado no momento.

— Como posso ajudá-la? — perguntou Sir Meacham, sem nem tentar esconder a impaciência.

— Eleanor Trigg era uma cidadã britânica, não era?

— Era. Recebemos uma ligação da polícia ontem à noite. Pelo passaporte, souberam que era britânica. Estamos tentando encontrar a família para enviar o corpo.

Grace odiou como aquilo soou frio e impessoal.

— Você a conhecia?

— Pessoalmente, não. Sabia quem era. Fui enviado para Whitehall durante a guerra. Ela trabalhava para nosso governo, alguma atividade administrativa para um dos setores da SOE, a Executiva de Operações Especiais.

Grace nunca tinha ouvido falar daquilo e queria perguntar a respeito para o cônsul. Mas o homem olhou para um relógio antigo no canto com certa impaciência. Ela estava ficando sem tempo.

— Encontrei umas fotos — revelou, sendo vaga de propósito em relação a como. Ela as tirou do envelope e as dispôs na mesa em frente ao cônsul como um baralho. — Trouxe ao consulado porque achei que pertenciam à srta. Trigg. Sabe quem são essas mulheres?

O cônsul pegou seus óculos de leitura para analisar as fotografias. Então olhou para ela.

— Nunca as vi. Nenhuma. Talvez fossem amigas dela, ou até parentes.

— Mas algumas estão de uniforme — ressaltou Grace.

O cônsul pareceu não achar nada demais naquilo.

— Provavelmente eram FANYs, integrantes da ajuda à enfermaria feminina.

Grace balançou a cabeça. Havia alguma coisa naqueles rostos determinados, nas expressões sérias, que sugeriam mais. O cônsul levantou a cabeça e perguntou:

— O que exatamente quer de mim?

Grace hesitou. Tinha ido ali apenas para devolver as fotos, mas descobrira que queria respostas.

— Estou curiosa em relação a quem são essas mulheres. E qual seria a conexão delas com Eleanor Trigg.

— Não tenho a menor ideia — respondeu Sir Meacham, com firmeza.

— Pode fazer algumas perguntas a Londres e tentar descobrir — desafiou Grace.

— Na verdade, não posso — respondeu ele, com frieza. — Quando a SOE foi encerrada, seus registros foram enviados para o Departamento de Guerra americano, em Washington. Onde — acrescentou ele — estou bem certo de que estão lacrados. — Ele se levantou. — Infelizmente não tenho mais tempo.

Grace também se levantou.

— O que ela estava fazendo em Nova York? — insistiu.

— Não faço ideia. Como falei, a srta. Trigg não era mais filiada ao governo da Inglaterra. Onde ela ia ou estava era da conta dela. Este é um assunto particular. Não entendo bem por que seria de sua conta.

— E se não encontrarem ninguém? — perguntou Eleanor. — Digo, ninguém a quem enviar o corpo de Eleanor.

— Suponho que a cidade irá enterrá-la em uma cova comum. O consulado não tem fundos para essas coisas.

Uma mulher que servira a seu país, mesmo como secretária, merecia mais, pensou Grace. Juntou as fotos e as guardou no envelope. O cônsul estendeu a mão.

— Se quiser me dar as fotos, sei que posso juntá-las aos outros pertences dela.

Grace ia entregar o envelope, obedecendo quase que por reflexo. Então parou.

— Como?

Sir Meacham ergueu as sobrancelhas.

— Perdão?

— Se não houver parente, como pode devolvê-las?

O cônsul bufou, desacostumado a ser desafiado.

— Ficaremos com elas, faremos perguntas. — Grace podia notar pelo tom de voz dele que nada daquilo aconteceria. — Elas não são problema seu.

Ele estendeu a mão, esperando.

Grace hesitou. Parte dela queria se livrar das fotos, entregá-las e ir embora. Mas não podia abandoná-las assim. Precisava fazer mais.

— Pensando bem, vou ficar com elas.

Ela fez menção de ir embora.

— Mas eu acho que não... — começou o cônsul. — Estava tão ansiosa para devolvê-las. Foi por isso que veio até o consulado, não foi? Eu odiaria que fossem um fardo.

— Na verdade não são. — Grace guardou o envelope de volta na bolsa, e conseguiu forçar um sorriso de dentes cerrados. — Eu as encontrei. São minhas.

— Na verdade — respondeu ele, a voz dura —, são de Eleanor.

Eles se encararam por alguns segundos, nenhum dos dois cedendo. Então Grace deu meia-volta e saiu do consulado.

Lá fora, guardou o envelope de volta na bolsa. Não deixara as fotos lá, afinal, e ainda não sabia o que fazer com elas. Mas podia pensar naquilo depois, agora era hora de ir para o escritório.

Foi para a calçada, misturando-se à torrente de pessoas que iam para o trabalho, um rio de gente na Terceira Avenida.

— Grace — chamou um homem. Ela parou, certa de que devia haver algum engano. Ninguém a conhecia ali. Por um segundo, se perguntou se seria Sir Meacham indo atrás dela para insistir que deixasse as fotos com ele. Mas o sotaque era americano, não inglês. Ouviu seu nome de novo, mais perto e mais insistente. — Grace, espera!

Olhou para a direção da voz, e levou um esbarrão de um executivo, que mandou as fotos pelos ares. Ela se ajoelhou para reuni-las.

— Não quis assustar você. — A voz era familiar. — Deixe-me ajudar.

Grace ergueu os olhos. Ficou perplexa ao ver o homem que jurara que jamais veria novamente.

— Mark?

De repente, foi tomada pelas lembranças: uma onda de lençóis brancos bem passados de hotel enrolados entre suas pernas, a sensação de flutuar. As mãos de outro homem que não Tom tocando-a.

E lá estava ele. Mark a ajudou a se levantar, a manga do sobretudo de lã cinza áspera contra a pele dela. Grace o encarou. Ele parecia estar usando o rosto todo para sorrir, fitando-a com os olhos castanhos. Uma única mecha do cabelo escuro estava visível, escapando do chapéu fedora de aba larga. Ele a beijou no rosto, como se os dois fossem velhos amigos, e o cheiro de colônia a levou de volta à outra noite, e a todos os lugares aos quais não devia ter ido.

Lembrando-se das fotos, Grace apressou-se para recolhê-las.

— Me deixe ajudar — ofereceu Mark, novamente.

Será que ele também se sentia desconfortável perto dela, por ter dormido com a esposa de seu falecido melhor amigo?

Ela recusou.

— Eu faço isso.

Grace não queria que ele visse as garotas e começasse a fazer perguntas. Mas Mark correu para a calçada, pegando um dos retratos antes que deslizasse para um bueiro.

Depois de recolher todas as fotos e as guardar, Grace se endireitou.

— O que está fazendo aqui? — perguntou, sentindo o rosto corar.

Na outra noite, Mark mencionara que era sua última noite na cidade. Mas lá estava.

— Os negócios atrasaram. — Ele não deu mais detalhes.

Ficaram ali, parados, sem graça, por alguns segundos, e os olhos dela pareceram se fixar onde a gola do casaco de tweed dele encostava na pele recém-barbeada do pescoço. Não havia mais nada a dizer.

— Preciso ir.

Ela se afastou, o ato parecendo mais difícil do que ela teria imaginado.

— Espera. — Ele a pegou pelo braço, o toque suave lembrando-a demais da noite que passaram juntos. — Eu queria ter combinado de nos encontrarmos de novo. Mas quando acordei...

— Shhh! — repreendeu ela, olhando para trás.

Já era ruim o bastante que aquilo tivesse acontecido; ela certamente não precisava que ninguém mais soubesse.

— Desculpe. Então, agora que nos esbarramos de novo, será que podemos marcar de nos ver outra vez?

Para quê?, pensou Grace. *Mais uma noite?*

Não podia existir mais do que aquilo entre eles.

— Eu não poderia...

— Pelo menos me deixe levá-la para tomar café da manhã — insistiu Mark.

— Preciso ir para o trabalho.

Ela guardou o envelope na bolsa.

— Você trabalha?

A surpresa na voz dele a fez começar a ficar irritada. Por que não teria um emprego? Não era tão incomum assim, apesar de muitas mulheres terem parado de trabalhar depois que os homens voltaram da Europa, ou por escolha própria ou porque foram forçadas a deixar o emprego. Mas ela percebeu que a surpresa não era por ele subestimá-la. Na verdade, era apenas por terem falado tão pouco sobre si mesmos na noite que passaram juntos. Era o conforto daquilo tudo: tinham falado sobre a guerra, sobre Tom... Mas a verdadeira Grace e as realidades de seu mundo haviam permanecido escondidas em segurança. Mark não a conhecia de verdade.

E Grace gostaria que as coisas continuassem daquela forma.

— Sim, trabalho. E estou atrasada. Mas obrigada pelo convite.

— Só um café, então?
— Não posso mesmo.
Grace tentou escapar de novo.
— Gracie — chamou ele.
Ela se virou.
— Não me ouviu dizendo não?
Mas Mark estava apenas estendendo algo, uma das fotos que ela não vira cair.
— Deixou cair isso. Bela jovem — comentou ele.
— Sinto muito pela grosseria — disse Grace, amolecendo. Pegou a foto e a guardou com as outras.
— Foi mesmo grosseira — concordou ele, e os dois riram.
— Não tem mesmo tempo para um café? — persistiu, quase implorando.
Ela bem que precisava de uma xícara de café. E Mark só estava sendo gentil. Mas a visita ao cônsul a atrasara. Será que Frankie ficaria zangado? Bem, achava que dava para abusar só mais uma vez.
— Só tenho quinze minutos — avisou.
Mark abriu um sorriso largo.
— Eu aceito.
Ela o seguiu até a Woolworths da quadra seguinte. Encontraram dois lugares na ponta da bancada de fórmica.
— Viu? Nem precisamos de uma mesa de verdade — brincou ele.
Ignorando-o, ela sentou em um dos bancos altos. Na parede atrás do balcão, pôsteres coloridos tentavam convencer os fregueses a experimentar Coca-Cola e cigarros Chesterfield.
— Dois cafés, por favor — pediu Mark à garçonete. Ele olhou para Grace. — Quer comer alguma coisa?
Ela balançou a cabeça. Estava precisando tomar café da manhã, mas não queria demorar tanto.
— Há quanto tempo está em Nova York? — perguntou ele, assim que as xícaras quentes chegaram.

— Quase um ano.

Já podia sentir o aniversário de chegada se aproximando, o clima parecido com o daquele dia.

— Desde que Tom morreu — notou ele.

Grace tentou beber um gole de café, mas estava quente demais e queimou sua boca, então ela baixou a xícara de volta.

— Mais ou menos. Eu estava aqui para passarmos o fim de semana juntos quando recebi a notícia.

— E ficou.

Ela assentiu.

— Algo assim.

Tecnicamente, não era verdade: voltara para Boston, para o enterro, e depois fora para a casa de sua família em Westport. Mas os olhares exagerados de preocupação tinham sido sufocantes, e os murmúrios de compaixão a deixavam com vontade de gritar. Tinha ido para a casa de Marcia nos Hamptons menos de uma semana depois.

— Você disse que os negócios atrasaram aqui em Nova York? — perguntou, tentando mudar de assunto propositalmente.

— Sim, sou advogado. A audiência que começamos ontem foi estendida, então prorroguei minha estadia no The James. — Ela corou ao se lembrar da suíte sofisticada. — Então essas fotos... — continuou Mark, antes que Grace pudesse perguntar que tipo de advogado ela era e o que exatamente fazia. Com a cabeça, ele indicou a bolsa onde estava guardado o envelope.

— Têm a ver com seu trabalho?

Grace hesitou. Queria desesperadamente poder contar a alguém sobre as fotos, arranjar ajuda para resolver o que fazer. E havia alguma coisa nos olhos castanhos de Mark, uma curiosidade e preocupação ao olhá-la, que a fez sentir como se pudesse confiar nele. Grace respirou fundo.

— Ficou sabendo da mulher que foi atropelada perto da Grand Central? — perguntou, baixinho.

— Sim, li no jornal.

— Bom, eu vi.

— A viu ser atropelada?

— Não exatamente. Mas passei lá logo depois, já estava com a polícia e a ambulância.

— Deve ter sido horrível.

— Foi mesmo. E tem mais. — Grace se viu revelando a Mark como cortara caminho pela Grand Central e encontrara a mala. Ele apoiou os cotovelos na bancada e o queixo em uma das mãos, ouvindo atentamente. — Quando fui procurar algum documento de identificação dentro da mala, encontrei essas fotos — acrescentou, tentando parecer menos enxerida e mais prestativa. Ela pegou as fotos e as mostrou. — Tentei devolvê-las, mas a mala tinha sumido. Então descobri que era da mulher que morreu. Ela era inglesa. A princípio, eu só queria achar uma maneira de devolver as fotos à dona. Foi por isso que passei no consulado britânico.

— Mas acabou não deixando as fotos lá. Por quê?

Grace fraquejou.

— Não sei. Queria ter certeza de que iriam para as mãos certas. Mas conversei com o cônsul. Ele não sabia quem eram as garotas, mas disse que Eleanor trabalhou para o governo britânico durante a guerra. Alguma coisa chamada Executiva de Operações Especiais.

— Na verdade já ouvi falar. SOE, acho.

— Foi isso que ele falou.

— Era uma agência britânica que mandava agentes à Europa durante a guerra em missões secretas de sabotagens e coisas assim. O que Eleanor fazia na SOE?

— Algo administrativo, segundo o cônsul. Ele não sabia muita coisa, exceto que os arquivos da agência foram enviados para o Departamento de Guerra em Washington. Mas isso ainda não explica quem são essas moças nem me deixa mais perto de poder devolver as fotos.

Grace sentia o envelope ainda mais pesado que antes.

— Então o que vai fazer?

— Não sei. Colocar um anúncio no *Times*, talvez. — Como se pudesse pagar por aquilo. Já vira Frankie fazê-lo, quando uma de suas clientes procurava o marido, de quem se perdera durante a guerra. — Agora, preciso chegar ao trabalho. Estou atrasadíssima. Você também deve ter coisas para fazer.

— Precisam de mim de volta a Washington esta tarde — admitiu, deixando algumas moedas no balcão e seguindo-a até a porta da cafeteria. — Chegamos a um acordo no caso.

— Ah — comentou ela, sentindo-se inesperadamente desapontada.

Ficaram um tempo ali fora, sem dizer nada, nenhum dos dois parecendo pronto para partir.

— Então, o cônsul disse que os arquivos estão no Departamento de Guerra — disse Mark, de repente. — Talvez eu tenha algum contato trabalhando lá. Posso dar uma olhada para você, se quiser.

— Não — recusou ela, de repente. — Quer dizer, eu agradeço. É muita gentileza sua. Mas é um problema meu, e já tomei demais do seu tempo.

— Ou — continuou ele, sorrindo — você pode ir até lá e verificar por si própria.

— Eu? — Grace o encarou com surpresa. Estar sozinha em Nova York após perder Tom fora uma aventura. Mas ir até Washington parecia inaceitável. — Eu não poderia.

— Por que não? Não conseguiu nada no consulado. Não há nada mais para encontrar aqui. Caso contrário, terá que ficar com essas fotos. Por que a gente não arrisca e vê o que consegue descobrir?

A gente. Grace se contorceu.

— Por que está fazendo isso?

— Talvez eu também tenha ficado curioso. Ou simplesmente não esteja pronto para me despedir de você — declarou ele.

Grace ficou surpresa. Gostara de Mark nas poucas vezes em que o encontrara antes — principalmente por Tom gostar dele, e isso bastava. Foi aquilo, junto com sua solidão e uma boa dose de uísque, que a levara a dormir com ele, na outra noite. Mas agora Mark estava sugerindo que para ele tinha sido mais do que ela pretendera.

Grace puxou seu braço de volta.

— Você não me conhece bem.

— E gostaria de corrigir isso. Vamos, um dia em Washington. Quer descobrir a verdade por trás de Eleanor e dessas garotas, ou não?

— Sim, é claro que quero. — Grace não tinha nada que pegar um trem para Washington rumo a uma busca louca, precisava era cuidar da sua vida, decidir se ficava em Nova York ou se voltava para casa, e o que fazer em seguida.

— Então, aceita? — Ele olhou fixo em seus olhos, bajulador.

Grace queria se afastar dele, das garotas, de tudo. Mas queria mais ainda desvendar o mistério.

— Quando?

— Hoje.

— Preciso trabalhar.

— Amanhã, então. Tire um dia de folga, se tiver como, ou diga que está doente. É só um dia. O que é um dia em troca de todas as respostas que você quer? — Sem esperar resposta, ele continuou: — Faz o seguinte: deixe tudo pronto aqui e avise seu chefe. Preciso voltar às duas da tarde de hoje, mas tem um trem amanhã às sete da manhã. Pegue esse. Estarei esperando na plataforma da Union Station. Espero encontrá-la. — Ele baixou a aba de seu chapéu. — Até amanhã. — Mark falava como se ela tivesse concordado, o reencontro dos dois já uma certeza.

Vendo-o se afastar, Grace começou a ficar cheia de dúvidas. Não devia se importar tanto por ele ir embora. Devia ficar grata por ele ter ido, por poder deixar o erro da outra noite para trás e voltar a resolver sua vida. Vê-lo outra vez seria mais um erro, e encontrá-lo em Washington, pior ainda.

E era exatamente por isso que ela precisava dizer sim.

CAPÍTULO ONZE

MARIE

França, 1944

Marie ouviu um som vindo de fora do galpão, ainda na quietude de antes do amanhecer. Ela se sentou, apavorada e exausta. Passara a noite toda meio sentada, meio deitada contra uma parede áspera de madeira. Os ossos doíam por ter passado tanto tempo no chão duro e frio, e havia uma mancha molhada no vestido, por causa da umidade da terra.

Ouviu o barulho de novo, lembrava a correria dos cervos que rondavam o jardim todo verão que ela e a mãe passavam em Concarneau, quando era criança. Mas não era um cervo; os passos eram mais pesados, de gravetos sendo esmagados. Marie ficou de pé em um pulo, imaginando um alemão do outro lado da porta. Tentou se lembrar do treinamento e do que fazer, sentindo um frio na espinha.

Mas então alguém virou uma chave na porta e a abriu. Era o homem alto e zangado que a levara na noite anterior. Marie ajeitou a saia, com vergonha de como o galpão cheirava mal, devido ao canto no qual tentara usar as tábuas discretamente como banheiro. Não queria, mas, com a porta trancada e nenhum banheiro, não havia escolha.

O homem não disse nada, mas indicou para que ela o seguisse. Marie obedeceu, prendendo os cabelos loiros em um coque baixo ao sair. Sua boca estava amarga e o estômago roncava de fome. Lá fora o céu estava rosado no horizonte, e o ar úmido. Não podiam ter passado mais que algumas horas entre ser trazida até aqui no meio da noite e agora. Mas o tempo gasto esperando e preocupada com o que seria dela quando ele voltasse, além do que ela faria se ele não voltasse, dava a impressão de ter sido muito mais tempo.

Enfim conseguiu ver então que o pequeno galpão estava afundado em um barranco atrás de uma fileira de álamos.

— Passou bem a noite? — perguntou o homem, em inglês, enquanto subiam a colina, a voz tão baixa que ela mal conseguia escutar.

— Sim. Mas não graças a você — respondeu ela, alto demais, sua irritação com a forma com que fora tratada vindo à tona.

Ele olhou para trás.

— Quieta! — mandou, em uma voz baixa e grave, segurando o pulso dela com tanta força que doeu.

— Não toque em mim!

Marie tentou puxar o braço de volta, mas a força dele a impediu.

Ele estava com os olhos vermelhos de raiva.

— Não serei preso só porque você não consegue calar essa boca. — Eles se encararam por vários segundos sem dizer nada.

O homem voltou a caminhar, guiando-a pela floresta em uma direção diferente da que fizera para trazê-la na noite anterior, apesar de Marie não ter certeza. Enquanto caminhavam, o observava de canto de olho. O sujeito tinha cabelos bem curtos e queixo quadrado. Apesar da calça e camisa de camponês, sua postura ereta demais sugeria que poderia ser militar, ou talvez tivesse sido.

As árvores terminavam em uma clareira, e ao longe ficava uma pequena estação ferroviária sem placas, pouco maior que o abrigo onde fora forçada a dormir. O homem olhou para os lados, atento, como alguém que passara tempo demais se assegurando de que não fora visto nem seguido. Então pegou o braço dela outra vez. Marie o puxou de volta.

— Não toque em mim de novo.

Ela sempre se sentia de volta à sua infância quando homens estranhos tocavam nela, lembrando da época dos apertos dolorosos do pai, sempre seguidos por um tapa ou bofetada.

Marie esperou por uma reação violenta. Em vez disso, ele assentiu de leve.

— Então fique mais perto. — Ele disparou pela clareira, para trás da estação, onde havia uma única bicicleta. — Suba — mandou, indicando o quadro da bicicleta. Ela hesitou. O sol matinal estava bem acima das árvores. Andar em uma bicicleta ao ar livre pelo campo francês parecia tolice, garantia de chamar atenção. Mas recusar significaria irritar ainda mais o homem, e não conhecia nada naquele país além dele e daquele galpão miserável. Ele examinou a bicicleta quando ela subiu, e então subiu também, acomodando-se no selim, cercando-a com seus antebraços longos e amplos para alcançar o guidão. Marie se remexeu, desconfortável por estar tão perto de um homem que não conhecia. Ele começou a pedalar pelo solo acidentado, descendo por um atalho estreito.

Chegaram na beira da clareira, e o atalho deu lugar a uma estrada de terra, cercada por uma muralha baixa de pedrinhas. Um vale foi despontando abaixo, o cobertor de verde abundante e campos bem-lavrados, pontilhados por casinhas de telhas vermelhas e o ocasional *château*. O aroma doce e forte da madressilva úmida enchia o ar. Estavam na região de Île-de--France, adivinhou, pelas colinas levemente inclinadas e pela rota que o Lysander pegara na noite anterior. Era a noroeste de Paris, rumo ao coração dos territórios ocupados pelos nazistas.

Passaram por uma fazenda onde uma jovem pendurava roupas no varal. Marie olhou com medo. Até então, estava encoberta pela escuridão, mas agora estavam completamente à vista. Alguma coisa a denunciaria. Mas a mulher apenas sorriu, presumindo que os dois fossem apenas um casal passeando de bicicleta.

Alguns minutos depois, o homem virou a bicicleta para fora da estrada tão de repente que Marie quase caiu. Agarrou-se ao guidão quando ele parou na frente de um château.

— O que estamos fazendo aqui? — perguntou.

— É um de nossos esconderijos — explicou o homem.

Marie ficou surpresa, olhando para a grande casa com telhado íngreme e janelas projetadas para fora, estilo *dormer*. Esperava cavernas e matas, no máximo um galpão como o da última noite.

— A casa está abandonada. E os alemães teriam ocupado o lugar, se não fosse por isso. — Ele indicou algo alojado entre duas pedras na frente. Marie reconheceu a artilharia. Uma bomba largada pelos alemães antes da ocupação, mas que não fora detonada. — Tem mais algumas no jardim.

Lá dentro, a mansão parecia intocada, as toalhas de linho sofisticadas e as porcelanas intactas, os móveis expostos, sem lençóis para cobri-los. Na sala de jantar, à esquerda, Marie viu a mesa posta, como se sempre estivessem esperando companhia. Adivinhou que os moradores deviam ter partido sem aviso, recordando-se do *l'exode*, a fuga de milhões de cidadãos do norte da França quatro anos antes, diante do avanço do exército alemão. O único sinal de que a casa estava desocupada era uma fina camada de poeira em tudo.

Ouviu um arrastar vindo do andar de cima, um som baixo de risadas. O homem subiu as escadas largas dois degraus de cada vez, sem esperar por ela, e Marie se apressou para acompanhar. Ele abriu uma porta e revelou o que um dia havia sido um escritório. Havia vários homens, todos mais ou menos da idade dela, reunidos ao redor de uma grande mesa de carvalho que servia como mesa de jantar. As cortinas pesadas estavam fechadas, e a mesa estava cheia de velas acesas. Estantes de livros lotadas chegavam até o teto.

Em uma poltrona perto da janela estava Will, o piloto que a trouxera na noite anterior. Marie ficou surpresa ao vê-lo e se perguntou o que teria o impedindo de deixar o solo francês depois que o Lysander decolara do campo. Era o único rosto conhecido na sala, e Marie foi até ele. Mas, ao se aproximar, notou que ele estava cochilando, seus olhos fechados.

Marie ficou parada em um canto, hesitante. O grupo presumivelmente se reunira no andar superior da casa abandonada para não ser visto. E, no entanto, todos riam e brincavam como se estivessem em um café parisiense. O ar estava quente, com aromas deliciosos de café e ovos. Lembrando-se do galpão escuro e frio na qual passara as últimas horas, ela de repente sentiu raiva. Podia ter ido com o mensageiro para lá, na noite anterior. Mas, não... Talvez tenha sido algum teste.

Então um dos homens pareceu notá-la.

— Venha, venha — disse, com um sotaque que ela reconheceu como galês. O sujeito tinha um bigode grande, não muito bom para se passar como francês. — Não fique esperando convite. Coma um pouco de bacon antes de acabar tudo.

Marie teve certeza de que escutara errado. Não havia bacon na Inglaterra desde antes da guerra. Mas lá estava a carne, grossa e crocante, em um prato quase vazio, chamando seu nome. O homem estendeu-lhe o prato.

— Pegue. Não é todo dia que comemos assim. Um dos rapazes conseguiu comprar uma fatia do mercado negro, perto de Chartres, e precisamos acabar com tudo. Não temos onde guardar, e não podemos arriscar a levar.

Ela se aproximou. A mesa exibia uma variedade estranha de alimentos que poderiam não combinar em outras circunstâncias: um pouco de feijão (*inglês demais*, Eleanor criticaria), pão, queijo e frutas.

Marie sentiu o estômago roncar, lembrando-a de que não comia desde o dia anterior. Pegou o bacon. Procurou um garfo, sem sucesso, e enfiou a carne na boca o mais educadamente possível.

O homem de bigode serviu café a ela.

— Meu nome é Albert.

Ele estendeu a mão. Ela estendeu a mão de volta para cumprimentá-lo, envergonhada de seus dedos engordurados.

Mas Albert pegou a mão de Marie e a beijou. Ela corou.

— *Bonjour* — disse, de volta, imaginando se ele estava flertando com ela, sem saber como reagir. — *Enchanté*.

Ele ergueu as sobrancelhas, e Marie teve medo de ter feito alguma coisa errada.

— Seu sotaque é perfeito. É francesa?

— Metade, do lado da minha mãe. Fui criada na Inglaterra, mas passava os verões na Bretanha, quando era mais nova.

— Isso será útil. A maioria aqui fala um francês terrível.

— Não fale por mim — retrucou o garoto ruivo ao lado de Albert, que ainda não se apresentara.

— Será mensageira, então? — perguntou Albert, ignorando-o.

— *Non!* — exclamou, alarmada. A ideia de ser mensageira na França rural, constantemente arriscando ser presa, a assustou. — Operadora de rádio.

— Ah, uma pianista. — O termo parecia estranho, mas lembrou de alguém se referindo ao rádio como um piano, durante o treinamento. — Com sua habilidade no idioma, manter você dentro de casa parece um desperdício — lamentou ele. — Mas suponho que Vesper saiba o que está fazendo.

— Falando em Vesper, será que poderia me mostrar quem ele é? — pediu Marie. Albert ergueu as sobrancelhas. — Queria falar com ele sobre o mensageiro que veio me encontrar ontem à noite.

— Mensageiro? — Albert jogou a cabeça para trás e riu tão alto que todos em volta da mesa pararam de falar. — O mensageiro? Ah, meu bem, *aquele* é o Vesper!

Os outros também riram do engano. O homem que a deixara no galpão e a trouxera até ali não era um simples mensageiro, e sim Vesper, o lendário líder do circuito sobre quem Eleanor falara. Com vergonha da gafe, Marie sentiu seu rosto arder. Mas como ela saberia, se ele não dissera nada?

— Shh! — sibilou Vesper, de repente, levantando uma das mãos.

Todos pararam de rir, e Marie ouviu um som agudo vindo de fora da casa. Sirenes. Os agentes se entreolharam, de repente preocupados.

Apenas Albert parecia despreocupado, espantando aquilo com uma das mãos.

— Quando Kriegler e seus brutamontes vierem atrás da gente — disse, muito calmo —, não vão anunciar com sirenes.

Alguns homens riram, um pouco incertos.

As sirenes subiram um tom ao se aproximarem. Um segundo se passou, depois outro. Finalmente, o barulho começou a baixar, sinalizando que o carro da polícia passara direto pelo château, em busca de outras presas.

— Ouvi dizer que fizeram uma prisão na Picardia — contou um dos homens, quando as sirenes ficaram ainda mais distantes. — Dois agentes, descobertos no abrigo deles. — Marie estremeceu. Picardia, região logo ao norte dali, não era longe. Imaginou se a prisão havia ocorrido em um esconderijo bom demais para ser verdade, como esse, e se os agentes estavam rindo e desfrutando da companhia um do outro logo antes de acontecer.

— Não fale dessas coisas — pediu Albert, como se a má sorte fosse contagiosa e pudesse passar para eles.

Mas o outro homem continuou:

— Devem ter sido descuidados.

Todos concordaram com a cabeça, talvez esperando se diferenciarem e distanciarem daqueles que tiveram azar.

— Não tenha certeza demais — cortou Vesper. Marie esperava que o homem negasse o rumor sobre as prisões, mas ele não o fez. Suas sobrancelhas grossas estavam juntas, uma expressão grave em seu rosto. — Eram alguns dos melhores agentes que tínhamos. — Marie notou, pela voz dele, que a perda fora pessoal e difícil. — Pode acontecer com qualquer um, em qualquer instante. Jamais baixem a guarda.

Vesper deu as costas para o grupo, e os outros ficaram quietos e soturnos. Um dos homens acendeu um cigarro, e o cheiro nefasto impregnou o ar.

De repente, alguém bateu à porta. Albert se levantou de um pulo, e, do outro lado da sala, Vesper baixou a mão imediatamente até sua cintura, como se para pegar uma arma. Marie congelou, lembrando do alerta dele, segundos antes, de que uma prisão poderia acontecer a qualquer momento.

A porta se abriu, e uma mulher bem-vestida entrou, carregando uma submetralhadora Sten debaixo do braço, como se fosse uma bolsa. Era Josie.

Ao ver sua amiga tão inesperadamente, Marie sentiu o coração acelerar. Não esperava ver Josie de novo, talvez nunca mais, e certamente não tão rápido. Marie se levantou, quase gritando, antes de lembrar que não devia mostrar que a conhecia.

— Maldição, você nos deu um susto! — exclamou Albert. — Achamos que ainda levaria uns dias para voltar.

— Soubemos que os campos de treinamento dos *maquisards* no bosque foram comprometidos — disse Josie. — Não era mais seguro. Precisamos nos dispersar.

Marie correu até Josie, que começara a desmontar a arma ao lado da porta. Sentiu um leve cheiro de pólvora e se perguntou se sua amiga tinha atirado.

— Josie.

— Olá. — Josie sorriu para ela e deu um beijo no rosto de Marie. — Que bom que chegou bem. — Ela torceu o nariz. — Tem um banheiro, se quiser se refrescar.

Marie ficou envergonhada e na defensiva: é claro que estava um caco. Como não estaria, depois de passar a noite naquele galpão horroroso? Mas Josie estava em campo havia semanas, e seus cabelos estavam arrumados, seu vestido bem passado. Ela calçava sapatilhas com tiras nos tornozelos sem um só traço de terra ou arranhão. Até as unhas ovais estavam pintadas de um cor-de-rosa pálido perfeito.

— Precisa estar adequada antes de sair — acrescentou ela.

Para onde será que vou?, perguntou-se Marie.

No banheiro, ajeitou seus cabelos o melhor possível e lavou o rosto, notando, infeliz, que o sabão forte de cânfora deixara suas bochechas vermelhas. A viagem e a noite na cabana tinham deixado sua pele pálida, com olheiras escuras.

Quando voltou do banheiro, Josie já acabara de desmontar a arma e estava limpando as peças habilmente com um pano branco. Marie observou a amiga.

— Você está bem?

— Nunca estive melhor. — Josie parecia revigorada. Seu rosto tinha um rubor saudável, e seus olhos brilhavam. — Tenho viajado por todo o interior, armando os partidários e ensinando-os a usar nossas armas.

— Então não fica no rádio?

Josie era tão boa na aula de transmissão na Arisaig House; seria um desperdício não a colocarem trabalhando com isso. Mas claro que também era boa em todo o resto. Marie compreendeu que trunfo a amiga devia ser para o circuito e sentiu sua própria inadequação aumentar, em comparação.

— Às vezes, eu fico. Mas tudo é tão mais fluido em campo. Temos que fazer o que for preciso.

Josie soava anos mais velha do que quando Marie a vira pela última vez, e mais segura do que nunca. O trabalho claramente combinava com ela. Marie não tinha tanta certeza se um dia se sentiria daquele jeito.

— Você está no calendário às terças e quintas — disse Josie.

Significava que Marie transmitiria e mandaria as mensagens de volta para Londres.

Marie imaginou Eleanor esperando recebê-las e torceu para sua transmissão ser boa e clara o bastante. Imaginou o que lhe pediriam para transmitir.

— Eu transmito daqui?

Josie balançou a cabeça.

— De onde quer que esteja. Precisará perguntar ao Vesper.

Marie olhou para Vesper, observando-o atentamente. Era alguns anos mais velho que todos ali, supôs, com maçãs do rosto proeminentes e olhos de um azul cerúleo. Alguns poderiam considerá-lo bonito, talvez até ela mesma, se já não tivesse desgostado dele desde o começo.

— Ele controla toda a operação em Paris e no norte da França, dezenas de agentes, talvez uma centena de contatos locais — contou Josie.

Marie estava intrigada. No treinamento, tinham aprendido que o trabalho na França consistia em grupos pequenos de agentes, geralmente trabalhando em trios: um líder de circuito, um operador de rádio e um mensageiro. Eram separados porque, se um fosse comprometido, não prejudicaria o resto. Mas Vesper estava comandando tudo. Será que era mesmo seguro uma pessoa saber de tanta coisa?

Do outro lado da sala, alguns homens levantaram a voz. Vesper estava debruçado em cima de um mapa sobre a mesa, ao lado de Albert e Will, que acordara após a comoção da chegada de Josie. Os homens estavam discordando, falando tão alto que todos conseguiam ouvir.

— Primos — disse Josie, assentindo na direção de Vesper e Will. Marie ficou surpresa com a diferença entre eles, tanto na aparência quanto no modo de agir. O estilo aventureiro e a conduta gentil de Will pareciam contrastar com a austeridade de seu primo. — Você jamais teria adivinhado, eu sei. Fique de olho naquele ali — acrescentou, referindo-se a Will. — Nada mal e um total mulherengo, ainda por cima. E dizem que tem garotas por toda parte, incluindo em um bordel em Paris.

— Josie! — Marie levou a mão à boca, chocada.

A amiga deu de ombros.

— Serão meses longos e solitários aqui, e algumas coisas podem acontecer. Só estou dizendo para não perder a cabeça e não se distrair.

— Achei que Will voltaria para a Inglaterra.

Josie negou com a cabeça.

— Ele teve problemas mecânicos depois da decolagem, então precisou aterrissar em um dos nossos campos. Rebocamos o avião até um dos abrigos para fazer reparos.

Marie se arrepiou, grata por terem aterrissado em segurança antes que o avião quebrasse.

Os homens elevaram ainda mais a voz.

— Precisamos encontrar outro abrigo perto de Mantes-la--Jolie — disse Vesper.

Will negou com a cabeça.

— É pedir muito, e cedo demais. Depois das outras prisões, não podemos pedir aos locais que se arrisquem. Precisamos nos unir e manter a discrição por um tempo.

— Impossível! — disparou Vesper. — Temos ordens de tomar a ponte em um mês. Precisamos estar prontos.

— Então pelo menos avise aos locais o que está por vir, para que garantam a segurança de suas famílias — insistiu Will.

— E arriscar que a operação vaze? — retrucou Vesper.

Marie olhou para Josie e perguntou:

— Sobre o que eles estão brigando?

Josie deu de ombros.

— Esses dois estão sempre assim. Melhor não se envolver.

Mas Marie se aproximou ainda mais, curiosa demais para se conter.

— O que foi? — perguntou, surpresa com a própria ousadia.

Vesper olhou para ela com evidente irritação.

— Você faz perguntas demais. Quando menos souber, melhor para você. E para todos nós.

Mas Will respondeu:

— Neste momento, estamos construindo uma rede de esconderijos e locais para entregas que vá daqui a Mantes-la-Jolie. Há uma operação perigosa chegando, e os agentes que vão assumi-la precisam de esconderijos para onde fugir depois. Mas os residentes andam com medo de nos ajudar. Em outro vilarejo, Neuilly-sur-Seine, ocorreram represálias em massa por estarem ajudando partidários. Sob as ordens de Kriegler, chefe da SD alemã, os homens foram fuzilados, e as mulheres e crianças, trancadas em uma igreja que depois foi incendiada. — Marie teve que conter a surpresa. — A cidade inteira foi assassinada.

— Por isso eu mesmo estou indo encontrar novos lugares — explicou Vesper. — Nossa chance é maior se eu falar com os locais.

— Com seu francês? — opinou Albert. — Você não pode ir sozinho.

— Posso ir com você — ofereceu Marie, mas se arrependeu na mesma hora.

Vesper pareceu tão surpreso quanto ela. Depois, fez uma careta.

— Impossível! Você acabou de chegar. Tem zero experiência prática. É perigoso demais.

— O francês dela é perfeito. E o seu, inexistente — censurou Albert.

Marie pensou em como era possível o líder do circuito operar na França sem falar francês.

Vesper não respondeu, simplesmente a encarou, pensando. Será que preferia ir sozinho, ou simplesmente não a queria por perto? De qualquer maneira, ele diria não, e Marie sentia um misto de decepção e alívio.

— Só até Mantes-la-Jolie — concedeu Vesper, finalmente, e Marie percebeu a surpresa no rosto de todos por ele ter concordado. — Venha.

Vesper foi até a porta, e Marie olhou para Josie, atrás dela. Tinham se reencontrado por tão pouco tempo, e quem saberia quando se veriam de novo? Marie queria correr até Josie, se despedir e ver se a amiga teria algum conselho. Mas Josie simplesmente levantou a mão para acenar, e Marie se deu conta de que não tinha mais escolha a não ser ir.

Desceu correndo até o térreo e a porta da frente da casa para alcançar Vesper, diminuindo o passo apenas ao passar pela artilharia no jardim. Vesper não levou a bicicleta que tinham usado mais cedo; em vez disso, partiu a pé pelo gramado em frente à casa. Nenhum dos dois dizia nada. Os passos dele eram largos, e Marie quase precisava correr para acompanhar. Sua pele suava desconfortavelmente sob o vestido.

Caminharam por mais um tempo, ainda mudos. Ao longe, um sino soou 10 horas.

— Você é lenta — acusou ele, assim que o campo virou mais uma estrada de terra.

— O que você esperava? — retrucou Marie, toda a raiva e o medo dos últimos dias se inflamando. — Me deixou naquele galpão sozinha a noite toda, congelando, sem comida nem água. Estou exausta.

— Não durmo uma noite inteira há duas semanas. É a natureza do trabalho, estamos sempre em movimento. Mas você terá descanso e comida assim que se acomodar com seu rádio. Fiquei surpreso por ter se oferecido para vir com um simples mensageiro — acrescentou ele.

Marie corou.

— Eu não fazia ideia de que tinha sido recebida pelo famoso Vesper — respondeu, tentando brincar com a gafe. — Que honra.

Ele pareceu surpreso, como se ninguém jamais tivesse brincado com ele.

— Quase dá para acreditar — respondeu ele, rígido. — E eu me chamo Julian, a propósito.

— Como consegue operar sem falar francês? — perguntou, ignorando as advertências de Eleanor por perguntar demais.

— Como líder do circuito, raramente interajo com os locais. Seria perigoso demais eu ser capturado. Então fico na minha e opero através dos outros homens.

— E mulheres. Ou acha que não devíamos estar aqui?

— Acho que mulheres podem ser justamente o que a operação precisa, se forem boas e comprometidas com o trabalho. — Aquela última parte parecia uma alfinetada, e direcionada a ela. Notou o que parecia uma pontada de dúvida no tom de voz dele, que ecoava a incerteza que ela sentia.

Mas decidiu ignorar.

— Disse que estamos indo até Mantes-la-Jolie?

— Até um vilarejo próximo, na verdade. Rosny-sur-Seine. Atualmente não temos esconderijos na região, a não ser a casa onde estávamos agora, que é grande e visível demais para esconder um agente em fuga. Estamos tentando arranjar um, mas não podemos simplesmente ir até a cidade e perguntar quem está disposto a arriscar a vida para abrigar agentes em fuga. Então começamos aos poucos, encontramos um local que funcione como ponto de entrega para nossas mensagens, antes de perguntar se também esconderiam pessoas.

Marie ia responder, mas foi interrompida por um som retumbante vindo de uma das esquinas. Um grande caminhão militar marrom apareceu, vindo na direção deles. Marie ficou tensa e fez menção de correr de volta para as árvores, mas Julian segurou-a pelo braço, e dessa vez ela estava assustada demais para reclamar.

— Calma — murmurou ele. — Somos apenas um casal francês, dando uma volta. — Ela se forçou a continuar andando normalmente, olhando para o chão. Algum tempo depois, após o veículo desaparecer ao dobrar a esquina, Vesper largou o braço dela com força. — Você sabe que seu disfarce é como uma mulher francesa, não sabe?

— Sim, claro,

— Então aja como uma.

Ela baixou a cabeça.

— Sinto muito. Se quiser que eu volte para a casa para você levar outra pessoa... Talvez Josie...

— Tarde demais — disse ele, assim que se aproximaram de um vilarejo com um conjunto de casas de calcário e um canal. — Chegamos.

Marie ficou surpresa pelo destino final ser tão perto da casa; só haviam caminhado alguns poucos quilômetros. Julian parou diante de uma ponte de pedra baixa por cima do canal.

— Não tivemos muito contato com os locais nessa região. É uma vila nova para nós, mas disseram que pode abrigar moradores simpáticos à resistência e dispostos a ajudar. Precisamos encontrar uma casa ou um café onde possamos deixar mensagens e onde um de nossos agentes possa se esconder, se houver necessidade.

— Um café não — disse Marie. Ela olhou pela rua principal da cidade, uma via de pedrinhas terminando em uma pequena praça. — Uma livraria — acrescentou, lentamente, a ideia se formando enquanto falava. Mensagens poderiam ser trocadas enquanto folheavam livros, ou talvez até mesmo deixadas em uma obra em particular. — Se existir alguma aqui.

— Uma livraria. — Julian repetiu a ideia, analisando-a. — Genial! — Agora ele a olhava com aprovação. Ela sentiu seu rosto corar. — Existe uma sim, bem após a praça. Os alemães jamais iriam lá, porque odeiam livros. — Então ele fechou o sorriso. — Você vai. Vai convencer o livreiro.

— Sozinha?

Tinha chegado havia menos de doze horas.

— Sim. Um homem entrando em uma loja no meio do dia levantaria perguntas demais.

Marie concordou. As pessoas se perguntariam por que ele não era soldado.

— Mas eu o acompanhei até aqui só para traduzir. Viu como me saí mal agora há pouco, tentando agir naturalmente quando o caminhão do exército passou por nós.

— Está aqui para fazer seu trabalho ou não?

Marie teve vontade de responder que seu trabalho era operar o rádio de algum lugar secreto. E, no entanto, nas primeiras 24 horas, se tornara tradutora e operadora. Lembrou-se de quando Eleanor disse que os agentes deviam ser bem treinados em todos os aspectos do trabalho, pois podiam ser chamados para fazer qualquer coisa a qualquer momento, assim como o comentário de Josie dizendo que deviam fazer o necessário. Aquilo *era* sua missão, pelo menos em parte.

— Sei que está nervosa — disse Julian, a voz mais gentil. — O medo é sempre o primeiro instinto, e com razão. É o que nos mantém alertas. E vivos. Mas você precisa treinar, conquistá-lo. Agora, vá. Pergunte ao dono se ele tem *Odisseia*, de Homero, no idioma original.

— Como isso poderia sinalizar alguma coisa?

— Temos perguntas arquitetadas que usamos para testar se alguém é solidário à resistência ou não. Podemos perguntar a um pescador se está na época de bacalhau, ou a um florista se ele tem tulipas. Geralmente é algo fora da estação ou difícil de arranjar. — Ele bufou, impaciente. — Realmente não temos tempo para eu explicar mais que isso. Se ele já ajudou antes, vai captar a mensagem.

Marie andou na direção da vila, passando por uma *école* na hora do recreio, com os alunos brincando em um jardim. A livraria ficava ao norte da praça, uma vitrine quieta embaixo de um apartamento com varanda e um canteiro de papoulas murchas entre cortinas azuis. *Libraire des Marne*, dizia o letreiro amarelo e desbotado. Estava quieto dentro da loja, exceto por um rapaz consultando uma estante de revistas em quadrinhos. O ar pesava com cheiro de papel velho.

Marie aguardou o menino pagar e ir embora, só então se aproximou do livreiro atrás do balcão, nos fundos da loja. Era um homem magro de cabelo branco e óculos que pareciam apoiados em um bigode cheio. Notou uma decoração da Primeira Guerra Mundial na parede. O homem era veterano — talvez até um pouco patriota.

— *Bonjour*. Estou procurando um livro.

— Pois não? — Ele soava surpreso. — Poucos leem hoje em dia. Muitos só procuram livros para acender fogueiras.

Ele parecia tão satisfeito com a ideia de vender um livro de verdade que Marie ficou relutante em desapontá-lo.

— Um volume de *Ilíada* no original. — Ele se virou para a prateleira atrás dele e começou a remexer os livros. — Quer dizer, *Odisseia* — corrigiu, apressada.

O homem a olhou de volta lentamente.

— Não é o livro que quer realmente, é?

— Não.

Ele arregalou os olhos. Claramente conhecia o sinal.

— Pode aceitar um pacote? — continuou ela.

Ele balançou a cabeça com veemência.

— *Non*. — Voltou o olhar para a estreita rua de pedrinhas e um café. Havia alguns soldados da SS sentados atrás da vitrine de vidro, tomando café da manhã. — Tenho novos vizinhos. Sinto muito.

O coração de Marie acelerou. Com certeza aqueles alemães a tinham visto entrando na livraria.

Ignorando o medo, ela tentou mais uma vez.

— *Monsieur*, seria discreto. Apenas um lugar para cartas dentro de um dos livros. Você nem notaria.

Não mencionou a ideia de agentes precisando se esconder na loja dele, sabendo que já seria demais.

— *Mademoiselle*, minha filha mora no andar de cima com o filho, que não tem nem um ano de idade. Por mim, e até por minha esposa, eu não ligaria nem um pouco. Mas preciso pensar em meu neto.

Marie lembrou de Tess, em East Anglia. Deixar uma criança para trás era uma coisa, mas colocá-la no meio de uma situação perigosa seria insuportável. Não tinha direito de pedir aquilo ao pobre homem. Foi andando de volta para a porta. Até que se lembrou de Vesper, esperando ansioso na entrada da cidade. Não podia falhar.

— *Monsieur*, sua ajuda é muito necessária. — Notou como sua voz mostrava uma pitada de desespero.

O livreiro balançou a cabeça e saiu de trás do balcão para ir até a frente da loja, virando a placa para o lado fechado.

— *Adieu, mademoiselle.*

Ele desapareceu por trás de uma porta nos fundos da loja.

Marie parou, pensando se devia ir atrás dele. Mas não o convenceria, e atrair atenção poderia piorar ainda mais as coisas. Então simplesmente saiu, abatida. Fracassara.

Refez seu trajeto da livraria por todo o vilarejo e atravessou a ponte. Ao chegar ao local onde deixara Julian, não o encontrou. Será que ele a havia abandonado? Por um instante, Marie se sentiu quase aliviada; não precisaria contar sobre seu fracasso. Mas sem ele, não teria para onde ir.

Então ela viu Julian, quase escondido entre as árvores, e andou pelo aterro na direção dele.

— Como foi?

Marie balançou a cabeça negativamente.

— Ele não quis aceitar.

Ficou esperando Vesper repreendê-la.

— Não me surpreende. Essa região tem sofrido muitas retaliações. Estão todos com medo de ajudar.

— Talvez alguma outra loja da cidade — sugeriu.

— Não podemos pedir a mais ninguém hoje. Já usamos uma chance com o livreiro, e, se começarmos a fazer perguntas demais, os moradores vão comentar.

— E agora?

— Vou levar você ao local onde ficará. Eu pediria a outro agente para levá-la, mas, já que estamos aqui, eu mesmo farei isso. Podemos nos reencontrar e traçar um novo plano. — Marie sentiu uma pontada de decepção. Esperava voltar ao esconderijo para ver Josie mais uma vez. — Vamos.

Marie também esperava que ele voltasse pela floresta. Surpresa, o observou indo na direção da cidade da qual acabara de voltar.

— Achei que você tinha dito que não podia ser visto aqui — comentou, sem segui-lo.

— Você sempre faz tantas perguntas? — Era impossível não notar a frustração na voz dele. — Eu disse que eu não *devia* ser visto aqui. E, se me seguir de boca fechada, não serei. — Ele a fez voltar à vila, pegando uma rua de trás e depois mais uma, dando a volta atrás da praça. — O apartamento do qual vai transmitir também é nesse vilarejo — sussurrou. — Ao se hospedar aqui, vai poder ter uma noção de quem mais podemos abordar para tentar um esconderijo.

— E o apartamento não poderia ser usado para isso?

— Visível demais. Não seria seguro para esconder agentes em fuga. — *Então como poderia ser seguro para ela morar?*, perguntou-se Marie. — Existem diferentes tipos de esconderijos para diferentes propósitos. Mensagens, operadores de rádio, agentes em fuga. Cada um destinado a um propósito específico e diferente dos outros.

Ele a levou por um beco e parou nos fundos de uma das casas.

— Aqui. — Ele pegou uma chave mestra e destrancou a porta, subindo em seguida um lance de escada.

Quando não tinham mais para onde subir, ele abriu uma porta tão baixa que precisou se abaixar para passar por ela. O quarto era um sótão, com um teto inclinado. Havia uma cama e um lavatório e não muito mais. Ainda assim, era muito melhor que o galpão no qual passara a noite anterior.

— Suponho que isso seja seu. — Ele indicou com a cabeça o canto do quarto, onde havia uma mala conhecida.

— Meu rádio!

Marie foi até a mala, afoita. Tirou-a do chão e a abriu, passando os dedos sobre as teclas, sentindo-se aliviada ao ver que não fora danificada no pouso. A mola da antena estava um pouco dobrada, mas conseguiu endireitá-la com o dedo. E a tecla do telégrafo estava solta. Na verdade, desde que Eleanor a desmontara, a máquina não estava perfeita, e parecia ter piorado no trajeto. Mas dava para consertar.

— Você tem cola?

— Não, mas vou mandar alguém trazer.

Marie fez uma anotação mental para achar seiva de pinheiro ou piche, se a cola nunca chegasse. Foi ali que entendeu que, quando Eleanor desmontou o rádio, na Arisaig House, queria prepará-la para momentos exatamente como aquele.

— Vai precisar pendurar o fio na janela para transmitir — observou Vesper.

Marie olhou pela janela, para onde ele apontava: um álamo, seus botões começando a florescer. Então viu um local conhecido lá embaixo. A livraria. Seu estômago se revirou. O apartamento era bem em cima do café onde estavam os soldados da SS.

— Mas a SS... — começou. — Como pode ser seguro?

— Porque eles jamais esperariam que você estivesse aqui.

— E se descobrirem?

— Não vão. Se for discreta. Está com fome?

— Sim — admitiu.

O pouco de café da manhã que tomara com Albert e os outros parecia uma lembrança distante. Julian foi até o armário e tirou metade de um pão e um pedaço de queijo embrulhado em papel. Marie se perguntou se ele mesmo estocara a despensa, ou se mais alguém tinha a chave.

Vesper levou a comida até a mesa e voltou para buscar dois copos de água. Sua mão tremeu ao passar um copo para Marie, derramando um pouco da água.

— Você está bem? — perguntou ela.

— Só estou cansado — garantiu ele, tentando sorrir. — Dormir em um lugar diferente por noite, ficar sozinho semanas a fio... isso cansa.

Mas mãos não tremiam apenas por cansaço.

— Há quanto tempo ela treme assim?

Ele fechou o sorriso.

— Há anos. Danos nervosos causados por algum estilhaço no começo da guerra. Só piorou nos últimos meses. Por favor, não comente nada. Se os outros souberem...

— Pode deixar.

— Obrigado.

Comeram em silêncio. O tempo esfriou.

— Tudo bem se eu acender o fogo na lareira? — perguntou Marie, temendo ter que ficar no frio e no escuro como no galpão de jardinagem.

— Sim. Não é segredo o apartamento estar ocupado.

Enquanto Marie acendia o fogo, ele se recostou e esticou as pernas, cruzando os pés nas botas pretas. Era o mais relaxado que Marie já o vira desde que o conhecera.

— E agora?

— Você vai ficar aqui e receber mensagens para transmitir. Serão trazidas por mensageiros ou por Will, o piloto que trouxe você. — Julian não mencionou que Will era seu primo, e Marie ficou pensando se a omissão era proposital ou se, no mundo prático dele, a informação era irrelevante. — Ele é responsável pelo transporte aéreo, mas ajuda a coordenar as transmissões também, junto com os voos. Provavelmente não será eu. Meus homens e mulheres estão espalhados por 320 quilômetros do norte da França. Sempre viajo entre eles para me certificar de que estão fazendo o necessário. — Marie enfim entendeu a responsabilidade que ele levava nos ombros. — Mais uma coisa: cuidado quando estiver transmitindo. A SD está ciente do que andamos fazendo, estão procurando transmissões.

Eleanor dissera a mesma coisa logo antes de sua partida.

— Não transmita por tempo demais e fique de olho nas caminhonetes de radiogoniometria, que buscam as direções dos sinais de rádio. Além de outros sinais de alguém estar na sua cola.

Marie assentiu. Também já ouvira falar das vans que rondavam as ruas com equipamentos especiais para detectar fontes de sinais de rádio. Era difícil imaginar a polícia usando coisas como aquelas nessa cidadezinha tranquila.

— Mas não pode parar de transmitir — continuou ele, severo.

— Precisa passar as mensagens. As informações que enviamos a Londres são cruciais. Eles precisam saber que estamos dificultando ao máximo a reação dos alemães, quando for hora da invasão.

— E quando será isso?

Era a maior pergunta de todas, e fazê-la parecia audacioso até para Marie.

— Não sei. Mas é para não saber. Apenas o necessário, lembra? É mais seguro assim. A invasão está chegando. Isso é certo. E estamos aqui para garantir que será bem-sucedida.

O tom de voz dele não era presunçoso, mas claro e seguro, um tom de propriedade. Marie entendeu que a intensidade dele não vinha de arrogância ou maldade, e sim de levar o peso de toda a operação nas costas. Então o viu sob uma nova luz, admirando sua força. No entanto, se perguntou mais uma vez se era prudente tanta coisa passar por uma só pessoa.

— Isso é tudo que você, ou qualquer outra pessoa, precisa saber.

As pessoas estavam ariscando a vida. Marie achava que talvez tivessem direito de saber mais.

Ele se levantou.

— Preciso ir. Você vai ficar aqui, agir normalmente, e repassar as mensagens que trouxerem de acordo com o cronograma.

Marie se levantou.

— Espera. —

Não gostava muito de Julian; o achava irritado e mal-educado e intenso demais. Mas ele era uma das únicas pessoas que conhecia ali, e não estava nem um pouco ansiosa em ser deixada sozinha nesse apartamento estranho, cercada pelos alemães.

No entanto, não havia nada a fazer a respeito; partir era o trabalho dele, e ficar, o dela.

— Adeus, Marie — disse Vesper, saindo e deixando-a sozinha mais uma vez.

CAPÍTULO DOZE

GRACE

Washington, 1946

Na manhã seguinte, Grace estava no trem a caminho de Washington.

Depois de se despedir de Mark, no dia anterior, tinha ido direto para o trabalho, ainda pensando no encontro com o cônsul. No começo, Grace só estava interessada em devolver as fotos para a mala. Mas, depois de descobrir que a mala era de Eleanor, que trabalhara para o governo da Inglaterra, as dúvidas se multiplicaram: quem eram as garotas das fotos? Que ligação teriam com Eleanor? Será que encontraria as respostas nos arquivos em Washington? A possibilidade de encontrar alguma coisa parecia cada vez mais distante, e suas dúvidas quanto a ir lá para encontrar Mark, cada vez mais intensas.

Só avisara a Frankie que precisaria tirar um dia de folga no final do dia.

— Está tudo bem? — perguntara ele, quando o pedido finalmente veio.

Frankie franzia a testa, preocupado. Grace entendia a reação; nunca faltara ao longo de quase um ano trabalhando para ele.

— Sim, sim. São só assuntos de família — acrescentara, com uma firmeza que esperava evitar mais perguntas.

— Sabe que trabalhar, manter-se ocupada, é a melhor coisa — sugerira ele.

Grace sentiu-se ainda mais culpada. Frankie achava que ela estava pedindo a folga para lidar com o próprio luto. Em vez disso, ia sair da cidade para resolver um mistério que não era da sua conta, com um homem que jamais deveria encontrar novamente.

— Você estará de volta depois de amanhã? — Era ao mesmo tempo uma pergunta e um apelo.

— Espero que sim.

Grace não imaginava como a viagem poderia demorar mais.

— Ótimo. — Ele sorriu. — Porque acabei me acostumando a ter você por aqui.

Grace sorriu internamente com a admissão relutante de Frankie de que estava começando a depender dela.

— Obrigada. — Não estava grata apenas pela folga. Era mais por ele ter criado e mantido um lugar para ela ali. Pela compreensão. — Vou voltar correndo. Prometo.

O trem, um elegante Congressional Limited azul, voava pela vastidão de Chesapeake. Grace examinou o vagão. Os bancos eram retos, mas estofados com um couro confortável. As janelas de vidro laminado polidas ofereciam uma vista esplêndida da água, que refletia os raios de sol. Um rapaz se aproximou com seu carrinho, vendendo café e lanches. Grace balançou a cabeça; queria tomar mais cuidado com os gastos, não sabia o quanto gastaria nessa viagem. Em vez disso, pegou o sanduíche de pasta de ovo que levara.

Enquanto desembrulhava o sanduíche, Grace olhou pela janela, para admirar os ricos subúrbios de Maryland — as casas enormes recém-construídas nas ruas sem saída muito bem-cuidadas. Aquelas cidades fabricadas pareciam estar se espalhando como ervas daninhas desde que os homens voltaram da guerra, e os casais começaram a migar para longe das cidades, querendo formar suas famílias. Grace imaginou as mulheres em cada casa, lavando a louça e arrumando o lugar após as crianças irem para a escola. Sentia um misto de culpa, anseio e alívio por não ser uma delas.

Terminou de comer, amassou o embrulho do sanduíche e pegou os retratos das moças, analisando o mistério que o olhar de cada uma parecia guardar. Cada foto tinha um nome no verso, na mesma caligrafia fluida. *Josie*. *Brya*. Grace ficou se perguntando se seria a letra de Eleanor.

Passava das 11h quando o trem finalmente chegou à Union Station. Mark a encontrou na plataforma, recém-barbeado, usando uma camisa branca bem passada e blazer esportivo, com o chapéu fedora cinza na mão, em vez de na cabeça. Ao vê-la, ele quase pareceu surpreso. Então Mark realmente achara que Grace poderia não ir. Ele a cumprimentou com um beijo na bochecha, um gesto íntimo, mas não exagerado. Mesmo tentando evitar, Grace saboreou o cheiro familiar da loção pós-barba dele.

— Fez boa viagem?

Ela assentiu, forçando-se a se afastar um pouco dele.

— Então qual é o plano? — indagou ela, enquanto atravessavam o grande saguão de mármore da estação. Admirou o teto arqueado, adornado com padrões octogonais folheados a ouro no meio de cada painel de gesso.

— Fiz algumas verificações a respeito dos arquivos da SOE — comentou ele.

Os dois saíram da estação. Estava um pouco mais quente do que em Nova York. Grace viu o domo do Capitólio atrás de um conjunto de árvores desfolhadas; só o vira uma vez, em uma viagem em família, quando era criança. Parou para admirar sua grandiosidade tranquila.

Ele a levou até o táxi que os aguardava e abriu a porta.

— Me conte o que descobriu — pediu, assim que ele entrou e fechou a porta.

— Lembra de quando contei que a SOE era uma agência britânica que mandava funcionários disfarçados para a Europa durante a guerra?

— Sim. O que eles iam fazer na Europa? Espionagem?

— Não exatamente. Eram mobilizados para ajudar os partidários franceses, fornecer armas, sabotar operações alemãs, esse tipo de coisa. — Grace tentou imaginar o que Eleanor teria a ver com aquilo. — Enfim, fiz algumas consultas. A irmã de Tony, um velho amigo do exército, está trabalhando no Pentágono. Ela confirmou o que o cônsul disse: alguns dos arquivos da SOE foram transferidos para cá depois da guerra.

— Parece estranho.

Ele deu de ombros.

— Muita coisa não fazia sentido quando a guerra acabou. Mas talvez os arquivos possam revelar alguma coisa sobre Eleanor.

— Ou sobre as garotas nas fotos. Talvez elas também tivessem algo a ver com a SOE.

Aquilo tudo se tornara maior que apenas Eleanor. Grace pegou os retratos na bolsa.

Mark se aproximou para olhar também.

— Posso?

Ela entregou as fotos.

— Se conseguirmos descobrir quem eram... — Grace se encheu de dúvidas. — Mas como conseguiríamos acesso aos arquivos? Acho que não vão simplesmente nos deixar entrar... — Ela soltou um suspiro tão forte que sua franja subiu.

Mark sorriu.

— Gosto quando você faz isso.

Grace sentiu o rosto ficando vermelho e quente. *Isso tudo é por Eleanor e aquelas mulheres*, lembrou a si mesma, muito séria. Caso contrário, não teria ido.

— Sim, é verdade, os arquivos não são públicos — continuou ele. — Mas Tony acha que a irmã dele consegue nos dar acesso.

— Acha mesmo que ela consegue?

— Vamos ter que descobrir.

O táxi deu a volta no grande círculo em frente da Union Station, abrindo caminho entre os bondes até entrar em uma via mais larga. Apesar de a guerra já ter terminado havia quase um ano, os sinais que deixara pela cidade ainda eram visíveis; de sacos de areia empilhados contra a base de um prédio a pedaços de fita preta ainda colados nas janelas. Homens de ternos puídos fumavam nas calçadas em frente a prédios genéricos do governo. Garotos de casacos de inverno jogavam beisebol na grande vastidão do Passeio Nacional, turistas caminhavam entre os museus — pequenos sinais de uma cidade voltando à vida.

O táxi começou a subir a vastidão de uma comprida ponte sobre o Rio Potomac, levando-os até a Virgínia. O Pentágono apareceu diante deles. Grace já vira fotos da construção nos jornais, erguida para acomodar o enorme Departamento do Exército que crescera da guerra. Quanto mais se aproximavam, mais ficava impressionada com o tamanho do lugar: cada lateral tinha o comprimento de diversas quadras de uma cidade. Um guindaste de construção ainda pairava sobre andaimes, em uma parte. Precisavam mesmo daquilo tudo, a guerra não já acabara?

O carro passou pelo enorme estacionamento e parou próximo à porta, em uma das laterais do Pentágono. Mark pagou o taxista e saiu. Ao olhar para a bandeira americana no alto na entrada, Grace hesitou; não era da conta dela estar ali. Mas Mark deu a volta no carro e abriu a porta do seu lado.

— Quer saber mais sobre Eleanor Trigg ou não?

Ele exalava uma autoconfiança discreta, uma certeza que fazia Grace se sentir mais segura. Então desceu do carro.

Lá dentro, Mark tirou o chapéu e deu seu nome ao soldado atrás da mesa. Grace espiou pela entrada oficial e se perguntou se os dois seriam barrados.

Alguns segundos depois, uma morena voluptuosa de saia lápis apareceu para atendê-los. Devia ser um ou dois anos mais nova que Grace, e parecia incrivelmente sofisticada, de um jeito que Grace jamais seria. O cabelo escuro estava preso em um chapeuzinho casquete que era a última moda. A boca estava pintada perfeitamente de vermelho. Uma Ava Gardner mais curvilínea. Quando ela passou por Grace, para oferecer um aperto de mão a Mark, deixou um leve traço de jasmim no ar.

— Meu nome é Raquel. Deve ser Mark.

— Culpado — brincou ele, com o mesmo brilho nos olhos que Grace notara assim que os dois se reencontraram. — Tony fala muito sobre você.

— Tudo mentira — devolveu Raquel.

Meu Deus, pensou Grace, com uma pontada de ciúme que nem tinha direito de sentir. *Os dois estão flertando bem na minha frente?*

— E você deve ser Grace — acrescentou Raquel, como se só agora tivesse reparado. Mas pelo menos Raquel também a estava esperando. Antes que Grace pudesse responder, a mulher voltou as atenções para Mark: — Sigam-me.

Ela deu meia-volta, os saltos ecoando no piso conforme ela os levava por um corredor com uma interminável fileira de portas idênticas. Passaram por vários homens de uniforme, os peitos cheios de distintivos e medalhas, o rosto sério. *Tom teria ficado impressionado com aquilo tudo*, pensou Grace, com certa tristeza. De repente, ficou com saudade de Nova York e do conforto bagunçado do escritório microscópico de Frankie.

— Não temos muito tempo — avisou Raquel, em voz baixa, assim que os homens passaram e os três ficaram sozinhos outra vez. — Brian, o arquivista, está almoçando. Temos no máximo uma hora antes de ele voltar.

Grace hesitou. Não sabia que iam entrar escondidos. Mas era tarde demais para desistir; Raquel já abrira uma porta e gesticulava para que a seguissem depressa por uma escada nos fundos.

— Os arquivos não são confidenciais? — perguntou Mark.
Raquel balançou a cabeça.

— Mas também não são públicos. — *O cônsul disse que os registros deviam estar lacrados*, lembrou Grace, imaginando se seriam os mesmos. — Brian disse que chegaram de Londres sem aviso no começo do ano. Acha que ninguém mexeu neles até hoje.

— Por que mandaram os arquivos para cá? — perguntou Grace, quando finalmente chegaram em um patamar e começaram a descer uma segunda escada.

Aquela era a pergunta que mais a incomodava. Por que teriam enviado documentos britânicos para o outro lado do Atlântico?

— Não tenho a mínima ideia — confessou Raquel. Alcançaram o andar mais baixo, e ela os conduziu por um depósito cheio de caixas empilhadas atrás de uma cerca de arame. — Os documentos que estão procurando devem estar em algum lugar por ali. — Raquel indicou o lado direito da sala, com mais ou menos uma dezena de caixas em prateleiras. — Só não deixem de colocar tudo de volta do jeito que encontraram. Volto em meia hora.

Raquel deu meia-volta e saiu, deixando-os a sós.

Grace olhou para Mark, questionadora.

— Não temos como olhar isso tudo em tão pouco tempo. Por onde começamos?

Mark passou a mão por uma das caixas, tirando a poeira.

— Cada um pega metade. Só precisamos entender como estão organizadas.

Grace observou a lateral de cada caixa. Cada uma trazia uma letra na lateral, escrita à mão e envolta por um círculo.

— O que acha que significam?

Mark deu de ombros. Ela pensou nas fotos na bolsa, e pegou-as. Havia uma pequena anotação na parte inferior de cada foto.

— Lembro que o cônsul mencionou alguma coisa sobre Eleanor ter trabalhado para uma seção da SOE. — E lá estava, na parte inferior de cada foto, uma pequena placa com a frase "Seção F".

Mark já estava à frente dela, verificando as caixas até um ponto da prateleira.

— Aqui.

Ela o seguiu e olhou para o alto. Pelo menos cinco das caixas tinham a letra "F".

— Mesma letra — comentou Grace. — O que será que significa?

Mark tirou duas caixas da prateleira e as pôs no chão. Quando se ajoelhou para abrir uma delas, Grace não conseguiu evitar reparar no ponto em que a gola se afastava, revelando um pouco de pele clara, onde o cabelo castanho dele tocava o pescoço. *Pare*, censurou-se. Fosse lá que loucura que tinha acontecido entre os dois, em Nova York, ficara no passado. Ele era amigo de Tom, e estava fazendo um favor a ela ao ajudá-la a ter acesso aos arquivos. Era só isso.

Grace se ajoelhou diante da outra caixa e espanou uma camada de poeira, que a fez tossir um pouco. E abriu a tampa. A caixa continha vários arquivos, cada um com um sobrenome na etiqueta. Abriu o primeiro. Tinha uma foto em preto e branco como as de Eleanor, só que de um homem. O arquivo detalhava locais e missões na Europa Ocupada, presumivelmente as que aquele agente assumira para a SOE.

— O "F" é para setor francês — notou Mark. — Parece que essas pessoas todas foram mobilizadas para a França durante a guerra.

Ela abriu o arquivo seguinte, e o logo abaixo dele.

— Os meus são todos de homens.

— Os meus também.

Faz sentido, refletiu Grace. O tipo de trabalho que Mark disse que a SOE fazia teria sido executado por homens, e exceto pela anotação "F" nas fotos e caixas, não parecia haver nenhuma ligação com Eleanor naquela seção. Grace se perguntou se aquela viagem até Washington teria sido para nada. Podia pegar o trem de volta para Nova York à noite e retomar o trabalho logo de manhã.

— Aqui! — exclamou Mark, interrompendo seu raciocínio.

Grace se levantou e foi até ele, que estava com uma pilha grossa de arquivos no colo.

— Regina Angell — leu ele, em voz alta. Então pegou outro arquivo. — Tracy Edmonds. Stephanie Turnow.

Grace pegou um dos arquivos de Mark e o abriu. Dentro havia uma foto igual às da mala de Eleanor. O nome no canto inferior tinha sido escrito na mesma caligrafia caprichada que Grace reconheceu das fotos em sua bolsa. Então algumas agentes da SOE eram mesmo mulheres.

Mas, folheando o conteúdo da caixa, percebeu nenhum dos nomes nos arquivos combinava com os das fotos. Ficou decepcionada.

— Os nomes não batem. Não são elas.

— Quantas garotas você acha que trabalharam para a SOE?

— Aqui tem cerca de trinta — respondeu Grace. — Mais umas doze, se as das fotos de Eleanor também tiverem trabalhado na SOE.

Grace ficou surpresa com a quantidade de agentes mulheres. Pegou um dos arquivos. Sally Rider, dizia a etiqueta. Dentro havia um arquivo de pessoal, uma espécie de dossiê: uma página com o histórico e uma foto, e anotações em relação a um treinamento. Os detalhes eram impressionantes, linhas e mais linhas sobre as diversas escolas pelas quais as garotas passaram, como cada uma se saíra em vários testes e treinamentos, tudo na mesma caligrafia.

Grace continuou lendo. Nascida em Herefordshire, dizia. Continha um último contato conhecido, não na Inglaterra, e sim na América. Por impulso, Grace pegou um lápis e pedaço de papel e anotou o telefone do arquivo. Havia uma lista de locais: Paris, Lille. As mulheres tinham sido mobilizadas pela SOE para realizar diversas missões na Europa Ocupada. A última entrada era Chartres, em 1944. Não havia mais nada após aquilo.

Fechou a pasta e começou a olhar as outras. Cada uma continha as mesmas informações básicas, cidade de nascimento, informações para contato. Mas as listas de paradeiros era o mais interessante: Amiens, Beauvais — as missões tinham sido realizadas em todos os cantos da França.

Também notou mais uma coisa: diversas linhas cobertas de preto.

— Alguém censurou um bom pedaço — observou Mark, por cima do ombro dela.

— Talvez os arquivos das garotas nas fotos estejam em outra caixa.

Mas Mark balançou a cabeça.

— Tem sete caixas da Seção F. Nas outras, todos os arquivos são de homens. — Ele foi para junto de Grace, mexer na caixa que ela estava olhando. — O que é isso? — Em suas mãos estava uma pasta bege fina, guardada entre dois arquivos de pessoal. — Que estranho — comentou ao abri-la.

— O que foi?

— Transmissões sem fio. Alguns documentos entre escritórios, e também telegramas. Mas não parece pertencer a essa caixa de arquivos de funcionários. Alguém deve ter guardado isso aqui por engano.

Grace pegou a pasta, pensando que talvez o conteúdo lançasse alguma luz sobre a identidade das garotas nas fotos. Notou que diversos documentos tinham o mesmo cabeçalho: da oficial de Recrutamento e Logística, *E. Trigg*.

Eleanor não era uma mera secretária. Ela estava no comando das coisas.

Ouviram um barulho na porta do depósito. Grace olhou para trás e viu Raquel.

— Raquel — disse Mark. — Não esperávamos você de volta tão cedo.

Não podiam estar ali havia mais de quinze minutos.

— Vi Brian atravessando o estacionamento — gaguejou Raquel. O arquivista devia ter voltado mais cedo do almoço. — Venham logo.

Ela os levou por uma porta dos fundos, subindo por escadas diferentes. Alguns minutos depois, ela os deixou em um cais de cargas.

— Vou chamar um táxi. Não devia ter deixado vocês entrarem aqui. Eu podia ter perdido o emprego.

— Olha, obrigado — começou Mark, recolocando o chapéu. — Diga a Tony...

Mas Raquel já tinha fechado a porta e desaparecido.

Mais tarde, dentro do táxi, ele disse:

— Sinto muito por não ter ajudado mais. Uma viagem até a capital para alguns poucos minutos com os arquivos. Podíamos ter passado horas lá.

— Concordo. Mas pelo menos temos isso. — Grace enfiou a mão dentro do casaco e tirou o arquivo com as transmissões sem fio.

Mark a encarou, espantado com sua ousadia.

— Você roubou!

— Digamos que peguei emprestado. Não foi planejado. Levei um susto quando Raquel voltou antes do combinado, e escondi o arquivo sem nem pensar. — Assim como acontecera com as fotos na estação. Já não criara confusão suficiente pegando uma coisa que não era sua? — Sinto muito. Eu não devia...

A amiga dele dera acesso aos arquivos, e Grace torcia para Mark não ficar zangado.

Mas ele sorriu.

— Que coragem. Estou impressionado. Posso ver? — Ele se aproximou e folheou as primeiras páginas, que já vira no depósito. — O nome de Eleanor aparece o tempo todo nesses papéis. Parece que ela estava no comando, ou quase isso.

— Não era exatamente a assistente administrativa que o cônsul alegou — respondeu Grace. Ficou imaginando sobre o que mais Sir Meacham poderia ter errado. Ou mentido. — Mas ainda estou pensando nas garotas das fotos. Se não existem arquivos sobre elas, será que podiam ter sido agentes também?

Mark tirou dois papéis grampeados, examinando-os.

— Isso aqui é uma lista de todas as agentes mulheres, ou pelo menos parece ser.

— Os nomes das garotas nas fotos estão aí?

Ele assentiu e apontou para os nomes que os dois já conheciam: Eileen Nearne, e depois Josie Watkins. Agora as duas tinham sobrenomes, haviam se tornado pessoas inteiras.

— Então elas estavam na lista, mas não havia arquivos de pessoal para elas — ponderou Grace. — O que será que isso quer dizer? — Havia uma pequena nota ao lado de cerca de doze nomes; os nomes das moças nas fotos: "NN". — O que isso significa?

Mark virou a folha e viu uma legenda em letras pequenas.

— Nacht und Nebel. Noite e Nevoeiro.

— O que é isso?

— Foi um programa alemão feito para as pessoas literalmente desaparecerem. — Ele fechou o arquivo. Então olhou para Grace, muito sério. — Sinto muito, Gracie — disse, baixinho, passando o braço em volta dos ombros dela. — Mas isso significa que todas as mulheres das fotos estão mortas.

CAPÍTULO TREZE

ELEANOR

Londres, 1944

A primeira coisa que deveria ter alertado Eleanor era a falta de erros.

Estava sozinha em seu escritório na Norgeby House, girando o rolodex de cartões sem parar, como um filme ao qual já assistira mil vezes. Cada cartão 3x5 continha detalhes, histórico, pontos fortes e fracos e o último paradeiro de cada uma das garotas. Não precisava ler nenhum deles; sabia tudo de cabeça. Essa memória cirúrgica de cada informação não era proposital. Mas, quando via um detalhe sobre um agente ou uma notícia da França, ficava gravado de forma indelével no seu cérebro.

Eleanor esfregou os olhos e observou o escritório, um termo generoso para o armário de vassouras sem sequer uma janela. Mas era o único local disponível, alegara a administração, logo que ela chegou na sede com o bilhete do Diretor requisitando um local para a sua unidade. Apesar de Eleanor duvidar que fosse verdade, não tinha como provar, então aceitou ocupar o espaço, que mal cabia sua mesa. O ar era tão pesado do cheiro de produtos de limpeza que às vezes parecia quase opressor. Mas a localização era boa, perto da sala de rádio, onde as transmissões eram enviadas e recebidas. O interminável martelar do teletipo ao fundo se tornara uma conhecida canção de ninar, que ela ouvia até em sonhos.

Ou ouviria, se dormisse. Eleanor praticamente morava no escritório da Norgeby House desde que começara a mandar as moças para campo, meses antes, só indo para casa por breves períodos, a cada poucos dias, para trocar de roupa e avisar à mãe que estava bem. Belle Tottenberg, que mudara o sobrenome para Trigg ao chegar de Pinsk, quase 25 anos antes, querendo se misturar aos círculos ingleses, jamais aprovara o que ela chamava de "trabalhinho chato de escritório" da filha. Se Eleanor precisava trabalhar, a mãe alegava que seria melhor arranjar emprego em uma loja como a Harrods ou a Selfridges. Eleanor pensara mais de uma vez em contar sobre as garotas que recrutava e como as moças a faziam lembrar de Tatiana. Mas, mesmo que pudesse revelar alguma coisa, sabia que a mãe não entenderia o significado daquilo — Belle enterrara seu luto em um redemoinho de chás e peças, deixando para trás os anos sombrios, os mesmos dos quais Eleanor parecia nunca conseguir escapar.

Ficava quase o dia inteiro na Norgeby House por escolha, tirando rápidos cochilos na mesa entre os horários de transmissões e recebimento de mensagens de campo. Não precisava ficar; as transmissões sem fio, que quase sempre chegavam à noite, teriam sido recebidas, decodificadas e entregues de manhã. Mas gostava de analisar as mensagens assim que chegavam para reconhecer os padrões nos textos e as maneiras como cada garota as enviava. Ao receber as mensagens em tempo real, quase parecia que estavam falando com ela diretamente.

Eleanor se levantou e foi até a sala do rádio. No corredor, dois homens uniformizados conversavam em voz baixa. Desviaram o olhar quando ela passou. Os oficiais que tinham expressado seu ceticismo em relação a ela encabeçar o setor das mulheres até hoje não haviam se acostumado com aquilo. Havia uma hesitação quando ela entrava em uma sala para uma reunião matinal, quase sussurros. Mas, desde que não interferissem em seu trabalho e cuidassem de suas garotas, Eleanor não ligava.

Na sala do rádio, o ar parecia espesso de tanta fumaça de cigarro e café torrado. Cerca de seis operadoras, todas mais novas que ela, digitavam as mensagens ou se debruçavam sobre folhas de papel, decodificando sinais elétricos de campo, recebidos na estação de transmissão em Grendon Underwood e então enviados à Norgeby House por teletipo. "Fadas madrinhas", era como as agentes de campo chamavam as mulheres da sede em Londres. Cada operadora era designada a uma, três ou cinco agentes específicas, e aguardavam lealmente pela transmissão, como um cachorrinho esperando o dono chegar em casa.

Eleanor analisou o quadro negro que cobria a parede da sala, examinando os nomes de suas meninas escritos a giz. As transmissões por rádio aconteciam duas vezes por semana em intervalos regulares, trocas pelas quais Londres podia enviar informações sobre entrega de pessoal ou equipamentos e receber correspondência de campo. Podiam acontecer com mais frequência, se aparecesse algum assunto urgente, ou menos, se não fosse seguro transmitir. Ruth, que tinham roubado dos decifradores de Bletchley Park, estava no cronograma, assim como Hannah, que perdera um filho na Blitz.

O nome de Marie também estava no quadro, sinalizando que esperavam uma transmissão dela aquela noite. Fazia mais de uma semana desde que Marie fora deixada às cegas em um campo ao norte de Paris. Outro W/T em um circuito vizinho comunicara a chegada dela, que perdera a primeira transmissão, agendada três dias antes. Algumas horas de atraso em uma transmissão não era incomum. Os alemães podiam ter isolado e bloqueado o sinal. Mas três dias significava algo mais.

Eleanor sentiu o pânico aumentar, mas o reprimiu até voltar a parecer apenas uma leve preocupação. Desde cedo, aprendera a não se apegar às garotas. Conhecia cada uma pessoalmente, seus históricos e histórias, forças e fraquezas. Lembrava da primeira vez que alocara uma delas em campo, uma escocesa chamada Angie, que devia ser deixada em Alsácia-Lorena. Naquele momento, tudo que fora planejado e preparado estava sendo posto em prática, todos os seus planos e trabalho se concretizando. Mas então veio um choque de realidade: a garota não estaria mais sob seu controle. Ficara tensa, quase em pânico, prestes a cancelar tudo. Algo se apossou dela, um instinto que ela poderia chamar de maternal, se tivesse alguma ideia de como seria a maternidade. Usou todas as forças para se permitir enviar a garota.

Mandar as agentes para campo não ficara mais fácil com o tempo. Eleanor ainda tinha aquela sensação de posse, e estava totalmente investida no bem-estar delas. Também conhecia as estatísticas, as grandes chances de algumas não sobreviverem. Na prática, algumas simplesmente jamais voltariam. Ser sentimental só prejudicaria seu bom senso.

— Senhora — disse uma operadora, uma ruiva bem séria chamada Jane. — Tem uma transmissão. De Marie.

Eleanor se levantou de um pulo e correu até a estação de Jane. Lá estava o codinome de Marie, Angel, no final da página. Eleanor nunca gostara daquele nome; lembrava muito a morte. Queria ter mudado, mas estava sempre ocupada demais e acabou que não teve tempo.

— Tem a chave desenvolvida?

Jane assentiu e entregou a Eleanor o pedaço de papel com a cifra que Marie teria usado para codificar a mensagem em campo.

Decodificando a mensagem, Eleanor se perguntou se estaria truncada, como frequentemente ocorria, porque o clima estaria interferindo nos sinais de rádio, ou alguma circunstância forçara as W/Ts a escreverem com pressa. Mas a mensagem estava perfeita e sem ruídos. *No ninho do Cardeal. Ovos em segurança.* Eleanor passou os dedos pela folha, escutando a voz de Marie ditar o texto datilografado no papel. "Cardeal" era uma referência a Vesper, e "ovos" significava que seu rádio chegara intacto.

O texto era comum e fácil, indistinto. Podia ter sido escrito por qualquer pessoa. O peso de Marie na primeira letra, a marca de sua impressão de punho, estava mais leve que o normal.

Eleanor examinou outra vez a mensagem em busca das verificações de segurança, os erros que ela fora treinada a incluir para verificar sua identidade. Sabia que a verificação de segurança de Marie era substituir um "p" pela trigésima quinta letra, mas a mensagem não era longa o bastante para aquilo. Tampouco continha a letra "c", que supostamente seria substituída por um "k", sua verificação verdadeira. Eleanor amaldiçoou a instrutora que, ao tentar criar verificações únicas que não poderiam ser facilmente detectadas, sofisticara demais e fracassara em fornecer a Marie verificações que poderiam ser usadas em todas as transmissões.

Eleanor estudou de novo a folha. Tinha alguma coisa estranha. Olhou para Jane.

— O que acha?

Jane leu a mensagem duas vezes, olhando por trás dos óculos de aros de tartaruga.

— Não tenho certeza.

Mas, pela expressão de Jane, dava para ver que ela também estava preocupada.

— É ela mesmo? — pressionou Eleanor.

Vira Marie ainda aquela noite, em Tangmere, parecendo nervosa, como se em dúvida. Mas todas ficavam cheias de dúvida antes de partirem. Por Deus, como não ficariam?

— Acho que sim — respondeu Jane, a voz mais esperançosa que segura. — A mensagem é tão curta. Talvez ela estivesse com pressa.

— Talvez — repetiu Eleanor, sem muita convicção.

Tirando a impressão de punho estar um pouco leve, não havia mais nada no que basear aquela sensação de desconforto. Mas não conseguia ignorá-la.

— O que você quer fazer? — indagou Jane, voltando para sua mesa.

Tinham no máximo alguns minutos para transmitir de volta para Marie. Eleanor precisava que Jane mandasse uma mensagem a respeito da entrega de armas agendada para a terça-feira seguinte, para que o circuito de Vesper organizasse um comitê para recebê-las, arranjando locais para armazenar as munições para os partidários. Mas, se Marie tivesse sido comprometida, a informação cairia nas mãos erradas.

Preciso mandar uma mensagem pessoal para ela, pensou Eleanor. Algo que só Marie saberia. Hesitou. O tempo no ar era escasso e precioso, e era arriscado manter uma operadora por mais que o estritamente necessário. Só que precisava confirmar que era realmente Marie escrevendo e que nada estava errado.

— Diga a ela que estou com a borboleta.

Era uma referência velada ao cordão com pingente de Marie, o mesmo que Eleanor confiscara na noite em que a agente partira. Apesar de não ter certeza, sentia que o cordão tinha um grande significado para Marie. Talvez tivesse alguma coisa a ver com a filha. A mensagem com certeza provocaria uma resposta pessoal.

Eleanor prendeu a respiração quando Jane começou a codificar e enviar a mensagem. Passaram dois minutos, depois três. Imaginou Marie recebendo a mensagem, e torceu para a garota dizer alguma coisa que garantisse que era ela mesma. A mensagem chegou: *Obrigada pela informação*. Nenhum reconhecimento da referência pessoal, nada para confirmar que era mesmo Marie falando. O coração de Eleanor subiu até a garganta.

Mas a impressão de punho estava familiar, pesada na primeira palavra, como a de Marie.

— Parece ser ela dessa vez, não parece? — comentou Jane, em busca de garantia.

— Sim.

Marie fora instruída diversas vezes ao longo do treinamento a não falar sobre si mesma nem sobre seu histórico, tampouco transmitir informações pessoais. Talvez a resposta genérica fosse apenas para cumprir ordens.

— Então o que devemos fazer? — Jane olhou para Eleanor, insegura, querendo saber se devia transmitir a informação seguinte, a respeito da entrega de armas.

Eleanor hesitou. Tinha treinado as garotas, as armado de todas as formas possíveis. Mas estava sendo cautelosa demais, e isso não era do seu feitio. Precisava confiar que as garotas estavam à altura do trabalho, que tomariam as decisões certas. Senão nada daquilo daria certo, e a coisa toda iria por água abaixo.

Eleanor precisava tomar a decisão. Ficou encarando o rádio, como se pudesse escutar a voz de Marie e se certificar que era ela. Eleanor acreditava que, apesar das dificuldades no treinamento da Arisaig House, a garota era forte e esperta o suficiente, que crescera o bastante no treinamento para estar à altura dos desafios em campo; caso contrário, jamais a teria enviado para um território tão perigoso. Precisava confiar que Marie jamais deixaria acontecer alguma coisa com seu rádio. E parar a transmissão significaria atrasar as operações. Era isso ou nada.

Eleanor ergueu a cabeça, desafiadoramente.

— Envie — instruiu. E saiu da sala.

CAPÍTULO CATORZE

MARIE

França, 1944

Marie ficou no sótão, esperando as horas passarem para poder transmitir, tentando não pensar no alemão do outro lado da parede.

Já fazia uma semana desde que Vesper a levara para Rosny-sur-Seine. Ele não passara mais por lá, e Marie ficou imaginando para onde poderia ter ido depois de deixá-la. O pequeno apartamento era agradável o bastante, com duas janelas de vidro — uma na frente, com vista para a rua, e outra no fundo, com vista para o canal. Naquele momento, a luz do sol do fim do dia entrava pela janela dos fundos, criando sombras engraçadas que pareciam dançar em cima do edredom gasto sobre a cama.

Quanto aos alemães, eles não apenas frequentavam o café do térreo. Estavam também aboletados no mesmo prédio, incluindo no apartamento adjacente, ocupando a outra metade daquele último andar e os outros no andar debaixo. Quando Marie descobriu isso, em uma ida ao banheiro no fim do corredor, já era tarde da noite. Achou que Vesper só podia ser louco. Ou talvez ele simplesmente não se importasse se ela fosse pega. Mas, depois, compreendera que era o esconderijo perfeito, pois nunca teriam esperado nada tão próximo. E sentia uma satisfação peculiar em poder transmitir quase que literalmente de debaixo do nariz dos nazistas.

Marie olhou para o relógio, que marcava 17h15. Quase hora de transmitir a mensagem que um courier desconhecido lhe trouxera mais cedo. A espera era a parte mais difícil — e a parte sobre a qual ninguém falava no treinamento. Todos os dias, ficava esperando as instruções para transmitir. À noite, ouvia o rádio, na esperança de que a emissão da BBC trouxesse no final *messages personnel*, que sinalizassem a chegada de algum agente, ou secretamente anunciasse que a invasão estava a caminho. Marie saíra do apartamento uma vez para ir ao mercado da praça, na terça-feira, e uma outra vez para ir à padaria; pequenos afazeres para os locais não comentarem sobre a mulher estranha trancada em um quarto da rua Anton. Saíra tão pouco que, exceto por alguns breves encontros com a senhoria, sequer precisara usar seu disfarce ou história.

Vendo da janela os prados banhados por uma luz suave, pensou em Tess com saudade, esperando que o tempo estivesse bom em East Anglia, para a filha estar aproveitando os dias mais longos e as brincadeiras ao ar livre, após o jantar. Se ao menos pudesse ter trazido uma foto de Tess. A imagem da filha ainda era nítida em sua mente, apesar de a menininha provavelmente já ter mudado desde a última vez em que Marie a vira.

Arrastou sua cadeira para perto da mesinha baixa no canto, onde ficava o rádio, disfarçado de gramofone, com uma tampa que rapidamente se invertia para esconder o aparelho. Tirou da combinação o papelzinho que o mensageiro trouxera mais cedo, com a caligrafia já conhecida de Vesper. Primeiro precisava codificar a mensagem. Pegou, no forro do sapato, o código desenvolvido, uma pequena tira de seda com uma cifra. A mensagem quase não fazia sentido, cheia de termos enigmáticos e palavras que só quem compreendia era Vesper e — ela esperava — a pessoa que a receberia na Norgeby House. Ficou imaginando se Eleanor estaria lá. Leu o texto codificado que deveria transmitir diversas vezes, para ter certeza de que o entendera certo. Então queimou a mensagem original decodificada na vela à sua frente, deixando cair sobra a mesa o último pedacinho, para não queimar a ponta dos dedos.

Do bolso das partes extras, selecionou o cristal que a permitiria transmitir a mensagem na frequência certa. Depois de inserir o cristal, era hora de escrever a mensagem que codificara. A tecla descia sob as pontas de seus dedos com um propósito que a enchia de satisfação. Seu toque no rádio era leve e ágil. Marie notara a própria melhora durante o curto tempo em campo, como uma língua estrangeira aprendida na escola agora ficando fluente. Conseguia teclar uma mensagem inteira bem depressa, sem perder nenhuma palavra.

Uma explosão de gargalhadas altas e de música veio da rua, interrompendo-a. Ela se levantou e foi até a janela dos fundos. O barulho não tinha vindo de fora, e sim do café no térreo. Mas notou que o arame que pendurara em segredo na noite em que chegou caíra de onde estava fixado entre os galhos. Fora do lugar adequado, o sinal poderia não ser enviado. Abriu a janela e enfiou o braço para fora.

Então congelou, a mão suspensa em pleno ar. Na varanda do quarto abaixo, um soldado alemão a observava com interesse.

Marie conseguiu sorrir, e acenou como se estivesse apenas pendurando alguma roupa para secar.

— Bonsoir — saudou, tentando manter o tom despreocupado. Voltou para dentro e fechou as janelas com as mãos trêmulas.

Era melhor parar de escrever, sabia disso. O alemão parecia não ter suspeitado de nada, mas podia estar delatando-a naquele exato momento. No entanto, também precisava transmitir a mensagem, e só faltavam alguns toques. Escreveu furiosamente e parou, o coração parecendo bater mais alto que as batidas das teclas. Baixou a tampa do rádio de volta para disfarçá-lo de gramofone e torceu para não ser tarde demais.

Ouviu passos nas escadas. Alguém estava vindo. Será que sua transmissão tinha sido detectada? *Destrua o rádio, e, se não conseguir, pelo menos destrua os cristais.* As instruções do treinamento repetiam-se depressa em sua mente, mas não conseguia segui-las. Ficou sentada, imóvel, como um animal frente ao farol de um carro prestes a atropelá-lo.

Os passos ficaram ainda mais altos. Será que arrombariam a porta ou bateriam antes, forçando-a a abrir? Segurou o cordão com o pingente contendo a cápsula de cianureto. Mastigue depressa, ensinara Eleanor. Lembrou-se de Tess, deixada para trás, sem pais, aos 6 anos de idade. A culpa que Marie enterrara ao longo de todos aqueles meses veio à tona. Era mãe de uma criancinha que precisava dela e que pagaria o preço, se acontecesse alguma coisa. Estar ali era uma irresponsabilidade.

Os passos pararam na frente da porta. Marie contou: *sete, oito, nove.* Alguém bateu à porta.

Olhou desesperada por cima do ombro, desejando que houvesse uma forma de escapar. Era impossível se esconder naquele apartamento minúsculo. De repente, bateram de novo. Ela foi até a porta, com relutância, e a abriu.

Ela levou um susto ao ver que era Will parado do outro lado.

— Quase me matou de susto! — exclamou.

Ele estava sério.

— Então termine de transmitir mais depressa. Deu para ouvir você teclando do fim do corredor. — O sotaque irlandês parecia mais forte. — Não vai ajudar ninguém se for pega. — Em seguida, seus olhos castanhos ficaram mais brandos. — Como você está?

Entediada, sozinha e nervosa por morar cercada de alemãs, Marie quis responder. Mas reclamar parecia mesquinho.

— O que está fazendo aqui? — perguntou, em vez disso, conforme seu medo ia se dissipando. — Só vou transmitir de novo na quinta-feira.

— Eu não vim trazer nenhuma mensagem.

— Então o que foi?

— Julian precisa de ajuda.

— Para traduzir de novo?

— Não, outra coisa.

Lembrando-se da última missão fracassada com Julian e o livreiro, Marie sentiu-se nervosa de repente.

— O que ele quer?

— Chega de perguntas. Venha.

Colocou o casaco e o chapéu às pressas, pegando a bolsa em seguida. Mas não conseguiu conter mais uma pergunta.

— Se Julian precisa de mim, por que não veio me buscar pessoalmente?

— Não era seguro para ele vir.

Não era seguro. Marie ficou preocupada ao pensar no que poderia ter acontecido. Como líder da seção F, Julian era um dos alvos mais visados no norte da França. Os alemães fariam praticamente tudo para encontrá-lo. Os perigos lá fora de repente pareceram ainda mais reais. De uma hora para outra, ficar em casa entediada não parecia mais a pior coisa do mundo.

Will desceu as escadas da frente com Marie e a levou até um Peugeot estacionado na calçada, abrindo a porta para ela.

— Entre.

As lojas nas ruas estavam fechando. O livreiro, já fechando suas cortinas, levantou a cabeça, mas não a notou. O café embaixo do apartamento estava começando a encher, os alemães se agrupando em volta do balcão do bar e das mesinhas. Esperava que nenhum deles a notasse.

Will deu partida no carro e saiu da vila sem dizer nada. Ela o observou de canto de olho.

— Julian disse que você é encarregado de transportes aéreos.

Ele deu uma risadinha.

— É um nome bem grande para descrever o que faço.

Mas ela sabia que o trabalho dele era vasto. Aquele era o líder da Esquadra da Lua, o grupo desorganizado de pilotos que, junto com a Força Aérea Real fazia as entregas na França ocupada. Ele controlava quando os voos chegariam, onde pousariam, quem estaria neles e quem partiria de volta. E lidava com praticamente toda a correspondência trocada entre a Seção F e Londres.

— Meu primo exagera — acrescentou.

— Josie me falou que vocês são parentes.

— Fomos criados como irmãos pela família de Julian, em Cornwall. Minha mãe era solteira. — *Como eu*, pensou Marie, apesar de não se sentir pronta para revelar tanto a Will. — Ela me deixava com a irmã por longos períodos de tempo para trabalhar. E morreu de gripe quando eu tinha 11 anos. — Will soltava as informações com facilidade, tão diferente da maneira reservada com que os agentes eram treinados. — Então Julian e eu crescemos juntos. E agora só temos um ao outro.

— Vocês não têm mais família na Inglaterra?

— Sempre fui sozinho. Julian é meio de todo mundo e de ninguém. Mas ele foi casado — revelou, tirando a atenção de si mesmo. Seu rosto ficou mais sério. — A esposa e os filhos estavam em um navio de passageiros, o *Athenia*, que foi atingido por torpedos alemães. Ninguém sobreviveu.

— Minha nossa! — comentou Marie.

Não imaginava que Julian escondia tanta dor por trás de toda aquela intensidade e foco. Estava impressionada por ele ter continuado vivendo e andando. Pensou em Tess, e seu coração se encheu de dor. Se acontecesse alguma coisa à sua filha, não viveria para ver o sol nascer no dia seguinte.

— Então agora somos só eu e ele, e eu faria qualquer coisa pelo maldito. Mesmo ele às vezes estando completamente errado.

— Está falando sobre alertar os locais? — perguntou, lembrando-se do desacordo dele com Julian, na manhã em que ela chegou.

Ele confirmou com a cabeça.

— Temos pessoas de todos os cantos da França que vieram nos ajudar. O dono da lavanderia a seco, que usa seus solventes para criar papéis falsos. A dona de um bordel na rua Malebranche, em Paris, que nos esconde quando ninguém mais quer. E os *maquisards*. Essas pessoas pagarão com a vida pelo que estamos fazendo. Merecem saber o que está por vir, para poderem tentar se proteger e a suas famílias.

Ele parou na frente da pequena estação de trem onde Julian e ela pegaram a bicicleta, na manhã da chegada de Marie.

— Está me entregando de novo — brincou ela.

Will sorriu.

— Parece ser minha missão de vida. — Talvez um dia ele também a levasse para casa. Pensar naquilo era sagrado demais para dizer em voz alta. — Seu trem chega em dez minutos.

— Meu trem? — Ela se sentiu um pouco decepcionada. Quando Will disse que Julian precisava dela, achou que ia encontrá-lo e que os dois iriam juntos a algum lugar. — Não entendo. Para onde vou? E onde está Julian?

— Ele vai encontrar você depois.

Depois do quê?, perguntou-se Marie. Antes que pudesse questioná-lo em voz alta, Will pegou um pedaço de papel.

— Decore esse endereço.

Rue Hermel 273, Montmartre.

Marie olhou para ele, incrédula.

— Montmartre?

— Sim. Julian me pediu para dizer que já era hora de você conhecer Paris.

Três horas depois, Marie saiu da estação de metrô Clignancourt, na íngreme rua de Montmartre. Estava chuviscando de leve, e o chão molhado parecia um rio à luz da lua. O domo branco da basílica Sacré-Coeur erguia-se ao sul, desafiador e espetacular contra o céu escuro. Um cheiro acre subia dos esgotos.

Seguira as instruções de Will e pegara o trem da noite até a Gare du Nord, em seguida indo da estação até o bairro no norte de Paris, um emaranhado de ruas de pedrinhas estreitas e curvas, recheadas de cafés cheios e galerias de arte.

Vá até o endereço que decorou, dissera ele, *e pergunte por Andreas; pegue o pacote com ele e encontre Julian na Gare Saint-Lazare antes do último trem, às onze.*

— O pacote é essencial para a missão — alertara ele. Então por que diabo Julian enviara logo ela, uma operadora de rádio sem experiência como courier, no país havia apenas uma semana? — O endereço é de um café, e tem uma gaiola com um canário na janela. Se não tiver nenhum pássaro na gaiola, significa que não é mais seguro se aproximar.

O endereço era de uma casa geminada inclinada com um café no térreo. *L' Ambassadeur*, dizia a placa de madeira nodosa embaixo do toldo listrado. Procurou a gaiola, mas não a viu. O pânico tomou conta. Will alertara que a gaiola vazia significava que não era seguro entrar. Ele não dissera o que fazer se a gaiola não estivesse lá.

Sem ver escolha, Marie entrou no café. Estava quase vazio, com exceção de um grupo de homens jogando cartas no fundo. A lendária cantora Marie Dubas entoava "Mon Légionnaire", de um gramofone em algum lugar. Atrás do bar espelhado, um homem de avental branco secava copos. Ele não ergueu a cabeça quando ela entrou. E agora?

Sentou-se a uma das mesas e colocou as luvas em cima do jornal, os dedos para a frente, um sinal da resistência que aprendera no treinamento. Alguns minutos depois, um garçom se aproximou e deixou um cardápio na mesa. Marie hesitou, confusa. Will também não dissera nada sobre aquela parte do plano. Abriu o cardápio, e dentro dele encontrou uma pequena chave mestra. Ela olhou para o garçom. Ele indicou o fundo do restaurante com um levíssimo movimento da cabeça.

Claramente era um sinal para que ela fosse até lá. Mas e depois? Pegando a chave, Marie se levantou e passou, nervosa, pelos homens jogando cartas. Um deles ergueu os olhos, e Marie prendeu a respiração ao passar, esperando que ele dissesse alguma coisa. Mas o sujeito só olhou para ela, avaliando-a daquele jeito que os franceses parecem sempre fazer. Sem encará-lo nos olhos, Marie seguiu por um curto corredor, passando pela cozinha e pelos banheiros. Então se viu em um depósito com escadas estreitas no fundo. Estava uma pilha de nervos: e se fosse alguma armadilha? Olhou para trás, mas não viu o garçom que a mandara até lá.

Preparando-se, Marie começou a subir a escada. A porta no alto estava trancada. Pegou a chave que recebera do garçom, mas ela não parecia funcionar, escorregando na fechadura. Finalmente a fechadura virou, e ela empurrou a porta.

Do outro lado havia um quarto pequeno e quase às escuras, um sótão ou armazém. Ao fundo estava sentado um homem idoso, atrás de uma única luminária sobre uma mesa, a cabeça abaixada por baixo de uma viseira. Ele estava envolto em fumaça de cigarro. Por que simplesmente não a deixara entrar?

De perto, Marie viu que ele estava trabalhando em algum tipo de dispositivo, conectando fios meticulosamente. Ele não deu nenhum indício de notar sua presença, e ela se perguntou se deveria dizer alguma coisa. No treinamento, aprendera que não devia dar seu nome falso a não ser que pedissem. Passou um minuto, então dois. Finalmente, o homem levantou a cabeça.

— Levante a camisa.

— Oi? O quê? — respondeu ela, indignada.

O homem pegou um pacote embrulhado em papel pardo, mais ou menos do tamanho de um envelope e com dois centímetros de grossura. Então pegou um rolo de fita adesiva.

— Preciso prender isso em você.

Marie levantou os braços e a camisa e virou a cabeça para o lado, envergonhada pela humilhação. O homem foi profissional, tomando cuidado para não tocar mais que o necessário ao prender o pacote no corpo dela.

— É melhor se movimentar devagar. Não deixe molhar, senão não vai funcionar. E, não importa o que tenha que fazer, não caia.

— Por quê?

— Porque vai matar a si mesma e a todos que estiverem ao redor. Esse pacote contém TNT.

Marie congelou, lembrando-se de ouvir, na Arisaig House, como as detonações aconteciam com facilidade. Circulavam rumores de uma agente em treinamento que não fora cuidadosa e perdera um dedo. Julian não podia esperar que ela saísse de Paris com dinamite.

O homem deu um trago demorado no cigarro — o que decididamente parecia uma péssima ideia, perto de um explosivo.

— Vá — disse, dispensando-a.

Ao longe, um relógio bateu dez horas. Marie precisava ir embora se quisesse encontrar Julian a tempo e sair da cidade antes do toque de recolher.

Marie deu um passo, prendendo a respiração, e depois mais um, saindo da sala como alguém se afastando de um animal perigoso. Começou a descer as escadas, cada degrau parecendo ser seu último passo. Forçou-se a andar normalmente pelo café, passando outra vez pelos homens. Dava para sentir o suor escorrendo em seu corpo, e tentou não pensar no que poderia acontecer se molhasse o TNT.

Na rua, tropeçou e quase caiu. Marie se preparou, esperando a explosão que significaria seu fim. Mas nada aconteceu.

Trinta minutos depois, chegou à entrada da Gare Saint--Lazare. A viagem demorara mais do que devia com o perigoso pacote que não ousava balançar nem deixar cair. Mesmo tarde assim, a estação estava cheia de viajantes, famílias com malas demais e crianças sonolentas, soldados esbarrando nela cheios de autoimportância. Marie consultou o quadro e viu que o trem seguinte de volta para casa sairia em quinze minutos da plataforma oito. Foi andando na direção certa.

Procurou Julian no meio da multidão, ansiosa para entregar o pacote e se livrar daquilo. Finalmente o viu, talvez vinte metros à frente, aguardando-a na plataforma. Ela levantou a mão para chamar sua atenção. Ele a olhou, mas não sorriu. Seu rosto continuava solene. Então Marie entendeu por quê: a polícia francesa estava entre eles, inspecionando os passageiros um a um, conforme se aproximavam da plataforma.

Marie entrou em pânico. Uma multidão de passageiros se estendia atrás dela, se amontoando em uma fila desorganizada ao se aproximarem da polícia. Não tinha como sair da fila sem chamar atenção. Mas o pacote era grosso, impossível de esconder ou disfarçar se alguém apalpasse sua cintura. Viu uma lata de lixo e desejou poder deixar o pacote ali, ou talvez no banheiro. Mas a fila já tinha avançado, e estava quase no ponto de controle. Não havia como tirar o TNT do corpo.

De repente, era a primeira da fila.

— Documentos — pediu um policial, e ela se demorou, pois não tinha como abrir o casaco e pegar a bolsa sem revelar o pacote. Os passageiros atrás começaram a resmungar com a demora. — Saia da fila! — gritou o policial, perdendo a paciência e indicando que ela fosse a outro policial, que fazia inspeções mais minuciosas.

— Banheiro? — perguntou, desesperada, esperando que o segundo policial recusasse. — *Les regles* — disse, apontando para baixo e usando o termo francês para menstruação.

Esperava que aquela referência grosseira no mínimo evitasse uma inspeção mais íntima. O soldado pareceu horrorizado e apontou depressa para um banheiro feminino adjacente. Lá dentro, Marie levantou a camisa, sabendo que só teria alguns segundos ali dentro antes de começar a chamar atenção pela demora. Ela desgrudou o TNT do corpo com cuidado, contendo os gemidos de dor conforme a fita adesiva descolava da pele, fazendo-a sangrar. Por um instante, considerou deixar o pacote no banheiro, em vez de arriscar ser flagrada com ele. Mas

Will dissera que era crucial para a missão. Então, guardou-o no compartimento secreto no fundo da bolsa, apertando os cantos um pouco demais para caber.

Saiu do banheiro e entrou de volta na fila da inspeção, sentindo o olhar de Julian ainda fixo nela. Alguns minutos depois, chegava novamente na frente da fila. O policial estendeu as mãos para apalpá-la, e ela se obrigou a não se encolher. Resistir só pioraria as coisas. As mãos do homem passaram por todo o seu corpo, em todos os lugares pelos quais não deviam, trazendo de volta pesadelos da infância piores que os chutes e socos, coisas que ela pensara ter enterrado para sempre. Cerrou os dentes, implorando a si mesma para não sentir os toques frios e invasivos, tirando dela o máximo que podiam em plena luz do dia. Mas não importava, Marie repetiu para si mesma, desde que ele ficasse longe da bolsa.

Julian assistia ao abuso de lá do outro lado. O ódio estava estampado em seu rosto, e ele cerrou os punhos. Marie o notou pondo a mão sobre a arma. E implorou a ele, com o olhar, para que não reagisse. Seria o fim da missão e resultaria em prisão ou algo até pior para ambos.

Depois do que pareceu ser uma eternidade, o policial tirou as mãos imundas dela, pegou a bolsa e olhou no compartimento principal. A inspeção era rigorosa, determinada. Não demoraria para encontrar o pacote escondido.

— Meu bem! — Julian se aproximou antes que o policial conseguisse impedir, parando entre o homem e Marie. — Minha esposa está grávida — disse, quebrando sua própria regra de tentar não usar seu francês patético. Mas conseguiu dizer as palavras necessárias, mesmo com um sotaque grotesco.

Marie congelou. Um segundo antes, dissera ao guarda que tinha ficado menstruada; Julian não escutara, e sua história contradizia diretamente a dela. Esperou para o policial perceber a mentira.

— Estou enjoada — disse ela, começando a dobrar a barriga.

O policial se afastou.

— Vão! — mandou.

Julian mostrou seus próprios documentos, levando-a pela mão até os dois passarem pelo portão.

— Continue andando — murmurou Julian, e Marie obedeceu sem olhar para trás. Parecia que seriam abordados a qualquer segundo.

No trem, Julian a ajudou a se sentar e manteve o braço em volta dela de forma protetora. O coração de Marie martelava tão forte que achava que Julian conseguiria sentir. Estava prendendo a respiração, esperando que a polícia entrasse a qualquer momento no vagão e prendesse os dois. O trem continuou imóvel pelo que pareceu uma eternidade, e Marie rezou para que partissem logo. Finalmente o veículo começou a avançar e se afastar da estação com uma lentidão dolorosa. Nenhum dos dois se movia.

Não havia luz no trem, e, conforme Paris desaparecia atrás deles, a escuridão do campo parecia envolver o vagão. Marie olhou para Julian, o rosto visível apenas por causa de uma leve luz do luar. Ele a encarava. Seus olhos continham um misto de preocupação e alívio, e talvez algo mais, apesar de poder ser só sua imaginação. Ela o encarou de frente. Marie queria desesperadamente conversar, mas não podiam ousar falar em inglês. Finalmente, sem poder aguentar mais, desviou o olhar do dele. Julian continuou com o braço em volta de seus ombros, e Marie se permitiu apoiar a cabeça no ombro dele.

Era quase duas da madrugada quando o trem finalmente parou na mesma estação em que Will a deixara aquela manhã. O carro que ele usara estava lá, e Julian encontrou a chave escondida. Ele dirigiu pelas ruas escuras até o vilarejo. Ambos continuavam mudos, como se com medo de alguém ainda poder ouvir.

Finalmente chegaram no prédio de Marie.

— Graças a Deus. Achei que estávamos perdidos — confessou Julian, em voz baixa, ciente dos alemães.

— Por que decidiu amarrar uma bomba na minha barriga sem nem me contar? — indagou Marie, seu próprio alívio rapidamente virando raiva. Pegou o pacote de TNT do compartimento inferior da bolsa e o entregou a Julian.

— Fiquei com receio de você ter medo demais de ir até o fim, se eu contasse. Você se saiu maravilhosamente bem.

O elogio não foi muito reconfortante.

— Não sou criança. Se vai colocar minha vida em risco, mereço pelo menos saber por quê.

— Sinto muito. Nunca mais, está bem? Eu prometo. Deixe-me explicar tudo agora: vamos explodir a ponte da estrada de ferro bem a sul de Mantes-la-Jolie — começou, em voz baixa. Marie ganhara sua confiança, e ele estava finalmente a deixando a par do plano. Julian tirou um mapa do casaco e o pôs na mesa em frente aos dois. — A ponte fica aqui. — Ele indicou um pedaço mais estreito do rio. — É um ponto de trânsito crucial para os tanques alemães, e destruí-la vai prejudicar a habilidade deles de fortalecer suas defesas na Normandia. Mas não podemos ser precipitados demais, senão terão tempo de consertá-la. — Parecia que a hora certa era tudo. — Então estamos reunindo explosivos. O pedaço que você buscou hoje à noite é só um entre a dúzia de que precisamos. Todo o trabalho que fizemos até agora, todo o armamento e a sabotagem, não é nada em comparação com essa missão.

— Por quê?

— Por causa da magnitude da operação, do potencial efeito... e do risco. Quando der certo, *se* der certo, não poderemos mais nos esconder nas sombras.

— E o que acontece depois? — Ela inclinou a cabeça de lado, parecendo não entender. — Se estaremos fora das sombras, expostos, então como vamos continuar nosso trabalho? Terá acabado?

— Nunca vai acabar — respondeu ele, com firmeza, destruindo suas esperanças. — Ficamos quietos por algumas semanas, nos escondemos nos abrigos longe da região. Transferimos a base de operação para outros locais.

Marie admirava a determinação e firmeza dele.

— Isso não pode continuar para sempre — retrucou, baixinho.

— Não, é claro que não. Ninguém pode ficar aqui para sempre. — Ela se perguntou se Julian realmente acreditava naquilo. — Mas, se formos capturados, diversos outros virão para tomar nossos lugares.

— Então quando é que isso acaba?

— Quando a guerra for vencida.

A expressão dele era decidida. Na sua cabeça, não havia como ser diferente.

— Eu podia ter morrido hoje — disse ela, sua raiva voltando.

— Isso foi parte do acordo quando você aceitou, não foi? — Marie mordeu o lábio, sentindo que ele estava errado, mas sem saber exatamente como. — Esse tipo de TNT é bastante estável.

— Você podia ter me dito isso antes — protestou, relaxando um pouco.

— Eu sei, e sinto muito. Enfim, designar você para essa missão foi uma chance de vê-la de novo.

Marie foi pega de surpresa pela súbita cordialidade. Olhando para Julian, percebeu que sentira falta dele naqueles dias desde o primeiro encontro. O que parecia estranho, considerando que, no começo, não gostara nem um pouco do homem.

— Foi uma boa ideia sair da fila logo antes da inspeção — acrescentou ele, mudando de assunto depressa. — Como conseguiu?

— Eu disse que estava menstruada — admitiu, desconfortável. — Josie me ensinou no treinamento.

Ela contou que, segundo Eleanor, a maneira mais fácil de fazer um homem deixar você em paz é mencionar aquela época do mês.

— Esperto — disse ele, com um tom de admiração. — Já ouvi muita coisa a respeito de Eleanor. Dizem que ela é muito boa no que faz.

— Sim. Ela que recrutou a Josie e eu. É muito rígida. Nem todas as garotas gostam dela.

— Mas você gosta?

— Acho que a admiro. Ela me escolheu, e quero que sinta que cumpri suas expectativas.

Marie tirou o casaco e foi até o armário para pendurá-lo.

— Está sangrando — observou Julian, se aproximando.

Marie olhou pra baixo e viu o sangue que vazara pela sua blusa.

— É de onde arranquei a fita.

Julian foi até a pia e molhou um pedaço de pano.

— Precisa limpar isso. Posso? — Ela concordou, levantando ligeiramente a blusa e olhando para o lado. Julian limpou a ferida com cuidado, as pontas dos dedos mornas, quase quentes, contra a pele machucada. — Precisa cobrir, senão pode infeccionar.

— As mãos dele tremiam mais agora do que ela notara antes.

— Seus tremores...

— Pioram quando estou cansado — explicou.

— Então descanse.

— Falar é fácil. — Ele balançou a cabeça. — Preciso ir.

— Descanse aqui — disse ela, em um tom de voz firme que esperava desencorajar uma recusa por parte dele.

Mas claro que não funcionou.

— Preciso ir. Estarão me esperando no aeródromo assim que o sol raiar.

Marie se perguntou por quê; não havia nenhuma transmissão recente a respeito de uma entrega aérea. Mas não queria cansá--lo com mais perguntas.

— Ainda faltam algumas horas. Agora descanse — disse, com firmeza. Apontou para a cama.

— Sim, senhora — obedeceu Julian, com um sorriso. Mas apenas se sentou na cadeira ao lado da cama, recostando-se e apoiando a cabeça na parede. — Só um pouquinho.

— Não vai ajudar em nada se estiver morto de cansaço.

Marie quis que soasse como uma brincadeira, mas as palavras ficaram pairando sobre eles, próximas demais da verdade. A morte, quer seja por uma gripe ou pelos alemães, estava sempre no encalço deles. Ela ofereceu seu cobertor, só o que tinha para se aquecer.

Ele recusou.

— Já dormi em lugares bem piores, acredite. Barcos a remo e beiras de pântanos. Uma vez até em um esgoto. Ontem à noite, dormi em um celeiro no meio do mato.

Marie apagou a luz e se deitou na cama. Queria desesperadamente tomar banho e tirar as lembranças daquele dia, mas não ousaria abrir a água àquela hora e arriscar chamar atenção dos alemães hospedados na casa. Nenhum dos dois disse mais nada por um tempo.

— Não se cansa disso tudo? — perguntou ela. — Ficar indo de lugar para lugar?

— Não me importo muito. Não tenho realmente um lugar para chamar de lar. — Havia uma tristeza inegável na voz dele.

— Will me contou sobre sua família — disse ela, esperando que Julian não se ofendesse. — Sinto muito.

— Conheci Reba quando tinha 16 anos. Nunca amei outra pessoa. Eu os coloquei naquele barco — contou ele, tenso. — Estavam morando em Guernsey. Achei que era melhor tirá-los da Europa por causa do trabalho que eu estava fazendo. Então arranjei para que fossem morar com a irmã de Reba, no Canadá. Estavam indo para lá quando o navio afundou. Eu os mandei para a morte.

— Não pode se culpar. Estava tentando manter todos a salvo.

— No final não importa muito, importa? Estão mortos. Assim como estariam se tivessem ido para os campos de concentração. Gosto de imaginar que Reba e os meninos pelo menos estavam juntos no final. Mas nunca terei certeza.

Marie procurou o que dizer, tentando encontrar as palavras certas, mas não as encontrou. Julian pigarreou.

— E você? O que seu marido achou de ter aceitado fazer isso?

— Não sou casada. Isto é, sei que os arquivos dizem que sou, mas a verdade é que meu marido não sumiu na guerra. Ele foi embora há cinco anos, depois que nossa filha, Tess, nasceu.

Observou o rosto dele na semiescuridão, tentando descobrir se ele ficara zangado com a mentira. Mas Julian apenas perguntou:

— Você a criou sozinha esse tempo todo? Então essa missão vai ser moleza. — Pela primeira vez desde que o conheceu, havia humor na voz de Julian.

Ele esticou o braço e afagou a mão dela.

— Sua filha sentirá muito orgulho quando tiver idade para entender.

Julian envolveu seus dedos com os dele e ficou assim. Ele inclinou a cabeça para trás e fechou os olhos. Sua respiração foi ficando mais demorada e uniforme. Observando-o descansar, seu rosto calmo e em paz, Marie sentiu certa ternura. Então parou, surpresa. Não podia sentir esse tipo de coisa por ele. Já enterrara aquela parte sua muito tempo antes, quando Richard partiu. E passara anos sozinha, não queria que aquilo acontecesse de novo. Mas, ali, deitada perto de Julian, a mão quente dele sobre a dela no meio da escuridão, Marie soube que o que sentia era inegavelmente real.

Então lembrou de como Julian a olhara com carinho no trem. Seria possível que a atração que sentia fosse correspondida? Não, aqui era apenas solidão, depois das semanas e meses que ele passara se mudando e sozinho. Não podia ser nada mais. Josie brincara quanto a "coisas acontecendo em campo". Mas não podia estar se referindo a Julian. Ele só queria saber da missão. Não deixaria nada interferir naquilo.

Nem eu, pensou Marie, já com sono. Estava ali para fazer seu trabalho e voltar para Tess. Não podia deixar nada interferir. Pensou em tirar a mão da de Julian, mas resolveu não fazê-lo. Em vez disso, acalmada pelo conforto quente do toque dele, Marie se permitiu adormecer.

Algum tempo depois, abriu os olhos. Pela janela, o céu passava de cinza a cor-de-rosa. Marie se sentou, repreendendo-se por ter dormido tanto, pois Julian mencionara que precisava partir antes de amanhecer. Será que ele também tinha dormido demais? Mas, quando levantou a cabeça, viu que ele estava acordado, olhando para ela. Os dois se entreolharam, sustentando a atenção um do outro, como no trem. Mas era dia, e seus sentimentos estavam desmascarados e fora das sombras.

Ela se forçou a desviar o olhar.

— Que horas são?

— Quase amanhecendo — respondeu ele, sabendo a hora pela cor do céu.

— Eu não devia ter dormido — disse Marie, levantando.

— Tudo bem. — Ele já estava acordado, podia ter ido embora antes. Mas não. — Foi a primeira vez que realmente dormi em semanas.

Alguém sussurrou do outro lado da porta. Quando Marie a abriu, Will estava lá, parecendo desconfortável, olhando para os dois. Ele também notava os sentimentos cada vez mais fortes entre seu primo e Marie.

— Você não apareceu no campo de aviação — disse ele. — Fiquei preocupado. Precisamos ir logo.

Marie olhou para Julian.

— Ir para onde?

— Fui chamado de volta para a Inglaterra.

Ela arfou, mesmo sem querer.

— Quando?

— Vou embora hoje de manhã. Sinto muito por não ter contado — disse, mais do que depressa, parecendo lembrar da promessa que fizera na noite anterior de não guardar mais segredos. — É que ninguém pode saber. É só por alguns dias — acrescentou, afoito. — No máximo uma semana. — Havia um tom de melancolia em sua voz.

— Mas e a ponte?

— A detonação só está marcada para daqui a duas semanas. Já estarei de volta. — Julian parecia um pouco incerto, e Marie não se convenceu de que ele acreditava naquilo.

Ao descobrir que Julian estava indo embora, os sentimentos que tentara ignorar na noite anterior ameaçaram transbordar.

— Mas precisa mesmo ir? — perguntou, em voz baixa, já sabendo a resposta.

— Teremos que tentar decolar à luz do dia agora — interrompeu Will, antes que Julian pudesse responder. — Precisamos nos apressar.

— Posso ir com vocês até lá? — perguntou ela, tentando encontrar um motivo para ser útil.

Mas Julian negou com a cabeça.

— Quanto menos gente, melhor. Ainda mais quando já está claro.

Talvez fosse melhor. Não suportaria ver o Lysander subir, tirando Julian do mundo deles.

— Tome cuidado até eu voltar.

Ele se virou para o primo.

— Cuide dela.

Will assentiu solenemente.

Marie quis protestar e dizer que não precisava de ninguém para cuidar dela. Era uma agente, pelo amor de Deus, não uma propriedade ou a garota de alguém. Mas havia um laço solene entre os dois homens, e aquilo parecia ter a ver com algo muito maior que ela.

De repente, Marie foi tomada pela desconfortável sensação de que ele não devia partir.

— Precisa mesmo ir? Quer dizer, sair e voltar parece tão perigoso.

— Não há outra maneira — respondeu ele, determinado. — Estarei de volta em uma semana — prometeu, saindo do quarto.

Enquanto o observava atravessar o campo com o primo, Marie não pôde evitar a sensação de que o perdera para sempre.

CAPÍTULO QUINZE

GRACE

Washington, 1946

— As garotas morreram — repetiu Grace, em voz alta, enquanto o táxi atravessava a ponte em direção a Washington.

Aquela ideia era inimaginável. Nenhuma podia ter mais que 20 anos, no máximo 25. Deviam ser casadas e ter filhos pequenos ou estar se divertindo nas ruas com amigos, na Londres do pós-guerra. Não mortas.

— Como?

— Nacht und Nebel significa "Noite e Nevoeiro". Era um programa alemão para sumir com as pessoas, e ninguém nunca mais ouvia falar delas — explicou Mark.

— Como sabe tanto disso?

Ele se ajeitou no banco, desconfortável.

— Passei um tempo trabalhando para a acusação, no Tribunal de Crimes de Guerra, ano passado, logo após a guerra terminar.

— Por que não mencionou isso antes? — Devia ser por isso que ele sabia tanto sobre a SOE. — Mark, você fez um trabalho muito importante.

— O tempo que passei lá não terminou bem. — Apesar do tom de voz neutro, Grace sentiu uma pitada de dor por trás daquelas palavras. — Prefiro não falar sobre o assunto. Pelo menos não agora.

— Está bem. Me conte mais sobre essa Noite e Nevoeiro então.

— Era um programa estranho, muito secreto. Normalmente os alemães guardavam arquivos e registros meticulosamente. Mas, nesse programa, os nazistas queriam fazer pessoas desaparecerem sem deixar rastro.

— Incluindo essas mulheres.

Ele assentiu.

— Hitler emitiu uma ordem pessoalmente para que os agentes capturados fossem "massacrados até não restar mais nenhum".

— *Ou as agentes*, pensou Grace. — Ele não queria que nenhuma evidência da existência dessas pessoas fosse deixada para trás. Sinto muito pela descoberta não ter sido boa. O que mais diz o arquivo?

Ela pegou o restante dos documentos, todos datilografados em letras compactas. Cada um continha o cabeçalho SOE, Seção F no topo.

— O que acha destes?

— Correspondência entre escritórios da sede. — Ele indicou uma página, contendo cronogramas com os sobrenomes das moças ao lado de datas e horas. — Parecem ter a ver com algum tipo de emissão de rádio ou transmissão.

Quando Mark afastou a mão, seus dedos roçaram levemente nos dela.

— Então o que fazemos agora? — perguntou ela.

— Como assim? Acho que descobrimos tudo que há para saber.

— Na verdade, não — discordou Grace. — Isto é, sabemos que as moças das fotos trabalharam com Eleanor na SOE e que morreram. Mas não sabemos por que seus arquivos como funcionárias não estavam nas caixas com os outros. E ainda não fazemos a mínima ideia de por que Eleanor foi para Nova York.

Tudo aquilo dava voltas e mais voltas em sua cabeça, um nó gigante que ela não conseguia desfazer.

— Acho que chegamos a um beco sem saída — opinou Mark.

Mas Grace não estava pronta para desistir, pelo menos não ainda. O táxi estava passando pelo Capitólio, rumo à Union Station e ao trem que a levaria de volta para Nova York. Pegou o pedaço de papel que rabiscara.

— Alguns arquivos tinham informações de contato das mulheres ou de suas famílias. Anotei os que consegui.

— Foi inteligente. Eu devia ter feito o mesmo. Mas, Gracie, essas informações podem estar desatualizadas. E os contatos teriam sido de Londres, não daqui.

— Nem todos. Uma delas tinha um número de Maryland. Talvez, se eu ligasse, poderia conseguir falar com alguém, ou até uma das moças que sobreviveu.

— Certamente pode tentar. Vamos até minha casa para você usar o telefone — sugeriu ele.

Grace hesitou, de repente ciente dele ao seu lado, perto demais. Não sabia se era boa ideia. Mas Mark já estava dando seu endereço ao motorista. O carro fez uma curva súbita para a esquerda, começando a ir em outra direção, passando por bairros que Grace não conhecia, os prédios grandes de granito dando lugar à ruas com casas e lojas.

— É Georgetown — explicou Mark, enquanto a rua começava a subir um pouco. — Moro bem depois da beira do rio, não muito longe do Potomac.

Grace assentiu, como se aquilo significasse alguma coisa para ela.

Alguns minutos depois, o táxi virou em uma rua chique e parou na frente de uma casa geminada de tijolinhos. Mark pagou o motorista e abriu a porta.

Por dentro, a casa era arrumada, com piso de carvalho e poucas fotos ou itens pessoais, exceto por um gramofone antigo no canto. Grace buscou sinais de toque feminino na decoração, mas não achou nenhum. Também não parecia que ele passava muito tempo ali. Mark a levou até um escritório com um telefone na parede.

— Vou fazer um café — avisou Mark, antes de deixá-la a sós.

Grace foi até a mesa e pegou o pedacinho de papel no qual anotara o telefone. Passou o número para a operadora. Enquanto esperava na linha, podia ouvir o aquecedor atrás da mesa de Mark sibilando baixinho.

O telefone tocou duas vezes. Não ia dar certo, pensou Grace, com uma sensação de derrota, conforme o telefone simplesmente continuava tocando sem ninguém atender. Fez menção de desligar. Mas assim que afastou o fone do ouvido, escutou um barulho do outro lado da linha. Grace levou o telefone outra vez até a orelha, depressa.

— Alô? Estou procurando a senhorita Annie Rider.

— Um instante. — A pessoa baixou ou largou o telefone com um estampido, então Grace ouviu passos altos e depois fracos. Imaginou uma pensão como a dela, em Nova York, com a proprietária buscando sua inquilina.

— Pois não? — Dessa vez era uma voz diferente, rouca e definitivamente inglesa.

— Srta. Rider?

— Quem fala?

Grace pigarreou.

— Meu nome é Grace Healey. Sinto muito incomodar, mas estou tentando localizar Sally Rider. Seu número foi informado como contato.

— Sally? — A mulher parecia surpresa. — O que tem ela?

— Eu queria falar com ela. Achei que você poderia saber onde está.

— Sally era minha irmã.

Era.

— Sinto muito, eu não sabia que ela havia falecido. — Sally não estava na lista das garotas que sumiram no Noite e Nevoeiro. — Foi durante a guerra?

— Não. Ela morreu depois da guerra, em um acidente de carro. — Como Tom. Grace sentiu o coração apertado.

Então se forçou a se concentrar na ligação.

— Sinto muito incomodar. Eu tinha algumas perguntas a respeito do trabalho que sua irmã fez durante a guerra. — Ela parou. Parecia íntimo demais perguntar aquilo por telefone. — Estou em Washington, não muito longe. Acha que poderíamos nos encontrar?

— Não sei... — O tom de voz da mulher revelava sua hesitação.

— Por favor, é muito importante. Posso ir até você, se for mais fácil.

— Não — recusou a mulher, mais que depressa, como se a intrusão em sua casa não fosse bem-vinda. — Preciso estar no hotel The Willard hoje à noite. Se quiser, podemos nos encontrar no bar às sete.

Dessa vez, foi Grace quem hesitou. Encontrá-la à noite significaria perder o último trem de volta para Nova York e dormir ali — algo que ela não cogitara em momento algum. Mas era sua única opção, se quisesse descobrir mais sobre aquelas garotas.

— Obrigada. Estarei lá.

Após desligar, Grace se sentiu mal, pensando em Frankie e em perder mais um dia de trabalho. Pensou em perguntar a Mark se poderia fazer mais uma ligação, mas, imaginando que ele não se importaria, discou outra vez para a operadora. Frankie talvez já tivesse ido para casa, pensou, depois que o telefone tocou duas vezes e ninguém atendeu. Mas um segundo depois a voz dele veio na linha.

— Bleeker & Sons.

— Frankie, sou eu. — Ela não precisava dizer quem.

— Garota! Como está você? — Ele parecia tão longe. Um ligeiro arrastar nas palavras a fizera se perguntar se ele teria bebido.

— Frankie, não está soando muito bem. O que foi?

Ele ficou mudo, um silêncio mortal na linha.

— Foi o Sammy. Ele voltou. Tinha um garoto mais velho na casa do primo que tentou pegar o dinheiro que dei a ele. Sammy reagiu e apanhou.

— Ah, não! Ele está bem?

— Está, mas com um olho roxo e um corte na boca. Vai sobreviver. — Ela ficou arrasada com a ideia daquele garotinho, que já tinha passado por tanta coisa, ter enfrentado mais essa agora. — Mas não pode voltar para lá. Você estava certa, garota. Ele não devia ficar sozinho, sendo tão novo. Estou preenchendo os papéis para colocá-lo no sistema de adoção.

O pobre Sammy acabaria indo para algum orfanato, no fim das contas.

— Sinto muito, Frankie. É tão difícil se envolver. Talvez a gente consiga pensar em alguma outra coisa.

— Acho que não temos mais opções dessa vez. Mas podemos conversar quando você estiver aqui, amanhã.

Ela hesitou.

— Quanto a isso... vou precisar de mais um dia.

Ela o ouviu suspirar do outro lado da linha e quase conseguiu ver a decepção em seu rosto.

— Onde você está, garota? Acho que mereço saber.

Ela concordava.

— Em Washington.

— Que diabo foi fazer aí?

— Estou tentando obter informações sobre uma mulher chamada Eleanor Trigg. Ela foi atropelada na frente da Grand Central, no outro dia.

— Por quê? Você a conhecia?

— Não.

— Então por que ela é problema seu?

Boa pergunta, pensou Grace.

— É complicado, Frankie. Encontrei a mala dela, com fotos de uma dezena de moças. Peguei as fotos, mas, quando ia devolvê-las, a mala tinha desaparecido. Estou tentando descobrir quem eram ela e as garotas e para quem posso devolver as fotos. Volto em um dia e prometo explicar mais, ok? Sinto muito não ter contado que ia viajar — acrescentou, arrependida de verdade. Frankie era tão bom para ela; devia ter contado tudo desde o começo.

— Tudo bem — respondeu ele, perdoando-a imediatamente. — Se precisar de ajuda, posso ir até aí. Sou bom em lidar com a burocracia.

— Sei disso. — Grace amou a oferta, mesmo sabendo que precisava fazer aquilo sozinha. — Mas acho que nossos clientes precisam mais de você aí. — De repente, teve uma ideia. — Tem uma coisa que poderia fazer: Eleanor era inglesa e foi para Nova York em algum momento antes do acidente. Você pode ver com seus amigos da imigração e alfândega se eles teriam alguma informação sobre ela? O que ela escreveu nos formulários quando chegou ao país, esse tipo de coisa?

Era uma ousadia pedir outro favor além de mais tempo de folga, sabia disso. Mas Frankie não negaria ajuda.

— Deixa comigo, garota. Considere feito. Só volte logo, e tome cuidado.

Grace desligou o telefone e voltou para a sala de estar.

— Consegui marcar um encontro com a irmã de uma das moças para hoje à noite.

Mark sorriu e lhe entregou uma xícara de café.

— Então vai ficar até amanhã?

Ela deu um gole.

— Provavelmente. Acho que não haverá mais nenhum trem quando eu terminar a conversa. Vou procurar um hotel para passar a noite. — Grace tentou calcular quanto aquilo custaria.

— Fique aqui. Eu entendo que você pode não querer, depois do que aconteceu, mas tenho um quarto de hóspedes, então é uma oferta sincera.

Grace examinou Mark, tentando desvendar se ele estaria tendo segundas intenções.

— Não seria muito apropriado.

Ele ergueu as mãos.

— A decisão é sua, mas é um quarto perfeitamente adequado. Eu o alugava durante a guerra, quando os funcionários do governo vieram para cá e não havia moradia para todos. A não ser que você ache que não vai conseguir se comportar.

— Eu vou... — começou ela, antes de se dar conta de que Mark estava brincando. Seu rosto corou. — Seria ótimo. Obrigada.

Às sete da noite, estavam chegando de táxi ao The Willard. No parque Laffayette, o céu atrás da Casa Branca estava escuro. Mark a ajudou a sair do carro, sua mão quente e firme contra a parte baixa das costas de Grace. Ao entrarem, os dois se depararam com um saguão luxuoso. O piso era um mosaico de rosetas, e o teto estava pintado cuidadosamente com os selos de todos os cinquenta estados. Colunas de mármore erguiam-se do chão ao teto. Os lustres eram globos fantásticos, cada um envolto por quatro estátuas femininas de bronze. As cadeiras eram forradas de couro de qualidade, e os vasos abrigavam palmeiras enormes. Grace ficou com vontade de ter trazido um vestido mais arrumado.

Parou na entrada do bar, olhando ao redor, meio insegura. Havia um mar de executivos de terno, fumando charutos ou cigarros, e apenas um punhado de mulheres no meio deles. Qual delas seria Annie? Nem lembrara de pedir sua descrição.

Grace olhou para o balcão, no canto mais distante do saguão, e foi até ele. Mark fez menção de segui-la, mas ela o impediu.

— Mark, agradeço por tudo que está fazendo, mas...

— Quer conversar com Annie a sós — completou ele.

— Você se importa?

— De maneira alguma. Isto é, a essa altura já estou interessado demais na história, mas eu entendo. — Ele sorriu.

— Só acho que é mais provável que ela fale comigo se eu estiver sozinha.

— Concordo. — Ele se sentou em uma das poltronas de couro. — Estarei esperando bem aqui.

Grace foi até o bar, sentindo o olhar de Mark sobre si. Deu calor. Por que aquele homem tinha aquele efeito nela? Não era do seu feitio ficar mexida, e aquilo precisava parar. Foi até o maître, presumindo que Annie poderia ter feito reserva.

— Estou procurando por uma mulher chamada Annie Rider.

O maître nem hesitou antes de apontar para o bar, dizendo:

— Ela está ali no Round Robin Bar.

Uma mulher com uniforme de garçonete estava parada entre dois homens. Annie não era cliente do The Willard; ela trabalhava ali. Grace se sentiu tola por pensar o contrário, mas também, como poderia saber?

O bar estava cheio de homens, envolto em nuvens de fumaça de charuto, e, por um momento, desejou ter aceitado a oferta de Mark de acompanhá-la. Mas foi em frente mesmo assim.

— Com licença — pediu a um homem grandalhão na sua frente, então levantou a mão para chamar Annie. — Sou Grace Healey. Nós conversamos ao telefone mais cedo.

Annie devia ter no máximo 30 anos. Mas de perto, seu rosto parecia cansado, com algumas linhas profundas por baixo da maquiagem e as sobrancelhas pintadas a lápis.

Annie de repente pareceu desconfortável, e Grace pensou que a mulher talvez tivesse resolvido não falar mais com ela.

— Me dê só alguns minutos para eu poder tirar meu intervalo. Pode esperar aqui. — Ela apontou para uma porta na lateral do bar. Grace passou por ela. Havia um depósito logo depois da cozinha, com estantes cheias de comida e alguns bancos de madeira. Um camundongo passou correndo por entre as caixas, e Grace fez uma anotação mental de jamais jantar no The Willard, se um dia tivesse a oportunidade.

Algum tempo depois, Annie chegou. Ela sentou-se em um dos bancos e orientou que Grace fizesse o mesmo.

— Você disse que tinha algumas perguntas a respeito da minha irmã.

— Sim. E sobre uma mulher com quem ela trabalhou: Eleanor Trigg.

Annie estreitou os olhos, franzindo o cenho, o rosto cheio de dúvidas.

— Minha irmã não trabalhava *com* Eleanor; trabalhava *para* Eleanor — corrigiu, rispidamente. — Eleanor mandava em tudo.

Ela se levantou, como se prestes a ir embora.

— Espere! Desculpe se aborreci você.

Annie se sentou de volta, hesitante.

— Maldita Eleanor — murmurou.

Grace ficou pensando o que a haveria irritado, mas achou melhor mudar de assunto. Pegou as fotos em sua bolsa.

— Conhece alguma dessas mulheres?

— Vi algumas delas nos meus dias na SOE.

— Você também trabalhou na SOE?

— Sim, na administração. Eu também queria ser agente, mas Eleanor disse que eu não era qualificada. — Annie abriu um sorriso amargo. — E estava certa. Eu conhecia as meninas de campo mais pelo nome. — Ela apontou para as fotos. — Essas eram algumas das garotas de Eleanor.

— Como assim "as garotas de Eleanor"? — perguntou Grace, voltando discretamente ao assunto.

Annie tirou um maço de cigarros da bolsa.

— Eleanor comandava a operação feminina na SOE. Estavam mandando mulheres para a Europa, entende? Eram mensageiras e operadoras de rádio. — Annie acendeu e tragou o cigarro. Apontou para as fotos. — Essa aqui chamavam de Josie. Tinha só 17 anos quando começou.

Grace lembrou de si mesma nessa idade. Só pensava em festas de debutante e verões na praia; nem teria conseguido andar sozinha em Manhattan, na época. E, no entanto, essas garotas estavam na França lutando contra os nazistas. Sentiu um misto de completo espanto e total inadequação.

— Quantas agentes mulheres havia, em média?
— Algumas dezenas. Não mais que cinquenta.
— Então por que só tem fotos dessas doze?
— Foram as que não voltaram.
— Como elas morreram?
— Na verdade, de maneiras terríveis. Execuções. Injeções.

As mulheres deviam ter sido tratadas como prisioneiras de guerra. Em vez disso, haviam sido massacradas.

Mas, sob a Nacht und Nebel, os alemães não queriam que ninguém soubesse o que acontecera a elas.

— Como você descobriu?
— Os rumores chegavam na sede. — Annie soltou a fumaça para o alto. — Nada de comunicados oficiais, na maioria dos casos. Apenas outros agentes que tinham encontrado uma ou outra das garotas nos campos ou escutado alguém comentar. Quando a guerra acabou, não foi surpresa descobrir que tinham sido mortas.

Um relógio no saguão do hotel marcou oito horas; o intervalo de Annie estava prestes a terminar.

— Fale mais sobre Eleanor — pediu Grace hesitantemente. — Quem era ela?

— Ela não era como as outras. Era mais velha. Estrangeira. Russa, ou talvez polonesa, algum lugar da Europa Oriental.

— O sobrenome *Trigg* não sugeria aquilo, pensou Grace. Será que tinha sido mudado de propósito? — Ela começou na SOE como secretária.

— Mas acabou dirigindo um grupo da SOE. Devia ser muito boa.

— A melhor. A mente de Eleanor era como uma enciclopédia, ela sabia de cabeça a história e os detalhes de todo mundo. E conseguia desvendar as pessoas, saber desde o começo se alguém era apto para o trabalho. Eleanor era diferente, cautelosa. Sempre passava a impressão de que estava guardando um segredo. Acho que estava só fazendo o seu trabalho.

— Gostava dela?

Annie balançou a cabeça enfaticamente.

— Ninguém gostava de Eleanor. Mas todos a respeitavam. Todos queriam ser cuidados por ela, caso fossem enviados para campo. Mas não era alguém agradável para tomar um drinque, se é que me entende. Ela era peculiar, esquisita, severa, não muito fácil de conversar. Fico imaginando o que anda fazendo.

Grace pigarreou.

— Sinto muito contar, mas ela faleceu. — Decidiu poupar Annie dos tristes detalhes. — Alguns dias atrás, em Nova York.

— Nova York? — repetiu Annie, parecendo mais surpresa que chateada. — O que ela estava fazendo nos Estados Unidos?

— Era isso que eu esperava que você soubesse. O homem do consulado disse que estavam tentando encontrar a família dela, alguém para reclamar seu corpo.

Annie apagou seu cigarro em um cinzeiro sobre uma das estantes, deixando uma marca perfeita de batom em volta do filtro.

— Mas não vão encontrar ninguém. Eleanor era só, pelo menos depois que a mãe faleceu. Ela não tinha ninguém.

— E quanto à vida pessoal?

— Inexistente. Ela não socializava nem revelava muito. Não parecia interessada em homens, mas não desse jeito que eu sei que parece. Ela também não se interessava por mulheres. Só se importava com o trabalho. Era realmente uma ilha. Muito reservada. Dava a impressão... de que havia mais por trás dela do que aparentava.

— Me conte mais sobre essa agência de Operações Especiais.

— Havia problemas desde o início. Você não tem como pegar um monte de garotas jovens sem experiência e achar que só porque as treinou a correr pelas Terras Altas escocesas por algumas semanas e as ensinou a atirar, elas vão se sair bem em uma zona de guerra. Desenvolver o instinto de sobrevivência leva anos. Não se pode ensinar isso.

Annie continuou:

— E tinha o tamanho. Todo mundo sabe que uma operação secreta com três pessoas é menos segura que uma com duas. Mas pegue o circuito de Vesper, por exemplo. Era o maior, a unidade operava em Paris e nos arredores, encabeçada por Vesper, ou o Cardeal, acho que era seu codinome. Ele devia ter dúzias, talvez centenas de agentes sob seu comando. Quanto maior ficava a rede, mais crescia o risco de traição e vazamentos.

— Sinto muito. Mas como assim traição?

— Traição contra as garotas, claro. — Aquilo a abalou tanto que o lugar pareceu tremer um pouco. — Você não acha que tantas assim foram presas à toa, acha? Não. Alguém deve ter delatado. — Apesar da surpresa, Grace conseguiu não reagir; não queria que Annie parasse de falar. — Foram pegas pela SD, a Sicherheitsdienst, a inteligência alemã, algumas semanas antes do Dia D. E não apenas em Paris, mas na França toda. Alguém as dedurou. Pelo menos era o que Eleanor achava.

— Eleanor? Como você sabe?

— Eu a reencontrei uma vez, depois da guerra. Ela foi ver Sally, conversar com ela a sós. Não era para eu estar no quarto, mas fiquei escutando escondida. Eu precisava cuidar da minha irmã. Sally voltara da guerra em um estado tão frágil que não precisava de Eleanor a perturbando e encrencando de novo. Mas a mulher tinha algumas perguntas sobre as garotas desaparecidas. Mais ou menos como as suas. — Grace se sentiu culpada. Falar sobre a guerra e o trabalho que a irmã fizera não podia ser fácil para Annie. — Uma semana depois, minha irmã morreu no acidente.

— Então Eleanor queria falar sobre o que aconteceu às garotas?

— Não o que aconteceu, e sim como. Ela só falava nisso. Disse que tivera alguma coisa a ver com os rádios, alguém transmitindo e fingindo ser uma das operadoras. Queria saber se Sally sabia alguma coisa a respeito, mas ela não sabia, claro. Eleanor estava determinada a descobrir o que tinha acontecido com as garotas, e quem as entregara.

Grace prendeu o fôlego com aquela última informação. Será que fora aquilo que fizera Eleanor ir a Nova York?

— Preciso voltar ao trabalho — disse Annie, levantando.

— Obrigada. Sei que não deve ter sido fácil fazer isso.

— Não foi. Mas se você descobrir mais alguma coisa, terá valido a pena. Vai me contar, não vai?

— Vou. Eu prometo.

— Obrigada. Aquelas garotas eram como irmãs para Sally.

Eu que devia estar agradecendo, pensou Grace. Mas, antes que pudesse dizer aquilo, Annie apertou sua mão com firmeza e voltou ao trabalho atrás do balcão do bar.

CAPÍTULO DEZESSEIS

ELEANOR

Londres, 1944

Eleanor parou na frente do escritório do Diretor, segurando o papel com força.

— Senhor, tem algo errado.

A mensagem chegara dez minutos antes.

— É de Marie — dissera a operadora, Jane.

Eleanor atravessara a sala correndo.

Não era que a mensagem de Marie estivesse atrasada, como havia sido o caso depois da chegada dela. A agente já estava transmitindo mensagens regularmente — em alguns casos até com mais frequência que o esperado. E todas pareciam normais. Mas aquela primeira mensagem, que parecera estranha, ainda a incomodava. Eleanor tentara se convencer de que era apenas o fato de Marie ser novata em campo, os nervos atrapalhando a digitação. Não haveria nem poderiam ter mais problemas.

Mas, examinando o papel ali no escritório, Eleanor sentiu um aperto no peito. A mensagem devia ser de Angel. Mas o conteúdo da pergunta estava errado: *Aguardando armas para maquisards. Por favor avise local da próxima entrega de armas.* A mensagem, descuidada e exposta demais, não era do tipo que uma operadora treinada faria.

E não era só o conteúdo; o carimbo no topo da mensagem, dizendo *verificação de segurança certificada*, que devia ter sinalizado que o blefe e a verdadeira verificação de Marie estavam presentes na transmissão codificada, estavam ausentes.

— Maldição! — exclamara Eleanor, amassando o papel.

Jane parecera surpresa com a incomum perda de compostura de Eleanor. O problema não era só Marie; um rádio comprometido poderia significar um vazamento ou brecha muito maior.

Eleanor ia jogar a mensagem fora, mas, pensando duas vezes, desamassou o papel e foi até a sala do Diretor.

Ao se aproximar da porta, notou o Diretor sentado com os ombros encurvados, indicativo de que não era boa hora e a intrusão não seria bem-vinda. Mas ele não a dispensaria. O Diretor levantou a cabeça do relatório que estava lendo e tirou o cachimbo da boca.

— Trigg?

— É sobre uma das moças, senhor. — É claro, no caso dela, sempre era sobre uma das moças. — Isto é, das transmissões dela.

Eleanor odiava criar intrusões desnecessárias e arriscar deixar o Diretor impaciente. Queria ser autossuficiente, capaz de comandar a unidade que criara. Mas neste momento estava preocupada demais para se importar.

— Veja isto — pediu, aproximando-se da mesa e colocando o papel na frente dele.

— É de Roux — observou ele. — Há algumas semanas, você andava preocupada por ela não estar transmitindo. É uma boa notícia, não é?

— Creio que não, senhor. — Eleanor sublinhou com o dedo a última frase da transmissão: *Por favor avise local da próxima entrega de armas.* — Marie jamais perguntaria isso tão diretamente, nem Vesper, tampouco ninguém para quem ela estivesse transmitindo.

O Diretor tirou os olhos do papel, cético.

— Você sempre disse que a garota era inexperiente. Talvez tenha cometido um erro, ou quem sabe foi a pressa.

— Eu disse que ela era inocente, talvez até mesmo ingênua. Não descuidada. É mais que isso, senhor. — O Diretor a encarou com expectativa, como se Eleanor ainda não tivesse dados suficientes para sustentar sua alegação. — Tem alguma coisa errada. Essa mensagem não faz sentido. E as verificações de segurança não estão presentes.

— E as transmissões das outras garotas? Algo incomum?

— Só a dela. — Eleanor hesitou. — As outras parecem normais. Mas, se houver algo errado com Marie, poderá afetar todo o circuito. Pode haver informações que não estão chegando a nós. Pode haver algum tipo de interferência, até um vazamento.

— Talvez seja a máquina. Se enviarmos ordens para recalibrar...

— Não pode ser isso, senhor. Tecnicamente, as transmissões estão boas. É algo nas mensagens. A *maneira* como estão sendo transmitidas.

— E o que acha que pode ser?

— Honestamente, eu não sei. — Eleanor odiava admitir a incerteza. — Ou ela está transmitindo sob péssimas circunstâncias, ou sob coação, ou... — Ela hesitou, as palavras quase inacreditáveis demais para serem ditas. — Ou não é Marie transmitindo. — Eleanor respirou fundo. — Estou com medo de termos sido comprometidos.

Ele arregalou os olhos.

— Mas como? Discutimos essa possibilidade centenas de vezes ao montar os rádios. Mesmo que uma das máquinas fosse roubada, os alemães precisariam dos cristais e dos códigos e das verificações de segurança. Nenhum agente que se preze revelaria isso.

Que se preze, pensou Eleanor, torcendo para ele ter razão.

— Seja lá quem for, pode não ter as verificações de segurança, pelo que indica a mensagem. Mas o rádio e os cristais, se roubados juntos, são uma possibilidade real.

— Você está fazendo suposições, Trigg. Precisamos nos ater aos fatos, ao que sabemos.

Às vezes Eleanor desejava uma bola de cristal como a daquele filme americano, *O Mágico de Oz*, para ver o que estava acontecendo em campo. Chegou até a sonhar que tinha uma, mas estava embaçada e escura.

O Diretor se recostou na cadeira, fumando seu cachimbo.

— Mesmo se estiver certa, o que quer que eu faça a respeito? Está sugerindo interrompermos as transmissões?

Eleanor hesitou. Fazer aquilo significaria deixar os agentes soltos em campo sem conexão com a sede. Sozinhos.

— Não, senhor.

— Então o quê?

— Acho que o rádio de Marie deve ser desligado até isso ser verificado.

— Mas ela transmite para a rede de Vesper, a maior do país. Ficaríamos desfalcados. Interromperia as operações.

Eleanor notou, com certo orgulho, como aquelas mulheres tinham se tornado essenciais para a luta em tão pouco tempo. Um ano atrás, os homens duvidavam que mulheres ajudariam. Agora, não podiam trabalhar sem elas.

— Pensei que você afirmara que essas garotas estavam à altura da missão, Trigg. Acreditei em você, pus meu nome à prova.

Havia um tom de acusação na voz dele. Os homens também cometiam erros, quis apontar Eleanor. Fora o que criara a necessidade de pôr mulheres em campo, afinal. Mas as mulheres tinham assumido cada vez mais as funções de operadoras de rádio, fazendo tudo parecer realmente problema delas.

— E estavam, senhor. Isto é, estão. — Pela primeira vez em muito tempo, Eleanor se sentiu insegura. — Não são as garotas. Tem alguma outra coisa errada *lá*.

— As notícias da sua unidade chegaram aos ouvidos de Churchill, sabia? Ele está satisfeito. — Para o primeiro ministro, aquilo era um grande elogio.

Mas não fazia o problema desaparecer.

— Senhor, no momento, não temos como saber se a informação que estamos mandando está de fato sendo recebida pelas agentes. Se não pudermos desligar as máquinas para verificar, acho que alguém deve ir até lá e checar. Visitar as unidades pessoalmente.

— Suponho que ache que essa pessoa deva ser você.

— Sim, quero ir — admitiu Eleanor.

— Já tivemos essa conversa antes, Trigg. — O Diretor bufou. — Com seu pedido de renovação de cidadania pendente, não consigo aprovar seus documentos. E, mesmo que eu pudesse, não a mandaria para lá. Você sabe demais.

— Me mande assim mesmo — pediu Eleanor, mais uma vez.

O Diretor piscou, surpreso. Eleanor era sempre tão racional e distante, mas sua voz trazia uma nota de desespero. Ela precisava ver o que estava acontecendo lá, ver se as garotas estavam bem. Eleanor tinha noção do seu próprio erro. Ela se aproximara demais. E, só por aquilo, ele diria não.

— Está fora de questão — decretou o Diretor, com firmeza.

— Preciso ver o que deu errado. Se não me mandar, pelo menos interrompa as operações do rádio dela até podermos verificar tudo. — Ele não respondeu. — Quando assumi isso, você me prometeu controle total.

— Sobre as garotas. Mas não sobre a maldita guerra. Isso é parte de algo muito maior. A invasão está chegando, e cada dia de lua cheia que não pousamos pessoal e suprimentos é uma oportunidade perdida.

— Mas, senhor, as informações sobre as entregas são transmitidas pelo rádio comprometido. Nossos agentes e suprimentos podem cair em mãos erradas. Precisamos impedir isso!

— Não posso interromper a operação inteira por um palpite sem fundamento. As coisas precisam prosseguir. — O Diretor se debruçou sobre a mesa, baixando a voz. — A invasão está a semanas... Não, a dias de começar. Não podemos nos dar ao luxo de distrações.

Eleanor parecia prestes a transbordar de frustração, mas se esforçou para manter a compostura.

— Vou ao Escritório de Guerra — ameaçou, sem conseguir se segurar.

O rosto do Diretor ficou vermelho.

— Passaria por cima de mim? — Para ele, aquela era a maior das traições. Então pareceu amolecer. Era um blefe, e ele sabia. — Você não faria isso. Apoiei você, Trigg, de várias maneiras.

E eu apoiei você, quis responder, mas se conteve. Não podia se arriscar a ir contra ele. Envolver Whitehall atrairia exatamente as mesmas pessoas que achavam que as mulheres não podiam fazer aquilo, provar que quem duvidou estava certo. Era mais que seu orgulho em risco. O Diretor tinha nas mãos o destino do seu pedido de cidadania, do qual ela precisava tão desesperadamente.

Não havia nada a fazer a não ser observar e aguardar.

Eleanor saiu da sala sem mais uma palavra. Olhou para trás, querendo voltar e suplicar para intervir, exigir que ele fizesse algo a respeito. Mas sabia que ele não cederia. O Diretor nem cogitara seu pedido. Não era do feitio dele. Será que estava perdendo a confiança nela? Provavelmente não. Devia estar sob pressão para montar as operações. Atrasá-las, por qualquer motivo que fosse, era impensável.

Em vez de voltar ao escritório, Eleanor saiu no beco da Norgeby House para tomar um pouco de ar fresco, mas os prédios altos e estreitos que a cercavam pareciam inclinar-se sobre ela, perto demais. Chegou à escada de incêndio e começou a subir, um andar, depois outro.

Até o terraço. Apesar de não ser alto o bastante para proporcionar uma boa vista de Londres, dava para ver o alto do domo da Catedral de São Paulo e um pouco da famosa Ponte de Londres. Chaminés sujas de fuligem se sobressaíam ao fundo, como um candelabro interminável, parecendo acender o pôr do sol incomumente vermelho.

Eleanor respirou fundo. O ar úmido parecia tostado com uma mistura onipresente de carvão e petróleo. Sentia o corpo tremer de raiva e impotência, a adrenalina do confronto com o Diretor finalmente sendo liberada. Havia alguma coisa errada em campo; ela sabia. Suas garotas estavam perdidas e sozinhas; estava falhando com elas, assim como falhara com sua irmã. Mas ninguém, nem mesmo o Diretor, a escutava.

Ouviu um som arrastado vindo por trás: passos. Eleanor ergueu a cabeça e se virou. Viu um homem de pé no canto mais distante do terraço admirando a vista do sul de Londres. Prestando mais atenção, o perfil lhe pareceu mais familiar, mas Eleanor não sabia de onde. Até que levou um susto, reconhecendo-o.

— Vesper.

Ele não assentiu nem admitiu a identidade de nenhuma outra forma, mas seu silêncio já bastava. Só conhecia Vesper por reputação, tendo escutado seu nome e façanhas cochichados pelos corredores da Baker Street desde o dia em que chegara. Também já tinha visto uma única foto dele em seu arquivo, e, apesar de ele estar diferente ali no terraço, mais robusto, ela logo reconheceu seus traços. Eleanor examinou o homem de quem tanto ouvira falar. Era alto e majestoso, com um queixo forte e ombros largos combinando com tudo que parecia levar neles. Mas era bem mais jovem que imaginara, para alguém com atribuições tão grandiosas.

A ligação direta mais próxima com suas garotas estava parada bem ali, na frente dela. Mal podia acreditar.

Eleanor se aproximou.

— O que está fazendo aqui? — perguntou, só então se dando conta do erro. Vesper não tinha por que responder uma estranha como ela. — Sou Eleanor Trigg. — Examinou no rosto dele, querendo ver se o homem reconheceria o nome. Mas a expressão no rosto de Vesper não revelava nada. — Comando a unidade das mulheres.

— Eu sei. Marie fala muito bem de você.

Eleanor tremeu ao imaginar Marie falando demais e quebrando os protocolos. Ao mesmo tempo, não conseguiu reprimir uma pontada de orgulho. Apesar de ter sido dura com a garota — e por bons motivos —, Eleanor sempre temera que aquilo faria com que fosse odiada. Devia ter sido a primeira vez em sua vida em que se preocupara com uma coisa daquelas.

— Como ela está?

Vesper abriu um sorriso relutante.

— Brilhante. Encantadora. Exasperante.

Eleanor conteve uma risada, lembrando-se da garota que fazia perguntas demais durante o treinamento. Mas estava se referindo ao trabalho de Marie — e a resposta de Vesper sugeria algo totalmente diferente. A reputação dele em campo era de um lobo solitário que basicamente se isolava de seus agentes para poder liderar. Eleanor se perguntou se o homem não estaria sentindo algo a mais por Marie.

— E as outras?

— Há apenas algumas garotas suas no meu circuito. Josie é implacável. Está em campo com os partidários. A chamam de *Le Petit*. A pequenina. Mas acho que sentem medo dela. Josie sabe atirar mais que qualquer um ali. Confiam mais nela que na maioria dos homens, a essa altura.

— O que está fazendo em Londres?

Vesper tinha deixado seus agentes sozinhos em campo para ir até ali; devia ser algo muito importante. Eleanor notou, com certa irritação, mas não surpresa, que devia ter sido avisada da vinda dele. Teria o Diretor escondido a visita de Vesper de propósito? Talvez nem ele soubesse.

— Aqui, nada — respondeu, indicando a parte do terraço mais longe das janelas, através das quais alguém poderia ouvir.

Eleanor o seguiu. — Fui convocado para me reportar a reuniões na sede.

— Por quê?

— Não posso falar sobre isso.

Não era a área sob responsabilidade de Eleanor; Vesper não se reportava a ela, que não precisava saber.

Mas insistiu mesmo assim:

— Marie e aquelas garotas são minhas. Isto é, eu as recrutei e treinei. Preciso saber o que está acontecendo. — Vesper assentiu, respeitando-a como uma igual, mas ainda sem oferecer resposta. — Como estão suas operações? — perguntou, tentando uma tática diferente.

— Acho que as coisas estão indo bem. É claro que não perfeitamente bem, mas o melhor que poderíamos esperar. — Eleanor não sabia se era verdade ou se ele estava fingindo tranquilidade para a sede. — Tivemos um imprevisto com a sabotagem de um depósito no inverno passado, mas nos recuperamos. No momento, o foco está em explodir a ponte em Mantes-la-Jolie.

Eleanor assentiu mais uma vez. Ouvira falar naquilo nos briefings diários da sede; os preparatórios para a explosão foram os motivos que a levaram a concordar com o envio antecipado de Josie. A ponte era um ponto-chave para atrasar os tanques alemães a caminho da costa para combater a invasão. Mas explodi-la era perigoso e colocaria o circuito inteiro em risco.

— Tem o que precisa para fazê-lo?

— Estávamos com uma falta de explosivos. Mas um agente de Marselha chegou, há algumas semanas, para estabelecer contato. Ele conseguiu arranjar o que precisávamos, mais TNT, em troca de armazéns de munição. Estamos nos virando.

— Existe alguma chance de vocês terem sido descobertos? — perguntou, sem rodeios.

A pergunta era abrupta, e vinha do nada, mas era o que mais precisava saber para determinar o que estava acontecendo com as transmissões de Marie, e não fazia sentido esconder.

Ele pareceu se ofender.

— De jeito nenhum — respondeu, rápido demais, mas sem parecer tão surpreso pela sugestão quanto Eleanor achava que ficaria.

— Porém pensou na possibilidade.

— Sempre existe uma possibilidade — rebateu ele, sem querer admitir mais.

Então todas as dúvidas das últimas semanas sobre as infrequências de transmissão e a maneira com que não pareciam ser realmente de Marie voltaram.

— As transmissões... — arriscou Eleanor. — Algumas das mensagens de Marie não soam como sendo dela.

— Acredito que seja só pelos nervos, a novidade de estar em campo. Ela está bem, ou pelo menos estava quando a vi pela última vez há alguns dias.

Havia uma cordialidade na voz dele ao mencionar ter visto Marie que respondeu à pergunta anterior de Eleanor quanto a ele sentir algo pela mulher. Quis saber se Marie correspondia, se já teria acontecido alguma coisa.

— Ela buscou um pacote para mim em Montmartre.

Paris.

— Santo Deus! Não está usando minha garota como mensageira, está?

Marie tinha habilidade com o idioma, mas era muito inexperiente. Suas habilidades de disfarce, em se misturar e não cometer os erros que a fariam ser pega, simplesmente não estavam desenvolvidas.

— Ela é melhor que você pensa.

— Talvez.

Eleanor se incomodou com a ideia de alguém conhecer suas garotas melhor que ela mesma.

— E precisamos ser fluidos em campo, enviar pessoas para onde precisam estar.

Eleanor resolveu voltar para a pergunta que a estava atormentando.

— Mas as transmissões estão irregulares. O que está acontecendo lá?

Vesper olhou para o chão, sem responder de imediato.

— Não sei. Marie está bem. Mas tem alguma coisa diferente nessa missão. Tem alguma coisa errada.

— Você já contou à sede?

— Eles não me escutam. Acham que estou cansado por estar há tanto tempo em campo e que meu julgamento está comprometido. A única coisa que consegui foi convencê-los a me deixar voltar. Mas, se você também acha isso, por que não os alertou?

— Eu tentei. Mas também não me escutam.

O tamanho de sua impotência foi exposto bem ali, diante dela, e sua frustração transbordou. Aqueles no poder só estavam interessados em uma coisa: na invasão. Não escutavam nada que pudesse adiá-la ou impedi-la, incluindo questões de segurança dos agentes. Eleanor enfim percebeu que suas garotas estavam correndo um perigo muito maior que ela imaginara.

— E agora?

— Volto para a França, tento descobrir sozinho.

— Pode abortar a ação — sugeriu Eleanor.

Por um milésimo de segundo, sentiu um lampejo de esperança. Cancelar tudo, extrair as garotas e trazê-las de volta sãs e salvas. Não seria exatamente um fracasso, e sim um adiamento. Poderiam se reagrupar. Tentar novamente.

— Não posso. — Claro que não. Perto demais da invasão, como dissera o Diretor. — É como um trem de carga correndo rápido e com força demais para alguém frear. E, se eu não fizer isso, ninguém mais vai fazer. Preciso voltar para a França o mais rápido possível.

— Posso ajudar nessa parte — disse Eleanor, quando ele já estava se afastando. Vesper deu meia-volta. — Se suas ordens de viagem estiverem prontas, ficarei feliz em organizar a entrega pessoalmente.

Eleanor podia usar sua posição para furar a fila de transmissões e tomar as providências para Vesper partir imediatamente.

— Obrigado.

Mas não estava fazendo aquilo só por ele. As agentes em campo precisavam de Vesper para sobreviver.

— Espere! — chamou, mais uma vez.

Queria mandar uma mensagem para suas garotas, algo que as ajudasse a sobreviver a qualquer dificuldade que estivessem tendo, ou pelo menos alertá-las de que estava trabalhando incansavelmente na sede pela volta delas em segurança. Que não desistira delas. Foi difícil pensar em um recado que resumisse tudo de uma vez: seu cuidado e preocupação, seus elogios e alertas. Não encontrava as palavras.

— Diga a Marie... — De todas as garotas, seria a mais provável de ele encontrar. — Diga a Marie que estou preocupada porque as transmissões parecem estranhas. Não me deixam interrompê-las ou desativar seu rádio, mas diga que estou preocupada.

Tentou pensar em mais coisas, não só como alerta, mas também algum conselho que ajudasse a garota a navegar seja lá quais mares traiçoeiros pudesse estar navegando. Mas não parecia haver mais a dizer.

E Vesper já tinha ido embora.

CAPÍTULO DEZESSETE

MARIE

França, 1944

Julian partira. "Uma semana", garantira ele. Mas já passava de dez dias. Parecia uma eternidade.

Marie se abraçou e tremeu, apesar de o tempo estar quente, o ar úmido lembrando mais o do começo do verão que o da primavera. O céu estava estranhamente cinza, as nuvens escuras prometendo tempestade. Pensou em Tess, torcendo para que as alegrias de brincar no feno, na primavera, a ajudassem a pensar menos nas semanas em que mamãe não aparecera.

Ela olhou para o campo que se estendia até atrás do esconderijo, e torceu para a silhueta forte de Julian aparecer no horizonte. Mas ele ainda estava a um país de distância. Tentou imaginar o que ele estaria fazendo em Londres. Algumas noites antes, Marie sonhara que o via enquanto andava pela Kensington High Street, mas ele não a reconhecia. Os sentimentos que tentara tanto ignorar quando ele estava ali pareciam ter transbordado na ausência dele, e Marie sabia que não teria como negá-los quando o visse de novo.

Aguardava fielmente ao lado do rádio, esperando por uma transmissão de Londres, e ouvia a BBC toda noite em busca das *messages personnel* codificadas, que às vezes eram usadas como método alternativo de sinalizar uma entrega, rezando para o sinal pedir prontidão para a chegada de um Lysander. Nada. Olhou com mais atenção para a lua, querendo saber se estava na fase cheia ou se ainda faltava uma noite para seu pico. Por sete dias de cada lado, era claro o bastante para voar. Se Julian não viesse, poderia ter que esperar até o mês seguinte. A ideia era insuportável.

Não era a única que sentia sua falta. A ausência de Julian deixara um vazio no circuito. Marie sentia aquilo nas mensagens que os couriers traziam para ela transmitir — menos frequentes, com menos certeza. Ele era o líder do grupo, que não funcionava plenamente em sua ausência. E aquele não era o único problema. As coisas estavam piorando no norte da França. Agentes que lhe traziam instruções tinham relatado sobre rumores de outra prisão na Auvérnia. Um mensageiro não aparecera. Pedacinhos de informação que, quando reunidos, sugeriam que as coisas estavam piorando, que a Sicherheitsdienst estava fechando o cerco. E tudo isso bem quando estavam prestes a realizar a missão mais perigosa até então: explodir a ponte.

Ouviu um barulho nos andares inferiores. Marie se levantou, olhando por todo o apartamento, para assegurar-se de que tinha escondido tudo e que o rádio estava convertido em sua aparência de gramofone, caso a polícia aparecesse lá. Abriu a porta, mas o corredor estava vazio.

Um segundo depois, viu a cabeça de Will despontando junto ao corrimão. Ficou surpresa em vê-lo; ele não aparecia lá desde a manhã em que buscara Julian para o voo. Will entrou no apartamento sem ser convidado e fechou a porta. A expressão em seu rosto era estranhamente solene, e Marie prendeu a respiração, se preparando para más notícias. Seria sobre Julian ou alguma outra coisa?

— Há uma entrega de pessoal marcada para hoje à noite — anunciou. Os olhos castanhos estavam sérios.

Marie sentiu uma onda de ansiedade. Mas no rádio ninguém dissera nada sobre entrega nenhuma.

— Como sabe?

— A mensagem veio do circuito Acolyte.

Que estranho a mensagem ter vindo de uma rede de agentes ao leste, e não pelo rádio dela.

— É Julian?

Will franziu o cenho, inseguro.

— Disseram que a mensagem estava truncada, mas ele é o único que estamos esperando. Só pode ser. Se fosse eu trazendo, saberia.

— Você pediu para trazê-lo?

— Claro. Diversas vezes. Meus pedidos foram negados.

— Will fez cara feia. Talvez aquilo explicasse o mau humor.

— Disseram que precisavam de mim em solo enquanto Julian estivesse em Londres.

Will se tornara uma espécie de segundo no comando, um líder durante a ausência do primo. Mas ele em geral era um lobo solitário, e aquele papel não o deixava à vontade.

— Bem, Julian deve retornar hoje, e você poderá voltar a pilotar — disse ela alegremente.

Mas Will continuava sério.

— Tem mais uma coisa, Marie. — A voz dele era sóbria. — Sabe a ponte da linha de trem?

— Sim, claro. — Tudo que faziam, incluindo a missão quase fatal em Montmartre para buscar o TNT, era para aquilo.

— A detonação está marcada para amanhã à noite.

— Rápido assim?

— Fomos avisados que um grande comboio alemão vai atravessá-la depois de amanhã. Então precisamos adiantar.

— Mas Julian pediu para não prosseguirmos sem ele.

— E não vamos. Vamos posicionar o material e buscar Julian no local de aterrisagem antes que exploda. Não deve dar nenhum problema.

Marie não entendia por que o tom de voz dele ainda parecia tão sério.

— Então o que foi?

Ele hesitou.

— A agente que ia posicionar o material na ponte amanhã sumiu.

A agente. Só havia uma mulher na rede que poderia realizar tal tarefa. Marie se sentou na beirada da cama, rezando para ter escutado errado.

— Will — disse Marie, devagar —, quem era?

— Josie desapareceu — confirmou ele, sem rodeios, sentando-se ao seu lado. — Albert, ela e um dos partidários, Marcin, estavam entregando armas aos *maquisards* quando sumiram, quatro dias atrás. Não sabemos se foram presos — acrescentou, mais que depressa. — Podem estar só evitando chamar atenção.

— Ou feridos ou mortos — discordou Marie, as terríveis possibilidades passando pela cabeça. — Já olharam no local da última transmissão dela? E a cidade onde a viram pela última vez? Precisamos avisar a sede... Se Julian soubesse, poderia investigar de Londres.

— Já avisamos. E uma equipe de reconhecimento está fazendo todo o possível.

Pela voz dele, Marie percebeu que qualquer esforço seria inútil. Se Josie estivesse bem, teria encontrado um jeito de voltar, ou pelo menos de entrar em contato. Não, a única coisa que a teria impedido de concluir a missão era ter sido presa. Ou assassinada.

Lembrou de Josie na Arisaig House, tão forte e ousada. Seus olhos se encheram de lágrimas, e ela perguntou a Will:

— Como isso pode ter acontecido?

Marie encostou nele e chorou em sua camisa. Não se lamentava apenas por Josie, mas por todos os outros. Josie era inquebrável. Se tinha sido capturada pelos alemães, que chance ela ou os outros teriam?

Marie se sentia paralisada pela tristeza, pronta para desistir bem ali. Mas Josie não teria aceitado que ela desmoronasse daquele jeito. Forçou-se a respirar com mais calma, e seus soluços começaram a diminuir. Alguns minutos depois, ela se recompôs, secando os olhos.

— Não há nada que possamos fazer a não ser esperar — acrescentou Will.

— E destruir a ponte — lembrou Marie, forçando a concentração na missão que tinham pela frente. Julian tinha dito que a operação precisava avançar a qualquer custo. — Quem vai colocar os explosivos agora?

— Não sei. Vou a alguns esconderijos para ver quem está por perto e poderia se encaixar. Na pior das hipóteses, eu mesmo faço.

— Eu faço — ofereceu-se Marie, sem pensar. Que diabo estava pensando? Will a encarou por alguns segundos, como se não conseguisse entender. — Eu posiciono o material. Posso fazer.

— Marie, não. Você não é treinada para isso. É uma operadora de rádio. — Ela só fizera o curso básico de explosivos na Arisaig House. Oferecer-se para ir armar a bomba para a detonação era uma coisa completamente diferente. — Julian jamais permitiria.

— Por quê?

— Ele é muito protetor.

Comigo ou com todas as agentes?, quis perguntar Marie. Ele não teve problema nenhum em deixá-la se arriscar naquela ida a Paris para buscar explosivos. O que teria mudado? Lembrou-se de como os dois se aproximaram na noite antes de ele ir para Londres. Será que Will percebera o clima na manhã seguinte? Ou talvez Julian tivesse contado algo sobre ela ao primo antes de partir.

Mas aquilo não tinha nada a ver com a questão.

— Julian não está aqui. E não há mais ninguém para fazer isso. Você precisa estar no aeródromo. Vá buscá-lo — continuou, um plano já ganhando vida em sua cabeça. — Vou armar o material, depois encontro vocês. Julian conhece as rotas subterrâneas para fora da região. Buscamos ele e, quando os explosivos forem detonados, já estaremos longe.

Will hesitou. Julian teria recusado o plano até o último minuto, e os dois sabiam. Mas, pela cara, ele concordava que Marie tinha razão. E, mesmo que não tivesse, não havia tempo de encontrar uma alternativa.

— Muito bem. Venha comigo, rápido.

Os dois saíram do apartamento e desceram as escadas, atravessando o campo, dessa vez a pé. Will era tão difícil de acompanhar quanto seu primo. Apesar de ter as pernas mais curtas, os passos eram igualmente rápidos.

— O que eu faço? — perguntou ela. — Isto é, depois de armar a carga.

— Vai ter que atravessar a ponte até o ponto de encontro. Avance pela margem do rio na direção sul até a curva que mostrei no mapa, então siga para leste, até o campo no qual a deixei quando chegou. — Ele fazia parecer tão fácil. — Acha que consegue encontrar? — Marie assentiu.

Os dois caminharam em silêncio.

— O que você fazia antes da guerra? — perguntou Marie, depois de um tempo.

Esperava uma reprimenda, como Julian teria feito, por falar sem necessidade e arriscar chamar a atenção.

— Era piloto de corrida.

— De carros?

— De motos. — De alguma forma, fazia sentido, considerando o gosto dele por voar. A adrenalina das duas coisas era parecida. — Completamente frívolo, eu sei. Mas é verdade.

Eram todos pessoas tão diferentes antes da guerra.

A mata foi ficando mais esparsa. Uma ponte apareceu, erguendo-se como um esqueleto gigante. O coração de Marie começou a bater mais rápido. Era tão maior que imaginara.

— Temos TNT suficiente para derrubá-la?

— Tem TNT espalhada em pelo menos doze pontos ao longo da ponte — disse ele. — Não precisamos destruir tudo, só o bastante para obstruir a passagem. Lembra-se do treinamento de como posicionar a carga?

— Sim...

Marie hesitou. Não prestara tanta atenção aos explosivos quanto deveria. Tinha sido enviada como operadora de rádio; explodir coisas era simplesmente um trabalho que jamais esperara ter que fazer.

— Não é tarde demais para mudar de ideia — disse Will, parecendo sentir sua incerteza.

Ela ergueu o queixo desafiadoramente.

— Eu consigo.

Will tirou o detonador de uma sacola e apontou para um pedaço da ponte.

— Vai precisar encaixar ali na junção. Espere até estar escuro. Eu queria poder fazer isso pra você.

Ela balançou a cabeça. Era menor e mais difícil de notar. E seu francês ajudaria, se fosse pega.

— Você precisa preparar o local para chegada de Julian.

— Mas você precisa estar lá para me encontrar antes de Julian chegar — inquietou-se ele, enfim reparando em todos os pontos fracos no plano apressado dos dois. — Vamos começar a correr assim que o avião pousar.

— Eu sei. — Marie pôs as mãos nos ombros dele, encarando-o nos olhos. — Estarei lá.

— É bom estar. Meu primo me mata se acontecer alguma coisa com você.

— Will, eu...

Marie sentia que devia se desculpar, ou pelo menos admitir, o que parecia ter se desenvolvido entre ela e Julian. Mas como explicar uma coisa que nem ela entendia?

— Não importa. — Ele parecia desconfortável. — Só faça o que tem que fazer.

— Sim. Confie em mim — garantiu Marie, com firmeza. — Agora vá.

Will desapareceu na escuridão da floresta, e a confiança de Marie sumiu. Que diabo estava fazendo ali? Olhando para o céu, quase viu o rosto daqueles que tinham duvidado dela a vida toda; primeiro seu pai, depois Richard. Aqueles que a fizeram acreditar que jamais seria boa o bastante. Deixando aquelas dúvidas de lado, imaginou Julian pousando no Lysander, ansioso para voltar para seus agentes. Mal podia acreditar que o veria novamente em algumas horas.

A espera para ficar totalmente escuro pareceu uma eternidade, o anoitecer demorando mais que o normal para chegar. Quando a noite finalmente caiu, Marie saiu de seu esconderijo e andou lenta e silenciosamente pela beira do rio calmo e sinuoso. As margens quietas não davam nenhum indício do quanto aquele momento significava para a guerra.

Ao se aproximar, Marie agradeceu em silêncio por não ter precisado levar o TNT, como da outra vez. Claro que armar a bomba não era pouca coisa. A junção na qual Will indicara que deveria colocar o detonador ficava a quase seis metros de altura. O que não teria sido problema para Josie, que escalava colinas e rochas com tanta facilidade em Arisaig, mas parecia uma montanha para Marie. Foi de fininho até o ponto que Will indicara, perto de uma das juntas maiores. A água fria do rio baixo entrou pela bota. Marie tateou em busca dos parafusos rústicos no aço, que formavam uma perigosa parede de escalada. Enfiou o detonador embaixo da blusa e começou a subir.

Quando tentava alcançar um parafuso mais alto, seu pé escorregou, e o metal afiado cortou seu tornozelo. Não conseguiu conter um gritinho de dor, o som alto demais naquela paisagem silenciosa. Mordendo o lábio, Marie se esforçou para alcançar o parafuso sem cair.

Finalmente, chegou ao lugar abaixo da ponte em que as juntas se encontravam. Agarrada firmemente à ponte com uma das mãos, conseguiu tirar o detonador de debaixo da blusa. Examinou o aparelho, tentando lembrar de tudo que aprendera sobre detonadores no treinamento. Com as mãos trêmulas, conectou os fios. Marie fez uma prece silenciosa para ter feito tudo direito e aquilo funcionar.

Deslizou a carga para o lugar. Ao fazê-lo, sentiu um ronco ao longe. *Um ataque aéreo*, pensou, lembrando dos anos de terror em Londres. Mas, quando o som ficou mais alto e a ponte começou a tremer, compreendeu que um trem estava vindo. Não dava tempo de descer. O comboio se aproximava cada vez mais rápido, chacoalhando a ponte toda, ameaçando tirar o detonador do lugar. Marie segurou o detonador com uma das mãos e o parafuso com a outra, tentando desesperadamente não soltar. Pela primeira vez na vida, não fugiria nem sentiria medo. O trem rugiu acima da sua cabeça. Ela apertou os olhos, rezando para conseguir se segurar.

Finalmente o trem terminou de atravessar, e a ponte parou de tremer. Marie verificou se o detonador ainda estava preso e desceu da ponte com as pernas bambas. Na base, parou para recuperar o fôlego. Olhou para os dois lados e disparou pela ponte. Devia ir devagar, sabia, andar pelas sombras para evitar ser vista. Mas não havia pista para pedestres, e outro trem poderia vir a qualquer momento. Correu pelos trilhos, sentindo-se nua e exposta, tentando chegar ao outro lado.

Ela chegou ao campo de pouso na hora.

Quando Marie chegou ao pedaço de terra plano e estéril, o lugar parecia estar deserto, e se perguntou se estava atrasada e Will já buscara Julian, partindo sem ela. Mas havia pequenas estacas no solo, prontas para serem acesas assim que o avião se aproximasse. Então viu Will embaixo das árvores.

— Algum sinal? — perguntou, se aproximando.

Will balançou a cabeça. A decepção a preencheu. Já era para Julian ter chegado. Tentou ignorar o aperto na garganta. Algumas horas não significavam nada. Havia uma janela de tempo de quando um avião conseguiria pousar. O piloto pode ter se atrasado, ou dado algumas voltas por causa da neblina ou do medo de ser detectado.

— É melhor esperarmos escondidos.

Will a tirou do campo aberto de árvores. Uma tinha caído, e atrás o solo estava escavado, formando um pequeno barranco. Ele deitou no chão e gesticulou para que ela fizesse o mesmo.

O ar ficou gelado de repente, e Marie tremeu, sentindo os pontos molhados que o rio deixara na bota e desejando ter uma fogueira ali perto, o que, é claro, era impossível. Aproximou-se de Will, sem nem se importar caso ele ficasse incomodado. Olhando fixamente para o campo escuro, pediu a Deus por um sinal de Julian. Ele não chegava. Quase conseguia ver a silhueta dele saindo das sombras, o sorriso torto mesmo com os olhos alertas. Mas era uma fantasia, uma invenção da sua imaginação. Passaram-se mais dez, quinze minutos, e esperança virou decepção, então preocupação.

Marie apoiou a cabeça em uma árvore e fechou os olhos, nervosa demais para dormir. Até que ouviu um barulho do alto e se endireitou com o susto. Uma coisa fluida parecia cair do céu escuro.

Um paraquedas!

Marie se levantou e correu negligentemente até o campo. Devem ter pedido para ele pular por não ser seguro pousar. Conforme o paraquedas descia, foi se reposicionando, para não ser atingida.

— Eu não disse que ia voltar? — comentou Julian.

Um zumbido no alto a despertou. Abriu os olhos. Tinha dormido na mata em meio à escuridão. O reencontro fora só em sonho. Ainda não havia sinal de Julian. Ela se movera ligeiramente do tronco da árvore para o ombro de Will, que passou o braço em volta dela para aquecê-la. Os dois se separaram depressa.

— Alguma coisa?

Ele balançou a cabeça.

O céu continuava escuro, mas o horizonte estava começando a ficar cor-de-rosa. Era tarde demais. O avião de Julian não ia chegar.

Marie encarou o vazio acima em busca de respostas.

— Será que a informação do pouso estava errada? — insistiu Marie.

— Nunca aconteceu. Na verdade, a informação de pouso é sempre bem certeira.

Apesar de Will não ter falado mais nada, o medo nos seus olhos era inconfundível. Era para Julian já estar ali. Alguma coisa tinha dado terrivelmente errado.

O céu estava ficando cinza com a chegada do amanhecer, e Marie continuou a olhar para o alto, desejando que aquilo tudo fosse um pesadelo.

— Talvez o avião ainda chegue hoje — disse, fingindo ter esperança.

Mas, conhecendo o protocolo e sem vontade de fingir, Will negou com a cabeça.

— Não teriam combustível suficiente. Já está perto demais de amanhecer — respondeu, enumerando os motivos pelos quais aquilo seria impossível.

— Mas você falou que a chegada estava confirmada. O que poderia ter acontecido?

— Não sei. De qualquer maneira, não podemos esperar mais. Se não era seguro para ele pousar, então provavelmente não é seguro ficarmos aqui. — Marie sentiu um arrepio de medo. — Precisamos ir — insistiu Will, a voz urgente.

Ele se levantou e começou a correr até as árvores. *Ir embora e voltar no dia seguinte no mesmo horário* era o protocolo quando uma entrega ou aterrisagem agendada não aconteciam. Marie demorou um pouco para segui-lo. Apesar do perigo, não queria sair do lugar que era sua maior — e talvez única — esperança de reencontrar Julian. As horas até poderem tentar novamente pareciam ser intermináveis, sombrias e agonizantes. Mas Will tinha razão. Cada segundo ali era um risco de ser capturado ou morto — e não apenas para eles, mas também para todos os outros agentes e locais que os estavam ajudando.

— Talvez ele tenha recebido ordens de ficar — sugeriu Marie, finalmente alcançando Will.

— Isso não impediria Julian — respondeu Will, cheio de certeza. — Meu primo teria voltado de qualquer forma.

Mas não voltara. Isso só podia significar que alguma coisa estava muito, muito errada.

— Ele vai chegar na segunda entrega — continuou Will, tentando se forçar a acreditar naquilo.

— Mas não podemos esperar. A ponte. Está marcada para explodir esta noite.

Notou a preocupação nos olhos de Will. Marie ligara o timer do explosivo, conforme instruída, para que explodisse 24 horas depois, o que seria aquela noite, logo após escurecer. O plano era buscar Julian para ele levá-los para longe.

Mas agora aquilo seria impossível. Não podiam fugir sem Julian; não tinham tanto conhecimento quanto ele para saber em quem confiar ou onde se esconder em segurança.

— Vá para o apartamento — instruiu Will, criando um plano. — Faça com que pareça que você nunca morou lá. Destrua qualquer coisa que não consiga esconder nem levar junto.

— Por quê?

— Porque vou tirar você da França esta noite.

— Mas não podemos simplesmente partir — protestou Marie. — Precisamos estar aqui para receber Julian.

— Marie, ele não vem — afirmou Will, aceitando a verdade ao dizer aquilo em voz alta pela primeira vez.

— Mas ele pode...

Will parou e se virou para ela, pondo as mãos em seus ombros.

— Não podemos esperar. Quando a ponte explodir, não vai mais ser seguro para ninguém. Acabou, Marie. Você fez seu trabalho, fez até mais que devia. Hora de voltar para a sua filha enquanto ainda pode.

— Mas como? — perguntou, anestesiada e abalada.

— O circuito Juggler tem um Lysander perto de Versalhes que foi danificado ao ser atingido enquanto pousava, há alguns meses, e eles estão trabalhando em segredo para consertá-lo. Se eu conseguir chegar lá e deixá-lo apto a voar, podemos decolar hoje à noite. — Ele apontou na direção oposta, do outro lado das árvores. — Tem mais um campo de pouso uns cinco quilômetros a leste. Se continuar na direção leste, pela mata, vai sair lá. Fique escondida até me ver. Me encontre às 21h30, e consigo decolar antes da explosão. — Ele fazia tudo parecer tão fácil.

Sem esperar resposta, Will deu meia-volta e começou a se afastar. *Espere*, quis gritar Marie. Queria se recusar a deixar o país, se havia chance de Julian voltar. Mas sabia que aquela discussão não daria em nada. E sabia que era melhor Will ir logo, enquanto ainda não amanhecera completamente. Ela o observou desaparecer no meio da floresta.

Naquela noite, logo após escurecer, Marie ficou parada na porta do apartamento. O dia demorara a passar. Contrariando as ordens de Will, resolvera não levar seus poucos pertences. Era melhor parecer que só saíra por um tempo, caso alguém viesse procurá-la. Tentou chamar Londres pelo rádio, para sinalizar que estava voltando com Will e tentar descobrir por que Julian não chegara, mas ninguém respondeu. Devia haver uma operadora do outro lado recebendo, mesmo que não fosse a hora marcada para transmissão. Cogitou a hipóteses de os alemães terem conseguido obstruir o sinal. Ou então talvez fosse o tempo ruim. Não importava. No dia seguinte, estaria de volta a Londres. Com certeza Julian estaria esperando e poderia explicar tudo.

Olhou para o canto do quarto, onde o rádio estava oculto dentro do gramofone. Não dava para levá-lo. Will queria que ela destruísse o objeto, Marie sabia; e aprendera como fazer aquilo no treinamento. Foi até o rádio e abriu a carcaça, procurando alguma coisa dura pelo quarto. A panela de ferro ao lado da lareira era a melhor opção. Pegou-a e a levantou alto em cima do rádio.

Mas parou no meio do caminho e recolocou a panela sobre a mesa. Era melhor tentar falar com Londres mais uma vez antes de partir. Pegou sua caixa de sedas e a chave desenvolvida do topo para criptografar a mensagem. Tirando os cristais do bolso lateral e inserindo-os no rádio, ajustou os botões de transmissão até encontrar a frequência certa. *Angel para casa*, escreveu.

A resposta veio logo. *Aqui é casa*. Marie começou a escrever sobre a detonação, mas antes que pudesse enviar, chegou uma segunda mensagem: *Confirmar chegada do Cardeal*.

Conforme decodificava a mensagem, o aperto na garganta ficava cada vez mais forte. A mensagem era a respeito de Julian. Londres o enviara e queria confirmar a aterrisagem dele.

Só que ele não aparecera. Codificou a resposta com pressa: *Cardeal não chegou. Repetindo Cardeal não chegou.*

Não veio nenhuma outra resposta. O sinal fora perdido ou obstruído. Não tinha como saber se sua própria mensagem chegara lá.

Esforçou-se para respirar enquanto ainda processava a informação. Londres achava que Julian tinha chegado. Onde ele estaria? Será que tinha acontecido alguma coisa no meio do voo, ou no solo? Era impossível saber, mas uma coisa era certa: se existisse uma possibilidade de Julian ter pousado, não podia deixar a França.

Marie queria esperar e ver se Londres respondia, mas não ousaria deixar Will plantado no avião em solo por mais tempo que o necessário e correr o risco de ser capturado. Olhou outra vez para o rádio. Era sua única fonte de informação quanto a

Julian, e não podia destruí-lo. Além disso, ninguém conseguiria usá-lo sem os cristais.

Pegando os cristais e sedas, ela saiu às pressas do apartamento, indo ao encontro de Will.

Na rua, Marie se forçou a caminhar normalmente, ajeitando o suéter enquanto descia a rua.

— Mademoiselle! — chamou um homem, em um quase sussurro.

Ela congelou, certa de que era a polícia ou um dos alemães, mas era apenas o dono da livraria, chamando-a do outro lado da rua.

Marie hesitou. Não dava tempo de parar. Acenou, esperando que fosse o suficiente. Mas o homem continuou gesticulando para que se aproximasse. Com medo de alguém notar, foi depressa até a loja.

— Bonsoir — respondeu Marie, educada, entrando na loja vazia.

Entrara lá uma ou duas vezes depois de chegar, procurando algo para ler e passar as intermináveis horas sozinha. Ela e o dono nunca mais trocaram uma só palavra quanto àquela primeira noite, quando pedira ajuda com a missão. O que ele poderia querer agora?

O homem mostrou um romance de Rudyard Kipling. Mas, antes que Marie pudesse perguntar alguma coisa, ele abriu o livro, revelando um compartimento vazio no interior. Ele estava oferecendo ajuda, afinal.

Só que tarde demais. Pensou em mencionar aquilo, mas achou melhor não.

— Será de grande utilidade — disse. O rosto velho se iluminou, e ele endireitou as costas, parecendo orgulhoso em ajudar.

— Obrigada, Monsieur.

Apertou a mão dele e saiu da loja com pressa.

Marie saiu da cidade, atravessando a ponte sobre o canal, conforme fizera naquela primeira noite em que Julian a trouxera.

Após uma hora de caminhada, finalmente chegou ao local de pouso. Havia um avião no meio do campo e, por um instante, Marie teve esperanças de ser de Julian, de volta. Mas era Will quem estava na porta, a mão protegendo os olhos enquanto procurava por ela no horizonte. Seu rosto mudou ao vê-la, primeiro mostrando alívio, depois impaciência.

— Entre, rápido. Falta menos de meia hora para a explosão. Precisamos partir agora mesmo.

Will deu um passo para o lado, para deixá-la entrar no avião, mas Marie continuou imóvel, recuperando o fôlego após a corrida.

— Will, espere. Recebi uma transmissão de Londres dizendo que enviaram Julian.

— Mas é impossível. — Ele parecia surpreso. — Estávamos no local de pouso na hora certa.

— A não ser que ele tenha sido deixado em outro lugar.

— Eu mesmo defini o local. Como pode ser?

— Não sei. Alguém deve ter mudado o local. Mas significa que Julian está no país. Ele pode estar em qualquer lugar, ferido, preso ou... — Ela não conseguiu terminar a frase. — Não posso ir embora até descobrirmos o que aconteceu.

— Está dizendo... Não planeja vir comigo?

— Vou ficar aqui e continuar procurando por ele. Vá para Londres e avise que ele está desaparecido. Tentei mandar uma mensagem, mas não sei se foi, ou talvez não tenham acreditado em mim...

— Marie, não será seguro permanecer aqui depois que a ponte explodir. Ninguém se importa mais com meu primo que eu, mas isso é loucura. Ficar aqui é uma sentença de morte.

Marie balançou a cabeça.

— Eu pego o próximo transporte.

— Pode não haver nenhum.

— Você vai dar um jeito de voltar. Você sempre dá. E, enquanto estiver lá, posso continuar procurando Julian. Preciso estar aqui quando ele voltar — insistiu. — Sem um tradutor e operador de rádio, ele não vai ter nada.

— Ele é líder do circuito, mulher! Ele se virou por muito tempo antes de você chegar. Vai conseguir se virar agora.

— Não posso ir embora até encontrá-lo... Ou pelo menos até descobrir o que aconteceu.

— Julian iria querer que você fosse embora. Ele não suportaria se acontecesse alguma coisa com você. Julian gosta de você — acrescentou, dizendo em voz alta o que Marie mal conseguia admitir para si mesma. — Ele gosta de você de um jeito que não gostou de ninguém desde que perdeu a esposa.

Julian gosta de você, repetiu Marie, mentalmente.

— E você tem que pensar na sua filha. Você conseguiu, Marie. Sobreviveu. Tantas outras não podem dizer o mesmo. Por que não pode simplesmente aceitar esta benção?

— Porque não posso. — Ela não podia simplesmente ir embora sabendo que Julian tinha sido trazido de volta à França. Precisava encontrá-lo. Encarou Will nos olhos. — Nem você. E por isso você vem me buscar em uma semana.

— Mas para onde você vai? — Ele parou para pensar. — O bordel no Quartier Latin. Já ouviu falar nele?

— Julian comentou a respeito. Disse que as mulheres lá escondiam nossos agentes.

— Mais que isso. O bordel serve como centro de intercâmbio para todo tipo de informação. É um dos nossos esconderijos mais valiosos em toda a França Ocupada, e não deve ser usado exceto em casos de extrema urgência. — Certamente esta situação se qualificava. — Lisette, a dona, conhece metade dos homens de Paris por causa de seu trabalho. Se alguém pode investigar e ajudar você a encontrar Julian, será ela.

— Vou para lá imediatamente — prometeu Marie.

Mas Will olhou para longe e franziu o cenho, ainda insatisfeito.

— Depois que a invasão começar, os voos serão suspensos.

Ele olhou com uma expressão de desespero para o avião. Dava para ver que estava dividido em relação a ir embora sem ela.

— Eu sei. Mas é só mais uma semana, no máximo duas.

— Uma semana — decretou, com firmeza. — Quer você o encontre ou não, você vem comigo. Escute as transmissões da rádio, caso eu precise pousar em outro campo. E, não importa o que aconteça, não volte ao apartamento.

— Preciso voltar para ver se Londres mandou mais alguma informação a respeito de Julian.

— Você não pode. Depois que a ponte explodir, não será mais seguro. Não pode ajudar Julian se estiver presa. Está me entendendo? — Marie assentiu. — Uma semana. Quero você nesse avião, não importa o que aconteça. Promete?

— Prometo.

Marie notou uma sombra de dúvida no olhar dele. Será que estava achando que ela se recusaria a ir, ou simplesmente não acreditava que ela fosse sobreviver mais uma semana?

Mas não havia tempo para perguntar. Estava prestes a dar dez da noite. A ponte explodiria a qualquer segundo.

Marie deu um beijo rápido no rosto de Will e correu para debaixo das árvores.

CAPÍTULO DEZOITO

ELEANOR

Londres, 1944

Eleanor enrijeceu e se sentou na cama, arfando em busca de ar. Tentou achar o abajur no escuro e o acendeu, um descuido por não saber se as cortinas blecaute estavam fechadas ou não. Teve o pesadelo no qual fugia de alguma coisa de novo. Era como se estivesse sendo perseguida, e à sua frente só existisse escuridão.

Bem feito para min, pensou, esfregando os olhos. Pôs os pés no chão e se espreguiçou para aliviar a rigidez no quadril e nos ombros. Algumas horas antes, acatara a ordem do Diretor de ir para casa descansar depois de três dias ininterruptos de trabalho na Norgeby House. Tinha sido seu primeiro erro. Os pesadelos não aconteciam quando cochilava no trabalho, porque sua cabeça estava cheia de detalhes demais, organizando as coisas que precisavam ser feitas. Só em casa sonhava com desastres e prisões e um lugar escuro e indefinido no qual as garotas gritavam por sua ajuda, mas ela nunca conseguia encontrá-las.

Seu relógio biológico sinalizava que passava das quatro. Ela se levantou e foi até o banheiro, abrindo a água quente da banheira. Passaram-se cinco dias desde que revelara suas suspeitas ao Diretor, cinco dias desde que ele recusara seu pedido de ajuda. Marie não enviara mais nenhuma mensagem.

Mas, mesmo assim, o Diretor não a ouvia. Apesar de parecer que não estava se importando nem um pouco com as agentes, Eleanor sabia que não era bem assim. Acontece que elas eram simplesmente dispensáveis, danos colaterais de um trem descarrilhado, rápido e forte demais para parar. Lembrou da conversa com Vesper, no terraço, de como ele estava preocupado e frustrado. Se os homens no poder não escutavam os medos nem de seu agente mais antigo, que estava em campo vendo tudo em primeira mão, que esperanças poderia ter de convencê-los?

Ficar preocupada não adiantaria nada. Deixando o incômodo de lado, Eleanor entrou no banho. Deixara a torneira aberta tempo demais, e a banheira estava muito mais cheia do que os dez centímetros de altura permitidos em tempos de guerra. Aproveitou a ostentação com uma mistura de provocação e culpa. Mas não ficou muito tempo. Era hora de voltar à Norgeby House para recomeçar sua espera. Marie não era a única que a preocupava. Josie também não dava notícias havia duas semanas, e a última transmissão de Brya já tinha sido fraca. Era como se as garotas estivessem escapando por seus dedos, suas vozes cada vez mais fracas e distantes na escuridão da tempestade.

Eleanor saiu da banheira e se secou, pegando o roupão. Tinha acabado de se secar quando ouviu uma batida na porta do andar de baixo. Prestou atenção para ouvir se eram apenas os sons matinais de sempre, como o leiteiro recolhendo garrafas ou os carroceiros fazendo entregas. Mas não: depois das batidas na porta, ouviu vozes; a de sua mãe, baixa e intrigada, e uma voz masculina, nervosa e apressada. Dodds, o mordomo da sede, que também trabalhava como seu motorista. Viera buscá-la pelo menos uma hora antes do combinado, e nunca saía do carro para chamá-la. Eleanor se vestiu às pressas, abotoando a roupa enquanto descia as escadas.

Pela primeira vez, Dodds estava parado na porta da sua casa, parecendo deslocado e desconfortável.

— O que foi? — perguntou Eleanor.

Dodds balançou a cabeça, sem querer falar na frente da mãe dela, cujos olhos estavam arregalados, finalmente parecendo compreender que a filha não trabalhava em uma daquelas lojas chiques. Eleanor pegou a bolsa do gancho na porta e saiu correndo atrás de Dodds sem dizer nada. Seus cabelos estavam soltos e ao vento, e ela os prendeu em um coque enquanto se sentava no banco de trás do carro.

— Me conte.

— O Diretor me mandou buscar você logo. Alguma coisa relacionada às transmissões.

O coração de Eleanor pareceu parar quando ela imaginou mil possíveis cenários, todas as coisas que podiam ter dado errado. E não parava de pensar em uma possibilidade em particular.

— Mas que inferno.

Ela jamais devia ter deixado a sede. Eleanor pisava com força no chão do carro, desejando que Dodds fosse mais rápido pelas ruas molhadas da chuva.

Quando o veículo parou na frente da Norgeby House, o próprio Diretor aguardava por ela na porta — o que era ainda mais alarmante que aquela convocação antes de amanhecer.

— Foi uma mensagem que não entendi direito — começou, deixando a discrição costumeira de lado e falando no meio do corredor, conforme iam até a sala do rádio. — Da rede do sul.

— *Ele não disse que era da Seção F*, percebeu Eleanor, com um leve alívio. — Tem alguma coisa estranha.

Ele passou um pedaço de papel, uma mensagem já decodificada pedindo detalhes de uma entrega de armamento. Mas o W/T que enviara era homem, não era seu agente. Eleanor soltou um leve suspiro.

— Sinto muito, senhor, mas não conheço este operador. — Eleanor se perguntou por que teria sido chamada àquela hora para falar de uma transmissão que não tinha nada a ver com uma das garotas. — Se quiser, posso pegar o arquivo dele e comparar a impressão de punho.

Mas o homem balançou a cabeça, sombriamente.

— Não precisa. Uma das operadoras de rádio sinalizou a mensagem porque é supostamente de um agente chamado Ray Tompkins.

— Tompkins foi capturado em um abrigo perto de Marselha há quase três semanas — disse Eleanor, reconhecendo o nome.

— Exatamente. É impossível essa mensagem ser dele.

Eleanor sentiu um frio na espinha ao reler a mensagem.

— Pode ser de outra pessoa da equipe — arriscou, sabendo que não era o caso.

O Diretor negou com a cabeça.

— Os outros dois integrantes do circuito que sabiam transmitir foram presos há alguns dias. Não, acho que teremos que presumir o pior: alguém pegou o rádio e está usando.

Eleanor absorveu a notícia. Um dos rádios havia sido descoberto dias antes, e alguém (provavelmente um dos alemães) tinha os cristais e códigos para manter o aparelho em atividade, como se ainda estivesse em operação. Mas será que os alemães teriam mesmo ousado usar os rádios dos agentes capturados, sabendo que podiam não ter as verificações de segurança certas e arriscando serem descobertos? Sim, porque dera certo. Lembrou-se das outras transmissões atípicas. A princípio eram perguntas breves, experimentais. Só depois que ela respondeu foi que começaram a pedir por pontos de entrega de armas e outras informações valiosas. Era o que mais temia, apesar de não ter percebido enquanto acontecia — ou talvez não quisesse ter percebido.

Eleanor examinou a transmissão em busca de respostas que não estavam lá. Sua frustração só crescia. Avisara ao Diretor quanto a seus receios com os rádios havia semanas. Por que ele não ouvira?

— Pode haver ramificações por todo o Setor F — continuou o Diretor. — Preciso da sua ajuda avaliando os danos e descobrindo como atenuá-los.

Eleanor pensou nas mensagens que Londres podia ter mandado para campo naquele meio-tempo, nas informações que sem querer tinham dado aos alemães. Podiam ser informações revelando esconderijos, depósitos de armas — ou pior ainda, as identidades dos próprios agentes. Não conhecia a seção sul, já que nenhuma das suas garotas tinha sido mobilizada para lá. Eleanor teria que passar um pente fino em todos os arquivos. Aquilo levaria horas, dias.

Sentiu seu sangue congelar ao lembrar da conversa com Julian no terraço. Ele mencionara um agente de Marselha que entrara em contato com o circuito de Vesper, ajudando-os a arranjar TNT. Se o circuito de Marselha tinha sido comprometido e falado com Vesper, a rede de Vesper podia estar comprometida também.

Precisava avisá-los. Eleanor saiu correndo.

— Espere... — chamou o Diretor.

Mas ela não obedeceu, só desceu as escadas às pressas até a sala de rádio.

— Marie Roux — ordenou Eleanor. — Preciso mandar uma mensagem.

Jane pareceu perplexa.

— Ela só está agendada para daqui a vinte minutos.

O protocolo proibia transmissões a agentes em campo fora do horário. Se a agente não estivesse no rádio, não conseguiria receber a mensagem.

Mas Eleanor, em seu desespero, precisava tentar.

— Obedeça.

Jane ajustou o rádio à sua frente, montou a frequência e encaixou os cristais com os quais normalmente falava com Marie. Fez uma ligação, testando para ver se Marie estava na linha.

— Nada.
— Tente novamente.

Eleanor prendeu a respiração, e Jane tentou mais duas vezes chamar Marie pelo rádio.

Um instante depois, ouviram um clique.

— Ela está aqui — anunciou Jane, animada.

Eleanor não sentiu o mesmo alívio.

— Pergunte a ela se o Hyde Park tem guarda-sóis.

A mensagem era um código para saber se uma entrega aérea tinha sido recebida. Eleanor queria perguntar mais diretamente sobre Vesper e se ele voltara bem. Mas, devido a suas incertezas, não ousou.

Jane usou o código desenvolvido para criptografar a mensagem e enviá-la, e recebeu mais cliques de volta. Um segundo depois, o retorno.

— A mensagem diz *confirmado* — informou Jane, lentamente, decodificando as letras.

— Só isso? *Confirmado*?

Jane assentiu. Era uma resposta assustadoramente breve. Eleanor queria algo mais que confirmasse que realmente era Marie.

— Como está a impressão de punho? — perguntou.

— É impossível saber em uma mensagem tão curta — confessou Jane.

Claro. Eleanor hesitou. Precisava saber mais, mas não ousaria dizer muito.

— Pergunte: os guarda-sóis eram vermelhos ou azuis? — Azul significava pessoas, vermelho significava suprimentos. Jane codificou a mensagem e enviou. Houve hesitação na resposta, e Eleanor sentiu um desconforto. Algo estava errado.

— Teremos que encerrar a comunicação em breve — lembrou Jane. Não era seguro para agentes transmitirem por mais que alguns minutos.

Mas Eleanor não podia parar.

— Mande isso.

Escreveu uma mensagem em um pedaço de papel e o entregou a Jane, que arregalou os olhos. *Você viu Arlene O'Toole?*, dizia. Usar nomes reais pelo rádio era proibido. Mas Arlene treinara em Arisaig House sem jamais completar o curso. Ela não estava em campo, e as duas sabiam, assim como Marie.

— Tem certeza? — perguntou Jane.

Eleanor assentiu, tristemente, e Jane começou.

Depois de mandar a mensagem, a resposta veio depressa. Eleanor leu por cima do ombro de Jane conforme ela a desvendava: *Sim, vi Arlene. Está tudo bem.*

Eleanor sentiu o sangue gelar. O rádio estava sendo operado por um impostor.

Olhou para onde o Diretor estava, e seus olhares se encontraram, compartilhando o horror. O rádio estava comprometido... mas havia quanto tempo? Eleanor tentou se lembrar das mensagens enviadas ao circuito de Vesper, tentando avaliar o tamanho do dano. Algumas entregas de armas, talvez. Mas não haviam enviado muitos agentes novos para campo, por sorte.

Apenas Julian. Lembrou-se da noite no terraço da Norgeby House. Depois de prometer a ele que avisaria de sua volta como missão prioritária, tinha ido direto para a sala de rádio.

— Preciso organizar uma entrega. Escreva a Marie: *Romeo embresse Juliette.* — Era um dos códigos pré-arranjados para sinalizar a chegada de pessoal.

Marie não estava no rádio na hora. Sua resposta só chegara algumas horas depois: *Não usar local de sempre. Usar campo perto de Les Mureaux. Local original comprometido.* Quis perguntar o que havia acontecido no campo original. Les Mureaux era mais a oeste do que normalmente deixavam agentes, e não ficava perto de nenhum esconderijo. Mas não havia como fazer aquilo em segurança ou abertamente por rádio. Julian descobriria quando voltasse.

A mente de Eleanor estava a mil, lembrando-se da mensagem que pedia para mudar o local de pouso.

— Julian — disse, em voz alta.

O Diretor arregalou os olhos ao entender a importância do nome. Ainda não haviam recebido confirmação quanto à chegada de Julian na França. Teriam deixado seu maior agente literalmente nos braços do inimigo?

— Pergunte se o Cardeal pousou — ordenou. Jane a encarou, incerta. A mensagem não era discreta o suficiente, era exposta demais. Mas Eleanor não ligava. — Pergunte!

Jane criptografou e mandou a mensagem. Ninguém respondeu. Passou um minuto, depois mais um. *Casa para Angel*, digitou, mandando a sinalização. *Casa para Angel.* Jane bateu de leve o código diversas vezes, parando entre cada um, escutando atentamente. Não havia sinal de resposta.

Marie, ou seja lá quem estava se passando por ela, sumira.

CAPÍTULO DEZENOVE

MARIE

Paris, 1944

Cinco dias. Havia cinco dias que estava no porão do bordel. Olhou ao redor, o pequeno espaço escuro e limitado lembrando o galpão de jardinagem na qual Julian a deixara passar aquela primeira noite. Deitou a cabeça no travesseiro imundo, empesteado de perfume, cansada demais para se importar com quem teria usado o colchão decrépito antes dela. Suas roupas estavam sujas, e sentia o próprio mau cheiro por baixo delas. Do outro lado do cômodo havia uma cesta de roupas sujas, um bustiê jogado por cima, com a região dos mamilos cuidadosamente cortada. Marie tentou entender: como havia chegado ali?

Depois de deixar Will no Lysander, disparara pela floresta. Alguns minutos depois, escutara um ronco baixo e grave. A ponte. Olhara para trás, ousando parar por apenas um segundo e observar como a explosão iluminava o céu escuro. A detonação dera certo, afinal. Por um momento, sentira-se orgulhosa, mas a sensação logo foi substituída por pânico. Os alemães iriam atrás dos que considerassem responsáveis. Precisava continuar correndo.

Apesar da promessa para Will, Marie não foi imediatamente até o bordel de Paris. Precisava verificar a região por sinais de Julian. Sua vontade era voltar ao apartamento para usar o rádio outra vez, mas, lembrando-se do alerta, ela não voltou, e sim foi de novo ao esconderijo ao qual Julian a levara na manhã seguinte à sua chegada, esperando que ele tivesse ido para lá. Mas o château estava deserto. A velha biblioteca fora abandonada às pressas, os pratos sujos ainda nas mesas, a comida apodrecendo ao ar livre. Havia um monte de cinzas na lareira, onde alguém devia ter queimado papel. Marie tocou as cinzas, esperando que ainda estivessem quentes, mas o fogo parecia ter sido apagado há dias. Havia cadeiras caídas pelo chão, e ela se perguntou se os alemães poderiam ter feito uma batida. Parecia que os outros agentes tinham simplesmente desaparecido.

Então Marie partiu para Paris, pegando um trem até os arredores da cidade. Ficou acordada durante aquelas horas entre a escuridão e o amanhecer, escondida em um beco para não ser presa por violar o toque de recolher. Na manhã seguinte, pegou carona com um caminhoneiro banguela que estava ocupado demais olhando para as suas pernas para fazer qualquer pergunta.

Finalmente, chegou à margem esquerda, um emaranhado de ruas estreitas cheias e de casas altas que pareciam ser o lugar perfeito no qual desaparecer. Se tivesse dinheiro, teria ficado sozinha, em vez de ir para o estranho bordel, como Will instruíra.

Mas finalmente chegara no bordel na rua Malebranche e subira as escadas laterais acima do bistrô. Uma mulher da idade dela ou mais jovem, usando mais maquiagem que Marie jamais vira alguém usar, atendera a porta.

— Sou Renee Demare — apresentou-se, usando seu disfarce. — Will me enviou.

Não tinha nenhuma espécie de senha, e esperou que a menção do nome dele bastasse. Marie notou um olhar de reconhecimento na mulher.

— Onde ele está?

— Voltou para Londres.

— Você devia ter ido com ele. As coisas estão perigosas demais. Outros dois agentes apareceram aqui no último dia.

— Quem eram?

— Dois agentes de Montreuil querendo abrigo. Precisei recusar. — Marie esperou que acontecesse o mesmo a ela. — Meu nome é Lisette — acrescentou a mulher.

— Preciso de um lugar para ficar nos próximos cinco dias, até Will voltar para me buscar.

Podia perceber a mulher calculando o risco, pesando-o contra a lealdade que tinha a Will.

Finalmente, Lisette assentiu.

— Cinco dias. Nem um minuto a mais.

Lisette desceu com ela até o porão.

— Mais uma coisa — disse Marie. Lisette olhou para ela e cruzou os braços. — Vesper não voltou como esperávamos. Mas achamos que está em algum lugar do país. Preciso encontrá-lo.

— Impossível — respondeu Lisette. — Você faz alguma ideia do que aconteceu na rua, nas últimas 24 horas? Mais de doze agentes foram presos, e quase todos os esconderijos foram descobertos. — Marie lembrou-se da casa deserta. Será que os outros agentes tinham sido presos lá? Se os alemães tinham aquela localização, podiam ter encontrado seu apartamento também. Arrependeu-se de ter deixado o rádio intacto, arriscando que o encontrassem. — E os locais que estavam ajudando ficaram com medo e começaram a entregar o pessoal. Foi um milagre você ter conseguido chegar aqui. Começar a perguntar por aí seria suicídio para todos nós.

— Por favor. — Marie tocou o braço de Lisette, impulsivamente. — Você precisa entender: eu só não voltei no avião com Will porque preciso encontrar Vesper. Não posso simplesmente ficar sentada aqui, esperando.

Mas a mulher negou enfaticamente com a cabeça.

— Se quer ficar aqui, precisa ficar escondida. Caso contrário, vai comprometer esta localização e minhas garotas.

— Então não posso ficar.

— Tudo bem — concedeu Lisette. — Farei algumas perguntas por você. Mas precisa ficar escondida.

Marie queria argumentar que ela mesma devia procurar. Mas que chance tinha, realmente, sem conexões nem nenhuma ligação com os locais? Lisette era sua melhor e talvez única chance de encontrá-lo.

— Obrigada — disse, por fim.

— Vou perguntar por aí. Mas não crie muita expectativa — advertiu Lisette. — Com todas as capturas, tudo praticamente acabou.

Assim, Marie ficou esperando no porão, impotente, durante cinco dias, a esperança de encontrar Julian diminuindo a cada hora. Lisette voltava toda noite de mãos vazias. Nenhuma notícia do paradeiro dele. Marie sonhava sempre com ele, imaginando onde estaria e se estaria bem ou ferido.

Um rangido no andar de cima tirou Marie de seu transe. Passos, pesados demais para serem de Lisette. Passou um minuto, depois mais um. Em seguida, silêncio total. Marie começou a suar frio. Mas os passos retornaram, seguidos por um chocalho e um tinido. Ela relaxou de leve. Devia ser Anders, o barman, guardando os copos lavados da noite anterior. O bordel era calmo durante o dia, com apenas as preparações silenciosas para mais uma noite turbulenta por vir.

Uma campainha soou alto, a da entrada da frente. Marie ficou nervosa mais uma vez. As garotas usavam a discreta entrada dos fundos, e quase ninguém ia lá durante o dia. Subiu as escadas do porão, espiando pela rachadura na porta. Dois *gendarmes* tinham entrado no bar.

— Viu esta mulher?

Um dos policiais mostrava uma foto. A expressão facial de Anders não mudou, mas Marie sabia, sem sombra de dúvida, que era ela que estavam procurando.

Anders balançou a cabeça.

— Não é uma das nossas garotas. — Marie torceu para que o barman sustentasse a mentira.

— Marie Roux — insistiu o policial.

Eles sabiam seu nome. Mas como?

— Ela não está aqui — afirmou Anders, pegando uma garrafa de conhaque caro debaixo do balcão. — Estamos fechados — acrescentou, oferecendo a garrafa ao homem.

Marie prendeu a respiração. Será que o suborno funcionaria?

— Voltaremos esta noite — avisou o policial, muito sério, aceitando a garrafa e indo até a porta.

Quando a porta finalmente se fechou atrás dos guardas, Marie se recostou contra o batente da porta. Mas seu alívio não durou muito: alguém a segurou por trás e a puxou de volta para o porão, quase atirando-a pelas escadas. Lutou para se soltar.

Era Lisette, o rosto vermelho de raiva.

— Idiota! O que estava fazendo aí em cima? Está tentando matar todos nós? — Marie tentou achar uma boa resposta, mas não conseguiu. — Toma. — A mulher enfiou um pedaço duro de baguete na mão dela.

— Obrigada — respondeu Marie, sentindo-se culpada. Devorou o pão, pouco se importando com as boas maneiras. Queria pedir água, mas não arriscou. — Aqueles guardas estavam atrás de mim. Como podem saber quem eu sou ou que posso estar aqui?

— Eles parecem saber de tudo hoje em dia.

— E você ainda não teve nenhuma notícia de Vesper?

— *Non*. Verifiquei com todas as minhas fontes. Mas é como se jamais tivesse aterrissado. — Ou, pensou Marie, talvez ele tenha desaparecido. — Não há sinal dele em lugar nenhum, e os outros também sumiram. Talvez não tenha saído de Londres.

Marie balançou a cabeça.

— Ele saiu. Houve uma transmissão dizendo que saiu.

Mas quem saberia o quanto se podia confiar nas transmissões agora? Mesmo aquela parte parecendo ser verdade: Julian *voltara* para buscá-los, só não chegara.

— Tenho certeza.

— Você o ama, não ama? — perguntou Lisette, sem rodeios.

Marie foi pega de surpresa pela pergunta tão pessoal de uma mulher que mal conhecia. Preparou-se para negar. Mas a expressão no rosto de Lisette era uma mistura de tristeza e compreensão. Marie se perguntou quem a mulher teria perdido, e se fora antes de recorrer a esta vida.

— Amo.

Amor parecia uma palavra forte para alguém que conhecera por tão pouco tempo. Mas, ao se ouvir dizendo aquilo em voz alta, percebeu que era verdade.

— Bem, seja lá para onde ele foi, não há vestígio. As coisas estão mais perigosas que nunca — disse Lisette, em voz baixa. — Três universitários foram presos ontem. E o homem da lavanderia a seco que fazia nossos documentos sumiu.

Desde que chegara ao bordel, Marie se espantava cada dia mais com o tamanho da rede de Lisette e com como ela usava suas conexões para obter informações e ajudar a resistência. Mas o envolvimento da cafetina só deixava tudo ainda mais perigoso. Os alemães estavam apertando o cerco, e era apenas questão de tempo até concluírem que Marie estava escondida ali.

— Agora que comeu, fique aqui embaixo, quieta — mandou Lisette. — Ou tem mais alguma coisa?

Marie vacilou. Lisette percebeu o que era antes mesmo dela.

— Preciso ir embora.

— Ir embora? Mas o Lysander só está agendado para amanhã.

— Não posso mais ficar aqui. Estou trazendo perigo demais para vocês.

— Para onde você poderia ir?

— Preciso voltar ao apartamento.

— Sua tola, não é mais seguro. E estaria arriscando a vida de todos que a ajudaram, se for pega.

— Não tenho escolha. Meu rádio ainda está lá. Eu devia ter destruído o aparelho antes de partir, mas, quando resolvi ficar na

França para procurar Julian, deixei tudo intacto, para o caso de Londres mandar mais notícias. Agora que estou partindo do país de vez, preciso destruí-lo. — Esperou que Lisette argumentasse mais, mas ela não disse nada. — Obrigada por tudo.

— Vá com Deus. E tome cuidado. Vesper jamais me perdoaria se acontecesse alguma coisa com você.

Marie saiu, estreitando os olhos contra a luminosidade do dia, que não via havia quase uma semana. Hesitou, se perguntando se teria sido mais prudente esperar anoitecer. Mas andar na rua após o toque de recolher era ainda mais difícil. E se não fosse naquele momento, sabia que talvez nunca mais conseguisse ir.

Ajeitou o cabelo, esperando que a aparência suja não a fizesse se destacar demais. Mas os pedestres daquela área eram estudantes e artistas, suas roupas uma mistura bem eclética. Começou a descer o bulevar, admirando as casas em declive do Quartier Latin. Marie passou por uma catedral, as portas escancaradas. Sentiu o familiar odor de pedras úmidas e antigas. Parou. Por um tempo, ela e Tess iam religiosamente à Saint Thomas More, em Swiss Cottage, aos domingos. Entrou na igreja e se ajoelhou, sentindo a pedra dura e fria. Suas orações transbordaram como água, por Julian e pelos outros agentes que ainda podiam estar por ali, assim como pela sua família.

Um pouco depois, Marie se levantou e foi até a porta, desejando que desse tempo de acender uma vela em um dos cantos escuros. Mas parar para rezar já fora frivolidade o suficiente. Então, sentindo-se um pouco mais forte, seguiu em frente.

Chegou em Rosny-sur-Seine já no meio da tarde. As casas amontoadas pareciam mínimas e claustrofóbicas, depois das ruas movimentadas de Paris. Mas, ao se aproximar do esconderijo, uma sensação de conforto tomou conta dela. De alguma maneira, ao longo das semanas em que morara ali, o vilarejo se tornara um lar.

Mas não havia tempo para sentimentalismo. Observando o café de cortinas fechadas no térreo, suas dúvidas aumentaram.

Não devia estar ali. Marie atravessou a rua às pressas, assentindo para o livreiro pela janela de vidro da loja. Será que estava imaginando, ou a expressão dele realmente parecia mais tensa que o normal? Parou diante do edifício. O café estava quase vazio, os alemães que o frequentavam à noite provavelmente ainda dormindo, devido à bebedeira da noite anterior. As venezianas do apartamento da proprietária no andar de cima, geralmente abertas, estavam fechadas. Foi até os fundos da casa e parou.

A porta estava aberta.

Corra, advertiu uma voz dentro dela. Mas, em vez disso, examinou o chão. Havia terra pesada e marrom, afundada como que pela sola de um sapato masculino, parecendo destoar da entrada que a proprietária, madame Turout, sempre mantinha tão impecavelmente limpa. A terra estava fresca; alguém estivera lá havia menos de uma hora.

Marie olhou para trás. Era melhor dar meia-volta e ir embora, sabia disso. Will tinha razão; voltar era perigoso demais. Mas não havia como abandonar o rádio e deixar alguém encontrá-lo. Começou a subir a escada.

No último andar, pegou a chave mestra e a deixou cair, fazendo barulho no chão de madeira. Apanhou a chave de volta depressa e tentou inseri-la outra vez na fechadura, apesar dos dedos trêmulos. E entrou no apartamento, se perguntando se seria tarde demais.

O lugar parecia exatamente como o deixara uma semana antes, aparentemente intocado. O gramofone com o rádio parecia tão comum quanto uma torradeira ou outra utilidade doméstica qualquer. Olhando para o rádio, teve uma ideia de repente: enviaria uma rápida mensagem final para Londres, sinalizando a Eleanor que Julian ainda estava desaparecido e que estava voltando para casa. Marie sabia que não podia se demorar ali. Mas precisava tentar.

Encaixou os cristais e girou o botão. Nada. Começou a suar. Não ia funcionar. Verificou a parte de trás do rádio, pensando que talvez alguém o tivesse adulterado. Tudo o que sabia sobre consertar o aparelho sem fio voltou à memória. Mas simplesmente não dava tempo. Precisava ir embora. E não podia levá-lo dali sem chamar atenção. Não, se não poderia transmitir uma última vez, simplesmente o destruiria, para ninguém mais poder usá-lo. Pegou a panela de ferro que quase usara para destroçar o rádio uma semana antes, e a ergueu.

Houve uma leve batida na porta. Marie congelou. Tinha alguém ali.

Olhou da porta para a janela do quarto andar, desejando que a árvore do lado de fora fosse robusta o suficiente para suportar seu peso. Mas não havia como escapar. Mais uma batida.

— Sim? — respondeu, baixando a panela de ferro.

— Mademoiselle? — perguntou uma vozinha fina do outro lado da porta. Marie relaxou, reconhecendo a voz de Claude, filho de 7 anos da proprietária. — Tem uma mensagem para você lá embaixo.

O coração de Marie se encheu de esperança. Será que era de Julian?

— *Un moment, s'il vous plaît* — pediu. Fechou a tampa do rádio e o pegou, indo até a porta para abri-la. — Claude, pode pedir para sua mãe...

Deu de cara com o cano da arma de um policial apontado para seu peito.

— Marie Roux — disse o policial armado —, você está presa.

Um segundo *milice* passou por ela e começou a revistar o apartamento.

Ela levantou uma das mãos, sinalizando que se rendia. Com a outra, tentou colocar o rádio atrás da porta. Mas o segundo policial o chutou.

— Calma — repreendeu o colega dele. Então sorriu friamente para Marie e falou: — Fiquei sabendo que ainda vai precisar disso.

CAPÍTULO VINTE
_____

GRACE

Washington, 1946

— Venha — disse Mark, saindo com ela do The Willard após a conversa com Annie. Lá fora, Grace respirou fundo o ar fresco, tentando tirar a fumaça de cigarro do pulmão.

Mark começou a andar na direção da fila de táxis, mas Grace segurou seu braço.

— Espere. Você se importa se caminharmos um pouco?

Era um hábito que adquirira em Nova York, andando grandes distâncias pela cidade, quarteirão após quarteirão, quando estava triste ou queria pensar.

— Eu adoraria — respondeu ele, com um sorriso. — Já viu os monumentos à noite? — Ela negou. — Então precisa ver.

Grace quis recusar; já estava tarde. Mais do que pretendera. Mas o ar estava fresco e adorável, e o Monumento de Washington ao longe chamava seu nome.

— Eu fazia isso o tempo todo, quando estava estudando — acrescentou ele, enquanto passavam pelos edifícios escuros do governo. — Mas, depois, com os blecautes e toques de recolher, não consegui mais durante anos. — Ele a levou pela 15th Street, ao longo da beira do parque Ellipse. — Então, conversar com Annie ajudou?

— De certa forma. Ela confirmou o que achávamos: Eleanor coordenava a unidade feminina para a SOE. Mas teve mais. — Grace parou e virou para ele. — Ela disse que alguém traiu as garotas.

— Traiu como?

— Ela não sabe.

— Não parece muito crível — opinou Mark.

— Talvez, mas ela parecia ter certeza. E falou que Eleanor foi visitar sua irmã, fazendo perguntas, porque estava convencida da mesma coisa. Você não acredita?

— Não sei. Quer dizer, todo mundo adora uma boa teoria da conspiração, não adora? Para quem perdeu entes queridos, como a irmã de Annie ou até Eleanor, pode ser mais fácil que aceitar a verdade.

— As garotas sumiram durante a guerra — continuou Grace, uma imagem começando a tomar forma em sua mente. — E Eleanor, que as recrutara, foi atrás de respostas.

E certamente descobrira que as garotas haviam morrido sob a Nacht und Nebel. Mas também descobrira alguma outra coisa, que a fizera suspeitar de traição. Era essa a peça que faltava.

— Em Nova York? — perguntou Mark, em dúvida.

Eles deram a volta pelos edifícios do governo, erguidos para acomodar temporariamente o influxo de funcionários durante a guerra. Mark segurou Grace pelo cotovelo, para ajudá-la a passar por uma calçada quebrada.

— Não parece muito provável ela encontrar o que estava procurando em Nova York.

— Tão provável quanto nós dois encontrarmos o que estamos procurando em Washington. — Parecia que nada estava mais onde deveria. — Mas pode não ter sido a primeira parada.

Estavam na borda do Passeio Nacional. Mark ofereceu o braço, e Grace aceitou, a lã áspera do casaco dele roçando o dorso da sua mão. Ele a guiou pela direita, na direção do Lincoln Memorial.

— Não quer deixar isso para lá, quer? — perguntou ele.

— Não posso.

Em algum momento, aquilo passara de curiosidade a missão. Tornara-se pessoal.

— O que exatamente quer saber? As garotas morreram. Não é o bastante?

— Essa é a questão. Eleanor também sabia disso, mas não foi o bastante para ela. Ela continuou pesquisando. Não estava só tentando descobrir o que aconteceu com as garotas. Estava tentando descobrir o *porquê*.

— E o "porquê" importa?

— Essas mulheres nunca voltaram para suas famílias, Mark — explicou Grace, aumentando a voz. Afastou o braço do dele. — Claro que importa. Talvez exista mais por trás dessa história, algo importante ou até mesmo heroico. Se eu pudesse revelar a pelo menos uma dessas famílias o que levou à morte de suas filhas ou que a vida delas não foi em vão, já seria alguma coisa, não seria?

— Você deseja isso em relação a Tom, não? Que alguém possa dizer a você que a morte dele não foi em vão. — As palavras de Mark a feriram como uma faca.

Frustrada, Grace se virou e começou a correr para longe dele, subindo as escadas do Lincoln Memorial. Alcançou a enorme estátua do presidente, sentado lá no alto, parecendo vigiar a capital e a nação. Seu pulmão ardia por causa do esforço da subida.

Instantes depois, Mark a alcançou. Grace virou o rosto, admirando o panorama do Passeio abaixo, o comprido Espelho d'Água levando ao Monumento de Washington, o Jefferson Memorial menor, mas visível bem ao sul. Os dois ficaram em silêncio. Mark se aproximou por trás dela, o casaco encostando no de Grace, e a abraçou gentilmente. Ela estremeceu, mas não se afastou. Gostava dele, admitiu, em silêncio. Gostava mais do que devia, pelo curto tempo que tinham passado juntos, mais do que queria gostar. Havia uma tranquilidade nele que parecia centrá-la. Mas sua vida não tinha espaço para aquilo.

— Eu ainda estava estudando durante a guerra — disse ele, por fim, a respiração quente nos cabelos de Grace. — Mas perdi dois irmãos na Normandia.

— Mark. — Ela se soltou para virar e olhar para ele. — Sinto muito.

— Então tenho alguma ideia de como você está sofrendo.

— Suponho que sim.

Mas a verdade é que, quando se trata de luto, cada pessoa era uma ilha, sozinha. Descobrira isso da forma mais dura. Tentara entrar em um grupo de viúvas da guerra em Nova York, logo que chegara à cidade. Esperava encontrar algum tipo de conexão que a ajudaria a derrubar a muralha que parecia ter se erguido em volta de seu coração, mas, sentada entre aquelas mulheres tristes que supostamente entendiam pelo que ela havia passado, sentira-se mais sozinha que nunca.

Mas Grace não queria que o assunto voltasse para ela.

— Estou exausta.

— Foi um longo dia. E está tarde. Vamos embora.

Meia hora depois, o táxi que chamaram na frente do Passeio os deixava na casa de Mark, em Georgetown. Ele acendeu a lareira e serviu um conhaque para cada um, assim como no restaurante, na noite em que eles se encontraram.

— Espere aqui — pediu, deixando Grace sozinha.

Ela ficou sentada na enorme poltrona de couro, pensando, e tomou um gole generoso, apreciando a sensação quente.

Mark voltou alguns minutos depois com dois pratos, cada um com um misto-quente.

— Parece delicioso — comentou Grace, só então se dando conta do quanto estava com fome.

— Não é nada demais — respondeu ele, entregando o sanduíche junto de um guardanapo. — Mas aprendi a me virar com o que tem na geladeira, morando sozinho e tudo mais.

— Sempre foi assim? Isto é, só você? — A pergunta era pessoal demais.

— Mais ou menos. Namorei algumas garotas na faculdade e na especialização em direito, mas nunca parei com nenhuma, como Tom fez com você. — Grace se sentiu lisonjeada e triste ao mesmo tempo. — Depois que me formei, fui direto trabalhar no escritório de crimes de guerra, então vim para cá. A vida parece me levar rápido demais para ter algo fixo, e ainda não encontrei uma garota que consiga acompanhar. Pelo menos não ainda. Então, na maior parte do tempo, somos realmente só eu e meu trabalho. — Ele sorriu. — Pelo menos até agora — acrescentou, sem rodeios.

Grace desviou o olhar, pega de surpresa pela admissão. É claro que já percebera que Mark gostava dela. Havia alguma coisa entre os dois que ia bem além da noite que passaram juntos, ou até da conexão que tiveram com Tom. Mas era aquela conexão que fazia com que pensar nisso fosse tão difícil.

E por quê?, perguntou-se. Um ano era tempo aceitável para uma viúva esperar antes de voltar a namorar. Tom ia querer que ela se recuperasse e fosse feliz, pelo menos era o que eu achava. Ele morrera tão jovem e tão de repente, os dois nem sequer tiveram a chance de conversar sobre essas coisas. E ele admirava Mark. Não, não eram as lembranças de Tom que a seguravam. Grace construíra seu próprio mundinho em Nova York, uma espécie de fortaleza na qual só dependia de si mesma. Ainda não estava pronta para deixar alguém entrar.

— E você? O que fez durante a guerra? — perguntou ele.

Grace relaxou um pouco, limpando a boca com o guardanapo.

— Fui fiscal de correspondências perto de Westport, onde meus pais moram. Só para me manter ocupada enquanto Tom estava na guerra. Íamos nos mudar para Boston e comprar uma casa quando ele voltasse.

Aqueles sonhos pareciam tão distantes, como um lenço de papel amassado e jogado fora sem nem pensar duas vezes. Ela pigarreou.

— E agora você mora em Nova York.

— Sim. — Jamais teria imaginado que se daria tão bem com a cidade.

— Sua família não se importa?

— Eles não sabem que estou lá — confessou. — Acham que estou me recuperando com minha amiga, Marcia, na casa da família dela, nos Hamptons.

Porque é isso que uma boa viúva faria; e Grace sempre fora uma boa moça.

— Então você fugiu?

— Sim. — Não era como se tivesse feito algo de errado. Era uma adulta, não tinha filhos de quem cuidar, nem marido. Simplesmente fez a mala e foi embora. — E não quero mais voltar.

— As coisas estavam tão ruins assim em casa?

— Não. — Era justamente isso. As coisas não estavam nada mal. — Só não era o lugar para mim. Fui direto da casa dos meus pais para Tom, sem nem pensar no que queria para mim.

E a morte de Tom, percebeu, meio culpada, tinha sido como um recomeço.

De repente, falar sobre aquilo pareceu demais.

— Estou bem cansada. Vou me deitar — disse Grace, indo para o quarto de hóspedes no final do corredor, que Mark mostrara antes.

Grace fechou a porta e deitou ainda de roupa na cama desconhecida, os lençóis frescos e bem passados. Os faróis de carros ainda passavam na rua, lançando formas coloridas no teto. Ouviu a água correndo, o barulho de Mark usando a pia. Um rangido quando ele se deitou na própria cama.

Grace fechou os olhos e tentou descansar, mas viu Eleanor e as garotas em sua mente, parecendo chamá-la, querendo contar alguma coisa. Uma traição, dissera Annie. Alguém entregara as moças aos alemães. Talvez outro agente em campo. Mas as garotas que foram pegas não estavam operando perto de Paris, como parte do circuito de Vesper, nem nas redes adjacentes. Estavam espalhadas por toda a França. Ter informações sobre todas só podia ser coisa de uma pessoa em uma posição bem importante — ou até mesmo alguém mandando em tudo.

Grace se sentou de repente. Pulou da cama e correu para fora do quarto, sentindo-se levada por alguma coisa fora de si. Segundos depois, estava parada diante da porta do quarto de Mark. Bateu. *Volte para o seu quarto*, pensou, entrando em pânico. Mas era tarde demais. Ele abrira a porta e estava parado na sua frente, a camisa abotoada até a metade.

— Está tudo bem? Precisa de alguma coisa?

— Eleanor — disse, indo direto ao assunto. — Estamos pensando esse tempo todo que ela estava em busca de respostas sobre as garotas. E se ela já tivesse descoberto a verdade? — Ela respirou fundo. — E se ela já soubesse, por que foi ela quem traiu as garotas?

Ele hesitou por vários segundos, pensando na possibilidade.

— Quer entrar?

Grace aceitou. O quarto estava bagunçado. Havia roupas sobre a poltrona e a cômoda. Mark tirou sua pasta de cima de uma das poltronas, para que ela se sentasse, e a colocou sobre o pufe à frente.

— Então está achando que Eleanor traiu as garotas?

— Não sei. Mas, se foi ela, pode ter tentado esconder a verdade, em vez de tentado descobri-la.

— É uma teoria, não é? Annie disse que Eleanor tinha um passado misterioso, sem amigos. Era do leste da Europa. E se estivesse trabalhando para os alemães?

A mente de Grace parecia rodar. Não queria considerar a hipótese, mas também não podia fechar os olhos.

— É inacreditável — admitiu. — E se Eleanor tivesse sido uma traidora desde o começo, enviada para se infiltrar na SOE? Teria usado as moças como peças de xadrez para ajudar os alemães a obterem informações. Em vez de ser sua protetora, enviara cada uma para a morte. — Ela parou, tentando encaixar as peças. — Mas Annie disse que Eleanor foi falar com a irmã dela, fazer perguntas. Se foi ela quem traiu as garotas, por que teria feito aquilo?

— Quem vai saber? Talvez quisesse garantir que ninguém suspeitava.

De repente, nada era o que parecia. Até a morte de Eleanor, um simples acidente, parecia encoberta de mistério. Será que Eleanor, tomada pela culpa quanto ao que fizera, saltara na frente do carro de propósito, querendo ser atropelada?

— Eu só não consigo acreditar que Eleanor teria entregado as garotas — disse Grace. Mas a mulher era uma estranha; tudo era possível. — Não consigo mais pensar nisso hoje. É melhor eu ir — disse, cansada. Mas continuou sentada ali.

Mark pareceu compreender, dizendo:

— Às vezes a gente não quer ficar sozinho.

Ele atravessou o quarto e se sentou ao lado dela, perto demais. Grace fechou os olhos, certa de que ele tentaria beijá-la, quase desejando que o fizesse. Mas não. Em vez disso, Mark passou o polegar pela maçã do seu rosto, parando uma lágrima que ela nem sentira cair.

Depois, foi até a cômoda e voltou com uma camisa de flanela, que entregou a ela. Grace foi até o banheiro se trocar, sentindo o cheiro dele no tecido, mesmo por baixo do aroma fresco de sabão em pó.

Quando saiu do banheiro, sentindo-se pequena na camisa grande demais, Mark estava esticando um lençol entre a poltrona e o pufe, e Grace presumiu que fosse para ela dormir ali. Mas então ele se sentou e esticou as pernas no espaço apertado.

— Não posso ficar com a sua cama — protestou.

— Eu faço questão. Consigo dormir em qualquer lugar.

Grace sentou na beira da cama, surpresa com a situação imprópria, e ainda assim não ligando. Parte dela queria que Mark se deitasse com ela.

Apoiou a cabeça na cabeceira cama.

— O que falei mais cedo, sobre minha vida antes da guerra... Eu amava Tom. — Era estranho estar falando sobre o marido ali, no quarto do melhor amigo dele, mas sentia que precisava explicar. — E ainda amo. Era só aquela vida, sabe, casada e morando no subúrbio. Eu nunca me encaixei de verdade.

— Entendo. Era como eu me sentia em Yale. — Grace ficou surpresa; sempre considerara que Mark se adequava bem à riqueza do lugar. — Eu estava lá por causa de uma bolsa. Acho que Tom nunca mencionou. — Grace balançou a cabeça. — Não, claro que ele não teria contado. Eu estava sempre trabalhando, ajudando como garçom no refeitório, fazendo o que fosse preciso para ganhar mais dinheiro e sobreviver. Tom nunca ligou, mas alguns dos rapazes faziam questão que eu soubesse que jamais seria um deles. No fim das contas, não importa. Eu consegui me virar. — Ele apontou para o quarto. — A tinta no meu diploma é a mesma que a deles. Mas nunca vou me esquecer daquela sensação.

— Para mim foi mais que apenas não me encaixar. Quando Tom estava terminando a escola militar, quis que eu fosse até a Geórgia para a formatura dele e para termos alguns dias juntos antes de ele partir. Mas eu não quis. Inventei algumas desculpas sobre precisar estar em Westport para trabalhar. Mas a verdade era que a viagem até lá parecia demais. E estar entre todos aqueles soldados e suas esposas era tudo que eu odiava na vida de casada... Quando falei que não podia ir, Tom fez planos de me encontrar em Nova York, antes de viajar. Por isso estava naquele jipe. Por isso morreu.

Não ir para a Geórgia havia sido o pior erro da sua vida.

Mark se levantou e se sentou ao lado dela, abraçando-a.

— Você não sabia, Gracie. A gente não tem como saber.

Ficaram sentados lado a lado sem dizer nada. Finalmente, Mark deitou ao lado dela na cama. Não se tocaram, a não ser pela mão dele apertando a dela com firmeza.

Os dois continuaram sem dizer mais nada. Passaram-se vários minutos, marcados pelo tique-taque baixo de um relógio na mesinha de cabeceira. Grace virou a cabeça para encará-lo. Mark estava a centímetros dela. Os olhos fechados, e a respiração demorada e uniforme, sinalizando que tinha adormecido. Grace sentiu um desejo aumentando. Queria acordá-lo, queria tocar nele.

Mas ela se conteve. O que acontecera em Nova York tinha sido ruim o bastante, mas aquilo... Aquele desejo era uma coisa completamente diferente. Precisava acabar.

De repente, se viu tomada de culpa e dúvida. O que estava fazendo ali? Tinha ido para descobrir o que pudesse a respeito de Eleanor e as garotas, e já descobrira. Não havia mais nada para ela ali. Não havia motivo para ficar. Estava na hora de voltar para Nova York e para seu emprego com Frankie, de organizar a vida que a esperava.

Grace se sentou sem fazer barulho e, hesitante, se aproximou de Mark. Sentindo-a ali, ele se mexeu ainda dormindo. Quis acordá-lo por todos os motivos errados. Mas não, precisava ir embora naquele instante.

Ainda usando a camisa de flanela dele, Grace pegou suas roupas e saiu do quarto na ponta dos pés. Trocou de roupa no banheiro e foi até o escritório para chamar um táxi. Sua bolsa estava lá, em cima dos papéis que pegara do Pentágono. Era melhor deixar aquilo ali, para Mark poder devolver para o arquivo. Mas pegou a pasta e a abriu.

Os documentos, transmissões de rádio sem fio e memorandos entre escritórios ainda eram os mesmos que Mark e ela tinham analisado mais cedo, no táxi, voltando do Pentágono. Mas ela os encarava com novos olhos. Será que havia alguma evidência de que Eleanor traíra suas garotas?

Pegou um telegrama recebido. *Obrigado pela colaboração e pelas armas que nos enviou. SD.* Grace sentiu um aperto no peito. SD significava Sicherheitsdienst, o serviço de inteligência alemã. A mensagem era uma confirmação clara de que os alemães estavam do outro lado dos rádios e que não tinham feito a menor questão de esconder aquilo de Londres.

Havia uma segunda folha anexada do setor de E. Trigg. *Mensagem não autenticada. Continuar transmissões.* O memorando datava de 8 de maio de 1944 — pouco antes de as prisões começarem.

Estava ali, em preto e branco, a prova de que Eleanor sabia que os rádios estavam comprometidos e que continuara a transmitir informações críticas, permitindo que os alemães prendessem as meninas. Grace ficou olhando a folha de papel. Era a confissão de Eleanor, tão certa quanto se estivesse assinada pela mesma.

— Não... — sussurrou Grace.

A ideia de Eleanor ter traído as moças parecia impossível. Mas a verdade inegável estava bem ali, diante dela, e doía.

Pensou em acordar Mark para revelar a prova a respeito de Eleanor. Mas não havia motivo. Suas piores suspeitas quanto a Eleanor, as mesmas que relatara mais cedo, estavam confirmadas. Desejou nunca ter ido até Washington, ter deixado aquilo tudo para lá e jamais descoberto aquela verdade cruel. Saturada com toda a situação, enfiou a pasta debaixo do braço.

Então, sem olhar para trás, Grace foi embora.

CAPÍTULO VINTE E UM

MARIE

França, 1944

Marie não resistiu à prisão.

Parada na porta do apartamento, o cano da arma apertando suas costelas, tudo que ela aprendera no treinamento passou pela sua cabeça: *resistir, lutar, fugir*. Apesar de não ter se saído bem nos treinamentos de combate corpo a corpo, aprendera o suficiente com Josie para saber dar uma joelhada na virilha e arranhar um rosto.

Mas o pequeno Claude estava parado no corredor, e não colocaria a criança em risco com uma briga. Então foi com a polícia sem discutir.

Foi levada para Paris, mas não em uma viatura policial, nem em carroças, como sempre imaginou que seria, e sim em um Renault preto com assentos de couro. Um dos soldados foi no banco de trás ao lado dela, trancando a porta com um clique nefasto. Passando silenciosamente pelas ruas do 16ème arrondissement, Marie lutava contra a vontade de gritar para os pedestres a ajudarem, as mulheres empurrando carrinhos e os homens indo para o trabalho, sem saberem que estava sendo mantida prisioneira naquele carro. Em vez disso, decorou a rota do carro, na esperança de escapar da prisão para a qual certamente estava sendo levada.

Para sua surpresa, o carro parou na frente de um prédio grande e elegante na avenida Foch. Quando entrou, Marie percebeu que a casa devia ter sido o lar de uma família rica, com móveis de bronze e cortinas de um vermelho intenso que alguém escolhera para combinar com os tapetes florais da mesma cor. O ar estava pesado com o cheiro de fumaça antiga de cigarro. *É o equivalente alemão à Norgeby House*, pensou Marie, vendo um mensageiro correr de um cômodo ao outro e dois homens de uniforme conversando atrás de uma porta entreaberta.

O policial que se sentara ao lado dela no carro manteve o aperto firme no braço de Marie enquanto a levava a um andar superior, depois outro. No último andar, o policial destrancou uma porta que dava para um quarto no estilo dormitório, com o teto inclinado e algumas camas simples, tipo catres do exército, além de uma estante cheia de livros no canto. O papel de parede desbotado com patinhos amarelos sugeria que tinha sido um quarto de criança. O policial a atirou dentro do quarto vazio, a pretensão de civilidade sumindo, agora que não estavam em público. Pega de surpresa pela grosseria inesperada, Marie tropeçou, batendo a canela na quina de uma das camas. Esfregou o ponto dolorido e olhou pelo quarto, que tinha um leve cheiro de suor e lixo. Claramente outras pessoas já tinham ficado ali, prisioneiras como ela. Mas quem?

O homem bateu a porta, deixando-a sozinha. Marie andou pelo quarto, tentando descobrir se havia como fugir. A porta estava trancada. Foi até a janela e tentou erguê-la. Estava presa, os pregos pintados, como se estivesse daquele jeito havia anos. Não encontrou mais nenhuma rota de escape. Então voltou para a janela e olhou para as casas chiques nas quais pessoas ainda moravam. Havia um casal de idosos em uma delas, e pensou em chamar a atenção deles. Será que sabiam que pessoas eram mantidas prisioneiras ali? Talvez não se importassem. Por outra janela, viu uma jovem, talvez uma *au pair*, servindo o jantar para várias meninas de uniforme em uma mesa comprida. Marie sentiu um nó na garganta ao pensar em como chegara até ali, se perguntando se veria a filha outra vez.

Vozes masculinas a tiraram de seu transe. Ela se ajoelhou e aproximou o ouvido do aquecedor, tentando ouvir melhor os sons pelos canos. Uma voz com sotaque alemão perguntava alguma coisa. Exigia. A voz que respondeu era mais grave. Em inglês. Parecia familiar.

Seu coração disparou, e ela tentou se acalmar. A voz alemã e a inglesa se alternavam como uma partida de pingue-pongue, o alemão fazendo uma pergunta, e o inglês respondendo que não. Depois de alguns segundos de silêncio, Marie ouviu um estampido horrível. Prendeu a respiração, à espera da resposta do inglês. Quando ele finalmente voltou a falar, sua voz parecia desesperada e fraca, quase um choro.

Marie ficou ainda mais apavorada ao pensar no que o alemão teria feito com o homem, se perguntando se o mesmo destino a aguardava. O pânico só aumentava. Correu até a porta do sótão e tentou abri-la, desesperada para escapar, mas estava trancada. Depois de tentar a janela mais uma vez, enfim compreendeu sua situação: estava presa na sede da inteligência nazista, seu disfarce descoberto. Os alemães sabiam quem era e que operava um rádio para a SOE, e talvez até que havia sido ela quem armara os explosivos. Ninguém da SOE, nem em Paris, nem em Londres, sabia que ela estava ali, e não havia como pedir ajuda. As histórias que ouvira no treinamento sobre os interrogatórios e torturas vieram à mente. Seja lá qual estava sendo o terrível destino do homem no andar de baixo, certamente em breve seria a sua vez. Jamais sairia dali viva nem veria Tess novamente.

A porta do quarto se abriu de repente, e Marie deu um pulo para trás, para não ser atingida. Um homem diferente, alemão, estava na porta.

— Madame Roux — cumprimentou, com uma deferência sarcástica. O sangue de Marie gelou.

O alemão a levou para o andar de baixo. Ele abriu a porta de um escritório e deu um passo para o lado, para ela poder entrar. Marie soltou um ganido.

Sentado em uma cadeira no meio da sala, com mãos e pés amarrados, estava Julian.

Marie enfim descobrira por que ele não voltara, como prometera. Os alemães já o tinham capturado.

— Vocês têm cinco minutos — rosnou o alemão, antes de sair e bater a porta.

— Vesper — disse Marie, não ousando usar o nome real dele.

O que tinham feito a ele? Seu rosto estava quase irreconhecível de tantas surras. Havia um corte comprido no rosto, e o olho esquerdo estava tão inchado que nem abria. O nariz também estava torto, gravemente quebrado. Mas conseguira encontrá-lo. Marie correu para ele, tomada de alegria, alívio e terror. Ela o abraçou com tanta força que a cadeira quase tombou.

Julian inclinou a cabeça na direção dela, sem poder fazer mais, com as mãos amarradas.

— Você está bem? Não machucaram você, machucaram?

— Estou bem — assegurou Marie, sentindo-se culpada por Julian se preocupar com ela, mesmo em tais condições.

— A ponte? — sussurrou. — Funcionou?

Ela assentiu.

— Explodida.

Ele se recostou.

— Graças a Deus. Estavam tentando arrancar o dia, hora e detalhes de mim. Aguentei o máximo possível, mas não sabia se seria suficiente.

O rosto dele parecia um mapa de lacerações e machucados, seu sacrifício para a missão poder ir em frente.

— A operação correu bem. Eu mesma armei os explosivos. — Não conseguiu esconder uma nota de orgulho na voz.

— Você o quê!? — Ele pareceu surpreso, depois zangado. — Maldito Will! Nunca devia ter deixado ele no comando.

— Não havia outra maneira. Josie sumiu. Ninguém mais teve notícias dela.

Os olhos de Marie ficaram cheios d'água. Se Julian e ela tinham sido presos, haveria esperança de que Josie pudesse ter escapado?

— E Will?

Marie viu a preocupação pelo primo nos olhos dele.

— Que eu saiba, está bem. Foi a Londres avisar que você não tinha voltado. É para ele voltar para me buscar amanhã. — Só que não estaria mais o esperando. — Will queria que eu fosse com ele, mas fiquei.

— Ele não deveria ter permitido que você ficasse.

— Não foi escolha dele. Eu insisti.

— Por quê?

Ela vacilou.

— Eu precisava encontrar você.

Os dois se entreolharam. Ali, no que podiam ser seus últimos momentos juntos, não havia como esconder o que havia entre os dois. Julian inclinou a cabeça para ela mais uma vez, não podendo ir além por estar amarrado. Marie se inclinou para perto dele, e seus lábios se tocaram. Ela o beijou suavemente, não querendo piorar a dor, mas ele pediu mais, parecendo descuidado.

Alguns instantes depois, ela se afastou.

— Como chegaram até você?

— Estavam me esperando no campo de pouso. Tinham a localização e a hora do voo. Por que mudaram a localização?

— Não mudamos — respondeu ela, incrédula. — Isto é, recebemos informações de Londres...

Ele balançou a cabeça.

— Londres alegou não ter recebido nenhuma notícia sua.

Então entenderam. Os alemães tinham interceptado um dos rádios.

— Deve ter sido assim que descobriram. Não só a meu respeito. Eles têm tudo, Marie. Nossas anotações, nossos registros. — Ele pareceu entender mais uma coisa. — Eleanor estava desconfiada. Queria que eu avisasse a você que o rádio tinha sido comprometido e para ter cuidado. Só que agora é tarde demais.

A mente dela estava a mil.

— Mas se eles já têm tudo, o que querem de mim?

— Querem que você...

Antes que Julian pudesse terminar, ouviram barulhos no corredor. Passos, seguidos por uma chave virando. Dois homens uniformizados entraram. O mais jovem, que descera com ela havia pouco tempo, desamarrou as pernas de Julian da cadeira e o arrastou para fora do cômodo. Marie queria gritar, mas, ao lembrar do que aprendera no treinamento, não gritou. Olhou para o outro homem, que ainda não conhecia. Era mais velho, e usava óculos de aro de tartaruga. Mas o peitoral do uniforme estava repleto de um mar de medalhas, e ela se perguntou o que ele já teria feito para ganhá-las.

— Sou Sturmbannführer Kriegler, da Sicherheitsdienst. — Seu terror aumentou ainda mais ao reconhecer o nome do líder da SD, conhecida pela brutalidade. — Gostaria de alguma coisa?

Que você nos deixe ir embora, pensou, *e depois que caia morto*.

— Talvez um chá? — perguntou Grace, mal acreditando na audácia de sua própria voz. Ergueu a cabeça e o encarou de frente.

O homem parou, se levantou, e foi até a porta.

— Chá, *bitte* — pediu a alguém do outro lado.

Kriegler esperou na porta. Marie olhou pela sala. O pedido lhe comprara algum tempo. Mas simplesmente não havia para onde ir.

Kriegler voltou instantes depois e lhe entregou uma xícara. Marie a segurou, sem beber.

— Agora vamos ao trabalho — disse, gesticulando para que ela o seguisse até uma salinha no final do cômodo.

Ao entrar no anexo, Marie sentiu um aperto no peito. Ali, em cima da mesa, estava seu rádio.

Mas ao se aproximar, viu que não era o mesmo rádio que tinham pegado do apartamento; as marcas na carcaça eram diferentes. Ela se perguntou de quem seria o aparelho e há quanto tempo o tinham. Os alemães estavam transmitindo mensagens para Londres, se passando por um deles — e Londres acreditara. Enfim encaixou todas as peças: os alemães tinham se passado por agentes e enganado Londres para obterem informações cruciais. O rádio, que era a conexão delas com a Inglaterra, também provara ser a ruína daquela missão.

— Mas vocês já têm o rádio. O que querem de mim?

— Precisamos que você escreva para Londres para autenticar as mensagens.

Devia ter algum problema com as transmissões deles, percebeu Marie, e queriam que ela validasse as mensagens. Julian não poderia ter feito aquilo, mesmo se quisesse. Enfim entendia por que precisavam dela. Se os ajudasse, poderia salvar sua vida — e a de Julian. Mas, caso se recusasse e Londres percebesse que havia alguma coisa errada, poderia dar fim àquele jogo de uma vez por todas.

Viu o rosto de Josie a olhando do céu, pressagiando, suplicando para que fosse forte. Viu Eleanor, que esperaria mais dela.

— Não — respondeu Marie. Não colaboraria.

O major Kriegler foi até a frente da mesa e parou diante dela. Sem dizer nada, deu um tapa tão forte em sua boca que ela pareceu dar um salto da cadeira. Marie caiu para trás, no chão, batendo a cabeça no piso. A xícara de chá se espatifou, espalhando o líquido quente e os cacos de porcelana por toda parte.

Mas o que o major Kriegler não sabia era que não era a primeira vez que alguém batia em Marie. Seu pai era um bêbado violento. Quando saía do pub e chegava em casa embriagado, Marie ou a mãe, a que estivesse mais perto, era o dano colateral da sua raiva. Tapas e socos; e uma vez até batera com a cabeça dela na parede. Tinha escapado da ira do pai, que não a derrotara, e não ia permitir que Kriegler a derrotasse.

Então, deitada no chão do escritório da avenida Foch, vendo o pai naquele monstro parado diante dela, Marie sentiu algo endurecer dentro de si. Kriegler teria que matá-la, porque jamais colaboraria.

Kriegler se abaixou e, com uma educação inesperada, a ajudou a se sentar de volta. Marie sentiu um líquido morno borbulhando na boca, onde havia um corte.

Quando ergueu a cabeça, viu o major Kriegler segurando uma lista, que entregou a ela. Virou o rosto, mas o homem empurrou o papel contra ela, arranhando seu rosto. Finalmente, não pôde mais evitar. A folha não continha só pedaços de informação, mas também o que parecia ser uma lista com o nome de cada agente na região, seus nomes falsos e seus nomes verdadeiros. Tinha o nome de todos os contatos franceses também, e endereços. Os esconderijos e armazéns onde munições e tantas outras coisas estavam escondidas.

Ficou olhando o documento. Alguém os entregara; Julian confirmara aquilo momentos antes. Mas a evidência diante dela, naquela folha de papel, era espantosa. Quem poderia ter cometido tamanha traição?

— Nós temos tudo — disse Kriegler, convencido.

— Então não precisam de mim — retrucou, desafiadora, erguendo a cabeça.

Kriegler a esbofeteou novamente. Marie caiu no chão e, quando ele a levantou, foi pelos cabelos. Os golpes passaram a vir mais rápido, um depois do outro. Pela primeira vez na vida, Marie rezou para morrer rápido. Pensou no rosto de Tess e tentou se concentrar naquela imagem, transportando-se para longe daquele lugar horrível. Marie prendeu a respiração e contou, implorando a si mesma para não gritar.

De repente, Kriegler parou. A surra acabou tão abruptamente quanto começou. Marie tentou enxergar através das pálpebras inchadas e se preparar para seja lá o que viria em seguida.

Alguém abriu e fechou a porta novamente. Um guarda atirou Julian no anexo, e ele também caiu no chão, fraco e machucado demais para ficar de pé.

Ao ver seu rosto desfigurado, ele soltou um grito angustiado. Marie se sentou e tentou ir para mais perto dele. Kriegler pisou entre os dois, apontando uma arma para a cabeça de Julian.

— Obedeça, ou ele morre.

Seus olhos pareciam aço, sem sinal de vida. Marie percebeu que ele mataria Julian sem pensar duas vezes.

— Marie, não... — implorou Julian.

Marie vacilava: sua própria vida era uma coisa, mas Julian era o líder deles, precisava se certificar de que nada aconteceria a ele. Não era só uma questão de seus sentimentos. A sobrevivência do circuito de Vesper, ou seja lá o que restava daquilo, dependia dele.

— Certo — concordou, finalmente, cuspindo o sangue que acumulara na boca. — Vou obedecer. — Era contra tudo o que aprendera e para que fora treinada, mas era para salvar a vida dele.

O guarda a afastou de Julian e a arrastou até a máquina. Marie começou a mexer no rádio, mas Kriegler a afastou e começou a preparar a transmissão ele mesmo, com a mesma destreza de qualquer operadora que treinara com ela na Arisaig House.

Kriegler pegou uma caixa de códigos, que tinham confiscado dela no momento da prisão.

— Mande uma mensagem avisando que é você e que está tudo bem. Depois mande isso. — Ele entregou uma mensagem e um pedaço de seda com uma das cifras. A mensagem pedia mais uma entrega de suprimentos em um local específico. Se fizesse o que Kriegler estava mandando, aquele ardil não teria mais fim. A SOE continuaria mandando agentes e armas para as mãos dos alemães, que só precisavam ficar sentados esperando.

Marie transcreveu a mensagem em código, e encontrou sua frequência mesmo com as mãos trêmulas. Ela terminou e a mostrou a Kriegler.

— Sua verificação de segurança — disse Kriegler, enfiando a arma em uma ferida embaixo do queixo de Julian. Ele grunhiu para não gritar de dor. — Qual é? — exigiu Kriegler.

Marie hesitou. Se desse a informação rápido demais, Kriegler saberia que era um blefe.

— Mudar a trigésima quinta letra da mensagem para "p" — explicou, apontando. — Foi o que fiz bem aqui.

Não mencionou a segunda verificação, que não incluíra na mensagem, rezando para ele não saber da existência daquilo e para ninguém reparar.

— Envie — rosnou ele.

Em Londres, Eleanor leria a mensagem. Certamente notaria a ausência da segunda verificação de segurança e perceberia que havia alguma coisa errada.

Chegou uma mensagem de volta, e Marie a transcreveu. Ao começar a decodificá-la com a seda, seu terror só aumentava. Era o que mais temia, o que jamais achou que responderiam:

A verificação verdadeira não veio.

Enquanto decodificava a mensagem, Marie foi ficando rígida de horror. A operadora em Londres acabara de revelar a Kriegler que Marie tentara enganá-lo. Mas era exatamente aquilo que a segunda verificação devia sinalizar, que alguma coisa estava errada. Como a operadora em Londres podia não saber aquilo? Marie foi tomada pelo desespero. Podia sentir a raiva de Kriegler, parado atrás dela, aumentando.

— Espere, eu... — Marie virou para ele, tentando encontrar uma explicação.

Kriegler a pegou pela nuca, puxando seus cabelos até ela sentir o couro cabeludo arder. Então, da mesma forma abrupta, ele a largou.

— Sua segunda verificação — sibilou, pressionando o revólver contra a cabeça de Julian.

— Marie, não obedeça! — gritou Julian. — Ele vai nos matar de qualquer jeito.

Mas já o perdera uma vez; não podia suportar a ideia de perdê-lo de novo, para sempre.

— "K" em vez de "c" — entregou, desesperada. — Alternadamente. — Agora os alemães tinham exatamente o que precisavam para escrever como ela sem serem detectados.

— Conserte! — ordenou Kriegler.

Marie codificou a mensagem novamente e a reenviou.

A resposta chegou rápido, e ela usou o código pré-desenvolvido para decodificá-la logo: *Verificação comprovada. Informação a caminho.*

— Pronto...

Começou a virar novamente para Kriegler. A arma dele estava apontada na direção dela. Viu o rosto de Tess e disse adeus, como que se preparando para morrer.

— Devia ter nos ajudado da primeira vez. — Ele apontou a arma de volta para Julian.

— Não!

Mas era tarde demais. Ouviu o tiro. Julian se sacudiu e caiu no chão.

— Não! — gritou, correndo até ele.

Marie se ajoelhou onde ele caíra e o pegou nos braços. Kriegler atirara com pontaria perfeita. A bala entrara entre a têmpora e maçã do rosto de Julian, e ficara alojada. A parte racional dela sabia que o homem jamais sobreviveria a tal ferimento. Mas, em seu coração, não acreditava.

— Segure firme, Julian — implorou.

Os olhos dele ainda estavam abertos, mas se reviraram para o alto, a luz sumindo.

— Eu te amo — sussurrou ele. Lá estava, os sentimentos de ambos finalmente admitidos. Ou talvez ele simplesmente pensasse que ela era Reba, a falecida esposa. Mas ele a segurou pelo braço. — Era para termos ficado juntos, Marie. — Ela entendeu, com aquelas palavras, tudo o que poderia haver entre os dois, se as coisas tivessem sido diferentes. — Eu te amo.

— E eu amo você — respondeu ela, abraçando-o.

Não havia mais como negar o que havia entre eles. Marie o beijou novamente, pelo que sabia ser a última vez.

O corpo de Julian relaxou, e ela afastou a cabeça.

— Estou vendo minha esposa e meus filhos — sussurrou ele; quase não tinha mais voz. Julian esticou o braço para a imagem invisível diante de si.

— Não me deixe — implorou Marie, egoísta, em vez de forte, como devia ter sido. Não sabia como conseguiria suportar o que estava por vir sem ele. — Isso não é o fim.

Lembrou-se do que Julian dissera uma vez a respeito de diversas outras pessoas chegando para tomar o lugar deles e via aquilo agora na luz atrás dos olhos dele. Ele fez uma careta, e seu rosto relaxou. Marie nunca o vira tão calmo. A respiração dele parou. Marie afundou o rosto em seu peito.

E ele partiu.

Ela baixou a cabeça dele gentilmente.

— Por quê? — gritou, avançando para cima de Kriegler. Arranhou o rosto dele.

— Vagabunda! — xingou o alemão, fazendo um sinal para o guarda levá-la dali.

— Fizemos o que você queria! — gritou ela, fora de si, enquanto o guarda a arrastava para fora da sala. — Fizemos o que você pediu. Somos prisioneiros de guerra de acordo com a Convenção de Genebra. Você não pode fazer isso!

— Prisioneiros de guerra? — Ele riu com desdém. — Fräulein, para onde você está indo, você nem sequer existe.

CAPÍTULO VINTE E DOIS

ELEANOR

Londres, 1944

Eleanor estava sentada à sua mesa na Norgeby House, estudando transmissões antigas.

Havia dois dias, se dera conta da terrível verdade a respeito do rádio ter sido comprometido. Ainda não tivera nenhuma notícia de Julian ou Marie; estudava as últimas mensagens do circuito de Vesper, em busca de mais sinais da brecha e tentando avaliar o tamanho do dano. Como deixara aquilo acontecer? Proteger as garotas era tudo, era o trabalho da sua vida. E, mesmo assim, falhara com elas — assim como falhara com sua irmã.

Esfregando os olhos, levantou-se e entrou na sala do rádio. As operadoras estavam mais quietas que o habitual, as batidas de um único rádio eram o único som na sala.

— Está tudo bem? — perguntou Eleanor a Jane.

Era uma pergunta tola; Jane ficara tão abalada pelo rádio de Marie ter sido comprometido quanto a própria Eleanor. A garota parecia pálida e cansada das longas horas de espera e preocupação desde a transmissão falsa que fingia ser de Marie.

— Margaret não mandou mensagem conforme agendado — respondeu Jane.

— Nem Maureen — informou outra operadora.

— Talvez haja um problema com as transmissões — sugeriu Eleanor, querendo tranquilizá-las. Mas as palavras pareciam vazias. Alguma coisa não fazia sentido.

Eleanor foi até a sala do Diretor, passando pela secretária dele e nem se dando o trabalho de bater na porta.

— Senhor.

O Diretor ergueu as sobrancelhas.

— Trigg? Entre. Eu estava indo até você agora.

Parecia estranho, considerando que ele não a chamara e não esperava uma visita dela.

— Mais dois rádios estão mudos.

Ele fez um muxoxo por baixo do bigode, mas não pareceu surpreso.

— Chegaram rumores de mais prisões em Paris. — Eleanor sentiu seu estômago se revirar. — Dois agentes capturados de um abrigo nos arredores da capital. Outros a leste e a sul.

Não era apenas a explosão da ponte que desencadeara aquela onda de prisões, Eleanor sabia disso. Apesar de a detonação ter incitado as represálias que vieram a seguir, era mais que isso. Kriegler e a SD de repente pareciam saber bem demais onde encontrar os agentes que procuravam. Deviam estar jogando aquele jogo havia meses, deixando agentes operarem enquanto a manobra nos rádios funcionava. Quando viram que foram detectados, os alemães não tinham mais nada a perder. Colocaram as mangas de fora e agiram com base nas informações que tinham reunido. E começaram um arrastão para capturar todos os agentes. Apesar da falta de notícias de Marie ou Julian, parecia inevitável os dois também terem sido apanhados.

— Os agentes presos eram homens ou mulheres? — perguntou.

— Talvez ambos. Ainda não recebi os nomes.

Com um horror cada vez maior, Eleanor tinha certeza de que Margaret e Maureen estariam na lista.

— Senhor, precisamos fazer alguma coisa.

Já tinham avisado a todos os circuitos da França, ordenando que passassem à clandestinidade. Eleanor exigira que os agentes fossem resgatados, mas faltavam dias para a invasão, e não iam começar uma evacuação em massa que pudesse levantar suspeitas.

— Nós vamos fazer alguma coisa. Vamos trazê-los para casa conforme você sugeriu. — As coisas deviam estar realmente ruins, se iam mesmo remover os agentes. — A ordem para extrair os que ainda estão lá já foi transmitida. — Eleanor sentia como se tivesse levado um tapa: por que aquelas ordens não tinham passado por ela? — Vai demorar um pouco mais do que esperávamos.

— Quanto tempo? — indagou.

Mais uma semana, e era capaz de não restar nenhum agente.

— Não sei. Will Rourke, o piloto que organizou a Esquadra da Lua, está desaparecido. Chegaram notícias de um avião baleado e derrubado na Bretanha, que pode ser o dele. Mas vamos trazê-los para casa o mais rápido possível.

Eleanor sentiu alívio, mas foi rapidamente substituído por confusão.

— Todos os agentes?

Ele balançou a cabeça negativamente.

— Só as mulheres. Estão fechando a sua operação. — *Sua*, notou ela. Não *nossa*. — Acho que estão descartando a unidade feminina como um experimento fracassado.

Experimento fracassado. Eleanor espumou de raiva com aquelas palavras. As garotas tinham feito coisas incríveis, cumprido missões, feito tudo que pediam. Não, o fracasso não era das garotas, nem dos agentes, e sim da sede. Eleanor não podia acreditar.

— Mas faltam dias para a invasão. Certamente agora nosso trabalho lá é mais importante que nunca.

— Os circuitos estão sendo reagrupados, e, em alguns casos, eliminados. O trabalho será feito pelos homens.

— Já localizou todas? — perguntou ela, já sabendo a resposta.

— Todas, exceto doze.

O número era muito maior que esperava. Ele entregou uma lista com os nomes. Josie estava nela, assim como Marie. Doze das suas garotas ainda estavam desaparecidas.

E grande parte da culpa era dela. A ideia de levar mulheres para a Seção F tinha sido sua. Eleanor recrutara as garotas, supervisionara o treinamento de cada uma, e as despachara pessoalmente para a Europa ocupada pelos nazistas. E vira que havia problemas, insistindo mesmo assim em enviar mais. Não, ela era a única responsável pelas que estavam desaparecidas e que nunca mais voltariam.

— Também há homens desaparecidos — lembrou ele.

— Sim, é claro. — Eleanor dispensou o argumento que já ouvira dezenas de vezes. — Mas os homens têm comissões. E serão tratados como prisioneiros de guerra, se forem capturados.

Não que ela não se importasse com os homens. Mas eles tinham títulos militares, patentes e a proteção da Convenção de Genebra. O governo cuidaria deles. Lembraria deles. Não das suas garotas.

— Preciso ir ver pessoalmente o que deu errado.

— Quer encontrar as garotas? Receio que seja quase impossível.

— Mas senhor, doze ainda estão desaparecidas... — protestou. — Não podemos simplesmente desistir.

O Diretor respondeu, em uma voz mais baixa:

— Eleanor, você precisa parar de perguntar sobre as garotas. Isso trará repercussões para você e para outros. Você tem muito a perder. E, se não for por você, precisa deixar isso para lá pelas famílias das garotas. Sabe tão bem quanto eu que, se os alemães as capturaram, provavelmente estão mortas. Suas perguntas só vão aumentar a dor dessas famílias.

O Diretor pegou seu cachimbo e continuou:

— Isso é confidencial, e está sendo cuidado pelos cargos mais altos. — Eleanor sabia que aquilo era mentira. Se existisse alguém realmente procurando as moças, teriam ido falar com ela. Não, o assunto havia sido *arquivado* pelas pessoas nos cargos mais altos. — Simplesmente não há necessidade de você saber — completou ele, antes de Eleanor poder protestar.

— Não há necessidade? — Ela não acreditava. Eram as *suas* garotas. Ela as recrutara, as enviara. — Então está mandando eu parar de procurá-las? — perguntou, incrédula.

— Mais que isso. A unidade feminina foi encerrada. Sua posição foi eliminada.

— Estou sendo transferida? Para onde vou?

Ele desviou o olhar.

— Infelizmente temos ordens de diminuir a equipe. — Ele falava de um jeito duro, como se lesse de um documento que não escrevera. — Estamos gratos por seus serviços, mas sinto informá-la que seu mandato na SOE acabou.

Eleanor o encarou, sem reação.

— Só pode haver algum engano.

Ela estava na SOE meses, não, anos antes de a unidade feminina sequer ser fundada. Não podiam estar simplesmente se livrando dela.

— Não temos escolha. Deram trinta minutos para você reunir seus pertences pessoais.

Eleanor tentou encontrar as palavras, mas não conseguiu. Seu corpo parecia queimar de raiva. Ela se levantou e saiu da sala em um rompante, descendo as escadas de volta para a Norgeby House.

Foi até sua mesa e começou a empilhar arquivos, pegando as fotos das garotas que estavam desaparecidas e guardando-as na bolsa. Sabia que não havia muito tempo. Segundos depois, o diretor apareceu na porta.

— Eu acompanho você — disse. Eleanor estava pegando mais um arquivo, mas ele segurou sua mão. — Não é para você levar nada. — Foi então que entendeu por que o Diretor a seguira.

— Deve levar com você apenas os seus pertences pessoais. Nenhum documento — reforçou, parecendo saber antes mesmo dela que Eleanor jamais deixaria de procurar as mulheres. Ela começou a bolar um plano.

— Posso fazer isso sozinha. Não precisa ficar aqui — ofereceu, esperando ganhar alguns minutos sozinha para reunir tudo de que precisava.

— Temos ordens de acompanhar você — explicou ele, sem esconder o desconforto com a situação.

Eleanor parou, surpresa, a mão congelando onde estava. Em poucos minutos, sua vida virara de cabeça para baixo. Observou a expressão do Diretor, tentando encontrar alguma resposta, ou pelo menos algum sinal do mentor que pensava conhecer. Mas os olhos dele pareciam vazios.

Ela abaixou a cabeça.

— Preciso organizar tudo.

A ideia de entregar os documentos fora da mais perfeita ordem era impensável.

— Não precisa. Os militares estão vindo, eles mesmo vão encaixotar tudo.

— Por quê? Para onde vão levá-los?

O Diretor não respondeu. Então Eleanor notou um policial militar parado à porta, esperando para acompanhá-la até a saída e garantir que iria embora. Alguma coisa dentro dela se endureceu. Estava sendo afastada como uma invasora estrangeira do lugar que ela mesma criara.

Ela se afastou da mesa, tremendo de raiva. O Diretor lhe ofereceu alguns papéis.

— São para você. Chegaram ontem.

Os documentos da cidadania. A única coisa que quis na vida. Agora parecia um prêmio de consolação bobo pelas garotas que tinha perdido. Ela os devolveu ao Diretor.

— Sinto muito — confessou ele.

E ela foi dispensada.

CAPÍTULO VINTE E TRÊS

GRACE

Washington, 1946

Algumas horas depois, na tarde do dia seguinte, Grace subia a escada da pensão em Hell's Kitchen. Estava exausta, tanto pelo que acontecera em Washington quanto da viagem em si, mas feliz por voltar para casa. Também estava ansiosa para encontrar Frankie e retomar os assuntos comuns de sua vida. Mas já era tarde de sexta, e já tinha pedido o resto do dia de folga. Não seria ruim ter o fim de semana para descansar e se recompor antes de voltar ao trabalho.

Grace chegou ao último andar da pensão e girou a chave do apartamento. Ela abriu a porta e congelou.

Sentada na única poltrona, com a bolsa de couro preta no colo, estava sua mãe.

Sua mente parecia rodar. Como a mãe descobrira onde ela morava? E estava ali fazia quanto tempo? Grace olhou da cama feita para suas roupas amassadas da noite anterior. Tentou pensar em uma explicação que fizesse aquela cena parecer ligeiramente menos estranha, mas não conseguiu.

— A proprietária me deixou entrar — disse sua mãe, com sua voz de passarinho, como se aquilo explicasse tudo.

Ela estava com os cabelos presos para trás e um chapéu de veludo salmão que combinava perfeitamente com seu casaco Elever. Grace podia imaginar seu sorriso encantador, a risadinha enquanto tentava dar um jeito de entrar no apartamento.

— Querida, sei que é horrível vir sem avisar — continuou a mãe, alisando as luvas que apoiara sobre a bolsa —, mas você não estava atendendo minhas ligações. Fiquei tão preocupada.

Na verdade, aquilo era só parte da história. A mãe de Grace queria ver o que ela estava fazendo ali, descobrir como era sua vida.

— Como soube que eu estava aqui?

— Fui até Hartford fazer compras e encontrei Marcia no provador da G. Fox.

Grace corou ao ouvir o nome da amiga, seu álibi. Imaginou a cena na loja de departamentos. Marcia deve ter ficado nervosa, pega de surpresa pelo encontro inesperado. Não deve ter sido difícil para a mãe arrancar dela o endereço, que Grace dera à amiga para que encaminhasse as correspondências.

— Sinto muito por não ter contado — disse Grace, sentando na beirada da cama.

— Tudo bem — respondeu a mãe, pondo a mão sobre a dela. — Só estávamos muito preocupados.

Então sua mãe não estava preocupada apenas com as aparências. Ela realmente se importava. De alguma forma perdida na névoa de seus próprios problemas, Grace esquecera aquilo.

Mas isso não significava que ela queria voltar para casa.

— Então você está hospedada aqui. — A mãe examinou o quartinho, sem conseguir evitar torcer o nariz de desaprovação. — Se eu ajudá-la a fazer as malas, podemos sair em uma hora. Se não quiser ficar com seu pai e eu, sua irmã Bernadette ofereceu o quarto vago dela.

Ficar com sua irmã mais velha e seus três filhos desordeiros devia ser a única coisa pior que voltar para casa.

— Mãe, não posso simplesmente ir embora. Eu tenho um emprego.

A mãe dispensou aquele fato como se o trabalho de Grace fosse irrelevante.

— Pode enviar um pedido de desculpas depois.

— Não é uma festa, é um emprego. E também tem isso. — Ela passou por sua mãe e pegou o jornal que deixara na mesinha de cabeceira antes de ir para Washington. — Eu vi isso acontecer. — Ela apontou para a reportagem sobre Eleanor.

— A mulher foi atropelada. Que horror. Esta cidade é tão perigosa. Não sei por que você quer ficar aqui.

— A mulher que morreu deixou fotografias de umas garotas que sumiram durante a guerra, e estou tentando descobrir o que aconteceu com elas. — Deixou de fora a parte a respeito de ter ido à Washington com Mark.

— E isso faz parte do seu trabalho?

Grace vacilou.

— Não exatamente.

Ela contou toda a história, na esperança de ajudar a entendê-la por que deveria continuar em Nova York. Mas pareceu deixar tudo ainda mais confuso.

— Se essas garotas não têm nada a ver com seu trabalho, então que relação têm com você?

A pergunta da mãe, um eco de Frankie ao telefone, no dia anterior, incomodou Grace. Não tinha ligação com as garotas. Eram estranhas. Só que estava seguindo aquelas pistas tão intensamente, se envolvera tanto no mundo e nas dificuldades delas, que quase se esquecera das próprias. Talvez fosse isso que a atraísse na situação.

— É complicado explicar. Enfim, já acabou.

— Então vai voltar comigo?

— Não foi isso que eu disse. — As palavras saíram mais agressivas que Grace pretendera.

— Você precisa ficar com a sua família — insistiu sua mãe. — Está na hora de voltar para casa.

— Mãe, eu não *quero* voltar para casa. — Era a primeira vez que dizia aquilo em voz alta para alguém além de Mark. Viu a inevitável mágoa surgir nos olhos da mãe, e esperou um pouco antes de continuar. — Eu adoro morar aqui. Eu tenho um emprego. E minha própria casa.

O apartamento não era muita coisa, mas era seu.

A mãe pareceu amolecer.

— Sabe, parte de mim está com inveja — confessou. — Sempre quis uma vida assim.

Grace ficou surpresa. Não podia imaginar a mãe em uma vida diferente da que levava.

— Até fiz um teste para um musical da Broadway — revelou.

Grace tentou imaginar a mãe, tão reservada que nem cantava "Feliz Aniversário" nas festas, subindo em um palco. De repente ela lhe pareceu uma mulher completamente nova, com uma vida e sonhos próprios, alguém que Grace não conhecia.

As duas ficaram em silêncio por um tempo.

— Você não precisa levar a mesma vida que Bernadette ou Helen — continuou a mãe, finalmente. — Eu só quero que você seja feliz.

Grace sempre achou que a mãe estava decepcionada por ela não ser mais como as irmãs, por não ter se encaixado na vida que esperavam para ela. Mas talvez a expectativa estivesse mais em sua cabeça.

— Sabe, quando você era pequena e se machucava ou ficava com medo, eu melhorava tudo com um abraço ou um presente. Mas, quando os filhos crescem, fica cada vez mais difícil curar as feridas. E, quando Tom... — A mãe parou, como se não conseguisse nem dizer aquilo. — Eu me senti tão impotente, como se não conseguisse alcançar você.

Grace pôs as mãos sobre as da mãe.

— Não foi culpa sua, mãe. Ninguém poderia me curar. Era algo que eu precisava fazer sozinha.

— Trouxe isso para você. — A mãe mostrou um arranjo de flores falsas cor de laranja na mesa. Era tudo que Grace odiava em casa.

Mas também era um gesto de amizade, um reconhecimento de que Grace poderia querer ficar.

— Obrigada — disse, aceitando.

— Mas vai para casa nas festas de fim de ano — decretou a mãe.

— Vou — afirmou ela, tentando soar segura.

Faltava tanto tempo para o Natal. Quem poderia saber o que aconteceria até lá?

Mas a mãe realmente estava tentando.

— Talvez você possa vir aqui de novo em algumas semanas, para fazermos compras — sugeriu Grace, tentando também se esforçar. — Ou visitar o jardim botânico, quando ficar mais quente.

A mãe sorriu.

— Eu adoraria. — Ela se levantou, abotoou o casaco e endireitou o chapéu. Ajeitou os cabelos de Grace como fazia quando ela era criança e beijou sua testa. — Estaremos lá quando se sentir pronta. — E, com isso, saiu.

Vendo a mãe indo embora, Grace sentiu-se cheia de gratidão e alívio. Tinha permissão para ser quem queria, viver a vida nos próprios termos. Mas também sentiu uma pontada de tristeza, pois viver a vida que queria podia significar que ela e sua mãe estariam sempre meio distantes.

Grace ficou quieta, sentada no apartamento que, de algum modo, parecia maior. Então notou um envelope branco sobre a cama.

— Mãe, espere... — começou, achando que a mãe esquecera alguma coisa. Mas, apesar de ter o endereço da casa de seus pais, o envelope estava endereçado a Grace, enviado por um remetente que ela não conhecia, em Washington D.C.

Dentro, havia uma carta de um escritório de advocacia falando sobre o patrimônio de Thomas Healey, junto com um cheque do advogado dele no valor de dez mil dólares. Seus olhos se encheram d'água, e sua visão ficou turva. Não sabia que Tom tinha cuidado dessas coisas, que deixara algo para ela. De onde teria vindo aquele dinheiro? Segurou o cheque, tomada de tristeza. Tom ainda estava cuidando dela, mesmo depois de partir.

Parecia um de sinal: era hora de seguir em frente. Precisava deixar aquela história das garotas para trás e se concentrar no seu trabalho e na sua vida aqui. Não havia nada a fazer a não ser avançar.

Devolveria as fotos ao consulado. Depois de tirá-las da bolsa, Grace as olhou uma última vez. Sabia que as moças tinham sido mortas e que Eleanor as traíra. Jamais saberia por que, mas tinha ido até onde podia. Sua parte na história chegara ao fim. Aquilo teria que bastar.

Na segunda-feira, às nove horas, Grace se viu mais uma vez diante do consulado britânico. Hora de devolver as fotos e ir trabalhar. Ao entrar, encontrou a mesma recepcionista.

— Ah, senhora...

— Healey — completou Grace, nada surpresa pela mulher não lembrar o sobrenome dela.

— Você voltou — comentou a recepcionista, não parecendo muito feliz.

— Sim. Eu estava imaginando se vocês não descobriram mais nada a respeito de Eleanor Trigg. — Apesar de ter ido até lá para devolver as fotos, Grace não conseguiu conter a curiosidade.

A recepcionista hesitou, parecendo não saber se devia responder ou não.

— A polícia nos entregou os objetos pessoais da srta. Trigg. — Grace estava tão focada na mala e no seu conteúdo que nem pensou em outros pertences que Eleanor podia ter consigo quando morreu. — Ainda estamos atrás de algum parente.

Uma ponta de esperança se acendeu dentro de Grace, mas tentou apagá-la. Precisava ir. Era hora de se afastar disso tudo.

Mas já chegara até ali... agora precisava saber.

— Posso ver? Os objetos? — perguntou, sem conseguir evitar.

Achou que a recepcionista recusaria.

— Por quê? São os pertences pessoais dela. Você não é da família.

— Porque passei os últimos dias tentando descobrir mais a respeito de Eleanor. Não estou pedindo para levar nada, só ver o que estava com ela.

A recepcionista não pareceu se comover, e Grace tinha certeza de que receberia um não.

— Por favor. Só vai levar um minutinho. Talvez eu consiga ajudá-los a descobrir para onde as coisas deviam ir.

— Certo — concedeu a mulher, por fim. — Suponho que, se você encontrar alguém, vai evitar muita papelada para o certificado de óbito, esse tipo de coisa. — Para ela, Eleanor continuava sendo nada mais que uma inconveniência burocrática. A mulher pegou um envelope grande. — Guarde tudo de volta exatamente como encontrou.

Grace abriu o envelope. Havia alguns dólares e um óculos de leitura, quebrado pelo impacto do atropelamento. Um passaporte azul-escuro estava praticamente dobrado ao meio. Grace o pegou e folheou cuidadosamente. Apesar do dano, o documento parecia praticamente novo. Tinha carimbos de entrada na França e na Alemanha poucas semanas antes da chegada de Eleanor aos Estados Unidos. Ela viajara antes de chegar à América. Mas por quê?

— Obrigada — disse Grace, guardando o passaporte de volta no envelope.

Tirou as fotos da bolsa e estava prestes a entregá-las para a recepcionista quando alguma coisa a fez parar.

— Quer ficar com elas? — perguntou a mulher, notando a indecisão de Grace.

Mas Grace balançou a cabeça.

— Não são mais minhas.

Então, pensando melhor, ela deu à mulher todas as fotos exceto a da garota de olhos escuros, Josie, um souvenir da jornada que jamais esperara ter.

CAPÍTULO VINTE E QUATRO

ELEANOR

Londres, 1946

A batida na porta da casa de Eleanor foi inesperada, antes de amanhecer.

— Tem um carro aqui para buscar você — disse a mãe.

Por sorte, dissera pouco a respeito da saída da filha do emprego no governo, um ano e meio antes, um trabalho que jamais achara apropriado. Surpresa, Eleanor espiou pela janela. Ao ver o conhecido Austin preto, seu coração acelerou. Estava sendo convocada para voltar à sede. Mas por que, depois de todo esse tempo?

Eleanor se vestiu cautelosa e rapidamente, os dedos tremendo ao abotoar a blusa branca que, com a saia azul-marinho, fora quase um uniforme em seus dias na SOE. Eleanor aproximou-se do carro escuro que esperava com o motor desligado na frente de seu apartamento. Uma fumaça fina saía da janela do motorista, misturando-se à neblina baixa.

— Dodds. — Ela sorriu ao notar a silhueta conhecida, o chapéu-coco preto baixo sobre os cabelos brancos que não via havia um ano e meio. — O que está fazendo aqui?

— O Diretor — respondeu ele, e foi o suficiente para Eleanor. Ela entrou, sentou no banco de trás e fechou a porta. Aquela convocação era um refrão da última vez em que Dodds chegara sem aviso para buscá-la. Mas a unidade feminina não existia mais, relegada a uma nota de rodapé na história da SOE. Ela não conseguia nem imaginar o que o Diretor poderia querer.

Dodds ligou o motor. Como sempre, não falava nada, mantendo os olhos fixos na estrada, virando agilmente na cabine telefônica vermelha da esquina. O carro seguiu sem barulho pelas ruas de casas apagadas do norte de Londres, desertas a não ser pelo ocasional caminhoneiro abastecendo para suas entregas matinais. Apesar de o blecaute ter acabado meses antes, os postes das ruas ainda estavam apagados, um hábito difícil de largar. Era 4 de janeiro, e algumas janelas ainda exibiam decorações de Natal. O fim do ano fora desanimador — como se ninguém lembrasse mais como celebrar em épocas de paz. Não era fácil se sentir festivo, pensara Eleanor, quando itens básicos como café e açúcar ainda eram escassos — e quando tantas pessoas passavam as festas sem seus amigos e familiares, que nunca voltariam para casa.

Foi apenas quando chegaram à esquina da Baker Street que ela viu: a Norgeby House fora destruída por um incêndio. O telhado inclinado estava lambido para trás como a tampa de uma lata aberta, e as molduras das janelas estavam ocas, como aros de óculos de grau chamuscados pelas chamas. Pedra e madeira fumegante no chão pareciam emanar calor até através da janela fechada do carro.

— Mas que diabo? — indagou, em voz alta, imaginando quando o incêndio teria começado, calculando se sairia nos jornais matinais e concluindo que não daria tempo.

Apesar de Eleanor não saber exatamente o que estava acontecendo, sabia que tinha a ver com o motivo pelo qual o Diretor a convocara a ir até lá tão inesperadamente.

Queria desesperadamente sair e olhar mais de perto, mas Dodds não parou o carro. Em vez disso, continuou pela Baker Street até o número 64, a sede principal da SOE. E entrou com ela no prédio, que, apesar de ligeiramente maior que a Norgeby House, parecia infinitamente mais austero. Pelo saguão, passavam grupos de oficiais sênior do exército. Apesar de alguns rostos conhecidos, nenhum deles a saudou.

Dodds subiu três lances de escada com ela, até a antessala de um escritório, e fechou a porta sem dizer nada, deixando-a sozinha. Eleanor não pendurou seu casaco no gancho do canto, apenas o manteve dobrado sobre o antebraço. Uma fornalha sibilava ameaçadoramente, e um cigarro mal apagado soltava um cheiro acre de um cinzeiro em algum canto. Eleanor foi até a janela, que dava para os fundos do prédio. Por cima da borda do telhado, dava para distinguir os destroços da casa incendiada, a sala de guerra na qual se encontravam diariamente. Pedaços de seus mapas e fotografias, um dia segredos bem guardados, voavam como confete pela janela quebrada.

Tinha mesmo passado um ano e meio desde a última vez dela ali, com o chapéu na mão, pedindo para ir atrás de suas garotas? Tanta coisa acontecera desde então: o Dia D, a vitória na Europa, e, finalmente, o fim da guerra. Da última vez em que estivera lá, o Diretor a dispensara, enxotando-a friamente do lugar que um dia fora seu. Lembrar daquilo ainda doía, a mágoa viva, como se tivesse acabado de acontecer.

Um clique na porta tirou Eleanor de suas lembranças. Imogen, a recepcionista, a encarou com frieza, como se jamais tivessem se visto antes.

— Ele vai receber você agora.

— Eleanor.

O Diretor não se levantou quando ela entrou, mas tinha uma cordialidade nos olhos por trás da aparência exterior de seriedade, admitindo o laço que os dois um dia tinham compartilhado. O distanciamento no comportamento dele no dia em que a dispensara não estava mais lá, como se nunca tivesse existido. Eleanor relaxou um pouco.

O homem gesticulou para que ela se sentasse. De mais perto, dava para ver o preço que a guerra cobrara dele — assim como dela própria. As mangas estavam dobradas, a gola, desabotoada, e a barba por fazer no rosto e queixo evidenciavam que ele estava lá desde o dia anterior. O Diretor estava sempre impecavelmente arrumado, mas agora parecia perturbado.

Eleanor seguiu o olhar dele pela janela, para os restos fumegantes da Norgeby House.

— Parece que o Olimpo caiu. — A voz dele estava formal, mas cheia de descrença.

Não é mais problema meu, pensou Eleanor. Tinha sido afastada meses antes. Seu mundo não fora destruído no incêndio de um prédio empoeirado na Baker Street, e sim em algum lugar na escuridão da França ocupada, quando falhara com suas garotas e perdera tantas delas para sempre. Mas a Norgeby House era emblemática para a organização à qual dera tudo de si. E não existia mais. Sentiu os olhos começarem a arder.

Ela se sentou na beirada da cadeira que o Diretor indicara.

— O que aconteceu?

— Um incêndio — respondeu ele, constatando o óbvio.

— Pode ter sido um acidente — sugeriu Eleanor.

A Norgeby House, com suas intermináveis pilhas de papéis e operadores fumando constantemente, era um barril de pólvora só esperando para explodir.

— Talvez — concedeu ele, mas Eleanor percebeu, pelo tom, que estava cético. — Haverá uma investigação.

O que não significava que haveria respostas.

— Por que me chamou, senhor?

— Que bagunça — balbuciou o homem, mas estava se referindo ao incêndio ou a algo mais? Ele serviu chá da bandeja que Imogen deixara sobre a mesa. — Estão encerrando. A SOE toda. Ordens diretas de Whitehall. Com o fim da guerra, dizem que não precisam mais da gente. Chamamos todos os agentes de volta.

— Todos os agentes que sabem onde estão — corrigiu ela. — Alguma notícia das outras? Minhas garotas?

— Sete foram localizadas. — Por um instante, as esperanças de Eleanor reacenderam. Mas então viu a lista e reparou nas anotações: Auschwitz, 1945, Ravensbrück, 1944. — Os lugares nos quais confirmamos que foram mortas.

Mortas. O luto e o senso de responsabilidade pelo que acontecera voltaram como uma onda, ameaçando afogá-la.

— E as outras cinco?

— Consideradas desaparecidas. Presumivelmente mortas — respondeu, sem rodeios. Era um veredito horrível, sombrio, mas incerto.

— Não há o suficiente para contar às famílias. Eram esposas, filhas, mães... por Deus.

Era verdade que algumas famílias podiam ter aceitado, enterrado caixões vazios e realizado velórios em memória daquelas mulheres. Mas, para as outras, as perguntas sem resposta eram duras. Como a mãe de Rhoda Hobbs, que soluçou de chorar quando Eleanor ligara para ela com algumas perguntas, poucos dias antes. "Rhoda era datilógrafa", reclamara mãe, quando Eleanor sugeriu que ela podia ter morrido na guerra. "Na última vez em que nos falamos, ela disse que ia só levar uns papéis para Plymouth." Eleanor lembrou do rosto de Rhoda, entrando no Lysander que a levara para o outro lado do Canal para nunca mais voltar.

Mães como as de Rhoda mereciam saber sobre a bravura de suas filhas e o que acontecera com elas. Eleanor sentiu a raiva aumentar ao constatar que as garotas, que deram tudo por uma promessa quebrada, tinham sido traídas.

— E não há nenhuma notícia delas?

— Não posso discutir essas questões, agora que suas autorizações foram revogadas. — Apesar de não ser nenhuma novidade, aquela declaração foi um golpe. — Mas suponho que mereça saber: há relatos dos campos. Nenhum registro, claro, mas testemunhas oculares. Dizem que as mulheres foram executadas imediatamente.

Eleanor virou o rosto, enjoada.

— Fora isso, não tivemos nenhuma indicação de que estejam vivas. Acho que ter esperanças a esta altura é insensato. Devemos presumir que estejam mortas.

Se Eleanor tivesse sido enviada para lá meses antes, conforme pedira, poderia ter encontrado algumas ainda vivas. Mas era tarde demais.

Tentou parar de tremer. Ela pegou a xícara de Earl Gray que o Diretor ofereceu e sentiu o calor do chá, esperando ele continuar.

— Ainda não sabemos como foram pegas. Isto é, como os alemães conseguiram fazer aquela trapaça com o rádio.

O Diretor pigarreou e continuou:

— Você tem anotações da sua investigação?

Eleanor se mexeu de repente, o chá transbordando da borda da xícara, queimando seu dedo.

— Como? — perguntou, como se não soubesse do que ele estava falando.

Estava se preparando para negar que ainda tinha algum documento, depois de ter sido demitida e recebido ordens de deixar aquilo para trás. Mas é claro que nunca parara de investigar. Continuou estudando os arquivos que tinha e jornais e textos dos arquivos públicos de Kew Gardens, fazendo perguntas para seus contatos no governo. Não só analisou minuciosamente todos os registros nos quais conseguiu pôr as mãos, como também falara com cada pessoa na Inglaterra que tinha ligação com as meninas, incluindo as agentes que tinham voltado e as famílias das que não tinham. Ouvira histórias complicadas de prisões, dúzias de casos sem explicação, mas nenhum esclarecia o que teria acontecido às desaparecidas, nem a verdade a respeito de como tinham sido pegas.

Talvez rumores sobre suas perguntas tivessem chegado aos ouvidos do Diretor. Mas ela era apenas uma cidadã agora. Que direito tinham de proibi-la?

Entretanto, não havia como enganar o Diretor. Eleanor deixou a xícara de chá sobre a mesa e tirou o arquivo que sempre levava consigo na bolsa, relendo-o. Entregou a ele a pasta com as informações que não devia ter — e que sabia que ele queria ver.

O Diretor passou os olhos pelas anotações, e Eleanor percebeu, pela expressão no rosto dele, que não havia nada ali que já não soubesse.

— Como sempre falei, é realmente uma pena o que aconteceu a essas garotas. — Ele devolveu o arquivo, e Eleanor o segurou com força, a beirada afiada do papel cortando a almofada do seu dedo. — Estou preparado para enviar você.

Eleanor não acreditou no que estava ouvindo.

— Senhor?

— Se ainda quiser ir, é claro. Descobrir o que aconteceu com as garotas que sumiram e como elas foram detectadas, pra começar.

Ele sabia que Eleanor queria ir mais que tudo. Aquelas garotas a haviam consumido, estava desesperada para encontrá-las.

Uma dúzia de perguntas invadiu sua cabeça.

— Por que agora? — conseguiu perguntar, finalmente. Depois de meses de rejeição e dor, precisava entender.

— Eu estava pensando em ligar para você há um bom tempo. Um motivo é que tem uma pessoa fazendo muitas perguntas.

— Quem?

— Thodgen Barnett.

O pai de Violet.

Eleanor conversara com Barnett menos de duas semanas antes e sentira que, entre todos os pais, ele estava com mais raiva e era o menos propício a deixar aquilo para lá. Então sutilmente dividira com ele suas dúvidas e questionamentos quanto ao destino das garotas, deixando as ideias se solidificarem na cabeça dele. Como alguém de fora, ele poderia levar o assunto a um membro do parlamento e pressionar a resolução de um jeito que ela não podia. Parece que a jogada dera certo.

— A maioria das famílias tentou, como você sabe, deixar o passado para trás. Mas o sr. Barnett tem feito perguntas sobre o que realmente aconteceu com a filha e como ela morreu. Quando não obteve nenhuma resposta satisfatória, levou a queixa ao seu representante no parlamento. Estão ameaçando uma investigação parlamentar, e isso significa perguntas para as quais precisaremos de respostas. Preciso poder revelar a ele como as garotas morreram. Ou pelo menos provar todas as maneiras pelas quais tentamos descobrir.

Mas apenas perguntas de um pai em luto não teria sido motivo suficiente para o diretor dar aquele passo drástico de enviá-la.

— Você disse "um dos motivos". Existem outros?

— Sim, essa história do incêndio.

— Não entendo a conexão.

— E talvez não exista. Lembra de como pediram para você deixar os arquivos lá?

Eleanor assentiu. As ordens tinham sido claras: não tocar em nada.

— Disseram que os arquivos seriam encaixotados e levados. Bom, os arquivos ficaram meses lá, parados. Ninguém foi buscá-los. Era quase como se tivessem sido esquecidos. Então, há alguns dias, recebi uma mensagem de que os arquivos seriam recolhidos esta manhã para a investigação parlamentar. E aí acontece isso. — Ele gesticulou na direção da Norgeby House.

— Acha que alguém provocou o incêndio para destruir os arquivos?

Ele grunhiu, concordando.

— A polícia diz que havia muitos papéis velhos em um espaço apertado. Mas nossos inspetores encontraram isso.

Ele mostrou um pedaço de metal chamuscado. Eleanor o reconheceu como um dos dispositivos de incêndio cronometrados que as agentes em campo aprendiam a usar.

— Não foi um incêndio comum — continuou ele. — Foi planejado. E quero saber quem fez e por quê.

Então Eleanor entendeu o interesse repentino de enviá-la para fora do país. O Diretor achava que o incêndio, ocorrido horas antes de os arquivos dela serem recolhidos, podia ter algo a ver com os agentes que tinham desaparecido. Em especial as garotas. Enviá-la para encontrar respostas sobre aquilo podia resultar em respostas para ele também.

— Acha que tem algo a ver com minhas garotas?

— Não sei. O incêndio aconteceu logo antes de entregarmos os arquivos ao parlamento. Tenho pessoas investigando isso aqui.

Mas a única maneira de descobrir, concluiu Eleanor, era na França, onde a rede se desmantelara e as garotas tinham sido presas.

— Precisamos saber como elas foram descobertas, para onde foram levadas, o que aconteceu com cada uma... — explicou o homem, as mesmas perguntas que Eleanor se fizera esse tempo todo.

Mas a maior delas era o porquê.

— Achei que você não tinha mais nada para conversar comigo — disse ela, sem conseguir esconder o tom de recriminação.

— Não tínhamos motivo para continuar — respondeu ele, indicando com a cabeça o que restou da Norgeby House. — Agora temos.

A vida de doze garotas, pensou Eleanor, *devia ter sido motivo suficiente.*

— Então quer me enviar para descobrir o que aconteceu?

— Não posso.

Eleanor se sentiu desanimar. Ele diria não mais uma vez. Será que era uma espécie de brincadeira cruel?

— Pelo menos não oficialmente — acrescentou, mais que depressa. — Então, se eu mandar você, não será oficial. O que me diz, Trigg?

Ela hesitou. Nesses últimos meses de busca sozinha, praticamente perdera as esperanças, aceitando que jamais conheceria a verdade. Agora ele estava balançando aquilo bem diante de seus olhos. Era o que queria, o que pedira. E, agora que tinha, estava apavorada.

— Certo — disse, por fim. — Eu vou.

— Quero respostas. Encontre-as a qualquer custo — disse o Diretor, sem rodeios, amedrontado, mas com os olhos furiosos. Agora que estavam sendo afastados, ele simplesmente não tinha mais nada a perder. O Diretor escreveu alguma coisa em um pedaço de papel. — Consegui comissionar você como funcionária da força aérea feminina, a WAAF. Posso arranjar um estipêndio e a papelada necessária para a viagem. Temos duas semanas até encerrarem nossa operação. Depois disso, não poderei mais pagar nem dar o suporte de que precisa — explicou, sabendo que dinheiro não significava praticamente nada para ela.

Eleanor assentiu.

— Posso ir hoje à noite, se puder arranjar tudo.

O Diretor estendeu o passaporte britânico dela.

— É seu. Vai precisar.

Eleanor hesitou. A cidadania britânica, que um dia tanto desejara, virara pouco mais que uma lembrança de tudo que perdera. Mas precisaria daquilo. Deixando as emoções de lado, aceitou o passaporte das mãos do ex-chefe.

— Por onde vai começar?

— Paris.

Podia escolher a Alemanha e começar pelos campos, mas as garotas tinham sido mobilizadas para redes na capital francesa ou seus arredores. Era lá que tinham operado, e onde tudo dera tão errado.

— Se eu precisar falar com você, o que devo fazer?

Ele negou com a cabeça.

— Não faça. — A implicação estava clara. As linhas não eram consideradas seguras. Ele se levantou. — Adeus, Trigg. — Ele apertou sua mão. — E boa sorte.

Eleanor deixou o escritório e desceu as escadas, saindo da sede logo em seguida. Na esquina, Dodds a esperava ao lado do carro. Virando depressa na outra direção, ela se abaixou entre as casas para que ele não a visse, passou por um beco e foi até a Norgeby House. O fogo destruíra os andares superiores. Eleanor andou pelo que restava do térreo, onde ficava a sala de reuniões, os destroços ainda quentes em volta de seus tornozelos. Chegou ao local no qual ficava a porta para o porão. A escada que descia até seu escritório e a sala de rádio felizmente ainda estava intacta.

Eleanor desceu os degraus com hesitação. Caía terra do alto, como se o lugar pudesse desmoronar a qualquer segundo. Sentiu-se apavorada. Não era medo da morte, e sim de não querer perder tudo, agora que poderia encontrar as respostas que procurava havia tanto tempo.

Parou na frente do que um dia fora o armário de sua sala, indo em seguida até o porta-arquivos. Não havia mais nenhum arquivo lá. Puxou a gaveta o máximo para fora, até alcançar o fundo, onde quem limpara a sala não pensara em olhar. Havia uma caixa de aço exatamente onde a deixara, intocada pelo fogo. Era ali que as meninas guardavam seus pertences mais valiosos, antes de serem enviadas para campo. Eleanor podia ter levado a caixa, aquele dia, mas tinham mandado que ela juntasse suas coisas e saísse tão de repente que não tivera tempo. Pegou a caixa. A tampa caiu, junto com um sapatinho de bebê. Eleanor o pegou de volta, engolindo um choro.

Ouviu uma voz vindo de cima:

— Tem alguém aí embaixo?

Uma luz de lanterna varreu as paredes escuras. Eleanor não respondeu, só continuou a reunir o que tinha ido buscar. Depois subiu as escadas de volta.

Um jovem policial estava no alto, parecendo surpreso em ter encontrado alguém nos escombros.

— Senhora, não pode levar isso — disse, apontando a caixa nos braços dela. — É uma prova para a investigação do incêndio.

— Então me prenda — retrucou, indo embora desafiadoramente, seus braços cheios.

Afinal, era o mínimo que devia às garotas, depois de tudo que tinham feito.

CAPÍTULO VINTE E CINCO

ELEANOR

Paris, 1946

Um passante teria pensado: quem era aquela mulher sentada sozinha toda noite no bar do Hotel Savoy, bebendo dry martini por quatro ou até cinco horas a fio? Podia estar esperando um namorado ou amante, mas seu semblante não era triste. Tampouco parecia desconfortável em ser uma mulher sozinha em um bar. Ela apenas ficava sentada ali, observando o movimento de pessoas chegando após o trabalho, conforme entravam e saíam pela porta giratória.

O Diretor dera o aval no escritório dele havia três semanas. Apesar de estar desesperada para começar, Eleanor não conseguira partir para Paris imediatamente, conforme esperava; surgira a necessidade de lidar com papelada e trâmites burocráticos, mesmo sendo uma missão que nem deveria existir. Depois teve que descobrir como chegaria à Europa, lutando por um espaço entre todos os homens e suprimentos sendo levados de balsa pelo Canal da Mancha como parte da recuperação pós-guerra.

Finalmente, Eleanor conseguira fazer a viagem em um barco de transporte. Ficara no convés, sem se importar com o borrifo de água atingindo o rosto e molhando o vestido. Pensando nas garotas que tinham chegado de paraquedas ou de avião no meio da noite, estava maravilhada com a relativa facilidade com que se podia entrar na Europa desocupada.

Desde que chegara, Eleanor circulara pelas agências e embaixadas do governo, tentando encontrar uma pista ou alguém que pudesse ter conhecido ou ouvido falar das garotas, qualquer uma delas. Pelo menos Marie e Josie tinham sido enviadas para a região de Paris e operado lá. A prisão de agentes britânicas teria sido incomum, comentada. Certamente alguém lembraria.

Mas as agências governamentais, ainda tentando se reconstituir após a libertação, não estavam em muitas condições de ajudá-la.

— Estou procurando registros de prisões feitas pelos alemães — explicara, na sede provisória do governo, dois dias antes. — Pela Gestapo ou talvez pela inteligência alemã.

Mas o funcionário apenas balançou a cabeça.

— Os alemães destruíram quase todos os arquivos e registros antes da libertação de Paris. Mesmo se tivéssemos o que você está pedindo, seriam arquivos confidenciais. Proibidos para estrangeiros.

Saindo de mãos vazias, Eleanor tentou em outros lugares: no médico-legista, ou em um campo de deslocados nos arredores da cidade. Nada. Era mais que a falta de status. (O cartão que o diretor lhe dera, apresentando-a como representante SOE da Unidade de Investigação de Crimes de Guerra, não impressionava ninguém.) As respostas que recebia eram frias, quase hostis. Esperara alguma gratidão em troca do papel que os agentes britânicos prestaram em libertar a cidade, mas, pelo contrário, DeGaulle e seu povo queriam que a libertação fosse lembrada como uma vitória apenas da resistência francesa. Uma mulher da Inglaterra fazendo perguntas, lembrando as pessoas do quanto os estrangeiros tinham ajudado, simplesmente não era bem-vinda.

Toda noite, voltava ao bar do hotel e relia suas anotações, preparando-se para as investidas do dia seguinte. Alugara um quarto no Savoy de propósito, apesar de saber que o Diretor não cobriria as despesas. Não era pela localização central do outrora grandioso hotel, nem pelo fato de ser um dos únicos hotéis de Paris cuja cozinha voltara a ter um cardápio quase como os do pré-guerra. Não, o motivo era que, durante a guerra, o Savoy era conhecido como um ponto de encontro para agentes e para a resistência. E esperava que um ou dois deles ainda frequentassem o bar.

Não fazia sentido ficar mais tempo em Paris, percebeu, finalmente, examinando uma lista de pistas que já descartara. Estava ali havia quase uma semana, e o Diretor não poderia sustentá-la por mais muito tempo. Ela pensou em voltar para casa, mas, se parasse de procurar, seria o fim para as garotas. Os homens seriam procurados; existiam listas, comissões e inquéritos. Mas, sem ela, as garotas desapareceriam para sempre. Não, Eleanor não desistiria. Mas talvez tivesse que procurar em outro lugar, alugar um carro e seguir ao norte, para as outras regiões fora de Paris nas quais as agentes também operaram.

Do outro lado do bar, viu um homem mais velho, de olhos juntos e blazer de lã cinza. Ele fingia ler o Le Monde. "*Procès Pour Crimes de Guerre!*", dizia a manchete. *Julgamento de Crimes de Guerra*. Mas Eleanor podia senti-lo observando-a por cima da página. Ficou tensa. Saber se estava sendo seguida era uma coisa que ensinavam na Arisaig House desde o começo, mas era a primeira vez em que acontecia com ela.

Terminou seu drinque depressa e pagou a conta, então cruzou o saguão na direção dos elevadores. Entrou no quarto, um espaço outrora elegante, mas que agora continha uma cama velha e papel de parede descascado.

Alguém bateu à porta. Eleanor levou um susto e foi espiar pelo olho mágico. O homem do bar. Bem explícito, para alguém que a estava seguindo. Cogitou não abrir. Mas o homem evidentemente a vira subir, e talvez tivesse informações pelas quais ela estava procurando. Ela abriu um pouco a porta.

— Sim?

— Sou Henri Duquet. Estive com a Resistência Francesa.

Antes, dizer tais palavras em voz alta teria sido uma sentença de morte. Agora, ele as usava como medalhas de honra.

Ela hesitou, ainda sem saber como o sujeito a encontrara ou o que queria.

— Eleanor Trigg — apresentou-se, hesitante, abrindo um pouco mais a porta.

Ele entrou, deixando na mesa o jornal que estava lendo no bar. Ele a olhou friamente.

— Vi você no ministério onde trabalho. Anda fazendo perguntas por toda Paris. As pessoas não estão gostando muito.

— Que pessoas?

Ele não respondeu.

— Você conheceu os agentes do circuito de Vesper durante a guerra? — continuou ela. — Vesper? Renne Demare? — Tinha usado o codinome das garotas como reflexo, mas então lembrou que não importava mais. — Isto é, Marie Roux? Sabe o que aconteceu com eles? — Podia ser um blefe. Tentou não ficar animada demais. — Se for uma questão de dinheiro... — começou, calculando quanto poderia dar a ele do próprio bolso e ainda sobrar para voltar para casa.

— *Non!* — exclamou ele, e Eleanor temeu ter ofendido o homem. De repente, ele a pegou pelo braço. Olhando em seus olhos, Eleanor percebeu que estava furioso. — Venha. Quero mostrar o sangue que você tem nas mãos.

Quarenta minutos depois, Eleanor estava no meio da sede da Gestapo em Paris.

— Sangue nas minhas mãos? — repetira Eleanor, quando Henri Duquet a levara para fora do hotel. — Não faço ideia do que está falando.

Eleanor se sentia culpada, é claro, por não ter conseguido agir antes nas transmissões de rádio e por não ter forçado o Diretor a ouvi-la. Mas aquele francês não tinha como saber daquilo.

Enquanto ele a guiava até um Renault, Eleanor foi ficando tensa. *Nunca deixe um agressor tirar você do primeiro local do encontro*; era uma das principais regras da espionagem. Fora de seu território, ela ficaria vulnerável e fraca. Não tinha por que ir para só Deus sabe onde com aquele estranho que claramente a detestava.

— Por que está me levando? — perguntou.

Ele não respondeu. Eleanor pensou em resistir, ou até em fazer uma cena para impedi-lo. Mas ele podia ter informações sobre as garotas.

Henri continuou mudo enquanto dirigia pelas ruas de Paris no começo da noite. Eleanor não prestara atenção de verdade na cidade, considerando que correra de um prédio do governo para outro durante seus primeiros dias de investigação. Agora, observava o cenário do outro lado da janela, em parte para se acalmar e em parte para decorar a rota, caso precisasse encontrar o caminho de volta depressa. As ruas estavam movimentadas: casais bem vestidos conversando atrás das grandes vitrines dos cafés, lojistas recolhendo os toldos para fechar seus estabelecimentos. Mas havia uma espécie de névoa da guerra que parecia ainda pairar acima de tudo, desbotando as cores outrora tão alegres.

Finalmente, o carro virou em uma ampla rua residencial. "Avenida Foch", informava uma placa na esquina. Eleanor soube imediatamente para onde estavam indo. Seu estômago se revirou. Tinha lido sobre o prédio número 84 da avenida Foch nos relatórios da inteligência durante a guerra. O lugar fora a sede parisiense da Sicherheitsdienst, a agência de contrainteligência alemã.

Calma, pensou, forçando-se a respirar, quando o carro freou subitamente diante de uma casa de cinco andares com sacadas de ferro forjado em cada andar. A SD não existia mais. Henri Duquet era membro da resistência. Ele era um aliado, ou pelo menos devia ser. Certamente a levara até ali em busca de respostas.

Eleanor saiu do carro. O ar de fevereiro estava frio e penetrante, um vento forte rodopiando e batendo nela enquanto atravessava os amplos bulevares. O mastro de bandeira acima da entrada, que certamente portara uma suástica um ano antes, estava vazio. Henri destrancou a porta do prédio, e Eleanor se perguntou como ele teria obtido acesso. Lá dentro, o saguão estava calmo. Parecia uma casa qualquer transformada em escritório, mas Eleanor lera, com frequência demais, sobre as atrocidades que tinham acontecido ali durante interrogatórios de prisioneiros. Estremeceu por dentro, preparando-se conforme subia as escadas atrás de Henri.

— Aqui. — Ele abriu uma porta no primeiro andar e a deixou passar. Era um escritório, mais ou menos do tamanho do escritório do Diretor, com uma escrivaninha e uma mesinha com cadeiras. O lugar fora abandonado pelos alemães meses antes, mas as paredes ainda cheiravam a fumaça de cigarro e urina e mais alguma coisa metálica e apodrecida.

Então o viu no canto: um de seus rádios — certamente o que causara sua ruína.

— O rádio... Como o pegaram?

— Acreditamos que um setor de Marselha foi infiltrado pelos alemães. Depois que os agentes de Marselha foram presos, os nazistas ficaram com um rádio. Então, ao se passarem por diversos operadores, conseguiram obter localizações das entregas de armas e até de pessoal. Mais prisões e mais rádios. Este aqui em particular, eu acho, veio depois.

— Mas como estavam conseguindo se passar pelos agentes? Os rádios tinham características pensadas para segurança. Havia os códigos pré-determinados, os cristais e as verificações de segurança.

— Passei muito tempo tentando entender isso. Alguns dos cristais coincidiam na frequência. E as cifras não pareciam terem sido únicas. Então seria possível transmitir como agente, mesmo não tendo as sedas ou cristais exatos.

Era um detalhe descuidado e Eleanor se censurou por não ter consertado aquilo quando teve a chance.

— E as verificações de segurança?

— Não sei. Responda você.

Eleanor foi até o rádio. Passou os dedos pela máquina. Uma das teclas estava torta. Lembrou do dia na Arisaig House em que desmontara o rádio de Marie, testando-a para ver se a mulher tinha o que era necessário. Foi quando soube, sem sombra de dúvida, que Marie também fora presa pelos alemães.

— Você viu a operadora?

— Eu não estava aqui. Mas tínhamos um contato, uma mulher que cozinhava e limpava para os alemães. Ela contou de uma inglesa que foi trazida para cá, mas se recusou a cooperar e transmitir. E aguentou o máximo que conseguiu.

Eleanor pigarreou.

— Vesper também estava aqui?

Ao ouvir aquele nome, o rosto de Henri se endureceu.

— Sim.

— Onde ficaram presos?

Ele a levou para fora da sala, e os dois subiram dois lances de escada estreitos. Em instantes, Eleanor estava dentro de um pequeno quarto no sótão. Não era nada como esperava que fosse a cela de uma sede do SD, onde os fugitivos mais procurados eram levados para serem interrogados. Havia meia dúzia de camas em um estilo dormitório, como as que as garotas usavam para dormir, no treinamento na Arisaig House. Uma estante empoeirada e lotada ocupava um canto. O quarto estava vazio, sem lençóis nas camas nem roupas ou objetos pessoais. Mas restavam pequenos sinais daqueles que estiveram lá antes, letras e outros sinais riscados nas cabeceiras de ferro das camas. O colchão da cama ao lado estava sujo de sangue. Eleanor olhou pela janela. Dava para ver um pedaço da Torre Eiffel por trás de alguns telhados. Imaginou como deve ter sido para os que passaram os últimos dias ali, vendo o esplendor de Paris de tão perto, mas presos no próprio desespero.

— Era aqui que ficavam presos durante os interrogatórios. Alguns dias, talvez no máximo uma semana. Depois os alemães não precisavam mais deles.

— E daqui?

— Alguns foram para a prisão de Fresnes. Outros, como Vesper, foram mortos aqui, com um tiro na cabeça. — Ele disse aquilo sem piscar.

Eleanor sabia que Vesper tinha morrido, mas até aquele momento não sabia como.

— E a operadora do rádio?

— Não sei. Fresnes também, imagino. Quando a prisão foi esvaziada, os que estavam aqui foram enviados a Natzweiler.

Eleanor estremeceu ao ouvir o nome do campo de concentração em solo francês, onde tantos agentes homens capturados foram declarados mortos. Mas uma coisa a intrigava.

— Por que não Ravensbrück? Natzweiler era só para os homens, não?

— Talvez não estivessem esperando que ficassem vivas por muito tempo. Os alemães matavam essas mulheres sem deixar registros. Nacht und Nebel.

Noite e Nevoeiro. Eleanor ouvira falar do programa quando ainda trabalhava na sede, feito para sumir com prisioneiros sem deixar rastros. Conteve as lágrimas que já faziam seus olhos arderem.

— Foram levadas daqui quanto tempo antes da invasão?

— No máximo algumas semanas.

Eleanor arfou. Tinham chegado tão perto de conseguir.

— Você sabe que elas não foram as únicas que morreram — comentou Henri, de repente.

— Eu sei. Você também perdeu pessoas aqui.

Era mais uma realidade de tudo que acontecera: mesmo com agentes trabalhando para libertar a Europa, civis eram atingidos no fogo cruzado. Não apenas partidários, mas também homens, mulheres e crianças normais. Alguns tinham sido mortos como dano colateral em atos de sabotagem, como os funcionários das fábricas quando uma bomba explodia, ou o motorista de um trem que descarrilhara. Mas outros perdiam a vida nas represálias dos alemães contra a resistência. Churchill dissera para atear fogo à Europa, mas a verdade nua e crua era que inocentes também foram queimados.

Eleanor ficou parada no meio do pequeno sótão, vendo Marie ali, sob as vigas barulhentas, sozinha. Será que alguma das outras passara por ali? Eleanor jamais saberia.

Como tinha sido presa? Alguma coisa devia ter dado terrivelmente errado em campo, e ninguém sobrevivera para contar. Eleanor ficou encarando as paredes fixamente, como se desejando que Marie falasse de outro momento no tempo. Mas o quarto continuou como estava. Talvez a própria Marie tivesse morrido sem saber.

Ou talvez tivesse deixado alguma espécie de pista. Eleanor examinou o quarto, procurando algum esconderijo. Passou a mão pelos painéis das paredes.

— Já revistamos tudo, posso garantir — disse Henri.

Eleanor o ignorou, tateando o chão, sem ligar para a poeira que sujava suas mãos. Henri não conhecia as garotas como ela, não entendia como teriam operado para esconder alguma coisa. Suas mãos passaram por uma tábua irregular, e ela a levantou, encontrando um espaço oco. Olhou para Henri, que parecia surpreso, apesar de não querer demonstrar. O compartimento estava vazio.

Então passou a mão pela cabeceira da cama, as linhas brutas onde agentes e outros prisioneiros tinham riscado coisas no metal, como cicatrizes. Ela se ajoelhou para olhar mais de perto. Alguém riscara tracinhos, como se contando os dias, outros riscaram seus nomes. Outros riscos consistiam em uma única palavra: *Acredite*. Não viu o nome de Marie. Foi até a cabeceira seguinte e encontrou uma palavra escrita em uma caligrafia familiar. *Baudelaire*. O poeta francês.

Eleanor se lembrou do relatório a respeito de como Marie foi recrutada, lendo poesia francesa em um café. Foi até a estante de livros, examinando os títulos, a maioria franceses. Então tirou um livro de poesia e olhou no índice até encontrar um poema de Baudelaire, "Fleurs du mal". Eleanor abriu rapidamente na página em que o poema começava. E lá estavam, algumas letras levemente sublinhadas. Seguiu o padrão que soletravam: L-O-N-D-R-E-S. Marie tentou sinalizar alguma coisa sobre a sede, mas o quê? Poderia ter parecido um pedido de ajuda. Mas, ouvindo as palavras de Henri ecoarem, parecia uma coisa completamente diferente: uma acusação, por parte de Marie, daqueles que traíram os agentes. Será que estava dizendo que o culpado era alguém de Londres?

Estremecendo, Eleanor fechou o livro e olhou para Henri.

— Mais cedo, você falou de sangue nas minhas mãos. — Henri parecia menos zangado que quando se encontraram, e ela não queria provocar nada novamente. Mas precisava saber. — O que quis dizer?

— Quando eu trabalhava como mensageiro, frequentemente levava mensagens daqui para a sede da Gestapo. Os alemães estavam transmitindo para Londres sem o menor cuidado. Por que ninguém notou e tentou impedir? Os alemães não teriam conseguido mexer nos rádios sozinhos. Eles tiveram ajuda, srta. Trigg. Só pode ter sido alguém do seu lado. A forma com que estavam transmitindo e como obtinham informações tão facilmente. — A voz dele agora quase parecia suplicante. — Alguém tinha que saber.

— Foi por isso que me procurou?

Parecia que Henri não tinha ido atrás dela para ajudá-la, e sim em busca de respostas.

— Meu irmão foi um dos integrantes da resistência levados nas rondas logo antes do Dia D, depois que o circuito de Vesper foi quebrado. Ele nunca mais voltou.

— Sinto muitíssimo. Mas não pode nos culpar por isso.

— É engraçado você perguntar pelas garotas. Isto é, você estava no comando de todas. E, com seu histórico, podia até ser você. Talvez fosse você quem sabia o tempo todo.

— Como é? — Eleanor sentiu seu rosto esquentando. — Não pode estar achando...

Ele não estava apenas sugerindo que Londres traíra as garotas, estava querendo dizer que a própria Eleanor o fizera.

— Eu não as traí. — Mas fracassar com elas era quase tão ruim quanto. — Preciso ir — disse Eleanor de repente, precisando de distância de Henri Duquet e das suas acusações.

Desceu as escadas correndo e saiu da casa na avenida Foch, correndo sem parar. Olhando para trás, ficou aliviada por Duquet não ter ido atrás.

Diminuiu o passo ao virar a esquina. Já estava escuro, os postes criando poças de luz amarela nas calçadas. A cabeça de Eleanor estava a mil. Uma traição dentro da sede. Era quase impossível imaginar. Mas Vesper também sugerira aquilo ao dizer que não confiava em ninguém em Londres e que suspeitava de um vazamento. E Marie pareceu sinalizar o mesmo na sua última e desesperada mensagem no livro de poesias. Eleanor lembrou-se das reuniões da Norgeby Street, o círculo interno que planejava com tanto cuidado a vida dos agentes em campo. Será que o traidor podia ser alguém dali?

Chegou ao Arco do Triunfo. Já passava do toque de recolher, e as ruas estavam praticamente vazias. Um único táxi estava parado na banca da Rue de Presbourg, e ela entrou, pedindo para o motorista deixá-la no Savoy. Se alguém na sede traíra as garotas, explicaria elas terem sido pegas tão organizadamente, uma depois da outra, as caixas postais e esconderijos comprometidos. Podia explicar também por que alguém desejaria que a Norgeby House pegasse fogo, com todos os arquivos lá dentro.

Chegou à segurança do quarto de hotel e afundou em uma poltrona. Henri tinha confirmado que os rádios foram usados para falar com Londres. Mas ainda não sabia como os alemães tinham conseguido fazer aquilo. Só podiam ter tido algum tipo de ajuda. Sempre soube, naturalmente, que sua falha em pressionar mais a impedira de descobrir aquilo antes que fosse tarde demais. Mas a ideia de que traíra as garotas intencionalmente era dolorosa demais. E estava tão longe de encontrar respostas quanto antes.

O jornal que Henri lia no bar continuava sobre a cadeira do quarto. Ela o pegou e leu a matéria sobre o julgamento de crimes de guerra na Alemanha. Eleanor ficou surpresa pelo jornal francês dar tanto destaque para aquele julgamento; havia tantos deles que já eram lugar-comum. Mas esse tinha algo de diferente, o acusado era um oficial da SD que aterrorizara o norte da França durante meses. Hans Kriegler. Kriegler tinha sido chefe da SD — e possivelmente o arquiteto por trás da queda da Seção F. Eleanor vira o rosto de Kriegler nos arquivos da Norgeby House, lera sobre o modo sádico como ele tratava prisioneiros.

De repente, segurou o jornal com força. Kriegler estava vivo e prestes a ser julgado. Com certeza saberia qual tinha sido o destino de Marie — e a identidade de quem a traiu.

Eleanor iria à Alemanha para descobrir.

CAPÍTULO VINTE E SEIS

MARIE

França, 1944

Marie ergueu os olhos do chão de concreto da prisão de Fresnes, tentado concentrar a visão. A cabeça estava martelando, e a boca estava seca de tanta sede. Para sua surpresa, lá estava Eleanor.

— Eleanor...

Como ela a encontrara? Eleanor estendeu um cantil, e Marie bebeu, babando a água fresca e fria escorrendo pelos cantos da boca enquanto engolia.

— Toma — disse Eleanor, quando Marie terminou. Entregou a ela um uniforme de FANY bem passado e novinho em folha.

Marie abaixou a cabeça, sentindo a dor dos novos ferimentos ainda abertos na base do pescoço com a coluna.

— Fracassei — disse baixinho. — Sinto muito.

A imagem sumiu quando Marie abriu mais os olhos. Esticou o braço, encontrando apenas o vazio. Eleanor não estava lá. Sentiu a dor toda de uma vez ao se lembrar de onde estava, e tudo que acontecera antes de ir parar lá. Naquela manhã, depois do interrogatório na avenida Foch, fora tirada do sótão e transportada sem nenhum cuidado até a prisão. Não sabia para tinham levado Julian, nem o que fizeram com o corpo dele.

Aquilo acontecera havia quase um mês. O sonho com Eleanor resgatando-a e levando-a para casa e para sua família se repetia quase toda noite.

Foi acordada com gritos.

— *Raus!* — ladravam.

Não o francês da *milice* que sempre cuidava da prisão de Fresnes, e sim alemão. Alguma coisa dura ia batendo nas barras de metal de cada cela, e as portas eram abertas.

Marie se sentou depressa. O que estava acontecendo? Por um milésimo de segundo, pensou que podiam estar sendo libertados. A invasão já chegara desde o dia da prisão, soubera que as tropas aliadas estavam se aproximando cada vez mais de Paris. Mas os rostos em volta estavam sombrios, as pupilas escuras e dilatadas de medo. Por todo lado da grande cela, mulheres esquálidas juntavam seus poucos pertences, escrevendo bilhetes em pequenos pedaços de papel. Uma tentava engolir uma joia que conseguira esconder. Eram os últimos preparativos que cada mulher ali ensaiara centenas de vezes na imaginação, sabendo que aquele dia ia chegar. Os rumores a respeito da prisão estar sendo esvaziada eram verídicos.

Marie se levantou, rígida. Fora uma das últimas a chegar, e não havia mais colchões finos de palha sobre os quais dormir. Então dormia no chão havia mais de três semanas. Tentava se conformar pensando que podia evitar os piolhos ao não deitar naqueles pallets imundos, mas era inevitável, com tanta gente em um espaço tão pequeno. Sua cabeça coçava com as picadas, e ela ficava enjoada só de pensar.

Marie observou as mulheres se apressando, prosseguindo com os únicos preparos possíveis para a deportação, como se fossem mudar alguma coisa. Tinha cerca de uma dúzia ali havia mais tempo que ela, e seus corpos estavam esqueléticos, cobertos de feridas dos percevejos e hematomas de onde tinham apanhado. Marie descobrira que eram todas francesas, integrantes da resistência e esposas de partidários, mulheres normais que tinham sido pegas ajudando a desafiar os alemães. Muito poucas eram judias; aquelas pobres almas já haviam sido mandadas para leste, mas a presença das que foram permanecia no Mezuzá improvisado que uma delas riscara na parede perto da porta.

Agora se movimentavam com agilidade. Passavam pedaços de papel pelas frestas finas das janelas da prisão, mandando-os flutuando feito confete até o chão. Eram bilhetes, rabiscos em tudo que era possível encontrar, escritos em carvão ou às vezes sangue, perguntando por parentes ou tentando mandar notícias. Ou às vezes apenas "Je suis là" ("Eu estou aqui"), seguido por um nome, porque em breve não estariam mais, e alguém precisava lembrar.

Mas Marie continuou imóvel, deixando a atividade transcorrer à volta enquanto se preparava para ser levada mais uma vez contra vontade para locais desconhecidos. Pensou em se recusar a ir. Os alemães certamente a fuzilariam na hora, como fizeram com Julian. Seu coração parecia gritar quando lembrava daqueles últimos momentos, da vida se esvaindo dele. Julian parecera tão em paz. Sem ele, Marie perdera todas as esperanças. Talvez fosse melhor assim.

Não, nem todas as esperanças. Se os aliados estavam fechando o cerco em Paris, os alemães certamente iriam querer que os prisioneiros fossem transferidos antes. A libertação viria logo depois. Se havia alguma chance de um dia voltar para sua filha, Marie precisava tentar.

A porta da cela, trancada desde sua chegada, algumas semanas antes, se abriu de supetão com um tinido.

— Raus!

As mulheres ao redor dela avançaram. Ninguém queria sofrer as consequências de ficar por último. No úmido corredor central, mulheres jorravam de outras celas, misturando-se até o fluxo tornar-se um rio de corpos, cheio e quente.

Quando a multidão começou a empurrá-la para avançar, Marie tropeçou em alguma coisa e quase caiu. Era uma mulher no chão do corredor, em posição fetal, doente ou machucada demais para andar. Marie hesitou. Não queria ficar para trás, mas a mulher seria morta se continuasse ali. Ela se agachou e tentou ajudá-la. Então soltou um gritinho ao reconhecê-la.

Era Josie.

Marie congelou, tentando entender se seria uma ilusão, ou outro sonho. Então se ajoelhou, abraçando a amiga.

— Você está viva! — Mas Josie parecia um esqueleto, quase irreconhecível, imóvel. — Sou eu, Marie — acrescentou, mas Josie não respondeu nem pareceu reconhecê-la.

Josie abriu a boca, mas não conseguiu dizer nada. Apesar das péssimas condições, Marie sentiu-se alegre. Josie estava viva. Como? Fora declarada desaparecida um mês antes, dada como morta. Marie tinha tantas perguntas, mas Josie parecia não ter nem forças para falar, muito menos descrever os horrores pelos quais passara. Marie queria contar tudo que acontecera com ela, inclusive a morte de Julian.

Entretanto, não havia tempo. Estavam esvaziando a prisão inteira, mandando as pessoas avançarem, saírem para onde estavam os caminhões. Era obedecer ou ser pisoteada ou fuzilada.

— Venha. — Ela forçou Josie a se levantar. — Precisamos ir.

— Não consigo — respondeu Josie, rouca.

Marie tentou levantá-la, mas quase caiu para trás com o peso. Atrás delas, um tiro foi disparado, lembrando-a do que aconteceria caso se recusassem a ir.

— Você consegue.

Marie agarrou seus joelhos e tentou levantar Josie. Lembrou do dia em que Josie a ajudara a descer a colina escocesa naquela corrida que parecia ter acontecido uma vida inteira atrás. Agora era a sua vez de ser forte.

— Venha — insistiu.

Dava quase para sentir o vento fresco das Terras Altas empurrando-as rumo à porta. As duas avançaram juntas na direção do destino que as aguardava.

Pela janela ripada do vagão de carga, Marie conseguia ver uma luz fraca. Se era o sol nascendo ou se pondo, não sabia mais. Elas foram levadas de Fresnes para a Gare de Pantin em trens, o vagão carregado com quarenta em cada. O trem ficou horas parado na estação, cozinhando debaixo do sol de verão. Quando finalmente partiu, avançou para leste em um ritmo glacial, às vezes parando por horas intermináveis e voltando a avançar sem explicação. Em algum ponto, Marie presumiu que tinham passado pela fronteira da França com a Alemanha. As portas só foram abertas uma vez, para a entrega de um balde de água e um pouco de pão velho, nem de perto o suficiente para todas ali. A boca de Marie estava seca e rachada de sede.

Algumas mulheres gemiam, outras ficavam mudas, conformadas com seu destino. O ar fedia com o cheiro de urina e fezes e algo pior. Alguém morrera no vagão, talvez mais de uma pessoa, considerando o cheiro. Marie achou que o mais suportável era ficar de pé com o nariz encostado na janelinha. Mas Josie continuava caída no chão a seu lado.

Sentiu uma cólica violenta de repente e fez careta. Havia um balde do outro lado do vagão para defecarem. Mas, mesmo que chegasse até o balde a tempo, não arriscaria deixar Josie sozinha. Por um instante, teve medo de se sujar toda, mas então sentiu o sangue escorrendo pelas pernas, em um rio quente e humilhante. Sua menstruação. Embrulhou o vestido entre as pernas, sentindo o sangue vazar. Simplesmente não havia o que fazer.

Ela se abaixou para perto de Josie e pôs a mão na frente da boca da amiga, para garantir que estava respirando. Josie estava ardendo de febre, o calor parecendo emanar dela. Marie pegou um pano molhado, que conseguira encharcar quando o balde de água passara, mais cedo, e o colocou sobre a testa pelando de Josie. Não sabia o que havia de errado com ela; não tinha nenhum ferimento aparente. Tifo, talvez, ou disenteria. Chegou ainda mais perto, sem se preocupar se pegaria o que Josie tinha.

— Josie, você está viva. Que bom que encontrei você. Esse tempo todos nós achamos...

Josie abriu um sorriso fraco.

— Fui fazer contato com os *maquisards*... — Ela parou para lamber os lábios e respirar com dificuldade. — Mas era uma armadilha. Os alemães sabiam que eu estava indo para lá e estavam me esperando. Sabiam quem eu era, minha identidade real, e até que eu era metade judia. Quem entregou a gente ainda está por aí. Precisamos dar um jeito de avisar Julian.

Josie não sabia. Por um instante, Marie pensou em esconder a verdade, temendo que fosse demais. Mas não podia.

— Julian morreu.

— Tem certeza?

— Eu mesma vi. — Uma lágrima escorreu de seus olhos. — Eu o abracei até ele partir. A culpa foi minha — confessou. — A SD estava com um de nossos rádios e queriam que eu transmitisse para Londres, para a sede não suspeitar de nada e continuar mandando informações. Tentei transmitir sem minha verificação de segurança, para Londres perceber que era falsa. Mas os alemães descobriram o que fiz e mataram Julian.

— Você estava fazendo exatamente o que treinou — disse Josie, reconfortando Marie, quando na verdade devia estar sendo o oposto. — Não pode se culpar. Julian teria optado por isso. Ele não ia querer que você entregasse a operação por ele.

De repente, o rosto de Josie pareceu virar pedra.

— Então acabou — disse baixinho.

Josie se recostou de volta, a pouca força que parecia ter juntado aparentemente já coisa do passado. Marie queria argumentar, mas não conseguiu. Ela também sentou no chão do vagão, espremendo-se no espacinho ao lado da amiga. Seus dedos encontraram os de Josie, e elas ficaram sentadas sem se falar, ouvindo os sons do trem tinindo nos trilhos e os gemidos patéticos de mulheres morrendo.

Josie fechou os olhos, parecendo dormir. Ao observá-la, parecia que alguma coisa dentro de Marie se quebrou. Josie era a melhor delas. E, no entanto, lá estava, destruída, um quase cadáver enrugado e sofrido. Uma garota de 18 anos devia estar sonhando com coisas que jovens de 18 anos sonham, e não enfrentando seus últimos dias.

— Podíamos estar dançando em Londres agora — imaginou Marie, em voz alta. Era uma brincadeira que faziam depois dos dias mais difíceis de treinamento na Arisaig House. — Uma noitada no Ritz com um daqueles soldados americanos.

Josie abriu um pouco os olhos e conseguiu dar um leve sorriso, mais parecido com uma careta. Tentou falar, mas não saía som. Em vez disso, emitiu um chiado, o inconfundível som do fim se aproximando.

— Josie...

Marie queria saber tantas coisas sobre sua vida e o que ela vira em campo. Josie saberia como continuar em frente, como sobreviver, não importava o que as aguardava. Mas já estava longe demais para responder.

De repente, ouviram um ronco ao longe. Alguma explosão. As mulheres murmuraram.

— Bombas dos aliados — sussurrou alguém.

Uma mulher vibrou, outra aplaudiu. Será que eram mesmo os primeiros estágios da prometida libertação? Falavam naquilo havia tanto tempo que Marie quase não acreditava mais.

Mas a alegria durou pouco ao ouvirem mais uma explosão, dessa vez mais perto. Algumas tábuas do teto do vagão caíram. Marie cobriu Josie com o próprio corpo para protegê-la de possíveis escombros.

— Fomos atingidas! — gritou alguém.

Não tinham sido ainda, mas era apenas questão de tempo. O vagão balançou e começou a virar de lado, e Marie fez força para conter a maré de corpos que desciam como uma cascata sobre elas.

Então as explosões pararam, e o vagão se estabilizou, permanecendo em um ângulo perigosamente inclinado. As portas se abriram, e o jato de vento frio foi um alívio bem-vindo.

— *Raus! Mach schnell!* — A ordem para evacuar.

Marie ficou intrigada. Por que os alemães se importariam se um vagão cheio de prisioneiros tombava ou era atingido por uma bomba? Mas quando se levantou e espiou pela janela, viu que os trilhos já tinham sido destruídos, impossibilitando a passagem.

As mulheres escalavam o chão inclinado do vagão, seguindo as ordens de sair. Mas Josie continuava deitada, imóvel. Será que estava morta?

— Vamos, Josie — implorou Marie, desesperada.

Tentou puxar a amiga, mas era impossível no ângulo em que o vagão estava.

Ao ver as duas ainda lá dentro, um dos alemães entrou.

— Fora! — ladrou, se aproximando.

— Ela está doente e não consegue se mexer — gritou Marie, implorando por misericórdia.

Imediatamente se deu conta do erro. Os mais frágeis e feridos eram lixo para os alemães, não merecendo cuidados, e sim descarte imediato.

O alemão levantou o pé para chutar Josie e a acertou com um golpe duro, quase fazendo o corpo dela pular.

— Não! — gritou Marie, atirando-se sobre a amiga.

— Saia, senão vai ser a próxima — ordenou o soldado.

Marie não respondeu, só abraçou Josie com ainda mais força. Não a abandonaria ali. Sentiu uma rajada de ar com mais um chute do soldado vindo. Suas costelas pareceram explodir de dor, ainda doloridas da surra tomada na avenida Foch. Ela se enroscou na amiga, preparando-se para mais um golpe, imaginando quantos conseguiria aguentar. De canto de olho, viu o alemão pondo a mão na arma. Então era assim que ia terminar. Pelo menos estava com Josie, não sozinha.

— Sinto muito — sussurrou Marie, pensando na filha que jamais devia ter deixado.

Outro alemão entrou no vagão, fazendo barulho.

— Não desperdice munição — avisou ao primeiro. — Se querem morrer aqui no meio de um ataque aéreo, deixe.

Mas o primeiro soldado insistiu, a pegando com força e tentando arrastá-la de cima da amiga. Marie lutou, até que sentiu alguma coisa se mexendo debaixo dela. Quando olhou, deu de cara com os olhos de Josie arregalados, seu olhar firme e calmo. De repente elas estavam na Escócia de novo e eram só as duas acordadas, conversando na escuridão do quarto. Os lábios de Josie formaram uma única palavra, inconfundível: *Corra*.

Então Marie sentiu, uma coisa redonda e dura entre elas. Josie segurava um ovo de metal escuro contra o peito. Uma granada, como as que tinham aprendido a usar na Arisaig House. Não fazia ideia de como a amiga conseguira guardar aquilo por todo aquele tempo. Mas sabia que Josie guardara a granada exatamente para aquele momento — sua última resistência.

— Não! — gritou Marie, mas era tarde demais. Josie já arrancara o pino.

Marie se levantou e como se empurrada por mãos invisíveis, passou pelos alemães que tinham se agrupado ali.

Pulou pela porta, na direção da luz do dia atrás dela. Marie não se sentia mais impotente. Podia fazer aquilo. Por Tess. Por Julian. Por Josie. Por todos.

O vagão de carga explodiu, lançando Marie ainda mais adiante no meio da escuridão.

CAPÍTULO VINTE E SETE

ELEANOR

Alemanha, 1946

Três dias depois, Eleanor parou o jipe alugado antes da entrada sul do antigo campo de concentração Dachau.

Depois de deixar o Savoy, pegara um trem quase vazio na Gare de l'Est para viajar por um dia e uma noite, atravessando a França. Ao se aproximar da fronteira com a Alemanha durante a noite, gelara. A Alemanha era tão grande na sua imaginação por causa da guerra, a fonte de tanto sofrimento e mal. Não estivera lá desde que passara pelo país quando pequena, fugindo da Polônia com a mãe e Tatiana. Agora, como na época, se sentia perseguida, como se alguém pudesse vir atrás dela e pará-la a qualquer momento. Mas atravessar a fronteira foi tranquilo, com apenas uma sucinta verificação de passaporte por um guarda, que felizmente não perguntou o que ela ia fazer no país.

Chegou a Stuttgart e de lá fez conexão em outro trem rumo ao sul. O trem fez seu caminho diligentemente pelas colinas bávaras cobertas de pinheiros, parando toda hora e desviando de trilhos que ainda não tinham sido consertados desde os últimos ataques aéreos dos Aliados. Finalmente, desembarcou no que parecia um dia ter sido uma estação de trem em Munique, agora apenas a carcaça de um edifício com uma única e raquítica plataforma. Tinha lido a respeito da aniquilação da Alemanha por bombas nos últimos dias de guerra, mas nada poderia tê-la preparado para a magnitude da destruição: quarteirão após quarteirão de prédios bombardeados, um deserto de escombros que fazia os dias mais sombrios da Blitz não parecerem nada em comparação. Queria sentir algum prazer na dor dos alemães. Afinal, fora o país deles que causara tanto sofrimento. Mas ali estavam pessoas normais, morando na rua em um inverno rigoroso com nada mais que roupas leves como proteção contra o frio. As crianças pedindo esmola na estação partiram seu coração de uma maneira que poucas coisas já haviam conseguido partir. A nação poderosa que outrora fora o agressor havia sido reduzida a pó.

Ninguém sabia que Eleanor estava indo para a Alemanha. Por um breve momento pensara em avisar ao Diretor e pedir que ele autorizasse as permissões. Mas ele pedira discrição. Mesmo se quisesse ajudá-la, não teria muito como. E talvez até tentasse proibi-la de ir. Fazer perguntas em Paris era uma coisa; investigar nos tribunais da Alemanha era completamente diferente.

Mas não contar a ele também significava não ter status oficial ali, refletiu Eleanor, sentada no jipe diante da cerca de arame farpado de Dachau. O campo era exatamente como nas fotos, hectares de prédios baixos de madeira, só que cobertos de uma neve fina. O céu estava carregado e cinzento. Eleanor quase podia ver as vítimas que tinham ficado presas ali menos de um ano antes; homens, mulheres e crianças carecas, esqueléticos, vestindo uniformes listrados de prisioneiro. Os que sobreviveram já tinham sido soltos havia tempo, mas quase sentia os olhos fundos deles a encarando, exigindo saber por que o mundo não viera a seu auxílio antes.

— Documentos — pediu o guarda.

Eleanor entregou os documentos que o Diretor lhe dera antes de deixar Londres e prendeu a respiração enquanto o guarda os examinava.

— Venceram ontem.

— Venceram? — Eleanor agiu como se estivesse surpresa. — Minha nossa, eu achei que dia 27 era hoje. — Tentou abrir seu sorriso mais doce. Charminho feminino era um assunto com o qual não tinha familiaridade. — Se você checar com seu superior, vai ver que está tudo em ordem — blefou.

O guarda olhou para trás com hesitação, na direção do enorme prédio de tijolos que compreendia a entrada para o campo, dividido ao meio por um largo arco e uma sombria torre quadrada subindo alto. Dachau tinha sido uma fábrica de munições. No caminho de carro até o campo, pela estrada de pedra e gelo construída em turfeiras, ela ficara maravilhada com as casas de cada lado, imaginando o que as pessoas ali não deviam ter visto e sabido e pensado durante a guerra. O que tinham feito a respeito?

O guarda examinou os documentos, ainda parecendo não saber o que fazer. Se estava com medo de incomodar seu chefe na hora do jantar, da caminhada no meio da neve ou de deixar seu posto vazio, ela não sabia.

— Vamos fazer o seguinte — disse —, me deixe entrar, e venho falar com você amanhã bem cedo para resolvermos tudo. — Eleanor não sabia exatamente o que faria depois de entrar, mas sabia que precisava passar pelo guarda se quisesse encontrar Kriegler.

— Certo.

Eleanor suspirou de leve quando o guarda devolveu seus documentos. Ia deixá-la passar.

Mas quando ela virou a chave na ignição, ouviu alguém gritar:

— Pare bem aí! — Um homem se aproximou do carro e abriu a porta. — Por favor, saia, senhora. — O sotaque dele era do sul dos Estados Unidos; ela reconheceu por causa dos filmes. Era mais velho que o guarda, e as barras nos ombros de seu uniforme sinalizavam que era major, uma classificação alta. — Saia — repetiu.

Ela obedeceu, abanando a nuvem de fumaça de cigarro em volta da cabeça.

— Nunca deixe uma pessoa que não foi liberada passar — repreendeu ele, olhando para o guarda. — Nem uma mulher bonita. — Eleanor não sabia se era para se sentir lisonjeada ou irritada. — E sempre inspecione o veículo. Ficou claro?

— Sim, senhor.

O major pisoteou para tirar a neve das botas. Apesar de estar fazendo dez graus negativos, não estava de casaco.

— Eu assumo daqui. — Depois de o guarda voltar para a guarita, o major se dirigiu novamente a Eleanor. — Quem você é?

Soube, pelo olhar penetrante dele, que não havia sentido em mentir.

— Eleanor Trigg.

Ele olhou os documentos que ela entregou.

— Bem, os documentos definitivamente têm os carimbos certos, mesmo vencidos. Sou Mick Willis do Setor de Investigação, Grupo de Crimes de Guerra. Sou um homem dos palheiros. — Eleanor inclinou a cabeça de lado, sem nem fingir que havia entendido. — Caçadores de nazistas. Somos chamados assim porque conseguimos encontrar uma agulha no palheiro. Eu caço esses malditos nazistas, ou pelo menos caçava. Agora estou destacado aqui, do *US Army JAG*, ajudando a prepararem o julgamento. — O rosto dele era áspero, e sua barba grisalha estava por fazer. — O que você quer aqui?

Ela saiu do jipe.

— Sou inglesa, da Operações Especiais. Eu recrutava e coordenava nossas agentes de Londres.

— Achei que estavam sendo encerrados. — O tom de voz dele era firme, sem rodeios.

— Sim, mas meu ex-chefe, coronel Winslow, me enviou para investigar. — Ela abriu a bolsa e tirou as fotos. — Agentes perdidas sem informações quanto a paradeiros. Consegui uma pista na França de que algumas delas podem ter sido enviadas para cá. — Ela parou antes de revelar o verdadeiro motivo por ter vindo.

O sujeito jogou o cigarro no chão e apagou a brasa com o calcanhar da bota.

— Não tem mais nenhuma vítima do Reich aqui. Todas foram mandadas para os campos de pessoas deslocadas. Mas você já sabia disso. — Ele a olhou calmamente. — O que realmente quer aqui?

Claramente não havia como enganar Mick Willis.

— Vocês estão com Hans Kriegler. Quero questioná-lo a respeito das garotas.

— Isso é impossível. Ninguém tem acesso a ele. Ordens do próprio procurador-chefe, Charlie Denson.

A frustração de Eleanor só aumentava. Recebera um não primeiro dos britânicos, depois dos franceses, dez ou mais vezes. Mas os americanos estavam ajudando na recuperação, cheios de boas intenções; achou que teria uma chance com eles.

— Olha, você precisa ir embora, mas não tem mais como ser esta noite. Posso oferecer uma cama e uma refeição. Mas amanhã, assim que o sol raiar, você vai embora. Entendeu?

Eleanor abriu a boca para recusar. Não tinha nenhuma intenção de ir embora. Ia falar com Kriegler, não aceitaria nada menos que isso. Mas, pela tensão no queixo de Mick, já percebera que ele não ia ceder. E uma noite ali compraria tempo para pensar em alguma coisa.

— Seria ótimo, obrigada.

Achou que Mick queria que ela o seguisse a pé, mas em vez disso ele foi até o lado do motorista do jipe.

— Posso? — Ela assentiu e se sentou no banco do carona. — Nossos quartéis ficam a 800 metros daqui — explicou, avançando pelo campo. — Estamos abrigados numas das antigas casernas da SS.

Ela estava impressionada pelo tamanho do campo que se revelava diante de seus olhos. Era muito maior do que poderia ter imaginado.

Mick parou na frente de um prédio de madeira comprido de um só andar, que, Eleanor ficou aliviada em notar, ficava do lado de fora da cerca de arame farpado do campo.

— Siga-me. — Ele a guiou pelo interior.

Havia um escritório mal iluminado por uma única luminária Anglepoise em uma mesa de metal. Uma lata guardava restos de cigarros e cinzas. Alguém colara na parede uma galeria de fotos, alemães que ainda estavam à solta.

— Vou providenciar um quarto para você passar a noite. Espere aqui. E não toque em nada.

Eleanor ficou desajeitada no meio do espaço. Queria desesperadamente mexer nos papéis sobre a mesa e nos arquivos, mas não ousou.

Mick voltou alguns segundos depois.

— Vão arranjar um lugar para você. Melhor comer um pouco antes de o rancho fechar.

Ele saiu do escritório sem dizer nada, e Eleanor presumiu que fosse melhor segui-lo. Os dois entraram em um refeitório com mesas compridas que a lembraram da unidade de treinamento Arisaig House. Quase podia ouvir as risadas das garotas.

Mas a comida ali era servida como nas escolas. Mick lhe entregou uma bandeja e a levou pela fila, onde serviram algum tipo de carne com batatas sem precisarem pedir.

— Nossos alojamentos não são ruins — comentou Mick, achando uma mesa com dois lugares. — Qualquer coisa é melhor que o inverno que passamos nas trincheiras perto de Bastogne. Claro que a comida continua sendo horrível.

O estômago de Eleanor se revirou ao pensar nas crianças famintas pelas quais passara na estação de Munique, tão magras que os ossos eram visíveis por trás das peles pálidas. E aquilo, lembrou, certamente não era nada perto dos judeus que ficaram presos em Dachau, a menos de meio quilômetro de onde estava.

Mick atacou o prato sem hesitação.

— Sinto muito se fui grosseiro mais cedo — disse, mastigando.

— Essa operação está uma verdadeira zona. Enquanto os poderosos em Nuremberg julgam os casos mais famosos, a gente está com os verdadeiros monstros aqui, os guardas que de fato matavam. E temos tão pouco com que trabalhar... Tem um julgamento começando semana que vem, e o trabalho não para. Estamos exaustos. — Ele parou, olhando-a de cima a baixo. — Você também não parece muito bem — acrescentou, com franqueza.

Ela ignorou a ofensa involuntária.

— Estou viajando desde ontem de manhã. E agora parece que cheguei só para já ir embora de novo.

— Assim que amanhecer — lembrou ele, ainda mastigando.

Eleanor percebeu que Mick não estava tentando ser mal-educado. Na verdade, só comia com a pressa de alguém que já lutara, sem saber quanto tempo teria para terminar a refeição ou quando seria a próxima.

— Não podemos deixar nada interferir nos preparativos do julgamento. Ouvi falar das suas agentes. — Eleanor ficou surpresa. Poucos fora da SOE sabiam sobre o programa dela. — Li nos relatórios que algumas foram presas com os homens. Não sei se eram as suas, é claro.

— São todas minhas. Me conte — comandou na pressa esquecendo de ser educada.

— Interrogamos um guarda que falou de cinco mulheres trazidas para cá.

— Quando?

Ele coçou a cabeça.

— Junho ou começo de julho de 1944, talvez. Não era incomum ter mulheres aqui. Havia um dormitório só para elas na colina.

Ele apontou para algum ponto na escuridão do lado de fora. O estômago de Eleanor se contraiu mais uma vez. Não tinha se dado conta de que, ao ir ver Kriegler, acabaria no exato lugar em que algumas das garotas tinham sido perdidas para sempre.

— Mas essas mulheres não foram registradas, nunca entraram nos quartéis. Elas eram levadas direto para a cela de interrogatório. — Eleanor estremeceu. Já ouvira falar dos lugares onde os prisioneiros sofriam antes de morrer. — Ninguém nunca mais as viu. Exceto um prisioneiro que trabalhou naquele bloco. Temos o depoimento dele.
— Posso ver?
Ele vacilou.
— Acho que não vai fazer mal se eu mostrar a transcrição. Vai embora amanhã, mesmo. Podemos olhar depois de terminar de comer.
Ela deslizou a bandeja para o lado e arrastou a cadeira para trás com barulho.
— Já terminei.
Mick comeu mais uma garfada, se levantou e retirou as bandejas. Ele a levou de volta até o escritório. Havia papéis empilhados por toda parte, e Eleanor, que sempre guardara seus próprios arquivos de forma impecável, achou que ele acabaria não conseguindo encontrar nada. Mas Mick foi até o ficheiro e abriu a gaveta sem hesitação, tirando de dentro uma pasta fina e entregando-a a ela.
Eleanor abriu. Era o depoimento de um polonês que tinha sido testemunha ocular e que fora forçado a trabalhar em Dachau. Folheou as páginas sobre o terrível trabalho que ele tinha que fazer, colocando corpos em fornos depois de os prisioneiros serem assassinados.
Então uma frase chamou sua atenção. *Três mulheres foram trazidas certa noite. Chamaram minha atenção porque eram francesas e muito bem vestidas. Uma era ruiva.* Era Maureen. Eleanor continuou lendo:
Não demonstraram medo, e andaram de braços dados pelo campo, mesmo seguidas por homens armados. Essas mulheres não foram registradas como prisioneiras, e sim levadas direto para as casernas médicas, ao lado de onde eu trabalhava. Um guarda pediu para uma delas se despir para fazer um exame. Ouvi uma voz feminina perguntar: Pourquoi?
Por quê?, traduziu Eleanor, antes de continuar:

E responderam, "Tifo". Depois disso, não ouvi mais nada, e mais tarde os corpos foram trazidos para mim.

Eleanor baixou o arquivo. Injetaram alguma coisa nelas, dizendo que era remédio. Sabia que as garotas tinham morrido. Mas a cena do que acontecera exatamente estava ali diante dela. Era quase duro demais para suportar.

Mas ainda não se sabia como tinham sido descobertas. Reprimiu a tristeza e se concentrou no porquê de ter ido até lá.

— Preciso ver Kriegler.

— Mas que merda, Ellie — respondeu Mick. Era a primeira vez na vida em que alguém a chamava daquele jeito. Pensou em pedir para ele não repetir aquilo, mas achou melhor não.

— Você é uma mulher insistente.

Mick pegou um maço de cigarros e ofereceu um a ela, que recusou. Eleanor só fumou nas noites em que despachou suas garotas em aviões para a França; nunca mais dera um trago. Mick acendeu o dele.

— Já contei mais do que devia. Suas garotas foram mortas pelos alemães. É uma pena, mas pelo menos agora você tem certeza. Não é o bastante?

— Para mim, não. Quero saber tudo, inclusive como descobriram as garotas. É por isso que preciso falar com Kriegler. Meia hora. É só o que peço. Você diz que quer que esses homens sejam julgados pelo que fizeram. Mas e quanto à justiça para aqueles contra quem cometeram os crimes?

Mick tragou o cigarro e soltou a fumaça com força.

— As agentes não tinham status oficial, e, tirando o relatório que mostrei a você, há tanta coisa que não sabemos em relação ao que aconteceu. É como se as provas tivessem desaparecido com elas.

O que era exatamente o que os alemães queriam, pensou Eleanor. Mais uma maneira de a justiça ser negada às suas garotas.

— Entendo e admiro sua lealdade a elas — continuou Mick —, mas precisa olhar para o contexto geral. Esses homens assassinaram milhares, não, milhões. E Kriegler é um dos piores. Não posso arriscar o julgamento dele só para ajudar você. Ainda mais quando não estamos prontos... — Ele parou, como se percebendo que falara demais.

— É isso — disse Eleanor, aproveitando a oportunidade. — Seu caso contra Kriegler: não é forte o suficiente, não é?

— Não faço a mínima ideia do que está falando. — A voz dele, entretanto, ficou mais aguda.

— Kriegler. Ele não quer falar. Você não tem o que precisa para condená-lo, tem?

— Mesmo se isso fosse verdade, o caso da acusação é confidencial. Você sabe que eu não poderia contar.

— Eu tenho as mais altas permissões de Whitehall. — *Tinha*, corrigiu-se ela em silêncio. — Se você me contar, talvez eu possa ajudar.

Ele levantou as mãos.

— OK, OK, entendi. Mas não aqui.

Mick indicou para que saíssem do escritório e descessem o corredor. Eleanor ficou intrigada: o escritório, de porta fechada, teria sido o lugar perfeito no qual conversar. Quem Mick achava que podia estar escutando?

— Sim, é Kriegler — confessou, quando saíram. Ficara escuro de vez, e o ar parecia ter ficado ainda mais gelado. — O caso contra ele não está tão forte quanto gostaríamos. Kriegler cobriu seus rastros notavelmente bem, e alguns de seus subordinados que temos em custódia estão relutantes em testemunhar contra ele. — A SD era um grupo unido e disciplinado. Seus funcionários prefeririam morrer a trair um antigo chefe. — Foi um custo arrancar alguma coisa dele. Apertamos todos os parafusos. Pressionamos. Ele não cede.

Kriegler era um mestre no interrogatório, então sabia resistir melhor que ninguém. Eleanor nunca fizera ninguém confessar pessoalmente, mas passara tempo suficiente na SOE para saber como fazer uma testemunha falar.

Mick continuou:

— O Tribunal de Crimes de Guerra acha que o caso é grande demais para ser feito aqui. Querem transferi-lo para Nuremberg. Mas estamos sendo pressionados pela sede do Terceiro Exército, em Munique, para manter o caso aqui e obter uma vitória para os julgamentos de Dachau.

— Posso ajudar — ofereceu Eleanor, sem parar para pensar se realmente podia. Ela se aproximou dele e lembrou do dossiê de Kriegler em Londres, dos relatos de crueldade. — Você precisa do histórico de Kriegler, seu modo de perguntar, os detalhes para interrogatório, e eu tenho isso.

Eleanor acompanhara, de Londres, os movimentos de Kriegler e daqueles canalhas da SD como uma partida de xadrez. Por mais que ainda não tivesse as respostas que procurava em relação a como as garotas haviam sido traídas, conhecia os crimes de Kriegler e dos outros até bem demais.

— Posso conseguir documentos. — Mais um blefe; as provas que podia oferecer tinham virado pó junto com a Norgeby House. E também não conseguiria pedir nada para um julgamento marcado para dali a dois dias. — Posso ser sua testemunha, assinar um depoimento. E você precisa entrar na cabeça dele, descobrir o que importa mais para ele, onde ficam os lugares mais sombrios de sua mente.

— Me explica como.

Ela balançou a cabeça.

— Não até me dar o que preciso. Dez minutos sozinha com ele.

— O que faz você pensar que ele vai falar com você?

— Eu o conheço — respondeu, dando-se conta de como soava ridículo.

— Você nunca o encontrou.

— E os nazistas que você caçou pela Europa? Também nunca os encontrara antes, certo? Mas os conhecia, suas histórias de família, seus históricos, seus crimes. É como Kriegler para mim.

— Mas ele é diferente. Ele não cede.

— Não vai fazer mal tentar.

— Isso é loucura!

— É muito pouco ortodoxo — concordou Eleanor. — Mas quer o julgamento ou não? Olha, não tenho tempo para isso. Se não vai me dar acesso a ele, vou atrás da minha próxima pista.

Era um blefe calculado. Dachau era sua última chance. Só rezava para Mick não perceber aquilo.

— Mesmo assim, é impossível dar acesso a você. Ele será transferido para Nuremberg assim que amanhecer.

Eleanor percebeu que chegara bem na hora. Seria impossível falar com ele em Nuremberg.

— Então me deixe falar com ele agora.

— Dez minutos — concedeu Mick. — E tenho que estar presente.

— Quinze — negociou Eleanor. — E você pode escutar do outro lado da porta.

— Você é sempre difícil assim?

Ela ignorou o comentário. Passara metade da vida sendo chamada de difícil só porque fazia o mesmo que os homens.

— Ele não vai querer falar se você estiver lá.

Mick a encarou.

— Não vejo como você conseguiria tirar algo dele — admitiu.

Eleanor prendeu a respiração, esperando receber um não, ser dispensada como fora tantas vezes nos últimos meses e anos.

— Mas não tenho mais opções. Não agora. Só que aparecer no meio da noite vai atrair atenção demais. Vamos sair às cinco da manhã. Precisamos estar lá antes de o transporte levá-lo para Nuremberg.

Queria ver Kriegler naquele instante, mas assentiu, sabendo que era melhor não abusar.

Mick a levou até outro prédio e corredor. Tinha sido pintado e limpo recentemente, para torná-lo mais adequado para os oficiais aliados, para apagar as coisas terríveis que tinham acontecido ali. Ele abriu a porta de um cômodo estreito com uma cama e uma pia.

— Vejo você de manhã — disse, fechando a porta em seguida.

Eleanor se deitou e ficou imaginando suas moças chegando ao campo, como aquele funcionário contara no relatório. Era um pequeno conforto saber que algumas estavam juntas. Como será que tinham se reencontrado? Parecia improvável terem sido presas no mesmo local. Eleanor não parava de se perguntar o que teria acontecido se tivessem sido avisadas antes que um rádio fora comprometido e que era uma armadilha. Poderiam ter se separado e permanecido clandestinas. Em vez disso, tinham sido presas e, na maioria dos casos, assassinadas. Era culpa dela. Devia ter seguido sua intuição, forçado o Diretor ou alguém acima dele a ouvi-la. Mas não o fizera, e suas garotas pagaram o preço.

Quando o céu finalmente começou a ficar rosado acima das colinas da Bavária, Eleanor se lavou o melhor possível e mudou de vestido. Quando saiu, o ar estava com um forte toque de umidade, como se fosse nevar de novo, mas não imediatamente.

Mick estava esperando na calmaria de antes do amanhecer, a fumaça do cigarro subindo sinuosamente, e abriu a porta de um jipe. Eleanor resistiu à vontade de pedir um cigarro. Entraram no jipe, deixando a direção outra vez por conta de Mick, que guiou até o portão ao qual ela chegara, no dia anterior. Nenhum dos dois falava nada.

Ele estacionou o jipe e saiu. Eleanor o seguiu, a barra da saia soltando de suas botas, onde a prendera. Estavam dentro do campo. Mick a guiou sem uma palavra por baixo do arco da guarita, e apenas o estalar dos calçados dela contra a neve interrompia o silêncio. Procurou pelo infame sinal "Arbeit Macht Frei" acima da entrada, mas não estava mais lá. Passando pelo portão, dava para ver fileiras e mais fileiras de quartéis. Ficou olhando, como se uma das garotas pudesse sair de um dos prédios a qualquer instante. *Onde estão vocês?*

— Me mostre — pediu. Apesar de aquilo poder não revelar nada, Eleanor precisava saber. — Me mostre tudo.

Ele traçou uma linha na frente dos dois, da esquerda para a direita.

— As chegadas vinham por essa rua, pela entrada com a estação de trem ao lado das casernas da SS.

Eleanor imaginou as moças, exaustas e confusas, sendo forçadas a marchar por aquele caminho. As garotas teriam caminhado de cabeça erguida, conforme foram treinadas, sem demonstrar medo.

Mick a levou até um semicírculo de casernas, parando na última.

— Este é o bloco dos interrogatórios onde supostamente foram interrogadas e mortas. — A voz dele era factual, sem emoção. — Há um crematório nos fundos, para onde os corpos eram levados.

Eleanor pedira para saber tudo e ele não a pouparia. Ela tocou os tijolos, horrorizada.

— É ali? — Ela apontou para um prédio baixo com uma chaminé reveladora.

— O crematório. Sim. Os prisioneiros chamavam de "a fuga mais rápida".

— Quero ver.

Ela caminhou até o metal carbonizado retorcido e se ajoelhou na terra, peneirando o cascalho entre os dedos.

— Vamos — disse Mick, por fim, ajudando-a a se levantar. — Temos pouco tempo antes de levarem Kriegler para ser interrogado. Ninguém pode saber que deixei você entrar.

Ele a levou para a direita, onde uma seção de casernas fora isolada com arame farpado.

— É aqui que mantemos ele e os outros prisioneiros à espera do julgamento.

— Não na cela do interrogatório então? — perguntou. Teria sido mais adequado.

— Seria bom. Mas precisamos preservar aquela área por causa das provas.

O soldado tomando conta das casernas olhou para ele, inseguro.

— Está tudo bem — garantiu Mick, mostrando suas credenciais. O guarda deu um passo para o lado. — Tem certeza de que quer fazer isso?

Ela cruzou os braços.

— O que quer dizer?

— Faço isso há muito tempo, e tem sido um sofrimento após o outro. A verdade — acrescentou, com um tom sinistro —, às vezes, é o exato oposto do que esperamos que seja.

E uma vez revelada, pensou Eleanor, *não pode ser devolvida. Como a bruma de perfume borrifado do vidro que um dia o guardava.* Podia desistir. Mas pensou em Marie, com suas intermináveis perguntas, sempre querendo saber a verdade a respeito de para onde os agentes iam, o que fariam. A respeito dos *por quês*.

— Estou pronta.

— Então venha.

Eleanor endireitou os ombros. Dentro das casernas, o chão estava sujo, e um cheiro podre impregnava as paredes de pedra. Ele a levou por um corredor e parou na frente de uma porta fechada.

— Aqui. — Era diferente das outras, reforçada com aço e com um olho mágico no meio.

Eleanor espiou pelo olho mágico. Ao ver Hans Kriegler, arfou de leve, recuando. O rosto que vira tantas vezes em relatórios e fotografias estava a poucos metros de distância. Ele parecia igual, talvez um pouco mais magro, e usava o uniforme cáqui da prisão. Eleanor ouvira histórias a respeito de tropas aliadas vingando-se dos prisioneiros. Mas, com exceção de uma cicatriz rosada na face esquerda, Kriegler parecia bem. E era tão comum, como um livreiro ou um comerciante que alguém veria nas ruas de Paris ou Berlim antes da guerra. Nem de perto parecia o monstro que ela imaginara.

Mick inclinou a cabeça e disse:

— Pode entrar.

Eleanor parou, congelada. Encarou o homem que poderia ter todas as respostas pelas quais estava procurando. Pela primeira vez, uma pequena parte dela não queria saber a verdade. Ainda podia voltar, contar às famílias que descobrira onde e como as garotas tinham morrido. Seria verdade, e, para a maioria, o suficiente. Mas então lembrou dos pais das garotas, da agonia nos olhos deles quando perguntavam *por quê*. Jurara para si mesma que descobriria o que acontecera e o motivo. Nada menos que aquilo a satisfaria.

A cela era um cômodo normal, pequeno e retangular. Havia uma cama, um cobertor e um pequeno abajur. Uma cafeteira no canto.

— É assim que abrigamos prisioneiros?

— É a Convenção de Genebra, Ellie. São militares de alto escalão. Estamos tentando manter tudo às limpas, sem alegações de maus-tratos.

Ela balançou a cabeça.

— Com certeza minhas garotas não receberiam tamanha consideração.

— É melhor entrar logo — insistiu Mick. Ele olhou para trás, nervoso. — Não temos muito tempo.

Eleanor respirou fundo e abriu a porta.

— Herr Kriegler — disse, dirigindo-se a ele como civil, recusando a usar um título que ele não merecia. O homem a encarou com uma expressão neutra. — Meu nome é Eleanor Trigg.

— Sei quem você é. — Ele se levantou, como se estivessem em um café em um encontro arranjado. — Que bom finalmente conhecê-la. — O tom de voz era familiar, destemido, quase cordial.

— Sabe quem sou? — Ela não conseguiu esconder que havia sido pega de surpresa.

— Claro. Sabemos de tudo. — Ela reparou na escolha dele de usar o tempo presente. Ele indicou a cafeteira. — Se quiser um pouco, posso pedir mais uma xícara.

Prefiro beber veneno a tomar café com você, teve vontade de dizer. Mas apenas balançou a cabeça. Ele tomou um gole e fez careta.

— Nada como o café da minha casa, em Viena. Minha filha e eu adorávamos ir a um pequeno café perto da praça Stephansplatz e pedir sachertorte e café.

— Quantos anos tem sua filha?

— Onze. Não a vejo há quatro anos. Mas você não veio falar de crianças. E nem de café. Quer me perguntar sobre as garotas.

Era como se ele a estivesse aguardando, e aquilo a deixou desconfortável.

— Agentes — corrigiu Eleanor. — As que não voltaram para casa. Sei que estão mortas — acrescentou, não querendo ouvir aquilo dele. — Mas quero saber como morreram. E como foram capturadas.

— Gás ou tiro, aqui ou em algum outro campo, realmente importa? — Eleanor ficou pasma com o tom sem compaixão dele. — Eram espiãs.

— Elas não eram espiãs. — Eleanor estava ficando irritada.

— Bem, então como as definiria? Usavam roupas de civis, operando em território ocupado. Foram capturadas e mortas.

— Eu sei disso — retrucou Eleanor, recuperando-se. — Mas como foram capturadas? — Ele desviou o olhar, recalcitrante. — Você sabe que aquelas moças também tinham filhos, filhas como a sua. Aquelas crianças jamais verão as mães outra vez.

Então ela notou alguma coisa mudar no olhar dele, uma centelha de medo vindo à tona.

— Eu também não verei a minha. Serei enforcado pelo que fiz. *Se existir justiça divina.*

— Não dá para ter certeza. Se cooperar, talvez seja condenado à prisão perpétua. Então por que não me conta a verdade? — pressionou. — As coisas que vim saber não têm nada a ver com a acusação — acrescentou, esquecendo por um momento da promessa a Mick de que o ajudaria. — Você não tem mais nada a temer do seu lado. Estão todos presos ou mortos.

— Porque existem segredos que devemos levar para o túmulo.

Que segredos?, perguntou-se. *E por que um homem que estava no fim da vida escolheria ficar calado?*

Eleanor resolveu usar outro método. Abriu a bolsa e pegou as fotos. Ela as entregou a Kriegler, que olhou uma por uma. Então apontou uma delas.

— Marie — disse, reconhecendo. Ele apontou para o próprio rosto, onde estava a cicatriz. — Ela lutou com as próprias unhas, aqui e aqui. — Deixando nele uma marca que ele jamais poderia apagar. — Mas acabou transmitindo a mensagem. Não para salvar a própria vida, e sim a dele.

— Vesper?

Ele assentiu.

— Atirei nele mesmo assim. — Kriegler parecia encorajado. — Não foi nada pessoal — acrescentou, sua voz objetiva. — Eu não tinha mais uso para ele... nem para ela.

— E Marie? — perguntou Eleanor, com medo da resposta.

— Foi levada para Fresnes com outras cinco mulheres.

— Quando?

— Final de maio.

Logo após Julian voltar de Londres. Tão antes do que Eleanor imaginara.

— Então na época vocês já estavam com o rádio? — Ele assentiu. — Mas ainda estávamos recebendo mensagens.

E transmitindo, lembrou. Tudo que temia durante a guerra tinha sido verdade.

— Mensagens nossas. Pegamos o primeiro rádio em Marselha. Mas, como Londres já sabia que aquele circuito fora descoberto, não havia motivo para transmitir. Então mexemos com as frequências até encontrar a do circuito de Vesper. Conseguimos imitar a operadora para fazer Londres transmitir para nós.

O jogo com o rádio, como Henri relatara em Paris. Eleanor lembrou de suas suspeitas, de como algumas das transmissões de Marie pareciam normais, e outras nem pareciam ser dela. Estas últimas estavam sendo enviadas pela inteligência alemã, justamente como desconfiara. Não mencionara suas dúvidas, e, quando mencionou, foram dispensadas pelo Diretor como se não significassem nada. Mas ali estava a verdade, diante dela, tão evidente quanto um jogo de cartas vitorioso sobre a mesa. Devia ter feito alguma coisa a respeito de suas suspeitas e insistido mais com o Diretor para descobrir o que estava acontecendo.

No entanto não havia tempo para se sentir culpada; seus preciosos minutos para interrogar Kriegler estavam acabando.

— Mas como? Eu descobri em Paris que vocês estavam com os rádios e que conseguiam responder Londres com eles. Mas vocês não tinham as verificações de segurança. Como fizeram?

— Achamos que não ia dar certo. — Ele sorriu, e Eleanor teve que se segurar para não pular em cima dele e o esbofetear. — Havia tantas maneiras de a Inglaterra notar... Primeiro achamos que vocês eram apenas descuidados e ocupados demais. Só depois percebemos que alguém em Londres na verdade *queria* que recebêssemos as mensagens.

— Com licença? Como pode dizer isso?

— Em meados de maio de 1944, eu tive oportunidade de me afastar da sede. Um de meus representantes, um *dummkopf*, foi arrogante. Ele mandou uma mensagem para Londres, admitindo que estávamos do outro lado da linha. Quando descobri, mandei-o à corte marcial por traição.

— Quem em Londres, exatamente?

Eleanor mandara aquelas mensagens pessoalmente. Mas não sabia nada sobre a trapaça com os rádios.

— Não tenho a menor ideia. Alguém sabia e continuou transmitindo mesmo assim.

Eleanor pensou nas pessoas que tinham acesso às transmissões do circuito Vesper. Ela, Jane, o Diretor. Era um grupo muito pequeno, tinha certeza de que nenhum deles teria feito aquilo.

Antes de Eleanor poder perguntar mais, Mick bateu à porta, chamando-a.

— Acabou o tempo. Conseguiu o que estava procurando?

— Acho que sim.

Eleanor não parava de pensar na afirmação de Kriegler de que os alemães *contaram* a Londres que estavam com o rádio. De que Londres sabia. Estava estupefata e intrigada. Estivera pessoalmente na sede todo santo dia de operação, e jamais imaginara, muito menos escutara, tal coisa.

Mick a observava com expectativa, esperando pelas informações de que ele precisava. Com aquele choque, esquecera-se de perguntar à Kriegler as coisas que prometera para Mick. Mas não importava. Já tinha as respostas que ele queria.

— Ele confessou o assassinato de Julian Brookhouse. Disse que atirou pessoalmente nele na sede da SD em Paris em maio de 1944.

Mick arregalou os olhos.

— Conseguiu tirar isso dele em dez minutos?

— Se ele negar, diga que eu estava gravando a conversa em segredo e que estou pronta para testemunhar contra ele no tribunal. — A primeira parte era mentira; a segunda, não.

Mick olhou para a cela.

— Preciso entrar e falar com ele agora, antes de o transporte chegar. Se não quiser me esperar, peço para um dos guardas levar você de volta para a base.

— Eu espero.

Havia tempo de sobra.

Mick saiu da cela alguns minutos depois.

— Kriegler pediu para ver você de novo.

Surpresa, Eleanor entrou de volta na cela para rever o homem mais cruel que conhecera.

— Vou cooperar com os americanos. — A expressão no rosto dele era séria, e ela soube que Mick mencionara que tinha provas da confissão do assassinato de Julian. — Mas antes disso, quero ajudar você.

Sabia que era mentira. O homem queria levar a verdade sobre as garotas para o túmulo. Só que tinha medo em seus olhos.

— Se eu ajudar, você fala a meu favor, pedindo por clemência?

— Sim.

Jamais perdoaria Kriegler nem deixaria que ficasse livre. Mas uma vida longa, sozinho com seus crimes, parecia uma punição maior.

Os olhos do alemão brilharam. Ele deslizou uma coisa por cima da mesa. O objeto caiu, e Kriegler o chutou na direção dela. Era uma pequena chave. Como ele havia conseguido manter aquilo depois de ser preso e interrogado, Eleanor não sabia.

— Credit Suisse em Zurique — disse. — Cofre 9127.

— O que é?

— Uma apólice de seguro, digamos assim — respondeu, enigmático. — Documentos contendo as respostas que está procurando. — O coração de Eleanor acelerou. — Nunca mais serei livre, mas darei a você as respostas por Marie e as outras quatro que mandei para a prisão. E para as filhas delas. — Talvez fosse um ato de contrição, ainda que minúsculo.

Então alguma coisa que ele dissera chamou a atenção de Eleanor.

— Disse que havia cinco garotas? — Ele assentiu. — Tem certeza?

— Saíram de Paris todas juntas. Eu mesmo dei a ordem. Uma morreu quando o vagão do trem explodiu.

Então deviam ter chegado quatro.

— Mas o relatório da testemunha só falava de três garotas. O que aconteceu com a outra?

— Nunca foi encontrada. Existem dezenas de maneiras pelas quais pode ter morrido. Mas que eu saiba também ainda pode estar viva.

Eleanor se levantou de um pulo e saiu às pressas da cela, passando correndo por Mick.

CAPÍTULO VINTE E OITO

ELEANOR

Zurique, 1946

Uma neve fina já tinha começado a cair quando Eleanor atravessou a praça Paradeplatz em direção à enorme sede de pedras do Credit Suisse. Com os sinos da igreja Fraumünster soando 9h30 ao longe, passou pelos banqueiros de ternos que chegavam ao trabalho.

Eleanor deixara a Alemanha como que hipnotizada, viajando de trem para o sul. Atravessara os alpes suíços cobertos de neve, que apenas um ano antes formavam uma barreira natural para tantos escaparem sem incidentes. Passara a viagem toda segurando firme a chave que recebera de Kriegler.

Mick correra atrás dela quando saiu da cela de Kriegler.

— Acha que é verdade? — perguntara. — Acha que uma de minhas garotas ainda pode estar viva?

— É difícil. Eu gostaria de dizer que sim. Mas você conhece as probabilidades. O homem é um mentiroso. Mesmo se estiver falando a verdade em relação a uma quinta garota no trem vindo de Paris, não significa que esteja viva. Se estivesse, talvez já tivesse aparecido. Há dezenas de motivos para não ter conseguido chegar ao campo, e nenhum deles é bom. Só não quero que você se magoe.

— Provavelmente o cofre também está vazio.

Eleanor esperava que Mick discordasse da declaração, mas ele não o fez.

— Então não vá. Fique aqui. Ajude com o julgamento.

— Se Kriegler tivesse lhe entregado uma pista sobre seus homens, deixaria para lá?

— Não, acho que não. — Ele entendia que era impossível deixar pra lá a menor esperança de achar aqueles que tinham desaparecido. — Então vá ver o que está lá e volte logo. Você é uma mulher excelente, Eleanor Trigg. Seria bom termos alguém como você aqui. Precisamos de você — insistira. — Sua experiência seria uma grande soma ao nosso time.

Mick estava tentando recrutá-la? Eleanor cogitara a oferta, lisonjeada. Não tinha mais emprego, agora que a SOE a demitira, nada a esperava em casa. E o trabalho combinava com ela.

Mas balançara a cabeça.

— Fico honrada. Mas espero que me perdoe se eu recusar, pelo menos por agora. Seu trabalho é importantíssimo, mas ainda não terminei o meu.

— Há um longo caminho antes de parar — respondera ele, compreensivo.

Eleanor reconhecera o verso do poeta americano Robert Frost.

— Exatamente — respondera, gostando mais dele a cada momento.

Eram almas parecidas: sozinhos, cada um em sua busca. Apesar de terem acabado de se conhecer, Mick parecia entender o que ela estava passando melhor que ninguém. Eleanor ficara triste por ter que deixá-lo.

Saindo de Dachau, só pensava em procurar a moça desaparecida que Kriegler alegara que ainda podia estar viva. Mas não havia uma única pista, nem um documento ou testemunha em quem se basear, a não ser a palavra dele. E a promessa do cofre no banco de Zurique, que Kriegler sugerira ter as respostas que ela buscava quanto ao rádio.

Entrando no banco, o barulho de seus saltos batendo no chão ecoavam pelo pé direito alto. Pinturas escuras de homens sombrios em molduras douradas adornavam as paredes. Passou por duas enormes colinas e entrou em uma sala chamada "Tresorraum". *Cofre.*

Atrás do balcão com tampo de mármore, um homem de lenço listrado no pescoço a encarou por cima dos óculos. Sem dizer nada, ele entregou um pedaço de papel em branco. Eleanor anotou o número do cofre e devolveu a folha. Enquanto o funcionário lia a informação, Eleanor ia se preparando para perguntas quanto a quem era ou se era a dona da caixa. Mas o homem simplesmente deu meia-volta e desapareceu atrás de uma porta. *É assim que funciona*, pensou. *Nada de nomes, nada de perguntas. A beleza e o mal do banco suíço.* Pela porta entreaberta atrás do balcão, viu uma parede larga e alta de caixas de metal, como criptas em um mausoléu. Quais outros segredos podiam ocultar, guardados por pessoas que não tinham vivido para ver o fim da guerra?

O homem voltou alguns minutos depois com uma caixa oblonga selada e duas fechaduras no topo. Eleanor pegou a chave que Kriegler lhe dera. Como conseguira esconder aquilo enquanto estava preso?

O homem pegou uma segunda chave. Ele a inseriu em uma das fechaduras, e indicou que Eleanor fizesse o mesmo com a dela. Tentou inserir a chave, mas não parecia caber. Seu coração murchou: Mick tinha razão, Kriegler a enganara. Mas, olhando mais de perto, percebeu que a chave estava gasta e um pouco enferrujada. Limpou o metal e tentou desentortá-lo, e assim conseguiu encaixar a chave na fechadura.

Eleanor e o funcionário viraram as chaves ao mesmo tempo. A caixa abriu com um estalo, e o homem tirou uma caixa menor do interior. Então pegou a chave dele e desapareceu, deixando-a sozinha.

Eleanor abriu a caixa com as mãos trêmulas. Havia uma pilha de Reichsmarks, que já não tinham mais nenhum valor, e uma pilha de dólares. Pegou os dólares e os guardou no bolso. Era dinheiro sujo de sangue, mas não ligava. Dividiria entre as famílias das garotas que tinham deixado filhos para trás, para sempre sem as mães.

Embaixo do dinheiro, havia um único envelope. Eleanor o abriu cuidadosamente. Tinha um pedaço de papel dentro, tão fino que quase se desfez quando o pegou. Desdobrou a folha com delicadeza e leu. Seus olhos ficaram cheios d'água. Diante dela, em preto e branco, estavam as respostas que tanto procurava. Era tudo o que Kriegler prometera.

A mensagem era uma transmissão de Paris para Londres, datada de 8 de maio de 1944: *Obrigado pela colaboração e pelas armas que nos enviou. SD.*

Era a transmissão que Kriegler mencionara, enviada por um dos representantes dele, revelando abertamente a Londres que o rádio estava comprometido. A transmissão tinha o carimbo de "Empfangen London". Recebida em Londres. De alguma maneira, jamais pusera os olhos naquilo. Mas alguém em Londres permitira que as transmissões continuassem, mesmo sabendo que os alemães estavam com aquele rádio.

Por que Kriegler lhe entregara aquilo? Certamente não por arrependimento, ou um ato súbito de altruísmo. Nem o medo da acusação justificaria uma revelação tão grande. Não, era para contar a verdade sobre os crimes que o governo britânico havia cometido, o sangue que também tinham nas mãos. Divulgar seu último ato de guerra. O que ele teria feito se Eleanor não tivesse ido a Dachau? Poderia ter encontrado outra maneira de divulgar aquilo. Ou poderia ter levado o segredo para o túmulo.

Mas o que fazer com a informação? Precisava encontrar uma forma de fazer a verdade vir à tona. De alcançar aqueles a quem mais importava. A verdade, uma vez exposta, seria o fim, para ela, para o Diretor e para todos.

Mesmo assim, fizera uma promessa para suas garotas. Não havia escolha. Precisava consertar as coisas.

Secando as lágrimas dos olhos, saiu apressada do cofre.

CAPÍTULO VINTE E NOVE

GRACE

Nova York, 1946

Grace colocou açúcar em seu café, observando os grãos derreterem no líquido negro. Levantou a cabeça, tranquilizando-se com a imagem de Frankie encurvado em cima de um arquivo do outro lado do escritório e do zumbido instável do aquecedor.

Fazia exatamente uma semana que deixara as fotos no consulado da Inglaterra. Não sabia se seria difícil voltar ao normal, como se toda aquela história com as garotas jamais tivesse acontecido. Mas retomara sua vida de sempre com a maior naturalidade. O quarto na pensão, agora enfeitado pelas hidrângeas de plástico que a mãe levara, parecia mais um lar que nunca.

Mesmo assim, estava sempre pensando em Mark, e em como ele deve ter ficado intrigado ao acordar e se dar conta de que ela já havia partido. Por um lado, esperava um telefonema, mas Mark não ligou. Também pensava nas garotas, em Eleanor e em por que a chefe as traíra.

Deixando de lado as perguntas que a fizeram entrar naquela corrida louca, Grace voltou a datilografar uma carta para o comitê de habitação. Frankie atravessou a sala e lhe entregou um arquivo.

— Queria que preenchesse isso para mim.

Ela abriu a pasta. Eram papéis da Children's Aid Society para abrigar uma criança com uma família. Grace ficou surpresa, pois em geral encaminhavam esse tipo de questão para Simon Wise, na rua Ludlow, que se especializara em direito da família. Então leu os nomes no formulário e entendeu por que Frankie estava cuidando pessoalmente do caso. A criança a ser abrigada era Samuel Altshuler. E estava indo morar com ninguém menos que o próprio Frankie.

— Vai adotar Sammy? — perguntou, sem acreditar.

— O garoto merece um lar de verdade, sabe? E o que você falou sobre ser difícil se envolver... aquilo me marcou. — Grace lembrou da conversa por telefone, quando ligou de Washington para ele. Sua intenção fora dar um alerta. Mas Frankie compreendera o oposto e resolvera mergulhar de cabeça. — Então vou abrigá-lo. Pelo menos se deixarem um velho solteirão ter um filho.

Grace apertou o braço dele, sua admiração aumentando.

— Vão deixar, Frankie. Com certeza. Ele é um garoto de sorte por ter você. Vou preencher tudo agora e entregar na agência pessoalmente.

Quando Grace voltou do tribunal, eram quase duas da tarde. O escritório estava vazio, mas Frankie tinha deixado um recado: *Fui comprar algumas coisas para o quarto do moleque. Volto logo.* As palavras pareciam pular da página, de tanta empolgação e propósito.

O estômago dela roncou, lembrando-a de que perdera a hora do almoço. Pegou a bolsa com seu sanduíche de pasta de ovo e foi até a porta. Dava para comer rapidinho no terraço até Frankie voltar.

Abriu a porta do escritório, mas congelou na hora. Em pé, ali no corredor, estava Mark.

— Olá... — cumprimentou, insegura.

O encontro na rua, da última vez, tinha sido pura coincidência. Mas ele estava ali de propósito, procurando por ela. Grace sentia surpresa, alegria e raiva ao mesmo tempo. Como ele a encontrara? Sua mãe, ou talvez a proprietária do apartamento. Não deve ter sido muito difícil.

— Você foi embora — disse ele, a voz mais magoada que acusadora.

— Sinto muito.

— Foi alguma coisa que eu disse? Ou fiz?

— De jeito nenhum. — Dava para ver como ele deve ter ficado confuso. — As coisas entre nós só pareceram... bem, complicadas. E então achei isso.

Ela abriu a bolsa e pegou a transmissão que provava a culpa de Eleanor. Grace quase destruíra o documento quando chegou a Nova York. Mas não conseguira, e, apesar de ter tentado deixar aquilo tudo para trás, mantinha o papel junto de si o tempo todo.

— Descobrir a verdade sobre Eleanor somado a tudo entre a gente... Foi demais para mim.

— Então foi embora.

— Fui. — Mas fugir não tinha mudado nada. A culpa de Eleanor continuava lá, estampada na folha. Assim como seus sentimentos por Mark. — Sinto muito por não ter falado nada.

— Tudo bem. Todos temos questões que mantemos escondidas. Tem muita coisa que você não sabe a meu respeito. — Ele fez uma pausa. — Quando estávamos em Washington, você perguntou sobre meus dias no Tribunal de Crimes de Guerra. Eu não estava pronto para contar na hora, mas agora estou. Eu estava terminando a faculdade de direito quando a guerra começou. Queria me alistar, mas meu pai insistiu para eu terminar as aulas antes de ir. Meu pai tinha gastado tudo que tinha com meus estudos, e eu precisava virar advogado para garantir a sobrevivência da família. Então dobrei o número de aulas para terminar mais cedo. Me alistei um dia depois de formado e me colocaram na JAG Corps, e fui enviado a campo. Mas, naquela época, tudo já havia terminado, e era apenas uma questão de limpeza final. Um dos primeiros casos que enfrentei em Frankfurt foi o julgamento de Obens. Já ouviu falar?

Grace balançou a cabeça.

— Foi o que imaginei — retrucou ele. — Deram duro para manter a imprensa longe. Obens era um soldado americano de uma das companhias que libertaram Ravensbrück. Ele e seus companheiros ficaram enojados com o que viram, ficaram mentalmente abalados. Quando capturaram um alemão que tinha trabalhado naquele campo, Obens atirou nele a sangue frio, violando as regras da guerra.

Grace empalideceu, imaginando homens bons como Tom se deixando levar daquele jeito.

— Eu quis acusar. Não tinha sido em combate, e sim pura e simplesmente um assassinato. Mas meus superiores não quiseram nem ouvir. Estavam concentrados em julgar alemães, não queriam diluir a história da vitória dos aliados. Só que eu não deixei para lá. Então inventaram uma história de como eu estava fazendo aquilo porque minha família era alemã. — Grace pensou no sobrenome dele, *Dorff*. Meio que sabia de sua ascendência alemã, mas não quisera perguntar. — Chamaram de traição.

— Então você renunciou?

— Sim, antes de me levarem à corte marcial. Deve me achar um covarde. Sinto muito por não ter contado antes.

— Não, para mim, o que fez foi corajoso. Mas por que está me contando isso?

— Porque acho que você se culpa pela morte de Tom, e é por isso que fica fugindo. Mas nada é preto e branco. Nem suas escolhas, nem as minhas, nem as de Eleanor. Tenho certeza de que ela teve motivos para fazer o que fez.

— Talvez.

— Não acredita em mim?

— Não sei mais no que acreditar. Mas estou feliz por você estar aqui. — Ela disse aquilo sem pensar. Sentiu o rosto ficando vermelho.

— Verdade? — Ele se aproximou. — Eu também.

— Mesmo sendo complicado?

— Ainda mais assim. Não gosto de nada fácil.

Mark a abraçou, e os dois ficaram daquele jeito por vários segundos. Ela levantou a cabeça, e seus olhares se encontraram. Mark parecia querer beijá-la, e dessa vez ela realmente, realmente queria. Grace fechou os olhos quando notou Mark baixando a cabeça. Seus lábios se tocaram.

De repente, ouviu um barulho atrás dele.

— Grace, acredita que comprei uma bicicleta para Sammy e...

Frankie parou, e Mark e Grace se afastaram tarde demais.

Grace pigarreou.

— Frankie, este é Mark Dorff. Ele era amigo do meu marido. — A explicação só parecia tornar tudo pior.

Notou Frankie olhar dela para Mark, depois para ela de novo, preparando-se para dizer alguma coisa. Pela expressão no rosto dele, Grace não sabia se estava zangado ou achando divertido.

— Não estava esperando você de volta tão cedo — justificou.

— É, bem, lembra da mulher que me pediu para investigar?

Frankie olhou para Mark, desconfortável, como se não tivesse certeza de que deveria continuar na frente dele.

— Tudo bem, Mark sabe de tudo.

— Eu estava na imigração mais cedo, conferindo algumas coisas para a papelada de adoção de Sammy. Vi um amigo na alfândega. Ele encontrou o arquivo da mulher.

— Eleanor?

— Não tinha muita coisa. Chegou à América uns dois dias antes de morrer, de avião.

Grace assentiu, seu coração murchando outra vez. Já sabia disso por causa do passaporte que folheara no consulado. Mas também, o que esperava? Um formulário da alfândega não poderia revelar o que estava se passando pela cabeça de Eleanor, o que ela estava fazendo em Nova York, e nem se tinha a ver com ter traído as garotas.

— Obrigada — disse ela, ainda grata por ele ter se esforçado para ajudá-la.

— A única outra coisa na ficha era isso. — Frakie deslizou o bloco de papel pela mesa até ela, apontando com o lápis para uma das anotações. — Foi esse endereço que ela colocou como seu destino na América.

Grace examinou o papel e sentiu um frio na espinha. O endereço de um apartamento no Brooklyn. E, embaixo, na letra tremida de Frankie, a entrada do registro: *Anfitrião*. Quando leu o nome que estava logo abaixo, seu sangue gelou.

— Preciso ir — disse Grace, pegando o casaco. — Obrigada!

Deu um beijo tão forte na bochecha de Frankie que ele caiu sentado na cadeira.

— Quer que eu vá junto? — perguntou Mark, indo atrás.

Mas Grace já estava saindo. Algumas coisas uma mulher tinha que fazer sozinha.

CAPÍTULO TRINTA

ELEANOR

Londres, 1946

— Eleanor. — O Diretor levantou a cabeça por trás de sua mesa. Ela partira de Zurique havia quatro dias. Parara na porta dele sem avisar, com o papel na mão. — Não esperava que voltasse tão rápido. Como foi a viagem para a França?

— Não encontrei nada na França.

Ele se recostou na cadeira e pegou o cachimbo.

— Bom, é uma pena. Estou grato por ter tentado, mas sempre soubemos que seria uma caçada inútil, com pouco para aparecer depois de tanto tempo. Espero que pelo menos algumas de suas perguntas tenham sido respondidas.

— Eu não disse que não encontrei nada — interveio. — Apenas que não encontrei nada *na França*. Mas tive a oportunidade de ir à Alemanha e entrevistar Hans Kriegler.

— Alemanha. — O Diretor fez uma pausa, seu cachimbo ainda apagado na mão. — Kriegler será julgado em Nuremberg, não vai? Como conseguiu isso?

— Dei um jeito. Falei com ele em Dachau, onde estava alocado antes de ser transportado. Ele me levou até isso. — Ela mostrou o documento do cofre. — Você sabia que os alemães estavam com o rádio. E mesmo assim continuou transmitindo informações sigilosas.

O Diretor arrancou o papel dela.

— Eleanor, isso é um absurdo! — exclamou, um pouco rápido demais, sem ao menos ler. — Nunca vi esse documento antes.

Eleanor estendeu a mão. Mas não era o papel que queria de volta.

— O registro de transmissão. Deixe-me vê-lo. E não me diga que foi queimado no incêndio — acrescentou, antes que ele pudesse responder. — Sei que você guardava uma cópia.

O Diretor a olhou sem piscar. Então sua expressão mudou para resignação. Ele se virou para o armário, digitou a combinação do cofre e girou a maçaneta. A gaveta abriu, e ele entregou uma pasta recheada a Eleanor.

Eleanor folheou as páginas e páginas de transmissões entre Londres e a Seção F, organizadas por data. Então, lá estava: a cópia da transmissão que obtivera através de Kriegler. Londres de fato a recebera. Era idêntica ao papel no banco, exceto pelo carimbo de recebido — e da segunda folha de papel, grampeada. *Mensagem não autenticada*, dizia a segunda folha, um sinal de alerta do operador que recebera a mensagem. E, então, uma mensagem separada: *Continuar transmitindo como agendado*. Alguém emitira uma determinação para continuarem transmitindo apesar do aviso de que a mensagem era falsa. E, apesar de Eleanor jamais ter visto aquilo na vida, o memorando fora impresso com o seu cabeçalho.

— Escondeu isso de mim.

— Eu não *incluí* você — corrigiu o Diretor.

Como se aquilo fizesse diferença. Eleanor continuara transmitindo sem saber que as preocupações sobre as quais comentara diversas vezes tinham sido fornecidas pelos próprios alemães. Mas seus superiores, o Diretor e só Deus sabe mais quem, tinham escondido a informação dela para continuar transmitindo. E aquilo fizera com que as garotas fossem presas, custara a vida delas. Suspeitava há tempos de algo errado, de as transmissões não serem autênticas. Mas a ideia de que sua agência sacrificaria seu pessoal de bom grado era espantosa.

— Sabia que, se eu visse isso, teria interrompido as transmissões imediatamente. *Você* devia ter interrompido. Estava transmitindo informações delicadas aos alemães, informações que colocavam todos os nossos agentes em risco.

Ele se levantou.

— Não tive escolha. Eu estava cumprindo ordens.

Quantas vezes ela não lera aquilo nos relatórios de criminosos de guerra alemães capturados, que alegavam ser impotentes, não terem tido escolha a não ser cometer as atrocidades com as próprias mãos? O Diretor se endireitou na cadeira.

— Mas mesmo que não fosse o caso, eu teria seguido em frente. Quando percebemos que os alemães tinham o rádio, vimos uma oportunidade de dar informações sobre as operações. Informações falsas, que redirecionariam suas defesas para outros lugares antes do Dia D. E deu certo. Se os alemães não achassem que estávamos juntando forças em outro lugar, as mortes dos Aliados teriam sido muito mais numerosas. E, se aquela maldita operadora de rádio não tivesse sinalizado a mensagem que devia ser de Tompkins, teria continuado a funcionar. Deu certo — repetiu ele, como se para convencer a si próprio.

— Não para as minhas garotas — devolveu Eleanor, seca. — Não para as doze que nunca mais voltaram, ou outros agentes como Julian, que foram mortos.

A informação que Londres passara aos alemães por rádio tinha revelado suas localizações e atividades, levando-os diretamente para a captura.

— Às vezes o bem maior requer alguns sacrifícios — respondeu ele, com frieza.

Eleanor estava estupefata. Trabalhara para o Diretor; o apoiara. A maneira estratégica com a qual ele abordava trabalhos tão difíceis, mobilizando agentes como peças de xadrez em um tabuleiro, era uma das coisas que mais admirava nele. Eleanor jamais teria imaginado que ele podia ser assim: frio, cínico.

— Isto é ultrajante. Vou a Whitehall.

— E vai dizer o quê? Foi um programa secreto, aprovado pelos superiores. De onde acha que veio a autorização?

Então aquilo não era coisa só do Diretor; dos níveis mais altos no governo tinham aprovado o plano. Eleanor compreendeu a extensão da traição.

— Vou aos jornais. — Alguma coisa precisava ser feita.

— Eleanor, você já parou para pensar no seu próprio papel nessa história? Você sabia que as transmissões pareciam suspeitas. E, no entanto, continuou transmitindo informações nas mesmas frequências para a mesma operadora.

Eleanor estava perplexa.

— Não pode estar sugerindo...

— Você até mandou uma mensagem avisando que Julian estava voltando para o campo. E, quando a operadora disse para mudar o local de pouso, você também autorizou. *Você* enviou Julian para a morte, Eleanor. Não insistiu mais porque sabia que a missão precisava continuar, não importava como.

— Como ousa? — Eleanor sentiu seu rosto quente de raiva. — Eu jamais teria feito alguma coisa que colocasse Julian ou minhas garotas em risco.

Mas o Diretor continuou:

— E não se iluda. Seu nome está em todas as transmissões enviadas. Se isso vazar, o mundo todo saberá que a culpa é sua. Eu nunca quis que isso acontecesse. — A voz dele pareceu ficar mais gentil. — Achei que tudo tinha ficado para trás quando você saiu da SOE. Mas você não parava de perguntar por aí. E depois teve aquela história com o pai de Violet. Ele levou seus questionamentos até seu representante no parlamento, e nos disseram que poderia haver um inquérito parlamentar. Enviei todos os arquivos que pude para Washington.

— E queimou o resto — constatou Eleanor. Ele não respondeu. A verdade era cruel demais para acreditar; o Diretor tinha destruído a Norgeby House, o lugar pelo qual tinham trabalhado tanto, para enterrar a verdade. — Foi você quem me despachou também — acrescentou, enfim entendendo tudo.

— Eu não parava de receber relatos de suas perguntas — admitiu ele. — Você não largava o osso. Pensei que tirá-la de Londres, enviá-la para investigar na França, nos daria tempo.

Ele não contara com a hipótese de Eleanor ir à Alemanha falar com o próprio Kriegler. Mas tinha ido, e as coisas que descobriu mudaram tudo.

— Então o que vamos fazer a respeito?

— Não há nada a fazer. O parlamento vai conduzir a investigação, não vai encontrar nada, e tudo isso vai acabar.

— Como assim? Precisamos dizer a verdade, contar ao parlamento.

— Para que, para manchar mais ainda a imagem do trabalho que fizemos na SOE? Sempre falaram que éramos inconsequentes, até mesmo danosos, e agora daremos provas para essas alegações? A SOE é legado meu e seu também. — O Diretor faria qualquer coisa para manter aquilo em segredo. — A verdade não muda nada, Eleanor. As garotas morreram.

Mas, para ela, a verdade tinha que prevalecer.

— Então vou sozinha.

As palavras eram um eco da ameaça de quando suspeitara dos rádios. Se tivesse cumprido a promessa daquela vez, algumas das moças poderiam ainda estar vivas. Mas não tinha seguido adiante. Dessa vez, a ameaça não era vazia. Não tinha mais nada a temer.

— Eu mesma vou até a comissão.

— Não pode. É sua palavra contra a minha. Em quem acha que vão acreditar? Numa secretária amargurada, ou em um

coronel condecorado que dirigiu uma agência com distinção?
— Ele tinha razão. Não havia verdade com a qual contradizê-lo. A não ser que existisse uma testemunha.
— Kriegler disse que uma das garotas não chegou ao campo de concentração no qual as outras morreram. Que ainda pode estar viva. Sabe de alguma coisa a esse respeito?
O Diretor pareceu desconfortável com a pergunta.
— Fui visitado por uma das garotas logo após a guerra. Ela queria ajuda com a emissão de um visto para os Estados Unidos. Eu a ajudei porque parecia a coisa certa a fazer.
Era mais provável que tivesse ficado feliz em mandar a garota para o mais longe possível.
— Qual delas? — perguntara Eleanor.
— Por mais incrível que pareça, a que você nunca achou que conseguiria cumprir a missão. E, ironicamente, a mesma cujas transmissões estavam sendo forjadas pelos alemães: Marie Roux.
Eleanor teve que tampar a boca com uma das mãos. Kriegler falara a verdade.
— Ela sobreviveu à interrogação da SD e à prisão de Fresnes. Dura como pedra, e muito sortuda.
Eleanor se encheu de alegria, mas a sensação logo foi substituída por raiva. O Diretor sabia e não contara a ela.
— O que contou a ela? Sobre as prisões?
— Não contei nada.
Mas Eleanor não acreditava em mais uma palavra que ele dizia.
— Onde ela está?
— Deixe-a em paz. Deixe-a seguir com sua vida.
Mas Marie era a única pessoa que sabia que Eleanor não tivera nada a ver com a traição das garotas. Era a única que podia confirmar a verdade quanto ao que acontecera no circuito de Vesper.
— O endereço. — Pela expressão do Diretor, sabia que ele queria recusar. — Senão, vou daqui direto para o parlamento.

Ela estendeu a mão.

O homem fez menção de tentar discutir, mas, em vez disso, se virou para o ficheiro atrás de si, cansado, tirando de dentro um pedaço de papel, que entregou a ela.

— Sinto muito, Eleanor.

Ela aceitou o papel, sem responder. Guardou o endereço na bolsa e começou a última parte da jornada.

Era quase 8h30 de uma quarta-feira. Eleanor estava parada no meio da Grand Central, aguardando ansiosamente. Antes de sair da Inglaterra, enviara um telegrama para Marie:

Indo para a América e preciso da sua ajuda. Por favor me encontre no quiosque de informações da Grand Central dia 12 de fevereiro às 8h30.

Agora Eleanor estava ali no meio, insegura, com a mala na mão. O voo tinha sido quente e barulhento, fazendo escalas em Shannon, Gander e Boston até finalmente chegar a Nova York. Aterrissara na noite anterior e pegara um quarto em um hotel do aeroporto. Quando o relógio marcou a chegada das 8h30, olhou em volta, ansiosa. Organizara aquele ponto de encontro neutro em vez de ir ao endereço que o Diretor lhe passara, com medo de ser abuso demais.

Passaram-se cinco minutos, depois dez. Por que Marie não aparecia? Será que não tinha recebido o telegrama? O endereço do Diretor podia estar desatualizado ou errado. Ou talvez Marie estivesse com raiva de Eleanor, pelo que achava que ela fizera, e estava se recusando a ir encontrá-la.

Eleanor pôs a mala embaixo de um banco, pois já estava pesando seu braço. Olhou de novo pela estação, pensando nas opções que tinha. Havia um quadro de avisos cheio de pedacinhos de papel ao lado do quiosque redondo de informações. Ela se aproximou. Fotos de fugitivos e soldados desaparecidos, colocadas por famílias em busca de informações. Também havia bilhetes a respeito de encontros ou encontros perdidos. Examinou o quadro, mas não viu nada endereçado a ela.

Eleanor se afastou do quiosque, o coração pesado. Já eram quase nove da manhã, e já tinha passado demais do horário do encontro. Só podia haver uma conclusão: Marie não viria.

Precisava ir até ela. Abriu a bolsa e tirou o pedaço de papel que o Diretor entregara com o endereço, um apartamento no Brooklyn. Podia ir até lá e tocar a campainha. Mas e se Marie não quisesse vê-la? Quando descobriu que a moça estava viva, foi uma esperança que jamais pensou que se reacenderia. Para Eleanor, a ideia de Marie estar viva, mas não querer vê-la nem perdoá-la, era insuportável.

Olhou ao redor mais uma vez, querendo desistir. Se Marie não queria vê-la, qual o sentido de continuar?

Mas endireitou as costas, respirando fundo. Precisava falar com Marie e explicar o que realmente acontecera. Isso envolvia mais que os sentimentos ou perdão da agente; Eleanor precisava que a moça a ajudasse a provar o que acontecera durante a guerra. Com aquela ajuda, poderia revelar a verdade a respeito da traição que matara tantas de suas garotas.

Decidiu que iria sim ao apartamento de Marie, e insistiria para que ela ao menos escutasse. Atravessou a estação às pressas.

Do lado de fora, Eleanor parou para se localizar. Observou os transeuntes, querendo pedir orientações, e se aproximou de um grupo de pessoas aguardando em um ponto de ônibus.

— Com licença — disse a um homem lendo o jornal. Mas ele não pareceu ouvir.

Ao se virar para tentar encontrar outra pessoa, ela viu um telefone público na esquina. Talvez a operadora tivesse o número de Marie.

Eleanor atravessou a rua até o telefone, mas desistiu. Era mais sensato simplesmente ir até a casa de Marie, em vez de ligar e dar a ela a chance de dizer não. Ficou congelada de indecisão, entre a cabine telefônica e a estação. Ao dar meia-volta para voltar à estação, uma coisa do outro lado da rua chamou sua atenção. Um vislumbre de cabelos loiros acima de uma echarpe estampada de vinho, como a que Marie usava naquele primeiro dia em que fora à Norgeby House.

Ela viera! O coração de Eleanor começou a martelar.

— Marie! — chamou, atravessando a rua correndo.

A mulher estava prestes a olhar para trás, e Eleanor saiu correndo, cheia de esperanças, na direção dela. Um carro buzinou alto, parecendo quase rugir, e Eleanor virou a cabeça, tarde demais para ver o veículo vindo em sua direção. Levantou as mãos, como que para se proteger. Ouviu um barulho de freio ensurdecedor, e sentiu uma explosão de dor.

E, depois, não sentiu mais nada.

CAPÍTULO TRINTA E UM

GRACE

Nova York, 1946

Grace arfou quando abriram a porta do apartamento.
— Marie Roux?
Ela piscou. Seus olhos continham um pouco de medo, mas também algo como... resignação.
— Sim.
Por um instante, Grace se sentiu imobilizada de descrença. Passara tanto tempo das últimas semanas vendo a imagem de Marie, primeiro na foto desbotada, depois na memória. E a mulher estava ali, diante dela, viva. Pouco mudara desde que a foto fora tirada, exceto leves linhas de expressão em volta da boca e dos olhos. Suas bochechas estavam um pouco mais encovadas, e os cabelos nas têmporas tinham alguns fios brancos prematuros, como se ela tivesse envelhecido vidas inteiras em alguns poucos anos.
— Quem é você? — perguntou a mulher.
Seu sotaque inglês, refinado, mas não sofisticado demais, era exatamente como Grace imaginara.

Hesitou, sem saber como explicar qual era o papel dela na história.

— Grace Healey. Encontrei algumas fotos e achei...

Ela parou e pegou a única foto que havia guardado.

— Ah! — Marie tampou a boca com a mão. — Josie.

— Posso entrar? — perguntou Grace, com delicadeza.

Marie ergueu os olhos para encará-la.

— Por favor.

Ela levou Grace até um pequeno sofá. O apartamento, não muito maior que o quarto da própria Grace na pensão, era limpo e claro, mas havia poucos móveis e nenhuma fotografia ou bibelô de enfeite. Por uma fresta na porta, no fundo, dava para ver um quartinho. Grace se perguntou se Marie estava ali havia pouco tempo, ou se, como ela mesma em seu apartamento, simplesmente não transformara o lugar em lar.

Marie pegou a foto.

— Esta é a única?

— Existiam outras, inclusive uma sua, mas as deixei no consulado britânico. Estou tentando devolver as fotos para a pessoa certa. Seria você?

— Não sei. — Marie parecia genuinamente insegura. — Acho que fui a única que sobrou.

Grace quis perguntar como. Marie tinha sido listada entre os mortos pela Nacht und Nebel. Mas a pergunta parecia intrusiva demais.

— Pode me contar o que aconteceu durante a guerra?

— Você sabe que trabalhei como agente para a SOE, não? — perguntou Marie. Grace assentiu. — Fui recrutada por uma mulher chamada Eleanor Trigg, porque eu falava francês bem. — Grace pensou em interromper Marie para contar o que descobrira a respeito de Eleanor, mas resolveu esperar. — Depois do treinamento, fui enviada ao norte da França para trabalhar como operadora de rádio para uma parte da seção F chamada de circuito Vesper. — Marie tinha um jeito de falar lírico, e não era difícil imaginá-la falando francês. — Nosso líder era um homem chamado Julian. Explodimos uma ponte antes do Dia D, para dificultar a vida dos alemães. Mas, de alguma forma, nossa célula foi comprometida e fomos todos presos, ou pelo menos eu e Julian fomos. Atiraram em Julian.

O rosto de Marie pareceu desmoronar nessa última parte, e ela quase parecia estar revivendo aquilo ao contar. O coração de Grace se encheu de dor por aquela pobre mulher, que passara por tanta coisa.

— Fui interrogada em Paris, depois enviada para a prisão. Reencontrei Josie lá, mas ela já estava doente demais para sobreviver. — A tristeza em suas palavras borbulhava, como se ela nunca tivesse contado aquilo a ninguém.

— Josie também era agente?

Marie secou os olhos com um lenço.

— E minha melhor amiga. Fomos colocadas em um trem destinado a um dos campos de concentração. Josie conseguiu detonar uma granada e explodiu o vagão. Depois da explosão, perdi a consciência. Acordei semanas depois, em um celeiro. Os nazistas não me viram, ou acharam que eu estava morta. Um fazendeiro alemão me encontrou sob os escombros do vagão e me escondeu. Fiquei lá até estar forte o suficiente. Àquela altura, a invasão já chegara, então encontrei uma unidade britânica e contei quem eu era.

— E depois?

— Fui para casa. Meu trem ia até King's Cross. Não havia ninguém para me encontrar. Não era como se eu estivesse esperando um comitê; ninguém sabia que eu estava voltando, afinal. Busquei minha filha, Tess. Embarcamos em um navio para a América imediatamente.

— E você nunca mais voltou na SOE?

— Só uma vez. Pedi ajuda ao diretor para emissão de nossos documentos rumo à América. Não havia mais ninguém lá. Eleanor tinha sido dispensada. As outras também tinham ido embora.

De repente veio um barulho da porta, e por ela entrou uma garota de não mais que oito anos.

— Mamãe! — exclamou, com apenas um leve indício de sotaque inglês, se jogando nos braços da mãe.

Ela se afastou e olhou curiosa para Grace.

— Você deve ser Tess — ofereceu Grace. A garota parecia tanto com a mãe que Grace teve que sorrir. — Eu sou... — Ela hesitou, sem saber como explicar sua presença ali.

— Uma amiga — completou Marie.

Tess pareceu satisfeita com a explicação.

— Mãe, minha amiga Esther do apartamento 5J me convidou para brincar e jantar lá. Posso?

— Esteja de volta às sete — respondeu Marie. — E me dá mais um abraço primeiro. — Tess se aninhou nos braços da mãe por um breve segundo, então correu de volta para a porta.

— Jamais vou deixar de agradecer poder vê-la todos os dias — confessou Marie, assim que Tess saiu.

A mulher se levantou.

— Tenho mais fotos — acrescentou, mudando de assunto de repente.

Ela foi até um armário e tirou um álbum amarelado de dentro, que ofereceu a Grace, hesitante. Ao contrário das fotos sérias que Eleanor carregara consigo, aquelas eram espontâneas, pareciam um filme da época sobre os dias que o circuito vivera junto. Havia uma foto de jovens jogando rúgbi em um campo, e uma de um grupo bebendo vinho em volta de uma mesa. Podiam ter sido tiradas em Oxford ou Cambridge, não em uma missão na França.

— Os rapazes tiravam fotos em uma camerazinha pequena que nos deram durante o treinamento. Peguei o filme dos bolsos de Julian naquele último dia. E o guardei em lugares nos quais ninguém jamais pensaria em revistar. Só as revelei ao chegar à América.

— Não era perigoso tirar fotos?

— Com certeza. Mas é tão difícil explicar como foram aqueles meses em campo... Valia o risco. Alguém precisava saber.

Caso nenhum deles sobrevivesse. Grace imaginou a solidão e o medo, e o quanto aqueles breves momentos de camaradagem devem ter significado.

— Este é Julian?

— Sim. E Will, sempre ao lado dele. Ninguém dizia que eram primos — contou Marie.

Dois jovens de não mais que vinte e poucos anos. Um era claro, de bochechas sardentas e sorriso fácil. O outro era alto, com maçãs do rosto bem definidas e olhos escuros e penetrantes. Em outra foto, ele olhava com carinho para Marie.

— Ele parecia gostar de você — observou Grace.

— Sim — respondeu Marie, parecendo quase envergonhada. — Ele me amava — continuou, emocionada. — E eu o amava. Deve parecer estranho que nossos sentimentos tenham sido tão intensos depois de tão pouco tempo.

— Nem um pouco.

— Eu o vi morrer. Eu o segurei em meus braços. Foi tudo que pude fazer.

— Deve ter sido terrível. — Grace lembrou de como fora ruim perder Tom. Mas ter testemunhado uma coisa daquelas, como Marie, teria sido insuportável. — E Will? O primo?

— Honestamente, não sei. Era para ele voltar para a França e me buscar, mas fui presa. Tentei descobrir o que acontecera antes de deixar Londres. Mas ele desapareceu.

O rosto de Marie estava sério, e Grace notou que o mistério acerca do que acontecera com Will a assombrava tanto quanto perder Julian e Josie.

— Quando foram tiradas?

— Maio de 1944.

— Apenas semanas antes do Dia D.

— Não duramos para ver.

O trabalho que o circuito Vesper fizera, explodindo trilhos ferroviários e armando *maquisards*, certamente impedira muitas tropas alemãs de chegarem à Normandia e às outras praias mais depressa. Eles tinham salvado a vida de centenas, senão milhares de tropas aliadas que podiam ter se deparado com os alemães só esperando. Mas a maioria das pessoas nunca chegou a saber sobre a diferença que aquele circuito fizera.

— Fomos traídos — revelou Marie, de repente. — Quando fui presa e levada para a avenida Foch, estavam com um dos nossos rádios, e me forçaram a transmitir uma mensagem para Londres. Tentei omitir minha verificação real, o código que eu devia dar para verificar minha identidade, de modo a sinalizar a Londres que alguma coisa estava errada. Mas ignoraram meu sinal. Na verdade, inclusive transmitiram de volta que eu tinha esquecido a verificação, o que no final fez os alemães atirarem em Julian. Era como se os ingleses soubessem que o rádio estava comprometido, mas quisessem continuar a comunicação mesmo assim.

— Tem alguma ideia de quem pode ter traído vocês? — perguntou Grace.

Temia contar a Marie que tinha sido Eleanor, e secretamente esperava que ela já soubesse ou já tivesse deduzido.

— Antes de eu deixar Londres, perguntei ao coronel Winslow, o diretor da SOE e chefe de Eleanor. A princípio ele tentou negar que a sede estivesse envolvida com alguma traição. Mas, quando o confrontei com tudo que fiquei sabendo em campo, ele sugeriu que tivesse sido Eleanor. E me mostrou um memorando com o cabeçalho de Eleanor que ordenava que as transmissões de rádio continuassem, mesmo depois de Londres saber que elas haviam sido interceptadas. — Os olhos de Marie se encheram de água. — Eu não podia nem imaginar. Não fazia sentido.

— Então não acreditou que foi Eleanor?

Marie balançou a cabeça enfaticamente.

— Não, nunca. Nem em um milhão de anos.

Grace ficou intrigada. A própria Marie vira o documento que parecia implicar Eleanor. Será que Marie era cega de tanta lealdade?

— Por que não?

— Quando vi Julian pela última vez, na sede da SD, ele tinha acabado de voltar de Londres, onde encontrara Eleanor. Antes de morrer, ele me contou que Eleanor estava preocupada com os rádios. Estava especificamente preocupada por ter percebido alguma coisa estranha nas transmissões e mandou ele me avisar para ter cuidado. É claro que já era tarde demais. Mas ela tentou me avisar. Por isso sei que não estava por trás disso tudo.

— Mas se não foi ela, então quem foi?

— Não sei. O coronel Winslow me disse para vir para os Estados Unidos e recomeçar, sem olhar para trás. Então obedeci. Mandei meu endereço para ele, conforme pediu, e ele me manda um estipêndio em cheque todo mês. Pensei que tinha deixado tudo para trás. Pelo menos até semana passada. Foi quando recebi a mensagem de Eleanor.

Marie foi até um armário e o abriu, revelando a mala que Grace tinha visto na Grand Central.

Grace ficou perplexa.

— Estava com você esse tempo todo.

— Eleanor enviou um telegrama para avisar que estava vindo para Nova York.

— Como ela encontrou você?

— Imagino que através do Diretor. Ele sabia que eu vinha para cá e providenciou toda a papelada. Não seria difícil. E Eleanor era muito boa. — Grace assentiu. Finalmente entendeu por que Eleanor estava em Nova York. — No telegrama, Eleanor pediu para eu encontrá-la na Grand Central. Parte minha não queria vê-la. Era um capítulo muito doloroso da minha vida, e eu o deixara de lado para sempre. Ou era o que pensava.

— Então não foi ao encontro dela?

— Eu fui. Não consegui não ir. No telegrama, ela pedia para eu encontrá-la às 8h30. Mas Tess ficou doente e não foi para a aula. Já passava das 9h quando consegui arranjar alguém para ficar de olho nela enquanto ia à estação. E, quando cheguei, Eleanor não estava lá. Presumi que ela tentaria entrar em contato de novo; Eleanor era muito persistente. Mas não consegui encontrá-la, então fui embora. Mais tarde, naquele mesmo dia, quando descobri o que tinha acontecido, voltei lá.

— Foi quando pegou a mala.

— Sim. Eu tinha notado a bagagem largada aquela manhã, mas não me aproximei o suficiente para me dar conta de que pertencia à Eleanor. Só quando ouvi o noticiário que somei dois mais dois e percebi que era dela. Depois do que aconteceu, eu simplesmente não podia deixar aquilo lá.

— Você se importa se eu olhar dentro da mala?

Marie sinalizou que não se importava.

— Ainda não a abri. Não consegui.

Grace deitou a mala de lado e abriu o fecho. Dentro, os pertences de Eleanor continuavam arrumados, intocados. Grace examinou o conteúdo, tomando cuidado para não tirar nada do lugar. No fundo, quase enterrado, estava um par de sapatinhos brancos de bebê.

— São meus — disse Marie, de repente, pegando os calçados. — Isto é, eram da minha filha. Eleanor não tinha filhos. Mas guardou isso para mim.

— Então ela os trouxe por terem valor sentimental?

Marie sorriu.

— Eleanor não era sentimental. Tudo que ela fazia tinha um propósito. — Marie virou os sapatos pra baixo e, quando o fez, uma corrente caiu de um deles. Ela a pegou do chão. — Meu colar... — Ela levou a corrente com um medalhão de borboleta. — Eleanor o guardou pra mim depois de todo esse tempo.

Marie segurou as lágrimas enquanto colocava o colar em seu pescoço. Então estudou os sapatinhos mais uma vez, e uma expressão de compreensão se espalhou por seu rosto. Começou a mexer na sola de um dos sapatos com dedos experientes.

— Sapatos são alguns dos melhores esconderijos — explicou.

Dentro do saltinho havia um pedacinho de papel. Marie o desdobrou cuidadosamente e o mostrou a Grace. Era de um mimeógrafo da ordem que Grace encontrara no arquivo. Grace mexeu na mala para ver o que mais Eleanor poderia ter trazido. Achou um caderninho.

— Ela sempre estava com um caderno — comentou Marie, sorrindo.

Grace folheou as páginas.

— Haverá uma audiência parlamentar a respeito do que aconteceu às garotas. E olha... — Ela apontou para uma das anotações de Eleanor: *Preciso que Marie comprove a participação do Diretor.*

— Então não estava vindo para me contar o que aconteceu. Precisava da minha ajuda para provar que não teve nada a ver com a farsa dos rádios.

— Acredita nela?

Marie tirou uma mecha de cabelo da frente dos olhos.

— Completamente. A história do Diretor nunca fez sentido. Antes de morrer, Julian me contou que Eleanor estava preocupada com os rádios e que não a deixaram interromper as transmissões. Não sei quem fez isso, mas não foi ela. — Marie parecia arrasada. — Eleanor precisava de mim, e falhei com ela. E agora é tarde demais.

— Talvez não — disse Grace, tendo uma ideia.

Eleanor morrera lutando por suas garotas, assim como passara a vida.

— Mas claro que é. Eleanor morreu.

— Sim. Mas o que ela queria mais que tudo?

— Saber a verdade.

— Não, assegurar que o mundo soubesse a verdade. Ela morreu cedo demais para contar. Mas podemos fazer isso por ela. — Grace se levantou, oferecendo a mão para Marie. — Venha comigo.

CAPÍTULO TRINTA E DOIS

GRACE

Nova York, 1946

Um mês depois, Grace saiu da Bleeker & Sons ao fim do dia e pegou o metrô até a rua 42 com a Lexington. Subiu os degraus da estação e encontrou Mark esperando por ela na esquina.

— Você é mestre em aparecer do nada — brincou.

Era brincadeira, é claro; daquela vez, estava esperando por ele. Depois de largá-lo no escritório de Frankie para ir atrás de Marie e dar um jeito de ajudá-la, Grace voltara ao trabalho, mas Mark não estava mais lá. Tinha precisado voltar a Washington, contara Frankie. Grace ligara para ele e se desculpara. Marie não queria que ele achasse que o beijo a desanimara (muito pelo contrário). Mark foi compreensivo, e, apesar de estar sendo esperando em D.C. para trabalhar naquela noite, prometeu avisá-la da próxima vez que estivesse em Nova York.

Mark cumpriu com sua palavra: ligara na noite anterior para dizer que estaria na cidade a trabalho e perguntou se ela gostaria de tomar um drinque. Grace aceitou de imediato, e tomara cuidado ao longo de todo o dia, que pareceu uma eternidade, para não desfazer os cachos nem borrar a maquiagem. Estava realmente empolgada em encontrá-lo. Já podia se ver mal-acostumada com aqueles encontros divertidos de vez em quando, sem obrigações nem surpresas.

— Então o próprio governo britânico traiu as garotas? — perguntou Mark.

— Eles queriam que os alemães achassem que estava tudo bem e que o circuito ainda estava ativo. Então continuaram transmitindo, como se estivesse tudo normal. Continuaram transmitindo e enviando agentes e armas. Queriam os rádios em atividade para plantarem informações falsas quanto às datas e horários da invasão.

— Mas isso significaria enviar agentes direto para uma armadilha.

— Sim.

Mesmo diante de tantas provas, ainda era impossível acreditar naquilo. Grace estremeceu. As garotas tinham sido presas, e a SOE as deixara desaparecer, exatamente como queria o programa Nacht und Nobel.

— Governos serem capazes de fazer coisas assim com seu próprio povo...

Mas é claro, aquela era a lição da guerra. As pessoas mal acreditavam nas coisas que os alemães tinham feito com seu próprio povo. Em outros países também, como Áustria e Hungria, cidadãos tinham delatado vizinhos judeus cujas famílias tinham morado na casa ao lado durante séculos.

— E quem disse que acabou nos britânicos? — indagou Mark.

— Os americanos tinham muito a ganhar em enganar os alemães pouco antes do Dia D. Talvez, de alguma maneira, estivessem juntos na farsa do rádio. Provavelmente jamais saberemos.

Ou saberiam? Se Raquel conseguisse deixá-los voltar ao arquivo no Pentágono... Tirou aquela ideia da cabeça.

— Por que a verdade não foi revelada depois da guerra?

— Ninguém queria pensar no passado. Tudo mudou, entende? Os jogadores e os lados. Os russos de repente eram os soviéticos. Cientistas alemães, que ajudaram a matar milhões de pessoas, em vez de acusados, estavam sendo trazidos aos Estados Unidos para trabalharem na bomba atômica. O governo britânico ficou feliz em deixar tudo enterrado.

— Menos Eleanor. Ela não largava o osso. Tinham alterado as transmissões de rádio de propósito, prejudicando tudo que ela construíra. Eleanor queria que o mundo todo soubesse.

— O que aconteceu depois que você encontrou Marie?

— Quando nos demos conta da verdade quanto ao que aconteceu e a inocência de Eleanor, eu soube que tínhamos que terminar o trabalho que ela viera fazer: colocar a verdadeira história nas mãos certas. Ajudei Marie a escrever um testemunho quanto ao que acontecera durante a guerra. Frankie usou um contato dele para conversar com o embaixador britânico em Washington, de modo a fazer o depoimento de Marie chegar ao parlamento.

Grace tivera medo de que Marie fosse chamada a Londres para testemunhar. Ela não sabia se aquela pobre mulher aguentaria voltar ao país que abandonara. Por sorte, tinham dito que a declaração era suficiente. Mas não sabiam se ia adiantar de alguma coisa.

Alguns dias antes, porém, Frankie soube.

— A configuração das garotas foi alterada. De *Desaparecidas e presumidas mortas* para *Mortas em ação*. — Três palavras que significavam tanto. — Josie será condecorada com a George Cross, a maior condecoração do Reino Unido.

— E Eleanor?

Frankie balançou a cabeça com pesar. Eleanor permaneceria uma nota de rodapé na história, desconhecida a não ser para alguns poucos. Mas é claro que aquilo também era o que sempre quis.

Uma enorme parte da verdade morrera com Eleanor e jamais seria conhecida. Claro que havia muito mais que jamais saberiam. Dos britânicos, quem na época sabia do que estava acontecendo? Teria sido a MI6 que tomara a decisão calculada de sacrificar as agentes, ou a SOE as traíra sozinha?

No entanto, era um acerto de contas, um começo.

— Dois champanhes, por favor — solicitou Mark ao garçom assim que se sentaram na Stiles' Tavern, um lugar simples e despretensioso não muito longe da Grand Central. — Precisamos comemorar.

— E você? Está em Nova York para algum caso? — perguntou Grace, depois que os drinques chegaram. Ela ergueu a taça.

— Não exatamente. Me ofereceram uma posição no Tribunal dos Crimes de Guerra. Não de Nuremberg, mas um dos satélites.

— Ah, Mark, isso é maravilhoso!

— Eu devia agradecer a você. Trabalhar com você para descobrir a verdade quanto a Eleanor e às garotas me fez perceber o quanto senti falta desse tipo de trabalho. Resolvi tentar de novo.

— À sua nova posição.

— A segundas chances — disse ele, com um tom mais profundo. Os dois brindaram. — Eu queria ver você.

Ele queria me ver antes de partir, pensou Grace. *Mark vai voltar para a Europa de vez*. Tomou um gole, as bolhas fazendo cócegas em seu nariz. Não tinha o direito de ficar chateada. Os dois tinham passado alguns breves momentos juntos, e não podia esperar mais. Ainda assim, Grace se acostumara à ideia de estar com ele, e pensar nele indo para longe a deixou mais triste que esperava.

— Eu estava pensando... — Ele vacilou. — Estava pensando se gostaria de vir comigo.

— Como? — Achou que tinha ouvido errado. Ir para Washington era uma coisa, mas complicar sua vida se mudando para a Europa... Com ele...

— Eu podia arrumar um trabalho para você no tribunal. Com seu talento para investigar, seria um verdadeiro trunfo.

— Grace pensou por um instante. — Você podia até descobrir mais sobre a SOE e as outras moças.

Mark estava oferecendo a chance de continuar a jornada de Eleanor. Parte dela queria aceitar, ir com ele para a Europa, continuar o trabalho que iniciara aqui. Mas ainda seria fugir.

— Grace, temos algo especial.

Ela prendeu a respiração. Mark estava reconhecendo em voz alta o que ambos sentiam, mas não ousavam admitir.

— Sinto isso desde o segundo em que encontrei você por acidente algumas semanas atrás. Você não?

— Sim. — Ela também sentia. E não podia negar nem se quisesse.

— A vida é curta demais para deixar algo assim passar — insistiu ele. — Por que não arriscar?

Não estava oferecendo apenas um emprego, mas também uma vida juntos. A ideia de fazer as malas e ir para a Europa com Mark era extravagante, até mesmo louca. Entretanto, uma parte generosa dela queria dizer sim. Terminara a história com Eleanor e as garotas. Nada a prendia.

Só que agora era hora de Grace escrever a própria história.

— Mark, fico honrada, e não há nada que eu gostaria mais de fazer.

Os olhos dele se iluminaram de esperança e Grace se encolheu, preparando-se para o que diria em seguida.

— Mas preciso cuidar de algumas coisas aqui. — O escritório estava cada dia mais cheio. E Frankie, enrolado tentando adaptar Sammy à escola, precisava dela mais do que nunca. — Não estou dizendo não, só que *agora* não. Talvez daqui a alguns meses, quando as coisas estiverem mais calmas.

Mas o futuro, ambos sabiam, não era assegurado a ninguém. Ele se afastou um pouco da mesa, aceitando.

— Uma última coisa — disse Grace, assim que saíram do bar. — Eu gostaria de pagar o funeral de Eleanor. Isto é, se ainda for possível.

Ela merecia uma cova de verdade, com seu nome, para alguém lembrar. As garotas já não tinham tido aquele direito. Grace tirou da bolsa o cheque do advogado de Tom e o entregou a Mark.

Ele olhou o cheque e assobiou.

— Vai ser um senhor funeral.

— Se puder enviar o restante a Marie, para ela usar com a filha, ficarei feliz.

Apesar de Marie ter agradecido por tudo que Grace fizera para ajudar a fazer justiça para Eleanor e as garotas, Grace sabia que parte dela queria se livrar do passado. Resolvera não incomodá-la mais e deixá-la seguir em frente com sua vida.

— Vou me certificar disso. Adeus, Grace — disse ele, os olhos castanhos fixos nos dela.

Mark a beijou uma vez, com doçura e exatamente por tempo suficiente.

Grace lutou contra o desejo de se inclinar na direção dele mais uma vez, sabendo que, se não o deixasse ir, talvez ela nunca mais fosse embora.

— Boa sorte, Mark.

Grace atravessou a avenida na direção da Grand Central, livre e sem medo, e passou pelas portas da estação, em direção à vida que a esperava.

NOTA DA AUTORA

Há alguns anos, eu estava pesquisando assuntos para o meu próximo livro quando descobri a verdadeira e incrível história de Vera Atkins e as mulheres que serviram como agentes para a Executiva de Operações Especiais (SOE) sob a liderança do Reino Unido durante a Segunda Guerra Mundial. Na mesma hora, fiquei impressionada pelos feitos heroicos daquelas corajosas mulheres, que não foram reconhecidas por muitos anos após a guerra. Chocou-me, também, o fato de que diversas daquelas mulheres nunca voltaram para casa.

Como autora de ficção histórica, preciso sempre navegar no delicado equilíbrio entre as necessidades do enredo e a obrigação da integridade histórica. Mesmo que alguns personagens e eventos de *As agentes secretas de Paris* sejam baseados em fatos, este livro é, acima de tudo, uma história de ficção. Não havia maneira alguma de capturar adequadamente os atos grandiosos das várias mulheres que serviram na SOE, então uni componentes em Marie e nas outras agentes no livro que foram inspirados nelas. Eleanor Trigg, o coronel Wilson e todos os outros personagens no meu livro são fictícios. Tomei muitas liberdades no tocante às maneiras que as mulheres eram treinadas e levadas para os lugares de suas missões. Esses lugares e essas missões foram criadas pelas necessidades da história. E, sem revelar muita coisa e estragar a surpresa para aqueles que gostam de ler a Nota da autora primeiro, a maior explicação sobre o que aconteceu com as mulheres, ainda que inspirada em diversas teorias, é também um produto de ficção.

Para aqueles interessados em saber mais sobre as verdadeiras mulheres da SOE, recomendo *A Life in Secrets: Vera Atkins and the Missing Agents of World War Two*, de Sarah Helm, e *Spymistress: The True Story of the Greatest Female Secret Agent of World War Two*, de William Stevenson.

AGRADECIMENTOS

Ao criar *As agentes secretas de Paris*, precisei pesquisar e escrever as histórias de três mulheres em três épocas diferentes e passando por cinco países. Esta foi, ao mesmo tempo, a tarefa mais gratificante e mais difícil que já tive como escritora, e eu não teria conseguido sem a minha editora, Erika Imranyi. Trabalhar com Erika é como ter uma aula de como escrever todo dia (em geral, começando por e-mail às cinco da manhã) e considero seu tempo, seu talento e sua paciência como uma das grandes bênçãos da minha vida. Erika é a capitã da minha equipe dos sonhos na Park Row/ Harlequin/ HarperCollins, que, após uma década, só fica melhor. Tenho uma dívida com o meu agente de publicidade, Emer Flounders, por seu trabalho incansável. Meus profundos agradecimentos para Craig, Loriana, Brent, Margaret, Dianne, Susan, Shara, Amy, Heather, Randy, Merjane e Natalie.

Sou eternamente grata à verdadeira energia que tenho no meu mundo editorial, minha agente Susan Ginsburg. Susan e sua assistente, Stacey, além da equipe delas na Writers House, trazem vigor, visão e um apoio zeloso à minha carreira de escritora diariamente. A percepção e a fé de Susan transformaram os meus maiores sonhos em realidade, e eu não sei onde estaria sem ela.

Escrever um livro pode ser um trabalho solitário. Sinto-me tão afortunada por ser parte de uma comunidade que valoriza e dá sustento aos livros. Isso inclui os livreiros locais, como Julie, da Inkwood Books em Haddonfield, Nova Jersey, e Rita, da BookTowne, em Manasquan, Nova Jersey (representantes das muitas e maravilhosas livrarias independentes de todo o país), e os diversos bibliotecários em Cherry Hill e Camden County. Mais do que nunca, o mundo literário tem sido mantido vivo pela internet e pelas mídias sociais. Sou profundamente grata aos meus colegas autores, amigos leitores e generosos blogueiros que escrevem e falam sobre livros. Temo que, se começar a citar cada nome, vou acabar deixando alguém de fora. Tenho um carinho especial pela minha porta-voz, Andrea Katz, da Great Thoughts.

Também aprecio profundamente a comunidade em que vivo. Depois de passar uma década em diversos lugares do mundo, me sinto abençoada por morar a 1,5 quilômetro do lugar em que nasci e poder ver pessoas que conheci por toda a vida diariamente. Sou particularmente grata aos meus colegas da Rutgers School of Law pelo seu apoio constante, aos professores, aos administradores e às famílias da nossa escola primária e para o pessoal da JCC que aparece para me fazer perguntas sobre o meu próximo livro enquanto estou seminua no vestiário.

No passado, eu disse que é necessário uma vila para escrever um livro. Com o tempo, percebi que, na verdade, precisa-se de um exército. Sou muito agradecida ao meu marido, Phillip, que me acompanha nas frentes de batalha; à minha mãe, Marsha, e ao meu irmão, Jay, que estão sempre de prontidão e melhoram as nossas vidas todos os dias; aos meus sogros, Ann e Wayne, que são reservistas preciosos; e aos meus eternos amigos nas trincheiras, Steph e Joanne (graças a Deus minha memória é melhor que a de vocês!).

    E, por fim, às três pequenas musas que relutantemente me dividem com o mundo literário, talvez nem sempre entendendo por que precisam fazer isso, mas sabendo que é por uma boa causa. Sem elas, nada disso seria possível ou valeria a pena.

Este livro foi impresso pela Exklusiva, em 2020, para a HarperCollins Brasil. O papel do miolo é pólen soft 70g/m², e o da capa é cartão 250g/m².